Les calepins de Julien

Bruno Roy

Les calepins de Julien

roman

ÉDITION DU CLUB QUÉBEC LOISIRS INC.
© Avec l'autorisation de XYZ Éditeur
© 1998, XYZ Éditeur
Dépôt légal — Bibliothèque nationale du Québec, 1998
ISBN 2-89430-334-3
(publié précédemment sous ISBN 2-89261-223-3)

Imprimé au Canada

Ne me casse pas.
Je suis tout ce que j'ai.

RÉJEAN DUCHARME

Prologue

Enfant, j'étais obsédé par ma mère. Pourquoi ai-je toujours pensé que cette femme qui m'avait laissé seul un premier vendredi du mois dans une maison inconnue était ma mère ? Désir refoulé ou peur panique d'être abandonné à nouveau, pour toujours cette fois ? Il se peut que la plus grande déchirure que j'aie connue dans ma vie soit arrivée quand elle est venue me chercher, ce jour-là.

Nous étions en 1950. J'avais sept ans. Dès le premier soir, le couple chez qui je séjournais pour la première fois m'avait laissé seul dans la cuisine. Je refusais de les appeler papa et maman. Ils n'avaient pas d'enfants. La dame était bien celle qui venait tous les dimanches à la crèche Saint-Paul. Je l'avais souvent vue pleurer en cachette. Lui, le monsieur, je ne l'aimais pas. Son regard sec et sa voix rude m'effrayaient.

— À notre retour de la messe vers dix heures, je veux que tu sois couché. T'as compris ?

L'homme s'était approché de moi. J'avais craint qu'il me frappe au visage. Je lui avais donné alors, comme pour marquer mon existence, un coup de pied sur le tibia et j'étais allé me réfugier derrière la table de cuisine. Son regard impitoyable annonçait la pire des vengeances.

La dame s'était approchée rapidement de l'homme comme pour me protéger. À mon grand étonnement, il l'avait suivie vers la porte sans dire un mot. La dame avait jeté un dernier regard sur moi. Ses yeux qui reflétaient une calme

9

assurance m'avaient réconforté. Malheureusement, la porte s'était refermée sur mon angoisse à peine soulagée.

Allais-je vraiment rester seul dans cette maison inconnue ? J'étais figé là, en effet, le regard interdit. Dehors, le vent sifflait. À la fenêtre, ma tête s'emplissait de fantômes. Je m'ennuyais déjà de la crèche.

Ressaisi, j'avais visité toutes les pièces. J'étais incapable de rester assis. Mon cœur sursautait au moindre bruit. J'avais laissé couler l'eau du robinet pour assourdir les bruits qui m'effrayaient. Finalement, j'avais décidé, car j'avais longtemps hésité, d'entrer dans la chambre où il y avait un grand lit. C'était la première fois que j'en voyais un aussi large. J'étais piqué par la curiosité. Je touchais à tous les bibelots. J'avais même regardé sous le lit pour voir s'il n'y avait pas des boîtes. J'étais à la recherche d'indices, n'importe lesquels. J'avais ouvert un tiroir, pris une boîte de chocolats Laura Secord qui contenait des photos. Sur l'une d'elles, j'avais reconnu la dame, mais il y avait un autre monsieur. Jeune et beau. Il posait une main sur son ventre et l'autre sur son visage. Une impression de douceur m'avait envahi comme une grande joie. Et si c'était ma mère ? D'instinct, j'avais mis la photo dans ma poche arrière. Soudain, la peur m'avait saisi. Si l'homme et la femme me découvraient en train de fouiller dans leurs secrets, ça pourrait aller mal pour moi. J'avais aussitôt remis les choses à leur place, refermé le robinet. Sans que je sache pourquoi, les bruits ne m'inquiétaient plus.

Évidemment, lorsque le couple revint de l'église, je n'étais pas couché. Le monsieur, qui n'avait pas perdu son air détestable, avait trop vite conclu à un acte de bravade de ma part. Il n'imaginait même pas que je pouvais avoir été pris de panique. J'avais reçu alors, de sa part, une violente fessée dont je garde encore un vif souvenir. Puis il avait réuni deux fauteuils qui avaient constitué mon lit de fortune. J'étais couché, coincé, paniqué, effaré.

Je n'arrivais pas à dormir. La discussion était vive entre l'homme et la femme. Nul doute, le ton montait. La brusque lumière du corridor avait alors éclairé la cuisine. Dans cette longue nuit, des ustensiles, des casseroles, des tasses avaient subitement volé de la cuisine au salon. J'étais ahuri et apeuré. Devant moi, un homme et une femme lançaient des cris d'hystériques.

Tôt, à l'aube, le calme étant revenu, la dame m'avait transporté sur un sofa plus grand. Étendue près de moi, elle m'avait serré très fort contre elle. Cela avait duré une éternité. Dans le creux de ses seins, j'avais collé mon visage pour qu'elle sente mon bonheur immense d'être dans ses bras. Et j'avais rêvé à une longue nuit réparatrice comme je n'en avais jamais connu.

Comme cela est clair maintenant ! À mes sept ans, ma mère était sortie de ma vie aussi rapidement qu'elle y était entrée pour la première fois. À mes sept ans, ma mère avait tenté de me reprendre. Elle avait échoué. Toute ma vie, j'avais voulu oublier cet échec. J'avais rayé à jamais cet incident de ma mémoire. J'avais dans les yeux les trous énormes du vide.

•

Bien des années ont passé. Je suis au Salon du livre de Québec. Je dédicace mon recueil de poèmes qui vient de paraître, *La traversée des abandons*.

Il y a devant ma table, légèrement en retrait, une vieille religieuse. Je la reconnais à son petit voile noir soutenu par un bandeau blanc. Sur sa poitrine repose un crucifix d'argent que sa main droite caresse. Elle me fixe sévèrement, ce qui me déconcentre. Ses yeux sont des flèches. Malgré tout, je suis moins intrigué qu'ému de la douleur qui marque son visage.

Soudain, un grand efflanqué d'orphelin surgit de nulle part. Il se met à me raconter sa vie. Il a passé vingt-sept ans à l'hôpital psychiatrique Saint-Jean-de-Dieu. Entré là-bas à l'âge de huit ans, il en est sorti en 1977 à l'âge de trente-cinq ans. C'est son histoire aussi qu'il veut que j'écoute. Il s'appelle Raymond Blouin. Il est né en 1942. Le 3 novembre, précise-t-il.

— Je viens de la crèche Saint-Paul. À l'hôpital Saint-Jean-de-Dieu, j'avais pas de défense. J'étais enfermé dans les salles. J'ai demeuré longtemps dans la salle Saint-Camille en face de la chapelle. Je travaillais à la sacristie. De quinze à vingt-deux ans, je lavais les bancs.

Je connais son histoire parce que je connais toutes les autres histoires. Ils sont des milliers à témoigner le cœur en boule et le regard flétri.

— Tu le savais-tu ? Ma mère était aussi à Saint-Jean-de-Dieu.

— En même temps que toi ?

— Oui. Elle était en chaise roulante. Je l'ai vue en 1971. Elle avait soixante-six ans. Je la regardais. J'étais pas sûr. J'espérais que c'était pas ma mère. Est morte deux ans plus tard.

Raymond Blouin achète mon dernier recueil de poèmes. Je lui écris une dédicace : « À Raymond. Parce que la vie est plus forte que la folie des hommes. Bonne lecture ! Julien. »

— Merci ! Faut que je t'avoue une chose : je sais pas lire. Mais ça fait rien. Je vas le garder. C'est ben important. Y a quelqu'un qui va me le lire. Moé, je vas écouter.

Devant cet analphabète qui tient mon livre entre ses mains comme un trésor, je suis profondément triste. Sa solitude est plus déchirante encore que la mienne. Il n'a rien. J'ai tout eu. Le langage surtout. J'observe Raymond Blouin s'éloigner, les yeux rivés sur mon livre.

La religieuse a tout entendu du témoignage de Raymond. Son visage a changé, ses traits bien que tristes sont moins sévères. L'histoire du grand orphelin l'a sûrement touchée. Du coin de l'œil, pendant que j'écris une dédicace pour un lecteur, je la vois quitter son poste d'observation. Elle s'approche, prend mon livre et se dirige en silence directement vers la caissière. Acheter mon livre a dû exiger d'elle un effort considérable. Pendant que d'autres visiteurs passent devant ma table, indifférents, une idée m'effleure : j'ai peut-être déjà connu cette religieuse. Je la regarde s'éloigner, penchant un peu la tête. Me lira-t-elle pour mieux me comprendre ou pour me juger plus sévèrement encore ?

Me voici dans la rue Saint-Jean. J'avais besoin de prendre l'air. Je croise les piétons sans faire attention. J'ai toujours en tête les paroles de Raymond Blouin. Si on me regardait de près, on verrait que mes yeux sont tristes. Voici que, discrète, puis de plus en plus ferme, une voix féminine se fait entendre derrière moi. J'entends bien mon prénom :

— Julien !

Je me retourne. La dame s'approche. J'aperçois un visage aux traits harmonieux.

— Vous êtes bien Julien Lenoir ?

— Oui.

— Je ne veux pas vous importuner, je sais que vous êtes très occupé, mais vous souvenez-vous de moi ?

— …

— Je suis Murielle Deschambault !

— …

— Je vous ai enseigné, si je puis dire, alors que vous étiez en deuxième année à la crèche Saint-Paul.

Est-ce possible ? Je ne la reconnais pas. Ses yeux se posent sur moi, attendant une réponse. Je ne sais plus que faire. Je lui dis que je suis pressé, que j'ai rendez-vous. Je la quitte tout en lui laissant mon numéro de téléphone. Nous pourrons alors nous voir à Montréal où elle habite également. Spontanément, je l'embrasse. Je perçois chez elle, malgré ses émotions retenues, une fébrilité heureuse.

Une semaine plus tard, nous nous donnons rendez-vous au restaurant *Le Witloof*, rue Saint-Denis, en face du square Saint-Louis à Montréal.

— Tu sais, me raconte Murielle Deschambault, j'ai mis des années à me remettre de ton départ pour le Mont de la Charité. Un jour, j'ai même décidé de rompre avec tous les souvenirs heureux de mon passage à la crèche. J'ai fait disparaître toutes les photos de cette époque.

— Il n'en reste aucune ?

— Aucune.

Ma gorge se serre. Suis-je trop égoïste ? Je regrette la disparition des photos. Il me semble que des détails peut-être importants sont à jamais perdus.

— C'est bien vrai, je m'en rends compte maintenant, on dirait que tu as tout oublié, relance Murielle Deschambault. M'aurais-tu même oubliée ?

Je ne sais que répondre. Je lui montre plutôt quelques poèmes extraits de mon dernier recueil.

— Dans tes poèmes, quelque chose ravive mes souvenirs !

— Vous voulez dire ?

— Là, tu n'as pas oublié… tout est là ! Pour moi, tu resteras toujours l'enfant que j'ai connu. Je te regarde, Julien. À travers tes traits d'adulte, tu es toujours le même enfant. Ta spontanéité, ta chaleur, ton œil espiègle, ta beauté… Plus de quarante ans nous séparent… Julien… mon doux Julien !

Comment réagir alors qu'elle me témoigne tant d'attachement ? Il me semble que je suis ingrat. Tout ce qu'elle a fait pour les enfants, s'est inscrit dans son devoir de les aimer comme s'ils étaient les siens.

Mais voilà, décide-t-on de tout oublier ? Telle est la question qui m'obsède pendant mon retour à la maison. Spontanément, j'éteins la radio de l'auto. Pourquoi ai-je décidé de rayer ma mère à jamais de ma mémoire ? Pourquoi avoir aussi oublié Mlle Deschambault ? En tout cas, ce qui vient de m'être rappelé est capital : enfant, j'ai été aimé. Plus aimé que moins.

Je m'explique mieux, aujourd'hui, la déception que j'ai ressentie lors de ce tête-à-tête au restaurant. Les souvenirs de mon invitée étaient restés flous. Elle avait ouvert des pans entiers, sur mon passé, mais ces pans étaient demeurés lointains. Entre Murielle Deschambault et moi, il y avait des rencontres irrémédiablement oubliées.

Comment dire, aussi, à mon ancienne maîtresse — voilà un grand paradoxe — que j'ai enrichi ma vie en ignorant mes origines et mon passé dont pourtant elle faisait si bien partie ? Et puis, il y a cette autre question, la vraie : ai-je raté mon rendez-vous avec ma mère ? Comment et pourquoi ?

Pour l'instant, je suis un adulte dont les souvenirs sont reconstitués par les autres ; ceux-là qui m'inventent des souvenirs, heureux ou malheureux, dont je ne sais trop que faire. Que me faut-il maintenant accepter ou refuser pour que se poursuive mon destin ?

PREMIÈRE PARTIE

Tous les dortoirs du monde

Décembre 1943

À la radio comme dans les journaux, la campagne publicitaire en faveur de l'adoption bat son plein. Tout est intelligemment exploité. Les sœurs de la Miséricorde attendent des dizaines de futurs parents adoptifs en ce beau dimanche de décembre. Elles n'ont rien négligé pour les attirer puisqu'elles ont fait distribuer dans toutes les églises de Montréal une circulaire rédigée par sœur Saint-Elphège et placée sous l'effigie de « Mario... le pauvret ». Ce personnage enfantin incarne le message chrétien et il a de quoi tirer les larmes. Sœur Hélène de Marie, la directrice adjointe, s'attarde en particulier près de Julien Lenoir, pour qui elle souhaite une adoption rapide.

TOC ! TOC ! TOC ! Je suis « MARIO, le pauvret » ; je viens de la crèche de la Miséricorde. Au nom de mes petits frères et de mes petites sœurs, je frappe à la porte de votre cœur ; car j'ai faim, j'ai soif, j'ai froid. Dans mon abandon et ma détresse, je crie vers vous, je vous tends les bras.

Symbole pathétique par excellence, ambassadeur de la crèche de la Miséricorde, le petit déguenillé, comme on l'appelle, offre de sa main droite son cœur à tous les regards. Depuis plusieurs années, Mario le pauvret fait appel à la générosité des bons chrétiens, mais se cherche aussi un foyer. Que de jeunes couples s'en retournent les bras chargés d'un bonheur qu'il n'appartiendra qu'au Ciel de couronner !

Car « c'est Jésus qui paie les dettes des enfants sans nom, sans père et sans berceau... », dit la publicité.

Les enfants sont là, ceux qui n'ont pas eu ce bonheur d'être adoptés. Ils ont un an et demi en moyenne. Une petite bande. Intimidés par l'empressement de sœur Hélène de Marie, par l'abbé Bouvier, à l'air si sévère dans sa robe noire. Par ces adultes aussi, qu'on promène deux par deux et qui, pour ces enfants, ont quelque chose d'inquiétant. Entre les petits lits à longs barreaux s'échangent des regards inquisiteurs.

Bien que les hurlements autour de lui ne cessent de s'amplifier, Julien Lenoir crie, mais personne ne vient. Le bambin s'épuise en vain. Il ne sait pas que la vie est injuste. Il ne fera que ce qu'il sait faire : hurler. Épuisé, il s'endort. Lorsque la religieuse heurte sa bassinette au passage, Julien s'éveille brusquement. Saisi, immobile, il pleure. Sa tête s'emplit à nouveau de cris. Il éclate. Sa gorge fatiguée est en feu et ses poings se referment. Les hurlements sont insupportables puis, progressivement, ils s'affaiblissent. Les sanglots s'arrêtent et Julien raidit son corps. Il tourne la tête, la retourne de tous les côtés. Il s'endort une deuxième fois en ignorant l'espoir des visiteurs qui tardent à s'approcher. Le sommeil sera court.

Sœur Hélène cherche à faire naître une lueur sur le visage du petit Julien. Pour qu'elle puisse le montrer, le mieux exhiber… Le bambin sent les choses plus qu'il ne les voit clairement. Il ne comprend rien. Aussi est-il vite incommodé par un couple venu de l'Ontario qu'a dirigé vers lui sœur Hélène. Ce couple dispose de moyens financiers supérieurs à la moyenne. L'abbé Bouvier le préfère à un ménage moins fortuné, bien que bon chrétien, plus disposé pourtant à soulager la misère humaine.

L'homme et la femme passent une première fois. S'éloignent. Reviennent. Julien ose à peine les regarder. Puis il les examine de tous ses yeux. L'enfant esquisse un sourire incertain. La femme, plutôt intimidée, s'approche. Elle tente une caresse. L'enfant, effarouché, pousse un cri d'animal traqué… La dame recule aussitôt, affolée.

Le couple, désenchanté, s'éloigne. L'homme tourne le dos à la bassinette. La dame, quant à elle, cherche à oublier ce cri qui avait l'air d'un affront. Pendant ce temps, Julien, blotti au fond de sa couchette, décontenancé, ne sait pas qu'il vient d'échapper à une adoption. Il regarde autour de lui, là où le vide, sans qu'il en prenne conscience, tourne sur lui-même.

Et voilà que, sans raison apparente, Julien se met à hurler. Ses cris agressent Gabriel Bastien, son voisin de bassinette, qui n'en peut plus. Debout sur son matelas mouillé, le bambin s'accroche à deux mains aux barreaux de son lit. Ses mouvements sont saccadés. Sa tête frappe le rebord de sa couchette. Le bruit est sec. Quelques promeneurs observent Gabriel comme s'il était un animal en cage. De surcroît, l'enfant dégage une forte odeur ; l'urine lui dégouline sur les jambes. Les visiteurs s'éloignent discrètement, alors que sœur Hélène de Marie s'approche pour soustraire l'enfant à d'autres regards. Le doigt sur la bouche, elle cherche à faire taire le bambin. La religieuse a repéré une bassinette vide. Elle s'y rend avec Gabriel dans les bras.

Plus loin, les visiteurs poursuivent leur tournée. Au-dessus des couchettes alignées l'une à côté de l'autre, des têtes d'enfants aux yeux hagards tournoient sans arrêt. Au-dessus de chaque lit blanc, un prénom est inscrit sur un petit carton jaune. Une dame mesure le tonus musculaire d'Antoine Mallard. Elle ausculte l'enfant sans se gêner. L'abbé Bouvier, un peu hâbleur, murmure :

— Il a l'air correct, celui-là.

— Oui… mais il est maigre. Sa santé me semble fragile, commente sèchement la dame.

— Il n'est pas fou, au moins ? ajoute volontairement l'homme au chapeau feutré. Et ses dents ? insiste-t-il.

— N'exagère pas, il n'a même pas deux ans.

L'abbé Bouvier s'approche d'elle discrètement, mais avec une intention explicite.

— Ces enfants que nous vous vendons, pardon, que nous vous présentons, sont la meilleure œuvre qui se puisse imaginer sur cette terre ; ils feront votre ciel, bonnes gens. Vous savez, madame, plus de six cent cinquante enfants sont admissibles à l'adoption. Ces enfants ne demandent qu'à vivre dans la lumière de Dieu.

— Pas celui-là, lance le mari.

Sans hésiter, il se tourne vers un autre lit.

L'abbé Bouvier poursuit sa tournée. Il reste encore Vincent Godbout, le deuxième voisin d'Antoine, que rien ne semble avoir perturbé jusqu'au moment où le chapelet de sœur Hélène, qui se penche sur sa couchette, frappe les barreaux de sa bassinette.

Vincent porte un petit ensemble bleu. Ses cheveux sont peignés. Sœur Hélène a même poussé le zèle jusqu'à rosir tendrement les joues trop pâles de Vincent. Elle l'a bichonné, pomponné pour une fois, en lui répétant à satiété, sans qu'il comprenne, d'être gentil et sage comme une image.

Rassuré, un couple à l'allure modeste et timide fixe le poupon. Le couple arrête définitivement son choix sur Vincent qui, à l'improviste, tend un bras vers la dame qui se penche. C'est alors que l'enfant empoigne sa longue chevelure et fait presque basculer la dame dans sa bassinette. Le bambin, surpris par la vive réaction de la visiteuse, se met à pleurer tout en maintenant sa prise. À l'approche de l'homme, l'enfant abandonne sa proie et se recroqueville dans le coin de sa couchette. Quelques minutes plus tard, à la surprise des visiteurs, Vincent fait un sourire à l'homme qui, maintenant, fond d'émotion devant tant de charme. La dame se suspend au bras de son mari. Tous deux partagent maintenant la conviction que le bonheur est au bout de leurs bras. Il s'appelle Vincent Godbout.

Dans une autre rangée, d'autres visiteurs s'affairent autour des enfants. Ils sont à la recherche de visages attendrissants.

Une dame, les cheveux noirs et soyeux attachés en chignon, penchée sur un petit lit, caresse le dos de Gabriel Bastien, qu'on a changé. Le bambin ne sait pas très bien ce qui lui arrive. On n'entend plus ses pleurs, mais ses yeux coulent toujours. Gabriel recule dans un coin de sa bassinette. La dame se penche à nouveau:

— Ce n'est rien, mon tout petit...

La jeune femme observe les lèvres tremblantes de l'enfant. En s'éloignant, elle l'entend pleurer, mais ne se retourne pas. Il y a pourtant un enfant qui devrait faire l'affaire, se dit-elle.

Elle s'avance dans l'allée centrale de la crèche. Les pleurs d'un autre bambin attirent vite son attention. Elle bifurque vers lui et lit son prénom sur le petit carton. Elle observe l'enfant qui la détaille des yeux.

— Mon beau Julien ! s'exclame-t-elle.

La dame soulève l'enfant qui, passif, se laisse prendre. Le bambin aime cet espace entre l'épaule et la poitrine où il peut déposer sa tête. Contre toute attente, il se sent au bon endroit dans les bras de cette inconnue. Cette proximité des seins, malgré l'étoffe un peu rude du manteau, apprend à Julien la joie de vivre. Quant à l'odeur d'eau de Cologne, même s'il en ignore la provenance, Julien s'en souviendra le soir avant de s'endormir, repu de cette si belle visite. Tout était si bon et si doux : la voix chaude, les yeux qui le regardaient, les bras qui l'enveloppaient, les mains qui le caressaient, son corps surtout qui se collait contre un autre corps dont le cœur tambourinait à un rythme régulier.

Julien ne pleure plus. Ses traits, toutefois, bien qu'harmonieux, composent un visage fatigué. Son nez coule et ses joues sont rouges. Un étrange silence s'installe. Les yeux du bambin fixent ceux de la dame. L'intensité du regard la surprend.

— Les petites filles sont là-bas, dit le mari d'un ton exaspéré.

Julien regarde la dame s'éloigner.

Les heures passent et pleurer épuise. Dans sa couchette, le bambin ressent un grand vide. Son corps bouge sans cesse. Besoin oblige, il mouille sa couche de coton. À peine soulagé, il sent l'urine chaude et acide couler le long de ses jambes. Irrité, Julien cache, par ses cris, l'impatience de revoir celle qui lui a donné une caresse. Épuisé par l'attente, il s'endort recroquevillé comme un enfant perdu dans un coin.

Mai 1946

Julien Lenoir, Gabriel Bastien et Antoine Mallard ont maintenant plus de trois ans. Ils ont quitté la crèche de la Miséricorde il y a déjà plus d'un an. Aujourd'hui, à la crèche Sainte-Cécile, même s'ils savent marcher, ils se traînent par terre dans la salle encombrée. À l'instant même, Julien bute sur Gabriel qui esquisse son sourire habituel, puis il grimpe sur son copain Antoine, qui lance de petits cris mais ne bouge pas. Les bambins égrènent leurs jours à se traîner, à se bercer ou à dormir dans leur éternelle bassinette. Réfugiés dans des gestes répétitifs, ils s'installent déjà dans une fade existence.

Gabriel a appris à marcher plus tard que son copain Julien. Sa gaucherie n'a pas encore disparu. Souvent, les deux pensionnaires s'adonnent à des jeux extérieurs dans une cour fermée d'une clôture de fer grise, à l'intérieur de laquelle sept balançoires sur une dizaine sont utilisables.

Cette fin d'après-midi-là — c'est la seule heure de la journée où ils ont accès à la cour —, les enfants hésitent un instant sur le seuil de la porte, comme étourdis, éblouis par l'immense soleil qui occupe un ciel tout bleu. Sans le moindre nuage. Soudain, surgissant de nulle part, Julien s'élance, bousculant tout sur son passage. C'est la liberté ou ce qu'il en connaît de mieux, sa brutalité cassante, qui trouve à s'affirmer. Les quelques mètres carrés qui servent de cour entre les hauts murs de briques, Julien les piétine avec une rage qui n'a d'égale que son désir de courir à tout vent.

Le voici maintenant avec Gabriel. Les deux amis s'amusent à se rouler par terre. Lorsque son compagnon de jeu est sur le dos, Julien l'enjambe et, chaque fois, se retrouve étendu sur son ami. Julien, alors, étreint Gabriel. Les enfants ignorent, évidemment, qu'un tel jeu est interdit.

— Ôte-toi de là, petit vicieux. Viens ici, que je refroidisse tes ardeurs, crie la surveillante, sœur Saint-André.

Puni, Julien se retrouve dans un bain d'eau froide. Il grelotte autant qu'il pleure. Il ne comprend pas ce qui lui arrive.

— Allez, va te coucher. Tu te passeras de souper. Si tu recommences, c'est un bain d'eau glacée que tu auras.

— Est-ce que je peux m'essuyer?

— Je t'ai dit d'aller à ton lit, pas de t'essuyer.

La religieuse est trop intimidante pour Julien qui, habitué maintenant, respire les mêmes odeurs : ce mélange troublant de sueur de robe usée et de poussière accumulée.

Ruisselant et nu, Julien quitte la salle de bains. Ses compagnons de dortoir ne sont pas encore arrivés. Son pyjama lui servant de serviette improvisée, Julien glisse dans son lit son corps mouillé et tremblotant. Jamais plus, se promet-il, il ne se chamaillera avec Gabriel, craignant cette fois-là l'horrible bain d'eau glacée.

•

Depuis leur arrivée à Sainte-Cécile, les repas se prennent en groupes de quatre par table dans une petite salle qui contient cinq tables. Par rangs de deux, les enfants y arrivent en silence. Sur la table carrée se trouvent un verre déjà rempli de lait et un bol contenant une purée assez consistante. Les enfants ne connaissent rien d'autre. Ils mangent avec une cuillère. Ils n'ont jamais vu de fourchettes ni de couteaux. Tout est tiède et réchauffé. Chaque enfant porte un bavoir.

Les jeux intérieurs ont lieu dans l'unique salle qui, avec le corridor, constitue la résidence de Julien et de ses amis. Des albums à colorier traînent çà et là ; s'y ajoutent des casse-tête, des meccanos. Depuis peu, Julien se laisse porter par le rythme monotone de sa chaise berçante.

Les enfants se fondent dans la masse anonyme des corps sous-développés. Des dizaines de chaises sont éparpillées sur le terrazzo gris de la salle. Chacun retrouve la sienne comme un prisonnier sa cellule. Dans la pénombre des jeux abolis et des jours ignorés, ce va-et-vient des corps mous devient une mécanique indifférente. Les enfants bercent leurs petits corps comme des herbes sèches au vent. On dirait que leur désarroi profond se balance dans l'anonymat perfide des salles sans jouets.

Coupés du monde dans leur chaise berçante, les enfants ont l'air abruti. Ils sont suspendus à des heures égales dans un ennui plat, dans un quotidien sans improvisation.

Julien est là qui regarde à l'extérieur. Où le ciel est gris, où il tombe une pluie fine et régulière. Grisaille qui répond à celle des murs qui l'enserrent. Quant à Gabriel, son visage s'assombrit, son regard traînant comme une guenille. Antoine n'a pas l'air plus éveillé.

Ce même soir, sœur Saint-André a fait une minutieuse inspection du dortoir. Julien n'a pas compris le sens de cet examen. Pourtant, dès le lendemain, habillés comme ils ne l'ont jamais été, Julien Lenoir, Gabriel Bastien et Antoine Mallard quittent la crèche Sainte-Cécile dans la plus parfaite improvisation. Le jour précédent, la directrice a reçu l'ordre de les transférer à la crèche Saint-Paul.

Pour les enfants, le contraste ne sera pas perceptible. Il y aura un peu moins de trois cents garçons de trois à seize ans habillés comme eux, marchant comme eux, mangeant comme eux, sans identité autre que leur prénom. Sans nom propre.

Sur les marches du perron du nouvel orphelinat, Julien trébuche, s'écorchant un genou. Sœur Brousseau, sa nouvelle responsable de salle, lui ordonne de se relever aussitôt et lui indique la porte. Julien entre dans sa nouvelle demeure plus meurtri que son genou.

— Tu commenceras pas à pleurer ici, mon petit garçon !

L'enfant est suivi par la sévère religieuse et tremble plus fort encore, à la seule idée qu'il puisse recevoir une taloche derrière la tête.

Septembre 1949

— Montre-moi ta main droite, demande Murielle Deschambault à Antoine Mallard, le voisin de Julien.

Le regard d'Antoine demeure vide. Triste. Absent. Le visiteur le moindrement attentif verrait un regard déjà éteint.

— Regarde ! Ça c'est ma main droite et mes cinq doigts, reprend-elle le plus calmement du monde.

L'institutrice montre ses doigts dont les bouts, remarque Antoine, sont rouges comme les lèvres de sa maîtresse.

— Et maintenant touche ton genou gauche avec ta main droite.

Julien, même si ce n'est pas lui qu'on interroge, saute aussitôt sur ses pieds et s'exécute. Mlle Deschambault le regarde, lui fait un sourire complice et ajoute sur un ton faussement réprobateur :

— Ce n'est pas ton tour, Julien. Il faut laisser répondre les autres. Il faut qu'ils suivent eux aussi, il faut qu'ils apprennent.

Étrange ballet des regards !

Celui de Julien pétille à chaque réponse qu'il ne saurait être autorisé à donner. Celui de Gabriel disparaît, quant à lui, sans obtenir l'approbation de la maîtresse. Celui d'Antoine, enfin, qui ne suit visiblement pas… et qui exaspère parfois Murielle Deschambault. Il n'est pas le seul. L'institutrice n'arrive pas à retenir leur attention plus de cinq ou six minutes. Même les exercices de coordination motrice exigent d'elle une patience de tous les instants, et en toute circonstance.

Ainsi, lors de la récréation, Julien aime s'accrocher aux jambes de sa maîtresse qui évite de contrer trop abruptement son élan. Le geste l'indispose mais son élève ne peut l'imaginer. Un jour qu'il a tenté le même geste avec sœur Brousseau, il a reçu de la religieuse une claque au visage qui a ébranlé ses tympans. Jamais il ne l'a refait.

•

Murielle Deschambault essaie de suivre le programme régulier des écoles de la commission scolaire. Elle doit surtout enseigner à quelque vingt élèves dont les capacités intellectuelles varient considérablement. L'institutrice, en fait, sait qu'elle a des élèves doués, mais puisque leur intelligence ne s'est pas développée, ils ont accumulé un retard académique important. Elle leur enseigne les rudiments de la lecture, du catéchisme et du calcul. Deux récréations de quelques minutes viennent entrecouper les cours. En classe, chaque enfant n'a à sa disposition qu'un cahier, un crayon et une gomme à effacer que Julien appelle son bloc rose.

Un jour, il ramasse plusieurs de ces « blocs roses » et les lui remet en toute candeur.

— Pourquoi me donnes-tu ces « blocs » ?

— Ben, c'est qu'on va les perdre. Je les ai trouvés à terre.

— C'est gentil, Julien. Tu sais rendre service.

L'enfant retourne à sa table, heureux d'avoir fait naître des mots doux dans la bouche de sa maîtresse.

•

Les enfants ont tous dépassé sept ans et devraient être en deuxième année. Pourtant, certains d'entre eux n'arrivent pas à écrire en lettres cursives. Murielle Deschambault enseigne comme si leur avenir était compromis. Malgré une volonté à toute épreuve, les efforts qu'elle fournit sont presque sans effet tant l'éveil des enfants accuse du retard. Julien et Gabriel sont fascinés par les mots écrits au tableau noir, mais ils se sentent maladroits lorsqu'ils tentent de les reproduire dans leur cahier.

Depuis que sa maîtresse lui a dit que les mots forment des phrases, et les phrases un texte, le mot texte est le préféré de Julien. « Ça sonne comme "tof", comme le mot "toc, toc, toc" ! » se dit-il. Dans sa tête, c'est la même frappe sonore. Le mot est dur comme lui, croit-il. Voilà pourquoi Julien l'aime. Il se fait une fête d'attendre ce son qu'il prononce avec tant de conviction… Un texte, c'est large comme un bain, c'est plein de petits mots-poissons qui nagent. C'est plein de couleurs. Et il aime les couleurs. Julien confie à sa maîtresse qu'il n'y en a pas assez dans sa salle de classe.

— Tu as bien raison, mon garçon !

Mlle Deschambault est toutefois tourmentée par les piètres résultats des enfants. Elle a l'impression de parler à des pierres. Elle ne se laisse pourtant pas décourager.

— « Bonjour belles dames ! Bonjour bons messieurs ! Bonjour vous tous, ô jolis anges de la terre !… »

Bienveillante, l'institutrice insiste sur les mots dames, messieurs et anges. Elle sait qu'elle a perdu l'intérêt de son groupe mais garde son enthousiasme. Elle voudrait bien que chacun de ses élèves ait un livre, mais il n'y a pas de bibliothèque et, encore moins, de local où elle pourrait isoler son groupe.

Julien Lenoir est tout au fond de la classe. Il n'écoute pas. Rêveur, il contemple une statue de la Vierge tenant son enfant dans les bras. Dès le premier coup d'œil, il se dit que c'est le plus bel objet de la pièce. Le bleu de sa robe, observe-t-il, rappelle la couleur du ciel qu'il voit lorsqu'il tourne la tête vers la fenêtre à sa gauche. Le bleu marial fait rêver Julien. Follement.

C'est maintenant la pause. Julien Lenoir s'avance sur le parquet de la classe où il voit comme une échelle aux barreaux multicolores. Seul, il parcourt toute la longueur de l'échelle en marchant d'un barreau à l'autre comme un brillant équilibriste. Gabriel tente d'imiter Julien. Il soulève son petit pied pendant que ses bras s'agitent comme les ailes d'un oiseau se risquant à prendre son premier envol.

— Tout le monde à sa chaise ! clame Mlle Deschambault. Allez, dépêchez-vous.

Voici que Mlle Deschambault propose à ses élèves ce qu'elle appelle, sans le dire à haute voix, des jeux sensoriels. Julien enfile donc des bobines de fil, Gabriel lace des bottines, Antoine insère une pièce ronde dans une boutonnière. Le premier à avoir terminé les trois exercices pourra alors pratiquer l'art difficile de faire une boucle dont il conservera le ruban. À la surprise générale, Gabriel a terminé sa boucle lorsque Julien, frustré, s'y essaie encore sans succès.

De retour à son pupitre, Julien fixe maintenant une gravure dans un livre, *Le petit Poucet*, que Mlle Deschambault lui a prêté la veille. Impulsivement, il en déchire une page et la met dans sa poche. Mlle Deschambault, qui n'a rien vu, s'approche de Julien. Elle lui ébouriffe les cheveux de sa main généreuse et potelée.

— Je vais te sortir en fin de semaine. Tu vas venir dormir chez moi. Si tu es sage !

Heureux, l'enfant quitte la petite salle avec ses camarades et se rend dans la cour de récréation. Il est trois heures trente de l'après-midi.

Julien, tout en restant dans la cour, veut s'éloigner du groupe. Il prétexte qu'il voit un crayon à mine de l'autre côté du trottoir. En effet, un long fil jaune gît dans l'herbe fraîchement coupée comme un bâton ramolli. Mlle Deschambault rappelle gentiment l'enfant à l'ordre.

— On ne quitte pas la cour, Julien.

Julien refoule son désir et se promet de s'y prendre autrement. Il s'approche de sa maîtresse et se fait câlin. Il pense à la fin de semaine qu'elle lui a promise. De sa poche arrière, Julien sort un livre et le lui rend en disant :

— Je l'avais perdu hier dans la cour. J'viens de l'retrouver. Y manque une page. Je m'en excuse, mademoiselle.

— C'est pas grave. À l'avenir tu devras prendre soin des objets qu'on te prête.

Julien est soulagé et le poids léger de son mensonge le rend indifférent à la leçon donnée. L'important, c'est qu'il n'ait pas été puni. Le reste, devine-t-il, est débrouillardise.

L'instant suivant, l'idée vient spontanément à Mlle Deschambault de lui apprendre l'heure. Elle lui prête alors sa montre que l'enfant porte fièrement à son poignet gauche. Ainsi, pour Julien, grâce à cet objet précieux, les deux aiguilles et les chiffres trouvent une utilité immédiate. Même si l'exercice lui est bénéfique, Julien perd rapidement tout intérêt à ce jeu. Il cesse de tourner les aiguilles et remet la montre à sa maîtresse.

— A fonctionne pus, j'ai pas fait exprès, mademoiselle.

— Mon Dieu que tu es dur avec les objets ! rétorque aussitôt l'institutrice.

Légèrement indisposée, Mlle Deschambault reconduit son groupe à la salle de jeux sans que Julien ait eu la certitude que sa maîtresse n'était plus fâchée.

L'heure du souper approche. La routine se poursuit. Pour les enfants, sœur Brousseau et la maîtresse tiennent successivement le rôle de l'horloge qu'ils n'ont jamais besoin de consulter.

Après le repas du soir, l'institutrice, avec l'aide de Julien et de Gabriel, met de l'ordre dans sa classe. Sa journée s'achève. Comme tous les jours, sœur Brousseau, la responsable de salle, vient faire son inspection.

— Comment se fait-il que ces enfants jouent avec les camions ? demande-t-elle à Mlle Deschambault.

— C'est moi qui leur ai donné la permission.

— Vous savez que c'est interdit.

— Je le sais et je me demande bien pourquoi.

— Ils vont les casser, réplique bêtement sœur Brousseau.

Les deux garçonnets ont abandonné leurs jouets sur roues. Ils les placent en rang avec les autres jouets sur l'allège des fenêtres au rebord très large.

Le lendemain, pendant la récréation du midi, Mlle Deschambault permet encore à Julien de jouer avec le camion jaune qui attire son regard depuis toujours. Antoine se saisit de la toupie rouge et s'amuse à s'en étourdir. Gabriel préfère le tracteur aux grosses roues noires. Le soir venu, toute la salle bourdonne d'activités comme le dimanche lors des visites.

— Ils vont les casser, soutient encore sœur Brousseau.

— S'ils les cassent, vous en achèterez d'autres en retenant l'argent sur mon salaire.

Le lundi suivant, les jouets ont disparu. Pour la récréation, Mlle Deschambault décide alors d'emmener les enfants marcher le long du boulevard Gouin. Pour leur ouvrir les yeux sur le monde, les faire sortir de leur prison, se dit-elle.

•

Ce que Murielle Deschambault lit dans *Le Devoir* ce jour-là, à son domicile, sous le titre « Les enfants sans foyer vous appellent », la plonge dans une profonde réflexion : « Je veux signaler à l'attention des âmes généreuses cette œuvre qu'on ignore peut-être et qui est une source de joie pour ceux qui s'y dévouent. »

Mlle Deschambault dépose son journal sur ses genoux. Elle observe Julien qu'elle a emmené chez elle pour la fin de semaine. Elle reprend sa lecture : « Ainsi, par exemple, je pourrais citer un couple sans enfant qui se fait un devoir et un plaisir d'exercer cette charité toutes les fins de semaine. Souventes fois, ces gens s'ennuient. Le dimanche pour eux est monotone… Pourquoi n'iraient-ils pas à l'orphelinat choisir l'enfant qu'ils préfèrent. »

Julien, lui, est là, tout près. Pourquoi ne pourrais-je pas l'adopter ? pense soudain l'institutrice. Je pourrais me marier.

C'est alors que Julien, sans avertissement, surgit à ses pieds où se trouve le journal qu'elle a laissé tomber. Le papier se froisse dans ses menues mains. La scène plaît à Mlle Deschambault. Julien lève la tête, il voit un objet dont il ne connaît pas le nom.

— C'est quoi ça ?

— C'est un téléphone. Ça sert à parler à des personnes.

— Pourquoi c'est noir ? demande aussitôt l'enfant.

Sur le coup, sa bienfaitrice ne sait que répondre. Julien n'attend pas la réponse, il se laisse distraire par le chat blanc qui frôle sa jambe. Attendri, il le flatte et découvre le plaisir que lui procure ce geste sensuel. « J'aimerais ça être un chat », dit-il à voix basse.

Dans l'après-midi, Murielle Deschambault conduit Julien chez le barbier, mais c'est le chocolat chaud dégusté au restaurant qui le rend heureux. Rien ne fait plus plaisir à sa maîtresse que lorsque Julien est poli et obéissant. Murielle s'enorgueillit d'un comportement aussi docile.

Instinctivement, Mlle Deschambault pose sa main sur la tête de Julien qui, spontanément, se colle contre sa maîtresse. Celle-ci passe ses doigts dans les cheveux de l'enfant. L'atmosphère est empreinte d'une douce complicité. La femme est prête à tout donner, l'enfant, lui, veut tout recevoir.

Octobre 1949

Tous les avant-midi, Julien Lenoir fait le tour des salles. Pour les nettoyer. Ses allées et venues sur l'étage lui donnent l'occasion de rencontrer les garçons des autres salles, dont l'âge varie de deux à seize ans. Par leur comportement parfois bizarre, les plus âgés inquiètent souvent Julien qui les remarque de plus en plus.

Une compagne de sœur Brousseau, sœur Irène, interpelle Julien et lui demande de la suivre. Peu de temps après, elle se dirige vers la porte.

— Je dois m'absenter pour une heure. Je voudrais que tu surveilles un bambin de quatre ans dans l'autre salle. Il s'appelle Mario.

— Oui, sœur Irène.

Ravi et obéissant, Julien révèle son sens étonnant de la débrouillardise. Au moins, se dit-il, je peux être utile. Dans l'accomplissement de sa tâche, Julien fait montre du plus grand sérieux qui soit.

Maintenant seul, il assoit Mario sur lui. Le bambin pose sa tête sur son épaule. Julien pense au geste de sa maîtresse. Ses doigts caressent les cheveux de son protégé et ce dernier en ressent un immense bien-être. Quelques minutes plus tard, sous le chandail de l'enfant, la main de Julien est posée sur le cœur de Mario qui s'est endormi.

•

Gaston Pellerin est assis sur une chaise droite dans une salle exiguë. Son inconfort l'indispose, aussi préfère-t-il rester debout. Un ami psychologue auquel il pense à l'instant, René Milot, de la Société de protection, l'avait prévenu : « Certains lieux sont interdits aux visiteurs, tu dois insister pour les voir. Sinon, ton reportage sera incomplet. »

Chargé des questions sociales au journal *Le Devoir*, le jeune reporter est dans un état fébrile. S'il est ici, au 1801 du boulevard Gouin Est, c'est que, aux fins de son reportage sur l'enfance abandonnée, il veut recueillir des faits bruts. La semaine précédente, dans une conférence prononcée devant les membres du Club Saint-Laurent Kiwanis réunis à l'hôtel Ritz-Carlton, le directeur médical de la crèche Saint-Paul, le Dr Pierre-Arthur Dagenais, parlant de la situation de son institution, l'avait décrite comme « affreuse, révoltante et inhumaine... Le rachitisme, que je ne trouve plus dans la pratique privée, est remarquablement commun à la crèche Saint-Paul ».

Gaston Pellerin en est encore à remuer ses impressions lorsqu'arrive sœur Irène du Bon Pasteur, accompagnée de la directrice, sœur Christelle de Jésus.

— Sœur Irène vous guidera, informe la directrice. Vous pouvez lui poser toutes les questions que vous voudrez, elle vous répondra au meilleur de sa connaissance. Je vous souhaite une excellente visite.

Le journaliste a déjà noté la voix ferme de la supérieure dont l'autorité ne fait pas de doute. Sœur Irène, pour sa part, paraît intimidée, mais dès les premiers pas en direction du corridor, elle affiche un sourire bienveillant.

— Je dois vous informer que la bâtisse dans laquelle nous sommes a été construite en 1900 pour loger un minimum de cent bébés d'au plus deux ans. Aujourd'hui, il y a deux cent soixante-quinze enfants dont l'âge s'élève, dans certains cas, à seize ans...

— ... mais c'est impensable ! s'exclame aussitôt Gaston Pellerin.

— Impensable mais hélas ! vrai, monsieur !

Cette remarque de sœur Irène laisse le journaliste perplexe, comme s'il doutait de la sincérité de la religieuse.

— Ici, est-ce bien une cuisine ?

— Oui, répond sœur Irène, mais on ne peut pas parler d'une vraie cuisine. Vous savez, cette maison était destinée aux bébés qui ne devaient vivre que de produits laitiers et de céréales. Comme vous le constatez, les aménagements sont désuets.

— Et que mangent les enfants ?

— Les mêmes bouillies et les mêmes céréales. Depuis toujours.

Gaston Pellerin est surpris, moins par ce qu'il découvre que par la franchise sans faille de la religieuse. Il pressent chez elle, comme se côtoyant, un courage exemplaire et une lassitude profonde. Lui viennent en tête les bons mots du Dr Dagenais à l'endroit des religieuses : « Elles méritent toutes d'être canonisées pour le martyre continuel qu'elles endurent à la crèche. » Gaston Pellerin ne sait plus à quel sentiment il doit se livrer : à la confiance ou à la méfiance ?

— Ici, ce sont des toilettes bien spéciales, commente encore sœur Irène. Ce sont les seules de la crèche. Six toilettes et six bains pour deux cent soixante-quinze enfants. Peut-être comprenez-vous mieux, maintenant, la demande d'aide qu'a faite le Dr Dagenais aux hommes d'affaires montréalais.

— Est-ce vrai que les enfants mangent et jouent dans la même salle ?

— Oui, nous devons l'admettre, ils vivent dans une abominable promiscuité. Descendons, je vais vous montrer une de ces salles.

Gaston Pellerin ressent une tension inhabituelle. Son cou est raide. Soudain, la voix de sœur Irène se fait plus claire :

— Je sais que vous êtes journaliste, lance-t-elle sans avertissement.

— Vous avez raison, répond le visiteur.

Les regards se toisent. L'homme et la religieuse poursuivent leur chemin. Dans leur situation respective, ni l'un ni l'autre n'est à l'aise. Le premier veut tout savoir, la deuxième laisse entendre des choses.

— Et qu'est-ce que vous attendez de moi ? demande sans détour Gaston Pellerin.

— Que vous racontiez la vérité, résume la religieuse. Les gens doivent savoir.

— Et vous êtes prête à me la livrer, cette vérité ?

Sœur Irène ne répond pas. Elle ne sait plus. Elle a l'impression de trahir la confiance de sa supérieure. Son rôle n'est pas de dénoncer, mais d'obéir. Cela, elle ne le sait que trop bien. Suis-je allée trop loin ? se demande-t-elle.

— Et ces portes, qu'est-ce qu'il y a derrière ?

— C'est une pièce sans importance, monsieur, vraiment sans importance.

— Et si elle m'intéressait, vous m'ouvririez les portes ?

Sœur Irène entend l'ordre de sa supérieure : « En tout temps, la salle des déments est interdite aux visiteurs. Vous ne devez montrer que la pauvreté matérielle. » Sœur Irène hésite, puis cède à une impulsion sur laquelle elle n'a aucun contrôle. Elle sort ses clefs et insère l'une d'elles dans la serrure. Les portes s'ouvrent. Les deux visiteurs entrent dans un long couloir. Derrière eux, les portes se referment. Ce qui s'impose alors, c'est une odeur aigre de vêtements humides. À droite, il y a l'infirmerie. À gauche, une salle sans fenêtre s'ouvre sur le couloir par une cloison grillagée.

Sœur Irène devine la consternation du journaliste. Elle lui explique, résignée :

— Il n'y a pas de place ailleurs. De nombreuses institutions pour enfants normaux doivent admettre leurs quotas de grands déments.

L'odeur obsédante et triste de la salle entrant en lui, Gaston Pellerin éprouve une vague nausée. Les corps des déments qui bougent devant lui exhalent une odeur d'enfermement insupportable.

— Sur les deux cent soixante-quinze enfants, il y a combien d'idiots comme ceux-là ? demande Gaston Pellerin.

— Une centaine, monsieur. Vous savez, si on veut maintenir un minimum d'ordre, il nous faut régulièrement donner des somnifères à tout le monde.

Le journaliste est découragé. La situation est beaucoup plus grave qu'il ne l'aurait cru. Aux yeux de n'importe quel visiteur, l'entassement des grands et des petits reste une vision effroyable.

— Les dons en argent ne suffisent pas, précise sœur Irène. Il nous faut des gens qui pourront forcer le gouvernement à nous enlever nos idiots et à nous aider à moderniser notre institution.

— J'ai beaucoup d'autres crèches et orphelinats à visiter. Je ne sais pas, au moment où je vous parle, si mes articles dénonceront ou pas la situation. J'ai des patrons, moi aussi.

— Dites ce que vous pensez, monsieur. Ce sera déjà beaucoup.

Suivie du journaliste, sœur Irène entre maintenant dans la salle où se trouvent Julien et le petit Mario. Gaston Pellerin entend des pleurs mêlés de cris insolites. Ce qui saute aux yeux, toutefois, c'est le vide dans les yeux des enfants. Leur tristesse fait pitié à voir. Leurs mouvements ne sont pas spontanés.

— Et lui, que fait-il là ? demande le journaliste.

— C'est Julien. Je lui ai demandé de prendre soin de Mario pendant mon absence. Les gardiennes ne suffisent pas à la tâche.

— Il va vous falloir de l'aide, c'est certain. En attendant, si je comprends bien, ce sont des enfants qui aident d'autres enfants.

— Est-ce un reproche ?

— Je ne le sais même pas moi-même. Je vous avoue que je suis plutôt catastrophé.

— Vous savez, monsieur, le petit Julien qui s'amuse avec le petit Mario là-bas, a appris à s'intéresser à celui qui ne comprend rien, à celui qui s'avère incapable de jouer, voire de parler.

— Sœur Irène, tentez-vous de me convaincre que des gens normaux ne perdent rien au contact des débiles ?

— Ce ne sont pas tous des débiles, vous devez le reconnaître.

Julien s'est approché du visiteur. Son regard a croisé celui de Gaston Pellerin. Il a bien entendu la remarque au ton ferme que sœur Irène a adressée au journaliste : « Aucun de ces enfants, encore moins celui-là, n'est un arriéré profond. »

— Je ne vous accuse pas, je constate, tient à préciser le journaliste.

— Nous faisons de notre mieux, vous savez.

Lorsque, à la fin de la visite, sœur Irène reconduit Gaston Pellerin à la porte d'entrée de la crèche Saint-Paul, la religieuse éprouve un malaise perceptible qui alterne entre honte et culpabilité. De son côté, en revoyant ces pauvres petits privés de l'essentiel, le journaliste pense à ses propres enfants qui ont le même âge que le petit Julien : ça pourrait être les miens qui seraient à sa place. Nul doute qu'entre la religieuse et le journaliste, la compassion s'est installée. Ce que leurs yeux toutefois disent, et ce qui est très clair, c'est que la compassion n'est pas suffisante. Des décisions doivent être prises. Il y a urgence.

•

Sœur Irène est de retour dans la salle où se trouve Mario. Elle demande à Julien s'il veut rester.

— Oh ! oui, ma sœur ! J'aime ça être utile. Ça passe le temps.

Puisque sœur Irène a pris du retard, elle ne dispose que de peu de temps pour laver sept bambins. La religieuse ne consacre à chacun que quelques minutes. Julien l'accompagne dans ses déplacements et exécute tout ce qu'elle lui demande de faire.

— Le monsieur qui est venu tantôt, c'est qui ?

— C'est un journaliste.

— Hein ! c'est quoi ?

— C'est un monsieur qui écrit dans un journal et qui fait des reportages en visitant des orphelinats.

Julien entend bien les mots que sœur Irène prononce, mais il n'en comprend pas le sens. À son air, la religieuse reconnaît rapidement l'impasse dans laquelle ils sont tous les deux. Heureusement, Julien change de sujet.

— Pourquoi Mario est avec les bébés ?

— Parce que les salles sont remplies et qu'il n'y a plus de place. Il n'est pas le seul…

Sœur Irène n'a pas le temps de terminer sa phrase, des bébés en détresse crient leur faim. C'est dans de telles circonstances qu'elle apprécie l'aide que certains enfants lui apportent. Ce qui n'empêche pas Julien, aujourd'hui, de poser des questions sur tout ce qu'il voit.

— Pourquoi, ma sœur, l'enfant dans le dortoir est attaché à son lit de fer ?

— Parce qu'il s'énerve quand il y a de la visite.

— Est-ce que je suis une visite, moi ?

— Non, pas toi. On l'attache pour le protéger. Il se lance partout et il risque de se blesser.

— C'est quoi son nom ?

— Raymond Blouin. Il a huit ans. Il est très malade tu sais. Demain, il va nous quitter. Il sera transféré à l'hôpital Saint-Jean-de-Dieu, dans l'est de la ville.

— Pourquoi ?

— On ne peut plus s'en occuper. Tu vois, on est obligé de l'attacher. C'est un grand malade.

— Moi, est-ce que je suis un grand malade ?

— Mais non, pas toi, Julien. Tu ne resteras pas toujours ici, tu sais.

Plutôt satisfait des réponses reçues, Julien interrompt ses questions et s'empresse de laver les six lavabos de la salle de bains comme le lui a suggéré la religieuse. Comme il s'arrête souvent, il n'a pas tout à fait terminé lorsque cinq heures sonne. La religieuse ne lui en tient pas rigueur. Sur son conseil, épuisé, Julien retourne à sa salle où il retrouve Gabriel.

Il décide de « jouer aux idées » avec son ami de toujours — Julien adore cette expression —, et son projet le réconforte. Tous les deux ont l'impression de maîtriser quelque chose. Leurs bras et leurs jambes construisent aussi des routes parallèles sur le sable imaginaire de leurs jeux. Les animaux de ferme qu'ils dessinent sur des retailles de carton de différentes couleurs incarnent leurs rêveries. Pendant que Gabriel s'attarde sur l'herbe qu'il taille dans sa tête, Julien se baigne dans un ruisseau aux reflets ensoleillés. Le jeu les invente. Ils explorent leur univers intérieur. Rêver fait oublier l'ennui.

Décembre 1949

Pour la première fois de sa vie, Julien est appelé au parloir. On l'a endimanché. Penchée sur lui, sœur Brousseau fait les derniers ajustements. On a publié, dans le journal, des photos d'orphelins en espérant que de bonnes gens les amèneraient chez eux. Julien est l'un d'eux. Une grande chance lui est offerte. À sept ans, pense sœur Brousseau, c'est sa dernière. Julien se dirige vers le parloir où l'attend un couple.

— Julien, dis bonjour à monsieur et à madame qui ont la gentillesse de t'emmener dans leur grande maison.

— Bonjour, madame... répond timidement Julien.

— Dis aussi bonjour à monsieur.

— Bonjour...

— Tu vas voir comme tu vas être bien avec nous... ajoute la dame dont le ton mielleux déplaît déjà à Julien.

— Et surtout n'oublie pas tout ce qu'on t'a dit, précise la religieuse d'un air ferme mais doucereux.

L'enfant ne veut pas aller dans cette famille. Il espérait plutôt aller chez Mlle Deschambault. Dans l'auto, il pleure autant qu'il crie. Rien n'ébranle le couple. Épuisé, Julien met fin à sa colère stérile.

Le séjour de Julien doit être écourté. Son comportement agressif vient à bout du couple qui ne réussit pas à l'amadouer.

À son retour à la crèche, Mlle Deschambault retrouve Julien dans un état tel qu'elle en fait part à sœur Brousseau.

— Vous l'avez trop protégé, réplique sèchement la religieuse. Il ne veut plus aller chez personne. Dès la première sortie, Julien n'a pas cessé de pleurer.

— Pourtant, Julien est un enfant si attachant.

— Attachant, peut-être, mais il ne sait pas obéir. Il aurait dû se coucher comme on le lui avait demandé. Lorsque la dame et son compagnon sont revenus de la messe, le soir du premier vendredi du mois, Julien était encore debout. Il faut toujours qu'il fasse à sa tête.

— Il faut le comprendre…

— Il n'y a rien à comprendre. Il faut plutôt le dompter.

Sœur Brousseau change aussitôt de sujet.

— Au fait, sœur Christelle de Jésus voudrait vous voir. Elle veut mettre certaines choses au point avec vous.

Mlle Deschambault se dirige à pas lents vers le bureau de la directrice. Elle sait trop bien ce qui l'y attend. Sœur Brousseau a parlé à la directrice de ce qui lui semble une contestation de plus en plus évidente des règlements de la crèche.

Dans le bureau de la supérieure, Murielle Deschambault écoute et baisse la tête, comme il est de coutume quand on se trouve devant l'autorité. Apparemment obéissante, elle sait qu'elle n'en fera qu'à sa tête.

De retour dans la salle qui sert de classe, Mlle Deschambault constate que les livres et les cahiers ont été rangés. À la crèche, se dit-elle, on leur apprend au moins cela, à coups de claquoirs et de punitions… À ranger et à nettoyer. Car il faut que tout, toujours, soit propre comme un sou neuf.

Soudain, jetant un regard à l'arrière de la salle, Murielle Deschambault reconnaît Julien, assis à terre, appuyé au mur. Elle s'approche de l'enfant qui ne bouge pas. Il tient dans ses mains les deux parties mouillées d'une même photo. Lorsqu'il lève la tête, il voit l'institutrice tendre les bras. Julien se laisse prendre par Murielle Deschambault qui revient ensuite vers l'avant et installe l'enfant sur le coin de sa table.

— Pourquoi pleures-tu ?

— …

— Qu'est-ce qu'il y a dans tes mains ?

— C'est ma mère. Est déchirée.

— Montre.

Julien fait voir les deux morceaux de papier qui l'ont tant éprouvé. Il les remet à sa maîtresse.

— Est-ce que ça se recolle ?

— Mais oui, mon garçon.

— J'ai pas fait exprès. Je l'ai montrée à Gabriel. Il ne voulait pas me la remettre. J'ai tiré, pis lui aussi. Ma mère s'est déchirée.

— T'inquiète pas. J'ai ce qu'il faut pour recoller les morceaux.

Murielle Deschambault colle sa joue contre celle, mouillée, de Julien. Elle s'abandonne à une étreinte qui réconforte l'enfant. Debout sur la table, le jeune garçon met ses bras autour du cou de sa maîtresse et pose sa tête sur son épaule. De ses mains, Murielle Deschambault éloigne la tête du petit et le fixe avec attendrissement :

— Qui t'a donné cette photo ?

Julien tarde à répondre. Il se souvient très bien où il l'a prise. Comment avouer à celle qui lui a appris à ne pas mentir qu'il l'a volée lors de son dernier séjour dans une famille qu'il n'a d'ailleurs pas appréciée.

— …

L'institutrice comprend vite que l'enfant ne dira rien. Elle n'insiste pas.

— Ne t'inquiète pas. Je vais réparer la photo. Elle sera comme neuve. Allez, va rejoindre tes copains au dortoir.

Après avoir reconstitué la photo, Murielle Deschambault a l'heureuse idée de la ranger dans une petite enveloppe jaune.

— Quand je voudrai voir ma mère, j'irai te voir.

— Je l'espère bien.

•

Après le déjeuner, certains garçons, dont Julien, Gabriel et Antoine, sont allés directement au dortoir — lieu interdit après huit heures trente — plutôt que de rester dans leur salle de jeux. Ils se mettent à sauter spontanément d'un lit à l'autre.

Le dortoir devient un grand champ de bataille. Jeux enivrants quand on ne connaît, comme Antoine, ni ses limites ni celles des autres.

Antoine, en effet, ne sait faire qu'une chose : se battre. Sa brosse à dents, il l'a vite transformée en arme. Sa force physique étonne. Osseux, lorsqu'il est en colère, ses membres s'agitent dans tous les sens. Il n'arrive pas à se maîtriser. C'est Gabriel qui écope le plus souvent des coups.

Exaspérée, sœur Brousseau les ramène tous à l'ordre de sa voix forte et autoritaire qui enterre les cris joyeux des garçons :

— Chacun debout près de son lit, ordonne-t-elle.

Elle aligne quelques enfants côte à côte. Elle demande d'abord à Antoine de baisser son pyjama. Ses fesses sont bien en vue. Et vlan ! Puis, c'est au tour de Julien qui ne comprend pas pourquoi la religieuse l'a pointé de son doigt accusateur. Chaque coup entre dans sa peau comme un clou. Dans le silence indifférent du dortoir, on entend le choc du bolo [1] rouge que sœur Brousseau a sorti de sa grande robe noire comme d'une caverne mystérieuse. Elle frappe Julien sans manifester la moindre émotion. L'enfant serre les dents et parvient par pur entêtement à ne pas se plaindre.

Après l'avoir puni, sœur Brousseau exige de sa petite victime des remerciements.

— Merci ma sœur de m'avoir corrigé ! dit Julien de sa voix brisée et tremblante de rage.

— La prochaine fois, c'est la salle des fous. Je ne te le répéterai pas deux fois.

Satisfaite, sœur Brousseau conduit maintenant tout son monde en rangs aux toilettes. Après s'être lavé, chacun est examiné avec minutie. Ensuite, la religieuse leur permet de se vêtir seuls, à la grande joie de certains qui ont appris à le faire.

Lorsque les enfants arrivent au réfectoire pour le dîner, sœur Brousseau est à nouveau là, qui les darde du regard et semble les nommer silencieusement : Julien, Gabriel, Antoine…

---

1. Pièce de bois plate servant à frapper une balle en caoutchouc attachée à la pièce par un élastique. Sans balle ni élastique, elle était utilisée par les religieuses pour donner la fessée.

Les enfants en ont froid dans le dos et baissent les yeux, comme pour l'effacer de leur vue.

Au moment de se mettre à table, Julien regarde pourtant l'infâme purée qui refroidit dans son assiette. Dégoûté, il lance, à personne en particulier : « Encore ça ! Ouache ! » Sœur Brousseau l'a bien entendu. Elle a reconnu ce qu'il y a encore là, exprimé, de défi.

Elle s'approche de lui.

— Debout !

Julien reste assis et lève ses yeux qu'il fixe sur la religieuse. Tout s'y trouve : ironie, défi, lucidité et volonté d'être vu. Tout ici le frustre. Sœur Brousseau l'arrache brusquement à sa chaise.

— Veux-tu bien obéir, espèce d'effronté !

Le regard de Julien ne vacille pas. Sœur Brousseau toutefois est trop forte et lui si petit. La religieuse le frappe à nouveau, mais Julien est là tout entier dans sa résistance. On peut le frapper, mais on ne pourra pas l'ignorer. Contre toute autorité, désormais, il existe. L'affrontement est son moyen d'affirmation. Il a sept ans. Sœur Brousseau s'acharne à vouloir le « casser ». Lorsqu'elle s'arrête épuisée, ne pouvant éviter le regard de Julien, elle sait qu'elle n'a pas gagné, mais il ne perd rien pour attendre.

Après le repas, Julien et ses amis plastronnent, orgueilleux, pleins de défi... Ils ont su retenir leurs cris et leurs larmes sous les coups répétés du bolo de sœur Brousseau et ils se sentent comme les héros victorieux d'un combat mythique. Ils n'ont que six ou sept ans, ils sont forts. Invincibles !

En classe, Julien parvient pourtant difficilement à tenir en place sur sa chaise, car le bolo a bel et bien rougi et meurtri ses fesses. Murielle Deschambault observe son manège, intriguée d'abord, puis amusée. Perspicace, elle voit bien ce qui se passe à la crèche, et comment y sont traités ses propres élèves. Elle devine aussitôt ce qui a dû leur arriver, tant la réputation de sœur Brousseau n'est plus à faire.

Murielle Deschambault referme le livre qu'elle a ouvert devant elle. Elle se lève, s'approche de Julien et lance, l'œil complice :

— Ça fait si mal que ça ?

Julien esquisse un maigre sourire, qui dit tout. La maîtresse enchaîne, débordante d'énergie :

— Debout, les enfants ! On va aller jouer dehors ! On va
aller se changer les idées et prendre un peu d'air frais.

Maintenant, dans la cour, Julien s'époumone à crier plus
fort que tous les autres.

•

Julien pressent qu'il n'y arrivera pas. Les corridors
sont trop longs. Il ne pourra rejoindre à temps ses camarades
qui se dirigent vers le réfectoire pour le repas du midi.
Murielle Deschambault a retenu son protégé afin qu'il l'aide
à ranger les divers objets qui ont servi lors de la dernière
leçon. Conscient de son retard inévitable, Julien ralentit. Sur
le palier, dans l'escalier, il s'attarde à la fenêtre et se laisse
distraire par un oiseau mort qui, à l'extérieur, a échoué sur
le rebord de ciment. Sa mort n'est pas récente, pense l'enfant.

Soudain, Julien est surpris par une voix haut perchée et
stridente qu'il reconnaît aussitôt.

— Tu n'es pas au réfectoire avec les autres ? demande
sur un ton autoritaire sœur Brousseau.

— Ben, j'ai aidé Mlle Deschambault à ranger ses affaires,
répond Julien. Je viens juste de terminer.

Le recours à son institutrice suffit pour que la sourde
impatience de la religieuse se transforme en une explosion de
mots sonores. Julien, évidemment, ne comprend rien à cette
imprévisible colère à laquelle il fait face.

— Je ne veux rien savoir de Mlle Deschambault. Tu es en
retard. Un point c'est tout. Et ce n'est pas la première fois.

— Mais…

— Il n'y a pas de mais.

Sœur Brousseau règle son compte avec Julien qu'elle
tient pour le meneur, lui qui a l'œil trop vif, la réplique trop
facile. Lui, le préféré de Mlle Deschambault. Pas la fessée,
cette fois-ci, non.

Prétextant une aide à apporter à l'infirmière, sœur Brousseau expédie Julien dans les sous-sols de la crèche. En le conduisant elle-même à l'infirmerie, elle s'assure que l'enfant y passe tout l'après-midi.

En chemin, sœur Brousseau s'arrête à l'entrée d'une salle s'ouvrant sur le couloir par une cloison grillagée. De passifs malades, tous assis sauf un, traînent çà et là dans la pièce.

Avec ce qu'il vient de voir et d'entendre, une fois à l'infirmerie qui est en face, Julien pense s'en être tiré. Surgit alors devant lui un sourd-muet qui gesticule. D'autres enfants en jaquette blanche s'avancent vers lui et forcent Julien à reculer de quelques pas.

Profitant de la présence de Julien, l'infirmière, à la suggestion de sœur Brousseau, l'envoie laver les toilettes, les lavabos et le plancher. De plus, comme Julien est puni, il n'a droit à aucune collation.

— Il est maintenant quatre heures et demie, déclare l'infirmière. Retourne à ta salle.

Julien se lance dans le grand escalier et dévale les marches. Il se retrouve dans un grand couloir du sous-sol. Son pas a ralenti. Au détour d'un sombre corridor, il tourne à gauche. Des plaintes s'élèvent. Il ouvre une première porte et la referme aussitôt. Il l'ouvre à nouveau. Il porte spontanément son autre main à son nez. Il recule et ferme la porte. Le couloir tamisé de lumière jaune le conduit vers des grognements de plus en plus intenses. Son cœur s'agite. Au bout du sombre corridor, à gauche, levant une barre de fer, il ouvre une porte de métal rouge. Il passe sa tête dans l'ouverture de la porte entrebâillée. Une odeur d'urine l'agresse aussitôt. L'enfant qu'il voit a la tête entourée de bandages. Julien ouvre toute grande la porte. Ce qu'il voit ressemble à la « cage aux agités » dont lui a déjà parlé, menaçante, sœur Brousseau. Sur le plancher, de longues traces brunes longent de larges rainures où ont séché les excréments des pensionnaires. La peinture des murs ressemble à une toile sombre et déchirée.

Des enfants agités, donc, portent des pansements. L'un d'eux a un bec-de-lièvre, un autre, un pied bot. Il y en a un qui se balance inlassablement et qui se frappe la tête contre le mur.

Est-ce la peur ou la colère qui l'assaille ? Près de lui, un enfant difforme s'agrippe aux mollets nus de son voisin, puis ses mains lascives montent sur ses cuisses.

Soudain, derrière un enfant difforme, une masse inerte attire l'attention de Julien. C'est un adolescent qui semble ne pas savoir comment se servir de ses bras ni de ses jambes. Puis le regard de Julien examine la salle monstrueuse. Une dizaine d'agités avancent et reculent comme des singes, montent ou descendent du grillage blanc qui leur tient lieu de mur. Littéralement « encagés », ils apparaissent aux yeux de Julien comme des bêtes sauvages. Près du grillage, un maigrichon entame une danse endiablée puis s'interrompt le regard vide. Il fixe Julien en louchant. Pris de panique, Julien déguerpit comme un lièvre affolé en hurlant.

Au bout du corridor, sa tête aboutit dans les nombreux plis d'une robe noire. Julien enfonce aussitôt son visage dans les jupes de sœur Christelle de Jésus qui a entendu ses cris. Voyant le désarroi de l'enfant, elle le serre spontanément contre elle.

Quelque chose change alors sur le visage de la religieuse, que Julien ne voit pas. Ses traits s'adoucissent et sa voix est plus feutrée. Comme si elle appréciait ce petit moment d'abandon. Sœur Christelle se surprend à caresser le dos de Julien qu'elle continue d'entourer de ses bras. Devinant ses pensées, elle susurre en douceur :

— Il ne faut plus crier.

Le ton consolateur rassure l'enfant. Sœur Christelle se plaît à consoler Julien. La religieuse l'entoure de ses bras, lui sourit, puis se défait de l'étreinte qui gardait le corps de l'enfant collé contre sa robe.

— Va ! Il n'y a plus de danger.

Rassuré par la religieuse qui le suit, Julien se dirige vers l'escalier.

L'enfant remonte en courant du sous-sol, comme le nageur qui a cru se noyer et qui remonte vers la surface de l'eau. Vers l'air libre. Il se joint aux enfants de son groupe qui défilent bien sagement dans le couloir. Julien glisse à l'oreille de Gabriel quelques mots.

— Tu n'en as pas eu assez, Julien ? crie presque sœur Brousseau.

Julien se tait. Il se retient de raconter ce qu'il a vu du monde d'en bas. Il remarque que Gabriel n'est pas dans son assiette. Troublé, blessé, Julien se promet pourtant d'interroger son ami dès qu'il en aura la chance, quand ils se retrouveront seuls dans la salle de récréation. Mais cette chance, il ne l'aura pas. Car, la porte de la salle à peine franchie, Gabriel court se réfugier sur le cheval à bascule sur lequel Antoine, pour une fois, ne s'est pas précipité.

Juillet 1950

Au parloir, le jeune visiteur, Pascal Gendron, est accompagné de deux dames, sa mère et une amie qui porte un gilet brun, une des tantes de Pascal. Derrière elles, en retrait, l'homme que Julien observe a l'air taciturne. Il déplaît à l'enfant qui craint de le voir s'approcher de lui. Julien recule puis se dirige vers Pascal.

Tous les dimanches après-midi, depuis quelques semaines déjà, ces gens viennent voir Julien à la crèche. Comme les fois précédentes, la dame demande à Julien de l'appeler « matante ». Bien qu'elle se montre infiniment gentille, Julien refuse en détournant les yeux vers l'homme.

Ce jour-là, la dame ne peut s'empêcher de fixer l'enfant du regard. À son tour, bien qu'intimidé, Julien l'observe. Bien qu'elle soit gentille, il la trouve intrigante. Sa chevelure noire domine des yeux inquiets, angoissés même. L'homme s'éloigne une fois de plus et regarde par la fenêtre. Julien cherche à s'approcher de la dame. Ses pas sont lents. À la vue de ses larmes, toutefois, il hésite. La dame ne détourne pas ses yeux des siens. Julien tire la manche de sa robe :

— Pourquoi vous pleurez, madame ?

N'obtenant pas de réponse, il s'enhardit et à nouveau tire la manche de sa robe, répétant sa question encore une fois.

— Pourquoi vous pleurez, madame ?

— Parce que j'ai perdu une personne que j'aime beaucoup.

— C'est pas moi, hein ?

Leurs regards se soudent quelques secondes.

— Tu aimerais ça, un de ces jours, venir chez moi ?

Julien ne sait que dire mais il est étrangement ému. Il se contente donc de hocher la tête. Compatissant et plutôt satisfait de sa réponse, il retourne jouer avec son copain. Les deux garçons jouent à un de ces « riens » dont les enfants ont l'habitude.

Cette visite, ce jour-là, est la dernière. Julien ne revoit jamais plus Pascal et sa mère, ainsi que la dame habillée en brun. Aucun geste, aucune parole n'a annoncé une telle rupture. La dame vêtue de brun lui a fait porter pour la première fois une chemise jaune et une culotte de toile brune mais souple qu'elle a confectionnées elle-même. Pour lui tout seul, lui a-t-elle dit. Le col de sa chemise est surjeté de fil brun. Fier, Julien a promis à sa bienfaitrice de rester toujours propre. « Ce n'est pas nécessaire », lui a-t-elle répondu gentiment.

Julien donc n'a plus de visite. Il se sent triste. Il aimait cette tante et surtout Pascal Gendron. Il s'ennuie. Murielle Deschambault le sait, qui observe sa détresse : Julien ne sera jamais de ceux qui partent. L'attente inutile devient sa plus grande déchirure. Pourquoi la dame a-t-elle cessé ses visites ? Julien a recommencé à faire pipi au lit.

Depuis quelques jours, Julien ne cesse de penser à sa « tante ». Cette femme à la longue chevelure noire, fébrile et bouleversée, c'est sa mère naturelle. Il l'a décidé. Il sent les choses ainsi. Elle a tenu à le voir, a sûrement songé à le prendre, à le reprendre... La preuve ? Elle lui a confectionné, de ses propres mains, une chemise et une culotte courte. Seule, se dit-il, une mère peut faire ça pour son enfant. La mienne l'a fait.

— Je veux que tu me prennes dans tes bras. chuchote Julien devant la statue de la Vierge Marie.

À genoux et seul dans un dortoir dont l'écho est ample, il ignore que Murielle Deschambault l'observe.

— Pourquoi tu me laisses seul ici ? demande encore Julien à la statue.

— Je veux que tu me prennes dans tes bras.

Tout en s'approchant, Murielle Deschambault évite de surprendre l'enfant. Elle dépose une main sur l'épaule de Julien qui se retourne, surpris mais vite rassuré.

— Je parlais à la Sainte Vierge, mais elle répond jamais.

— Il faut l'écouter, Julien, pas juste lui parler.

— Mais je ne l'entends pas. On dirait que la Sainte Vierge, c'est juste une idée de sœur, précise Julien.

— Eh bien non, Julien, c'est la mère de Dieu, c'est la mère de tous les enfants. Un jour, tu iras la voir.

— Où ?

— Au paradis ! Au ciel, Julien.

L'institutrice prend la main de son protégé et le guide vers la porte.

— Allez, va rejoindre tes compagnons dans la cour. Un enfant doit s'amuser. Va jouer !

Pour Julien, certains jours, l'obéissance est plus aisée que la prière.

•

Julien a chaud et soif. Il se dirige vers les toilettes. Le robinet à droite est trop haut. Il le sait. Ce qui ne l'empêche pas de le regarder chaque fois qu'il entre dans la pièce. Le garçonnet ne s'en approche plus, car il sait que ses jambes et son bras sont trop courts. Depuis quelques jours, toutefois, Julien a résolu son problème. Il en tire depuis une joie secrète.

Bien qu'assis sur la toilette, Julien fait semblant de faire ses besoins. En effet, aucun effort n'accompagne l'exercice pourtant régulier et, en d'autres occasions, si souvent nécessaire. Il est seul sur les lieux. Julien, maintenant debout, relève sa salopette, se retourne et tire la chasse d'eau en regardant tourbillonner une eau limpide mais tiède. La solution à son problème de soif réside dans ce geste anodin. Julien plonge d'abord ses mains dans l'eau qui tournoie comme un cerceau. Il les frotte alors avec application. Lorsque l'eau arrête de bouger, que sa surface est lisse, il y a un instant de contemplation qui rassure l'enfant. L'eau est propre, fraîche et froide.

Comme il le souhaite, comme toujours cela arrive depuis qu'il en a fait la vérification.

Julien s'agenouille près de la cuvette. Ses mains, à nouveau dans l'eau, prennent maintenant la forme d'une coquille. L'eau coule entre ses doigts, d'où son empressement à y précipiter ses lèvres sèches. Chaque lampée est énergique. Il importe peu à Julien que son chandail et sa salopette soient mouillés, que le plancher accueille son débordement d'eau et que sa poitrine et ses genoux soient trempés.

Cette fois-ci, il va plus loin, c'est sa tête qui plonge dans la cuvette. Tout autour, c'est blanc et luisant. Tel un chiot, Julien donne des coups de langue qui satisfont sa soif. Lorsqu'il se lève, il rajuste son chandail, essuie ses mains sur sa salopette qu'il déboutonne. Devant l'urinoir où il s'arrête, il projette un jet qui dessine des arabesques jaunes et éphémères sur l'émail blanc comme sur un mur lisse. Julien, se soulageant, s'amuse ainsi des formes instables. Soudain, son jet s'épuise et ses souliers en conservent quelques traces. Avant de quitter la pièce, Julien passe devant le robinet trop haut perché, le nargue de son regard d'en bas. Plus tard, il pourra penser qu'il y a des moments où la victoire n'a rien à voir avec la grandeur des hommes, mais tout à voir avec leur débrouillardise. Pour l'instant, il n'en demande pas plus, seule l'eau froide de la toilette est l'image du vrai bonheur.

Dans la pièce qui sert de salle de jeux, de réfectoire et de classe où Julien s'est rendu et qu'il s'apprête aussitôt à quitter pour aller au dortoir, il voit Gabriel se reposer sur la seule épaule consolatrice qu'il connaisse : celle du cheval de bois. Soudain, observe-t-il en témoin impuissant, sœur Brousseau, sans raison, arrache son ami à son objet préféré.

— C'est dans un lit qu'on dort, pas sur un jouet. Va rejoindre les autres au dortoir.

Julien accompagne aussitôt Gabriel qui n'a proféré aucun mot.

Sœur Brousseau jette un dernier regard vers cette salle. Elle éteint les lumières une à une. La porte du dortoir, adjacente à la salle, se referme.

Lorsque les garçons sont couchés, la tête de Julien et celle de Gabriel sont à quelques centimètres l'une de l'autre.

Leurs deux lits sont bout à bout. Julien tente désespérément d'attirer l'attention de son ami, mais celui-ci reste indifférent.

Sur son lit, lorsque Gabriel se tourne vers Julien, ce dernier n'arrive pas à déchiffrer le regard de son ami. Son beau visage a tant changé. Gabriel, habituellement doux et vivant, manque à Julien qui s'en inquiète de plus en plus.

On est maintenant au milieu de la nuit. Le sommeil de Gabriel est agité. Alerté par les gestes brusques de son copain, Julien se redresse brusquement dans son lit. Les têtes de lit s'entrechoquent. Julien passe rapidement ses bras au travers des barreaux du lit de Gabriel pour tenter de calmer son ami. Il ne réussit pas.

Soudain, un cri déchire brutalement le silence du dortoir. Un seul cri, terrible, suffit… Mais à quoi donc a rêvé Gabriel ?

Gabriel le sait, lui. Dans son cauchemar, il a croisé à nouveau sœur Christelle de Jésus, la directrice de la crèche. Celle-ci tremble. Elle frôle du revers de sa main la peau si blanche de l'enfant. Dans l'embarras des premiers touchers, la religieuse a déjà cédé à son premier abandon. Elle colle Gabriel contre sa poitrine. L'instant brûlant lui fait peur. Ses jambes écartées s'affolent. Gabriel, si près d'elle, résiste en vain. N'en pouvant plus, elle saisit la main de Gabriel, la glisse sous sa robe, l'approche de son sexe, la guide. Les doigts de l'enfant suivent le rythme dans un va-et-vient forcé, en même temps que doux. Tout retentit dans le corps muet de sœur Christelle de Jésus. Surprise par son propre excès, elle quitte, troublée, l'enfant givré d'effroi.

Julien regarde son ami qui, recroquevillé comme un fœtus, pleure maintenant en silence. Il sent aussitôt qu'aucun geste, aucune parole n'est possible. Julien ignore ce qui s'est passé. Il se recroqueville à son tour sous ses draps. Il fixe Gabriel, attendant un geste de sa part.

Parce que sa souffrance est indicible, Gabriel creuse un fossé infranchissable entre lui et Julien. Que reste-t-il donc aux deux amis dans cet univers de la crèche s'il n'y a plus cet absolu de l'amitié qui doit les lier pour toujours ?

Les mots se bousculent à ses lèvres, mais Gabriel n'arrive pas à les prononcer. Personne ne saurait déchirer l'enveloppe qui l'emprisonne, et qui le montre apparemment si paisible.

●

Sœur Brousseau est là, dans la classe de Murielle Deschambault. Sa seule présence terrorise les enfants. N'hésitant pas, elle pointe Antoine, puis Gabriel, puis Julien:

— Oui, venez tous les trois! Un gros changement vous attend.

Murielle Deschambault baisse les yeux, s'approche discrètement de Julien, lui prend les épaules. On a l'impression qu'elle veut le retenir.

— Va, écoute bien sœur Brousseau, susurre-t-elle.

Les enfants n'osent regarder la religieuse en face. Ils s'observent l'un l'autre, inquiets et excités tout à la fois.

Huit garçons se retrouvent ainsi à la porte du bureau de la directrice de la crèche Saint-Paul. Sœur Brousseau leur fait ses dernières recommandations.

— Toi, Julien, et toi Gabriel, restez calmes. Ce n'est pas le temps de courir. Obéissez à mère directrice.

Puis, plus nerveuse encore que les enfants, elle rattache un bouton de chemise, rabat une mèche rétive.

Sœur Christelle de Jésus, la mère directrice, est exagérément gentille. Les garçons ne l'ont jamais vue dans cet état. Sirupeuse, satisfaite du ton qu'elle prend, elle leur annonce solennellement la bonne nouvelle:

— Vous allez, dit-elle enfin, être transférés à un orphelinat qui s'appelle le Mont de la Charité. Une école — la plus belle de toutes — que la Providence a justement choisie pour vous!

Étonnés, les enfants se regardent comme pour s'assurer qu'ils ont compris la même chose. Pour sa part, Julien observe le mouvement de tête des deux religieuses.

— Lorsqu'ils partent de la crèche, confie sœur Brousseau à la directrice, chaque fois j'ai mal à leur avenir.

La directrice, qui trouve l'expression littéraire de la religieuse fort maladroite et peu sincère, détourne les yeux et se laisse plutôt distraire par le groupe d'enfants dont la vivacité lui est soudainement plus agréable.

Gabriel lève les yeux et regarde la directrice. Et il en soutient le regard, capable maintenant de la braver. Puis il se tourne vers la fenêtre qui éclaire le bureau. Le soleil joue dans les feuilles et confirme l'intensité de l'été. Rêve-t-il, ou sent-il vraiment cette odeur tiède et prégnante qui lui semblera toujours celle de la liberté ?

Cherchant à se raccrocher à quelque chose, Julien se tourne vers Gabriel qui, enfin, le regarde vivement. Aussi excité, aussi heureux que lui… Comme autrefois, se dit Julien. Comme avant… Puis il revient à la fenêtre du bureau. Il aime la lumière qui frappe son visage. Dehors promet un jour nouveau. Julien porte sa chemise préférée jaune au col surjeté de fil brun et sa culotte de toile brune. Gabriel sourit. Les enfants sont toujours ensemble. Ils se sentent libres et neufs. Convaincus qu'on ne pourra jamais les rattraper, ils s'évadent de tous les dortoirs du monde.

DEUXIÈME PARTIE

Les beaux jours

Août 1950

Les sœurs de la Bonne Enfance règnent modestement sur l'ensemble de leurs œuvres. S'activant autant dans les secteurs de la santé que de l'éducation, elles ne se permettent d'être et de paraître ostentatoires que dans la pierre, la brique et le béton. Leurs bâtisses sont impressionnantes. Le boulevard Gouin a beaucoup de prestige, longeant la rivière des Prairies. Les sœurs y ont fait construire deux établissements qu'elles ont édifiés aux deux points extrêmes de l'île : l'un à l'est, l'autre à l'ouest. À l'est, l'Institut médico-pédagogique du Mont de la Charité ; à l'ouest, l'hôpital Sacré-Cœur. De grands arbres majestueux se dressent devant chacun des bâtiments.

Le 16 août 1950, le déménagement s'effectue vers le Mont de la Charité nouvellement aménagé au bout des terres nouvelles à Montréal-Nord que la banlieue n'a pas encore rejoint. Un chemin de campagne sinueux conduit à un édifice de pierres rouges profondément en retrait du boulevard Gouin.

L'autobus à toit rond soulève un nuage de poussière sur la petite route tortueuse qui monte vers le nouvel édifice. Un premier groupe de soixante-quatre enfants, venant de l'hôpital Saint-Jean-de-Dieu, arrive. Puis un deuxième autobus, puis un troisième s'amènent. Dans ce dernier se trouve un duo d'amis difficilement séparables, Julien Lenoir et Gabriel Bastien. Les enfants chantent fort — comme pour chasser la peur de l'inconnu — jusqu'au virage qui débouche sur la fameuse allée centrale. Le voyage tire à sa fin. Ainsi, le silence s'installe progressivement quand les visages distinguent l'immense bâtisse.

Julien, minuscule, bien au chaud dans cette coquille à toit rond, voit se profiler un univers qui déjà l'écrase. Sa frimousse collée à la vitre — c'est la vision de lui qu'on a de l'extérieur — demeure immobile comme ses sentiments à l'intérieur de lui-même. La peur qu'il éprouve se transforme vite en angoisse. Lui si petit, comment pourra-t-il vivre dans cette imposante structure ? L'édifice est si haut que Julien ne parvient pas à en voir les étages supérieurs.

Avec ses copains, Julien descend de l'autobus. Le soleil cru du début de l'après-midi découpe avec netteté les champs, les arbres, l'imposante bâtisse qui se déploie contre le ciel. Julien en observe les contours rudes, secs, cassants presque. Puis il fait de même pour les gens qui semblent là, agglutinés, figés au bas de l'escalier central. De son regard, Julien balaie l'écriteau au-dessus du grand escalier de pierre grise : MONT DE LA CHARITÉ.

Un contingent de fillettes, une soixantaine bien comptée, habillées de rose et de bleu pâle, arrive en même temps qu'eux, escorté d'une jeune religieuse. Les orphelines défilent devant la supérieure qui les accueille debout sur le perron de l'établissement. Elle les salue d'un signe de la tête alors que, timides, les jeunes filles n'osent pas briser le rang qu'elles forment. Le regard de Julien se pose finalement sur elles, qui ne font pas qu'attirer l'attention ; ces jeunes filles l'intriguent.

•

Pendant tout le trajet, Murielle Deschambault n'a pas quitté Julien des yeux. Une peine commence à grandir en elle comme à l'occasion d'une rupture définitive. C'est bien ce qu'elle ressent en ce moment. Elle s'approche maintenant du gigantesque édifice qui — elle en est soudain convaincue — engouffrera son petit Julien. À travers une cohue d'enfants grouillants, une religieuse tout en rondeurs, s'approche d'elle.

— Je m'appelle sœur Odile des Anges, et vous ?
— Murielle Deschambault. J'étais leur institutrice.

— Moi, je m'appelle Julien Lenoir, s'interpose l'enfant.

Visiblement triste, l'institutrice cherche à cacher son émotion. Elle s'adresse à Julien.

— Viens près de moi. J'ai une belle surprise pour toi.

De son grand sac à main de couleur noire, Murielle Deschambault extirpe une enveloppe épaisse qui, rapidement, se trouve entre les mains de Julien qui plonge ses yeux à l'intérieur. L'enfant est intrigué. Des images de la Vierge et un livre consacré à la vie de Dominique Savio sont ceinturés par un mince élastique que Julien retire brusquement. Pendant que l'enveloppe gît à ses pieds, l'heureux garçonnet tourne les pages du bouquin qui, manifestement, l'éblouissent.

En retrait, sœur Odile observe la scène. Elle s'amuse des réactions du jeune garçon. Lorsqu'elle le voit s'extasier devant la photo qu'il vient d'apercevoir en tournant une page, elle comprend l'importance de la surprise qui lui est faite.

— Ma mère ! s'exclame-t-il. Tu l'as trouvée.

— Mais non. C'est toi qui m'as demandé de la conserver dans une cachette sûre, pour ne pas la perdre.

Julien fixe la photo. Tout se calme en lui.

Voici que la main de Murielle Deschambault s'attarde sur le cou de Julien qui, spontanément, prend sa maîtresse à bras-le-corps. Il ne retient plus son envie de pleurer. L'étreinte est forte et les regards qui s'échangent sont doux autant que tristes.

Ensuite, Julien met dans la poche arrière de sa petite culotte brune la photo tant aimée.

— Je ne veux pas encore la perdre, dit-il à sa maîtresse.

— Tu risques de la froisser.

— Ça fait rien, je veux qu'elle soit près de moi.

— Mets ta chemise dans ta culotte !

L'enfant s'exécute machinalement.

— Bon, il faut que je parte, enchaîne Murielle Deschambault. Sois sage, mon Julien, sois obéissant. Je viendrai te chercher ; je te le promets. Je ne t'oublierai pas.

L'institutrice regarde sœur Odile qui reçoit ses dernières paroles :

— Protégez-le bien, ma sœur.

Sœur Odile prend spontanément la main de Julien qui, malgré l'inquiétude qu'il ressent, aime la douceur de cette paume collée à la sienne. Soudain Gabriel accourt en trombe.

— Comment il s'appelle celui-là ? demande sœur Odile.

— Gabriel, répond Julien. C'est mon ami.

•

Religieuses et prêtres, moniteurs et monitrices se précipitent sur les nouveaux arrivants. Ils leur font presque regretter sœur Brousseau de la crèche Saint-Paul. Car même s'ils ne l'aimaient pas, elle leur était tout de même familière.

Soudain quelqu'un crie : « Une photo, s'il vous plaît ! » Jeux d'instantanés pour satisfaire les archives de l'avenir qui seront les preuves indubitables d'un passé harmonieux. Les religieuses s'agitent autour des enfants avec des appareils photo. Des enfants perdus, éperdus, éblouis par le soleil. Leurs yeux clignotent. Sœur Odile s'approche des enfants. À la demande du photographe, elle serre Julien contre elle. Éternité du cri de l'œil ! Clic !

Une voix inconnue s'impose, venue de nulle part, du moins jusqu'à ce que Julien découvre qu'elle sort d'un haut-parleur portatif rouge. Cette voix, moins terrifiante maintenant, égrène une longue liste de noms. Elle assigne à chacun un groupe, une salle affublée d'un nom de saint, une officière. Celle de Julien, comme pour Gabriel, c'est sœur Odile. Elle est responsable de la salle Saint-Gérard, ce qui ne dit absolument rien aux enfants, le saint moins que tout. Julien comprend, à la longue, qu'on sépare les jeunes, les moins jeunes et les grands. Au moins, se dit-il, il y a maintenant sœur Odile. Elle lui rappelle Murielle Deschambault.

Julien aperçoit son officière une fraction de seconde, mais il revient aussitôt à ses amis. Cette rondelette religieuse, il aura bien le temps de l'apprivoiser.

Derrière le groupe d'enfants, la directrice se penche vers l'abbé René Arsenault, l'aumônier du Mont de la Charité, et murmure avec un brin de fierté dans la voix :

— Ils ont l'air brillant, ces nouveaux…

L'abbé Arsenault approuve de la tête.

La découverte des lieux est inquiétante, quelque chose d'austère imprègne l'atmosphère. Derrière, comme pour confirmer cette sensation, la porte se referme aussitôt. Dans un bruit mat qui fait sursauter Julien. Les couloirs semblent interminables, percés d'une multitude de portes : mystères qui ne peuvent qu'alimenter leurs peurs enfantines. Celle qu'on ouvre finalement, au deuxième étage, donne sur la salle Saint-Gérard. Les murs sont semblables à celui du corridor que Julien vient de quitter. Le mur, beige en bas et blanc en haut, est marqué à mi-hauteur par un ruban de tuiles violettes qui trace une ligne droite autour de la salle. De sa position, main tendue, Julien est trop petit pour toucher la bande si hautement perchée. Déçu, il longe alors le mur que sa main ne quitte pas.

Arrivé au dortoir, Julien découvre, alignés en quatre rangées, cinquante-trois lits de fer bruns et, les jouxtant chacun, de petites commodes métalliques blanches. Puis l'enfant entrevoit, à travers les fenêtres, au delà des deux rangées de lavabos en retrait du dortoir, le balcon qu'il apprendra à aimer puisqu'il donne sur l'extérieur.

Élevant bien le ton, sœur Odile, l'officière de la salle Saint-Gérard, demande le silence et l'obtient. Elle présente son adjointe sœur Alfred Magellan, le moniteur Donatien Legault et une femme du nom de Jeannine Duval qui sera responsable de l'entretien.

— Vous devrez vous abstenir de crier ou de courir dans les couloirs, ordonne l'officière.

Julien reconnaît le règlement qui diffère fort peu de celui qui était appliqué à la crèche. Soudain, il entend pour la première fois la voix de son moniteur :

— Je ne tolérerai aucun manquement au règlement. Votre premier devoir, sur lequel je serai intraitable, c'est d'obéir.

Julien n'écoute plus. Il s'intéresse plutôt à un enfant qui sourit béatement tout près de lui et qui lui rappelle Raymond Blouin qu'il a connu à la crèche et qu'on a envoyé à l'hôpital psychiatrique Saint-Jean-de-Dieu. Pour Julien, le sourire que l'enfant arbore a quelque chose de troublant.

Plus loin, une vingtaine d'enfants, des habitués de l'endroit, se bercent inlassablement. Ils ont déjà leurs habitudes. Julien est impressionné par ce ballet de berceuses. Il reconnaît ce qu'il croit être de vrais débiles. S'imprègnent en lui ces visages englués de morve repoussante. Julien est d'autant plus troublé qu'il se remémore aussitôt la salle des déments qu'il a découverte un jour à la crèche Saint-Paul alors que la terrifiante sœur Brousseau l'avait envoyé à l'infirmerie.

Instinctivement, Julien met la main sur sa poche arrière où la photo de sa mère l'accompagne. Gabriel, à ses côtés, est tout aussi impressionné :

— Il m-me semble que ça n-n'a pas b-beaucoup changé, dit-il sèchement à Julien. Le m-monde est t-toujours pareil.

— Peut-être, mais on est encore ensemble, répond son éternel ami.

Autour d'eux, tout est trop vaste. La grandeur et la multitude des locaux les effraient. Les corridors sont de longues rues intérieures. Deux cours fermées sont délimitées par quatre murs où se superposent des dizaines de fenêtres alignées symétriquement. Les contacts entre garçons et filles sont interdits. Les filles vivent dans la partie ouest de la bâtisse, les garçons dans la partie est. En fonction de l'âge des pensionnaires et de leur sexe, chaque groupe a ses propres appartements et est logé dans un secteur déterminé de l'édifice.

À la salle Saint-Gérard, les garçons s'emparent sauvagement, joyeusement pourrait-on dire, du dortoir et des quelques mètres carrés qui leur tiendront lieu d'univers. Julien et Gabriel choisissent deux lits voisins. Comme pour se féliciter, les deux complices se donnent une poignée de main qui ressemble à une promesse d'amitié.

Les enfants qui se berçaient dans la salle de jeux, quelques instants plus tôt, se promènent tout excités dans la pièce. Ils semblent ravis du tohu-bohu instantané. La tête du lit d'un nommé Vincent Godbout, que Julien ne connaît pas encore et qui est là depuis quelques mois, fait immédiatement face à la sienne. Il n'a pas l'air fou celui-là, se dit Julien.

Une voix se fait entendre. Sœur Odile ordonne aux enfants de se mettre en rangs.

— Allons visiter la chapelle. Nous allons remercier le Seigneur de vous avoir amenés ici.

Spontanément, Julien se faufile vers la religieuse.

— Il faut prendre son rang, mon garçon. Allez, fais comme les autres.

La déception se lit sur le visage de Julien. Il n'est encore qu'une zone grise dans le flot des enfants. Sœur Odile ne lui accorde pas l'attention qu'il espérait. Ravagé par son échec, Julien a mal au ventre.

— Rentre ta chemise à l'intérieur de ta culotte, elle est encore sortie, dit plutôt sèchement la religieuse.

Le soir venu, c'est avec un regret certain que Julien jette sa chemise et sa culotte au milieu d'un tas de linge sale. Il a l'impression de se séparer définitivement de ses vêtements. Dans son lit, un peu avant que les lumières du dortoir ne s'éteignent, il entend la voix enrouée du moniteur, Donatien Legault :

— Votre tête et vos bras doivent être sortis des draps, lance-t-il sèchement.

Legault inspecte les rangées. L'ordre y est prévisible. Nul écart toléré. Julien, à mi-chemin entre la peur et l'obéissance, est figé. Dans son lit, ce premier soir, ses draps n'ont pas l'odeur familière de la crèche Saint-Paul. Déjà, d'ailleurs, le soir et la nuit se confondent.

•

Une semaine s'est écoulée lorsque Julien demande à son moniteur où il peut trouver la chemise jaune et la culotte brune qu'il portait le jour de son arrivée.

— Ton petit costume, répond le moniteur surpris, mais tu l'as mis au lavage le soir de ton arrivée. Tu ne t'en souviens pas ?

— Mais c'est à moi, rétorque-t-il, je l'ai reçu en cadeau. C'est mon linge.

— Que veux-tu que ça me fasse ?

Au moment même où il prononce ce dernier mot, Julien pense subitement à la photo abandonnée dans la poche arrière de sa culotte brune. Un sentiment de panique s'empare de lui. Ses petits poings frappent le ventre du moniteur qui le saisit fermement par les deux bras.

— Apprends que rien ici ne t'appartient, mon garçon. De toute façon, tu n'es plus à la crèche. Ton linge, on va le donner aux plus petits. Les petites culottes, c'est pour les bébés.

— Oui, mais ma photo ? Elle était dans ma culotte.

— N'y pense plus. Avec l'eau de Javel, il ne doit plus rester grand-chose. Arrête de pleurnicher, tu m'énerves !

Julien est désemparé. Sa photo est-elle perdue à jamais ? Il se sent dépossédé. Il n'en déteste que plus rageusement le chandail et le pantalon qu'il porte en cet instant et qui le font ressembler à tous les autres.

Tard dans la soirée, couché sur le dos dans son petit lit étroit, les mains par-dessus les couvertures comme le veut le règlement, Julien a les yeux grands ouverts et fixe le plafond. Dans l'allée, le moniteur Donatien Legault marche discrètement. En passant devant le lit du jeune Lenoir, le moniteur s'aperçoit que l'enfant ne dort pas. Il arrête, le regarde et lance :

— Dors !

Julien ferme aussitôt les yeux. Mais dès que le moniteur reprend sa marche, il les ouvre et le regarde s'éloigner. Il n'aime pas cet homme.

Tard encore dans la nuit, la photo perdue continue d'obséder Julien. Il se remémore les traits de sa dame mystérieuse : ses rondes épaules, son long cou cerclé d'une chaîne, son front clair, ses yeux noirs et ses lèvres qui n'esquissent un sourire que pour lui seul. Ma mère, pense Julien, elle me parle quand je la regarde ; même quand il fait noir, se dit-il.

Septembre 1950

Gaston Pellerin, journaliste, est dans la pénombre de la salle désertée de la rédaction du quotidien *Le Devoir* à Montréal. Un soir de septembre. Une vieille lampe, posée de guingois au milieu des papiers et des livres, lui éclaire le visage. Sur une coupure de journal, un cendrier déborde de mégots. Les mains du journaliste courent sur le clavier de la machine à écrire où s'inscrivent des mots auxquels il voudrait donner le tranchant d'un couteau affilé.

L'enquête sur l'enfance abandonnée, qu'il complète en cette fin d'été, donne à cette tragédie l'ampleur des grands drames humains. Cette recherche à laquelle il travaille depuis des mois lui laisse un goût amer. Il ne pourra l'effacer qu'en donnant un visage, un nom à tous ceux qu'il a vus. Le journaliste sait que sa série d'articles expose au grand jour, dans le royaume glacé de l'enfance malheureuse, un des problèmes les plus tragiques et les moins connus de ce pays.

Gaston Pellerin retire sa feuille du rouleau, recule sa chaise, frotte ses yeux rougis par tout ce qu'il a écrit. Immobile, perdu dans la fumée, il relit un paragraphe :

Tous ces petits, qui tournent vers nous des visages vides, qui n'ont aucun mouvement spontané, croupissent ensemble parce qu'ils sont tous semblables. Ces enfants sont des larves. En d'autres mots, si dure que puisse paraître cette accusation, nos

crèches fabriquent des arriérés mentaux que nous
ne parviendrons jamais à rééduquer.

Gaston Pellerin s'accorde une pause. Surgit dans sa mémoire le souvenir de Julien Lenoir. Certes, il ignore son nom, mais pas son visage. Pourquoi a-t-il été mêlé à ces agités qui l'obsèdent et qui sont tantôt attachés à un pied de lit rivé au plancher, tantôt laissés seuls dans une salle sombre où s'entendent des cris rauques ? Combien de temps ces enfants vont-il résister à cette ambiance malsaine qui aura tôt ou tard raison d'eux ?

Surmontant sa fatigue, Gaston Pellerin glisse alors un nouveau feuillet dans la machine à écrire. « Telles sont nos institutions pour la protection de l'enfance, écrit encore le journaliste, si remplies, si surpeuplées, si honteusement inadéquates que la distinction élémentaire entre les malades et les sains d'esprit s'avère dans les faits impossible à effectuer. » Pourra-t-on m'accuser d'exagérer, se demande-t-il, conscient que son histoire est une des plus accablantes à être mises à jour dans la province de Québec ? Comparant le sort des orphelins de la crèche à celui de ses propres enfants, il a compris toute la profondeur du drame. S'il est insatisfait de son texte, c'est parce que le journaliste sait bien que ses pauvres mots ne rendront jamais toute la vérité de ce drame.

Dans cette nuit vaste et sombre, les presses tournent jusqu'au petit matin. Gaston Pellerin est maintenant au marbre, la chemise déboutonnée au col, les manches relevées, le veston posé négligemment sur l'épaule, l'éternelle cigarette au bec. Il voit défiler les grands titres : Maurice Duplessis, à la une bien sûr, déclare une fois de plus que le Québec est ce qui peut s'imaginer de mieux au monde : une terre bénie grâce à ses largesses à lui, le « Chef », et à cause de ce merveilleux clergé que lui a confié la Providence. Puis, ouvrant *Le Devoir*, Gaston Pellerin jette un œil sur son article coiffé de son titre en gros caractères : « HISTOIRE DES ENFANTS PERDUS ». Après tout, réfléchit-il, ils n'ont rien fait d'autre que de naître de parents inconnus ou qui les ont abandonnés. Une phrase le rassure, car elle résume l'essentiel de son message : « Dès sa naissance, l'orphelin des crèches vit dans le désert de l'amour. » Certes, il aurait bien aimé que son article supplante la une consacrée à Duplessis, mais il reconnaît, tout compte fait, que ce n'est pas si mal, car on lui a donné tout l'espace dont il avait besoin. On a même conservé le titre que le directeur du *Devoir* jugeait trop littéraire. Il a à peine commencé à relire son texte qu'un vieux typographe, tout ému, s'approche timidement de lui :

— J'ai lu tous vos articles. De la bien « belle ouvrage », monsieur Pellerin, lance-t-il, visiblement sincère. J'ai eu honte. Ça m'a fendu le cœur !

●

Les sœurs de la Bonne Enfance sont au réfectoire du nouvel Institut médico-pédagogique appelé le Mont de la Charité. Elles viennent à peine de terminer leur petit déjeuner quand une des leurs arrive, brandissant *Le Devoir*, journal catholique s'il en est. Elles sont nombreuses à se pencher sur l'article accusateur qu'elles lisent les yeux rivés sur le journal. À peine modulés, les « oh ! » d'indignation se suivent.

— Comment ce M. Pellerin a-t-il pu écrire de telles horreurs, nous qui nous donnons entièrement au bien-être de ces enfants ? clame tout haut la directrice, sœur Agnès de la Croix. Et celle-là, enchaîne-t-elle, vous l'avez lue ? Il prétend que nous transformons les enfants en arriérés mentaux alors que nous faisons tout ce qui est en notre pouvoir pour les éduquer. Ce n'est tout de même pas notre faute si ces infâmes mères ont péché, et si les fruits du péché se révèlent si gâtés…

Sœur Agnès de la Croix regarde ses adjointes, aussi indignées qu'elle, aussi révoltées. La désolation est visible dans tous les regards. Chacune cherche la réponse à la question qu'elles ont toutes aux lèvres. Comment, demande la directrice, empêcher qu'un tel article puisse circuler à nouveau ? Finalement, elle lance :

— Nous en parlerons au nouvel archevêque.

Les religieuses présentes poussent toutes le même soupir de soulagement, comme si c'était la formule magique qu'elles attendaient.

— Si Mgr Léger s'en mêle… murmure une religieuse qui quitte lentement le réfectoire.

•

Convoqué à l'archevêché de Montréal, Gaston Pellerin connaît trop bien les rouages de la société (pour ne pas parler de ceux de son journal) pour songer sérieusement à se défiler. D'autant que l'accompagne le directeur du *Devoir*, M. Gérard Borduas. Les deux ont mis au point des arguments, car chacun se prépare à une sévère semonce.

L'abbé Fernand Gadouas, le secrétaire de l'archevêque, poli mais froid, les reçoit dans un petit salon, et non à son bureau, détail révélateur du froid qu'a créé l'événement. Clerc magnanime, l'abbé Gadouas — on le dit destiné à de hautes fonctions — multiplie les gestes onctueux propres aux milieux ecclésiastiques. La position qu'il occupe pour l'instant dans la hiérarchie cléricale l'amène à intervenir régulièrement dans les débats sociaux où il se fait systématiquement le défenseur d'une évolution lente et prudente, fondée sur le respect le plus grand des traditions de l'Église et sur le respect de Dieu.

Gaston Pellerin, qui l'a vu à l'œuvre plus d'une fois, dit de lui qu'il est un fin orateur. Avant même qu'une discussion ne s'engage, il en prévoit toutes les issues. Si l'abbé Gadouas est prévisible, cela ne l'empêche pas d'être dangereux.

— Comment laisser planer sur l'ensemble de nos institutions de protection de l'enfance des reproches qui, supposons-les fondés, n'auraient tout de même été mérités que par un petit nombre d'entre elles ? N'avez-vous pas manqué d'objectivité ? Votre ton, ne vous semble-t-il pas trop engagé, trop polémiste ?

— Je m'en suis tenu aux faits, répond calmement le journaliste. Ce qu'il faut reconnaître, c'est que plus les orphelins vivent dans les crèches, moins ils se développent intellectuellement et physiquement.

— À qui la faute ? demande l'abbé Gadouas.

— La vraie question, réplique le journaliste, est de savoir pourquoi il y a une telle surpopulation et si peu d'espace ? Les crèches sont presque des cours à rebuts.

Désarçonné, l'abbé Gadouas ne peut que reprendre l'argument constamment servi par les sœurs elles-mêmes :

— Je vais vous dire ce que je pense : le problème de l'enfance en difficulté a pour origine la « gangrène morale ». L'enfant porte en lui la défaillance de sa mère. Il en est entaché pour la vie.

Choqué, le journaliste reste interdit. L'abbé Gadouas en profite, il accentue sa contre-attaque.

— Si tel enfant est idiot, il coûtera, par année, toute sa vie, deux cents dollars d'hospitalisation. S'il est anormal, sous-doué, infirme, taré, nul n'en voudra jamais. C'est un sujet d'hospice, une charge, une croix pour la société.

— Si je comprends bien, monsieur l'abbé, la guérison est un luxe que l'Église, son clergé et ses communautés ne peuvent se payer.

Gaston Pellerin poursuit son plaidoyer, mais l'abbé Gadouas s'obstine toujours à nier le problème. Quant au journaliste, il refuse de faire l'apologie des œuvres de charité au détriment de la vérité. Depuis toujours, il dénonce la connivence qui unit l'État et le clergé.

— Quand on accepte une tâche comme celle que vous décrivez, monsieur l'abbé, le dévouement ne suffit pas ; il faut aussi la compétence.

— Je me méfierais à votre place, dit l'abbé, tout à fait jésuite, vous risquez, même avec les meilleures intentions du monde, d'en faire une cause personnelle.

Indigné, le journaliste ne veut surtout pas être entraîné sur le terrain de son engagement social. Cette enquête, c'est en tant que père de famille qu'il l'a menée, non en tant que militant. Car, tente-t-il d'expliquer au représentant de l'archevêché, rentrant le soir à la maison, après avoir visité les institutions de charité, il a honte du confort pourtant modeste où vivent ses propres enfants.

— Une cause personnelle, oui, si vous entendez par là l'engagement du père de famille ? Vous avez raison, c'est surtout à ce titre que j'ai écrit ces articles. C'est ça que j'ai voulu décrire : le pays québécois de l'enfance sans soutien.

— Sans soutien ! Vous y allez fort ! réplique l'abbé, à nouveau ironique. Soit, reprend-il vivement, mais ce titre de père justement que vous revendiquez — un des plus beaux de tous — aurait dû vous inciter à plus de mesure, vous obliger à reconnaître le dévouement dont ont toujours fait preuve les religieux et les religieuses. Un dévouement dont, je n'en doute pas, vos propres enfants sont ou seront sans doute les premiers à profiter.

Le journaliste, et l'ancien jéciste [1] en lui, est piqué au vif. Et choqué aussi de voir l'abbé recourir à des arguments si évidents, car il va de soi que ses enfants sont et seront éduqués par les religieux ou les religieuses. Pour la première fois, le directeur du *Devoir* intervient. S'adressant à l'abbé Gadouas, il se fait même cinglant.

— Monsieur l'abbé, le dévouement ne suffit pas quand on s'occupe des enfants. Il y a aussi la compétence. Quelle chance est donnée aux enfants abandonnés de sortir des affres de leur destin ?

L'abbé hésite un instant. Puis il choisit de ne pas croiser le fer avec le directeur. Il se défile donc et en revient au sourire suave du début de l'entretien :

— Oublions le passé si vous le voulez bien. Et regardons vers l'avenir. Vous avez très certainement entendu parler du Mont de la Charité. Vous y faites allusion dans vos articles. Le splendide Mont de la Charité, qui vient d'ouvrir, viendra justement au secours de ces arriérés mentaux...

— Du béton, dit le journaliste sur un ton méprisant. Encore et toujours. En quoi cela peut-il corriger les blessures infligées à l'âme ?

— Je vous invite à aller voir le Mont de la Charité avant de le condamner, propose l'abbé, tout sourire, saisissant la perche qui lui est tendue.

— J'irai, conclut le journaliste. J'irai. N'en doutez pas.

---

1. Jeunesse étudiante catholique (JEC).

Octobre 1950

Au lever, Julien Lenoir remet en place le drap et la couverture de son lit. Les deux coins du couvre-lit décrivent un angle de quarante-cinq degrés chacun. Bien que s'enfonçant déjà dans un quotidien répétitif, le geste de Julien est précis. Il n'est pas donné à tous ses compagnons d'être aussi adroits. Parmi ces derniers, on remarque une certaine tension lorsque le moniteur Legault s'approche de leur lit et que, sous la menace d'une gifle, il leur fait recommencer leurs coins de lit. Roger Malette est de ceux-là. Julien s'empresse d'aider Roger, victime des humeurs du moniteur.

Après le déjeuner, comme tous les matins, Donatien Legault accompagne les pensionnaires qui reviennent à leur salle de jeux. Les enfants marchent en rangs le long des interminables et sombres couloirs du sous-sol. Julien jette un regard sur chaque porte en fer grise qu'il croise. Comme s'il tentait de deviner le secret qui se cache derrière chacune d'elles.

Tantôt, derrière une porte, Julien imagine deux longues tables sur lesquelles sont disposés des objets perdus, comme sa photo, par exemple, ou sa chemise jaune et sa culotte brune ; tantôt, il croit voir des centaines de poches de jute dans lesquelles sont entassées des milliers de patates ; derrière une autre porte sont rangées les bicyclettes dont il a entendu parler. Chaque pièce recèle son mystère que résout Julien avec une étonnante imagination. L'enfant n'en continue pas moins sa marche.

Plus loin, avant de monter les escaliers, les pensionnaires de la salle Saint-Gérard croisent un autre groupe d'enfants accompagnés de leur moniteur. Les deux groupes défilent en rangs serrés et en silence. En marge, leur moniteur les surveille, cherchant à surprendre le moindre écart de discipline.

Julien, qui garde un œil sur Donatien Legault, est nerveux et tendu. Derrière lui, les rires sourds et les chuchotements de Vincent ne le rassurent guère. Julien veut en avoir le cœur net. Il tourne la tête vers l'arrière. Au même moment, il entend :

— Lenoir, on regarde en avant ! crie le moniteur Legault.

Julien tente d'ajuster le rythme de son pas sur celui de Gabriel qui est directement devant lui.

Narquois, Vincent arbore un léger sourire. S'il a, lui aussi, son moniteur à l'œil, ce n'est pas pour la même raison que Julien. Vincent attend le moment propice pour exécuter ce qu'il a machiné dans sa tête espiègle. Voici que Donatien Legault s'éloigne. Vincent choisit ce moment pour tendre son pied droit et donner un croc-en-jambe à Julien. Ce dernier s'étale de tout son long sur le terrazzo, évitant de justesse d'entraîner Gabriel dans sa chute.

Les rires fusent. Donatien Legault se retourne et voit Julien se relever, tenter de réintégrer son rang tout en engueulant Vincent qui reste imperturbable.

— Viens ici, Lenoir ! Je t'avais averti, lance le moniteur.

Julien est humilié. Godbout est toujours là, derrière lui, et le nargue de son sourire railleur.

— Viens ici, Lenoir, je ne te le dirai pas deux fois.

— J'ai rien fait, monsieur, se défend-il.

— Ici, on ne répond pas. On obéit, tranche le moniteur.

Le coup que Julien reçoit derrière la tête le fige complètement.

Arrivé à la salle Saint-Gérard, Donatien Legault se dirige vers le bureau vitré adjacent à la salle de jeux. Le moniteur en ressort avec une « strappe [1] » de cuir noir. Il attend Julien à qui il a demandé de s'avancer.

---

1. Lanière de cuir utilisée comme un fouet.

— Ne bouge plus !

Julien est terrifié. Vincent Godbout, qui fixe son compagnon, ne pensait pas que son croc-en-jambe tournerait si mal.

— Relève tes manches et tends les bras, ordonne le moniteur à Julien.

Le garçonnet tend ses bras dénudés. Les secondes qui précèdent le contact de la « strappe » sur sa peau sont insoutenables. Julien baisse les paupières alors que le regard de son moniteur est perçant. Vlan ! Deux autres coups aussi secs que le premier atteignent l'avant-bras de Julien. Sa peau rougit et enfle. La douleur est cuisante et des larmes coulent sur ses joues.

— Retourne avec les autres, mon p'tit bâtard. Pis recommence pas, je t'avertis. J'ai d'autres méthodes.

Julien sait maintenant qu'il devra obéir sans rouspéter. C'est la loi du milieu, la loi de l'obéissance, la loi du plus fort.

•

Dans la salle de jeux où les enfants s'occupent, Vincent a Julien à l'œil. À travers la vitre du bureau, sorte de poste d'observation, on voit sœur Odile des Anges se lever avec empressement. Une fois dans l'embrasure de la porte, elle demande à Julien Lenoir de venir la voir. Sa voix forte porte aussitôt dans toute la salle.

Donatien Legault s'approche de l'officière et en profite pour dire ce qu'il pense du garçonnet.

— Ce jeune-là, il a besoin d'être dompté, s'exclame le rude moniteur.

— Je n'ai pas de conseils à recevoir de vous, réplique sœur Odile. C'est moi, plutôt, qui devrais vous en donner. Vous êtes trop dur avec les enfants. On dirait que vous vous défoulez sur eux.

— Entre, Julien, entre, dit la religieuse qui tourne le dos au moniteur resté en plan.

Legault quitte aussitôt les lieux.

— Veux-tu bien me dire ce que tu as sur les bras !

— C'est le moniteur Legault qui m'a donné la « strappe ».

— Vraiment ! Celui-là, il ne fait rien pour se faire aimer.

Pour Julien, le commentaire de la religieuse est neutre et décevant. Il se demande si sœur Odile prend sa défense ou si elle trouve vraiment son état lamentable ? Si oui, qu'attend-elle pour exprimer sa compassion ? En fait, Julien voudrait que sœur Odile le prenne dans ses bras comme le faisait jadis Mlle Deschambault, mais la distance est maintenue. La religieuse aborde froidement un autre sujet.

— M. Legault m'a parlé de ta photo perdue. C'était vraiment celle de ta mère ?

— Oui, répond le garçonnet.

— T'es certain que tu n'inventes pas une histoire ?

— Quand je parle de ma mère, on ne me croit jamais. Pourquoi, vous aussi, vous ne me croyez pas ?

— Parce que le mensonge, c'est laid, Julien. Seuls les hypocrites mentent. Et puis, c'est péché.

— Je ne suis pas sûr que c'est ma mère, précise Julien, parce que la photo m'a été donnée par une madame quand j'étais petit.

Julien sait qu'il ment. Il n'est pas question d'avouer que cette photo, il l'a volée à une étrangère. Du reste, le visage de sœur Odile semble plus conciliant.

— Julien, écoute-moi bien. Si ce que tu dis est vrai, je te félicite. Il faut toujours être franc. Rappelle-toi de ceci pour toujours : « Quelqu'un qui est hypocrite est menteur, et un menteur c'est un voleur. » Tu ne veux pas devenir un voleur, hein ?

Julien se sent penaud. Voilà qu'il possède tous les défauts que sœur Odile, à n'en pas douter, déteste.

— La photo perdue, Julien, tu devras l'oublier.

Le garçonnet reste impassible. Il voit la rondelette religieuse lui tendre les bras. Elle s'avance vers lui. Julien recule.

— C'est la seule chose que je sais faire, oublier, commente amèrement Julien qui quitte illico le bureau.

Sœur Odile réprime sa première réaction qui aurait consisté à réprimander Julien pour le ton impoli sur lequel l'enfant lui a répondu. Devinant chez lui une souffrance réelle, la religieuse laisse tomber son premier réflexe d'autorité.

Bien assis, Gabriel croise les bras sur son pupitre sans que sœur Anne Germain, l'institutrice, le lui demande, imitant ses camarades également bien disciplinés. Ce qui le trouble, toutefois, c'est l'idée de décliner son prénom à haute voix devant ses camarades. Cette éventualité l'oppresse. Ce qu'il craint arrive donc. Au moment de se présenter à ses compagnons de classe, son prénom reste bloqué dans sa gorge serrée. Lorsqu'il expulse quelques sons, Gabriel devine l'effet sur ses compagnons :

— Ga... Ga...

Sœur Anne complète sans avoir l'air fâché :

— Ga-bri-el.

Elle détache chaque syllabe en insistant. Même s'il comprend que sa maîtresse ne le juge pas, Gabriel se sent chaque fois humilié. Il se retourne vers l'arrière de la classe, repère Julien et, du regard, obtient son soutien. Comme toujours. Depuis la crèche.

Depuis le début du cours, Julien fixe le crucifix suspendu au-dessus du tableau noir. Il lui semble que l'homme sur la croix l'observe d'en haut, l'épie peut-être. Pourtant Julien entend bien les questions de l'institutrice, mais il n'y répond pas. L'enfant cherche la réponse qui le fera paraître à son avantage. Aussi, même s'il connaît la réponse, Julien se tait.

Sœur Anne Germain trouve le silence trop lourd. Elle change de stratégie et s'éloigne de Julien.

— Montre-moi ta main droite, demande-t-elle à Roger Malette que Julien, intrigué par son regard sans expression, observe avec plus d'attention.

Sœur Anne déplie ses doigts.

— Regarde ! C'est ma main droite. Ce sont mes cinq doigts, dit la maîtresse d'une voix patiente. Roger !

— ...

— Roger, touche ton genou gauche avec ta main droite. Soudain, il émet des sons.

La voix peu assurée de Roger Malette attire l'attention de Julien. À l'évidence, son camarade ne sait pas répondre aux questions. Spontanément, Julien se lève. Même si ce n'est pas lui qu'on interroge, il quitte son pupitre et se place en face de son copain plus lent. Il prend sa main droite et la dépose sur le genou gauche de son compagnon.

— Julien, retourne à ton pupitre, ordonne l'institutrice. Il faut laisser Roger répondre.

— Pourquoi vous ne voulez pas que je l'aide ? demande Julien.

— Roger Malette doit faire des efforts. Sinon, il n'apprendra jamais.

Se détournant de Julien, le regard de l'institutrice balaie la classe d'un rapide coup d'œil. Elle veut prendre ainsi la gouverne complète de son groupe. Sœur Anne repère Vincent près de la fenêtre qui, la tête penchée sur un livre, ne semble pas écouter. Il est ailleurs. Comme il ne dérange pas, sœur Anne consent à ne pas intervenir, préférant diriger ses énergies vers ceux qui lui semblent les plus lents.

•

Sur le balcon où il s'accroupit dans un coin, Julien voit un gros soleil rond qui lui éclaire le visage. Il a toujours aimé la lumière des fins d'après-midi. Subitement, la silhouette de Vincent Godbout jette de l'ombre sur lui.

— Tiens, c'est ton livre sur Dominique Savio. L'histoire est plate, tranche Vincent.

— Je le garde parce que c'est un souvenir, réplique Julien.

— Moi, je veux pas devenir un saint.

— T'inquiète pas, Godbout, t'as aucune chance ! dit Julien dont la fermeté de la voix le surprend lui-même.

Julien, maintenant debout, s'appuie sur le mur de pierre, s'assurant ainsi que Vincent demeure devant lui. Vincent n'est pas impressionné par la nouvelle assurance de Julien qu'il s'empresse de bousculer.

Julien brandit aussitôt les poings, mais avant même que Vincent puisse engager le combat, surgit Donatien Legault.

— Tiens ! On veut se battre avec des plus petits que soi, Vincent ?

Baissant les bras, Godbout ose fixer les yeux sur son moniteur, lequel, contre toute attente, l'invite à une séance de boxe dans les jours qui viennent.

— Je vais faire un homme de toi. Un vrai. En attendant, retourne dans la salle, ordonne le moniteur. Tu ne payes rien pour attendre.

Vincent quitte le balcon, suivi de Julien qui traverse la salle Saint-Gérard où, alignés près d'un mur, inlassablement, des pensionnaires se bercent. À côté d'eux, Julien s'agenouille devant une boîte en bois où sont entassés quelques jouets défraîchis. Tout heureux, il en extrait un bout de ficelle qu'il enroule autour de son doigt.

— Tu ne vas pas voir sœur Odile ? lui demande Godbout avec cynisme. Y paraît qu'elle t'aime déjà ?

— Pourquoi t'es toujours méchant ?

Julien n'attend pas la réponse de Godbout. Il s'en éloigne et retourne au balcon. Il retrouve son coin habituel. Il s'accroupit à nouveau par terre. Le soleil n'y est plus.

•

Étendu sur son lit, Julien mange un biscuit sec. Se retournant, il observe Godbout du coin de l'œil.

Ce dernier fait mine de ne pas le regarder.

— Où tu les prends, tes biscuits ?

— C'est Roger Malette. Il me donne son dessert, moi, j'y donne mon lait tiède.

Julien sort un autre biscuit sec de sa commode blanche. Il s'assure que personne ne le voit et le dépose tout près de l'oreiller de Godbout qui l'attrape et, sans remercier, le mange goulûment. Cherchant à gagner la sympathie de Vincent, Julien est sur la bonne voie. Si entre lui et Godbout pouvait s'installer une complicité, Julien se sentirait plus fort dans cette prison dirigée par Donatien Legault.

Autre tentative de rapprochement ; Julien soulève un coin de l'oreiller sous lequel il a glissé des images saintes, surtout des images de la Sainte Vierge. Avec cette dernière, Julien a le sentiment de se trouver en présence d'un personnage secret d'où émane un rêve enveloppant qui lui rappelle la photo perdue.

Depuis son séjour à la crèche, Julien collectionne les images pieuses, des vierges recueillies, des christs byzantins, des Sacré-Cœur, des saintes et des saints auréolés, et bien sûr, des enfants-jésus grassouillets et souriants qu'il entasse dans sa commode comme des photos de famille dans un album.

— Elle ressemble à ma mère, murmure-t-il à Vincent.

— Je pense que tu rêves, dit Vincent, dont le ton, pour la première fois, est conciliant.

Julien imagine que sa mère est une sainte qui l'a enfanté dans des conditions aussi mystérieuses que celles de la Vierge Marie. Il tente d'expliquer à son copain, qui n'y comprend rien, la nature de ses fabulations. Vincent secoue la tête comme pour refouler une émotion en lui.

— Moi, dit Vincent, j'en aurai jamais plus de mère.

— Comment ça ? enchaîne Julien.

— J'avais une mère adoptive. Elle est morte avec mon père dans un accident d'auto. Je les aimais beaucoup. Il me gâtait aussi.

— C'était pas tes vrais parents ?

— Non, je suis né à la Miséricorde. Ils sont venus me chercher.

— C'est pas vrai ! Moi aussi, je viens de là.

Les deux garçons se regardent comme s'ils venaient de découvrir une vieille et solide parenté. Le moment est fraternel.

Julien et Vincent savent qu'ils n'ont pas de parents. Leur début dans la vie se ressemble. Ce qu'ils savent aussi, c'est ce qui leur manque, mais que jamais ils ne nomment : la mère qu'on leur a enlevée.

— J'étais si petit que je ne me rappelle de rien.

Au loin, Vincent reconnaît le profil du moniteur Legault qui quitte à l'instant le dortoir.

— On le suit-tu ?

— On y va, réplique Julien, sans réfléchir.

En pleine noirceur, leur main collée au mur, les deux complices longent le corridor. Vincent devance Julien. Les deux amis prennent l'escalier à droite, puis se dirigent vers une grande porte qui leur est familière. Ils la poussent. À l'intérieur, seule une ampoule dénudée éclaire un coin du gymnase. Au début, les jeunes visiteurs n'entendent que le son mat et répétitif de coups de poing sur un punching-bag. Et puis la silhouette du moniteur Donatien Legault apparaît. Les traits sont crispés. On dirait qu'il a la rage au corps. Bientôt, il y va d'un coup plus percutant que les précédents. Cette véritable décharge fait un bruit d'enfer. Tout en sueur et tout en muscles, l'homme s'entraîne dans la nuit.

Au dortoir, les deux garçons retrouvent leur lit. Si Vincent s'est endormi rapidement, il en est autrement pour Julien qui voit à l'instant apparaître Donatien Legault dans l'allée centrale du dortoir. L'enfant feint de dormir.

Le moniteur se faufile lentement entre les lits. Il redresse ici un drap, là il sort une main enfouie sous les couvertures. Il est maintenant près du lit de Gabriel. Intrigué, Julien l'observe. Voici que Donatien Legault s'assied sur le bord du lit qui craque sous son poids. Le moniteur s'attarde longtemps à observer le garçon. Pour le témoin Julien, la respiration bruyante du moniteur rend la scène menaçante. Legault se lève et passe devant le lit de Julien sans s'arrêter. Au bout du dortoir, la porte se referme derrière un jet de lumière. Enfin, il est parti, se dit Julien.

●

Sœur Odile entraîne dans la salle de couture quelques enfants. Elle leur remet à chacun un pantalon et deux chandails identifiés à leur prénom qu'elle leur demande d'aller déposer dans leur casier au dortoir.

— Lorsque vous aurez terminé, vous retournerez directement à la salle de jeux, ordonne l'officière qui souvent, comme aujourd'hui, se transforme en couturière.

Alors que ses camarades s'exécutent, Julien, fasciné par l'objet qu'il découvre, tourne autour d'une machine à coudre. Sœur Odile feint d'ignorer sa présence même si l'enfant s'approche d'une petite table sur laquelle se trouve un téléphone et, sur la tablette du bas, un annuaire téléphonique. Julien se penche, prend le bottin et l'ouvre. Il y cherche son nom. Lui vient alors l'idée qu'il pourrait téléphoner à une dame qui serait peut-être sa mère. Il n'en fait rien et s'approche plutôt de sœur Odile qui ne dit toujours mot.

Les yeux rivés sur une feuille posée sur la table près d'une immense paire de ciseaux, Julien fait une découverte inattendue. Il aperçoit une liste de noms. Il reconnaît le sien, mais précédant directement son prénom, il lit Joseph Damase. Joseph Damase Julien Lenoir.

— Je m'appelle pas Damase, s'exclame-t-il, ne retenant que le deuxième prénom.

Sœur Odile sourit légèrement.

— Pourquoi je m'appelle Damase ? demande Julien.

— C'est peut-être le prénom de ton parrain ? suggère sœur Odile.

— C'est quoi un parrain ?

— As-tu des oncles ?

— Je ne pense pas.

— Écoute, sur la liste, c'est écrit Joseph Damase Julien Lenoir. Je ne sais rien d'autre.

Julien est songeur. Jamais on ne lui avait dit qu'il avait deux autres prénoms et peut-être une autre identité.

Julien jette à nouveau un regard sur la série de noms. Il tente de repérer le nom de Godbout mais, faute de temps, il n'y parvient pas. L'enfant entend frapper à la porte. Sœur Odile va ouvrir.

— Docteur Ferron ! s'exclame la religieuse. Je vous attendais. J'ai complété l'examen des dossiers des nouveaux. Il me manque certaines informations. Voulez-vous passer à mon bureau, nous serons plus à l'aise.

— Julien ! Tu veux bien rejoindre ton groupe ?

Contre toute attente, Julien est seul dans la salle de couture. Pourquoi obéirait-il ? Mû par un sentiment d'urgence, il se dirige rapidement vers le téléphone, prend l'annuaire téléphonique, arrête son index sur le nom de Maurice Lenoir. Il compose le numéro correspondant. La sonnerie se fait entendre. Le cœur de Julien bat. Pendant un moment, Julien reste sans parler. Il s'entend respirer, le récepteur collé à l'oreille.

— Oui.

— Est-ce que je parle à madame Lenoir ?

— Oui, c'est moi.

— Madame Lenoir ?

— Oui.

— …

— Qui êtes-vous, mon garçon ? Mais enfin, qui parle ?

Julien est étonné du ton précieux de la dame.

— Connaissez-vous Damase Lenoir, je veux dire Damase Julien Lenoir ?

— Qui cherches-tu ? Je ne connais aucun Damase Lenoir.

Julien hésite, puis décide de couper net à ce début d'entretien. Il remet le combiné à sa place. Julien part rejoindre ses amis.

— C'est pas comme ça que ça marche, commente Vincent Godbout. À notre naissance, y paraît que c'est une infirmière qui donne notre prénom. Elle choisit le prénom d'un saint.

— C-comment ? demande Gabriel.

— Le choix se fait au hasard, répond vaguement Vincent.

— Ça me surprendrait, rétorque Julien. Un prénom c'est sérieux.

— Qu'est-ce que t'en sais ? On connaît même pas le prénom de notre mère, commente sèchement Vincent.

— On s'en fout, réplique Julien, notre nom est écrit au complet sur une feuille. Ça c'est pas du hasard. C'est un indice. Notre nom vient pas des nuages.

Le moniteur Legault passe devant le trio d'amis et, à leur grande surprise, il glisse devant eux comme un patineur sans leur dire un mot. Il les a pourtant regardés.

— J'vais essayer d'appeler, suggère Vincent. Surveille le moniteur, dit-il à Gabriel.

Julien est de retour dans la salle de couture. Vincent l'a accompagné. Il prend le bottin. Des Godbout, il y en a des centaines et cela l'impressionne grandement. L'idée qu'il appartiendrait à une très grande famille lui traverse l'esprit.

— Quel Godbout je choisis ? demande-t-il à Julien.

— N'importe lequel ! On sait jamais.

— C'est quoi mon nom au complet ? demande Vincent

— Attends, je vais regarder sur la liste.

Julien repère rapidement les noms commençant par G.

— Je l'ai trouvé. Tu t'appelles Joseph Adrien Vincent Godbout. Wow ! s'exclame Julien.

Vincent est impressionné par son propre nom. Comme il est long, pense-t-il.

Le téléphone sonne. Six coups déjà et pas de réponse. Vincent dépose l'appareil. Il cherche à nouveau dans le bottin. Il compose un autre numéro. Rapidement, il entend une voix d'homme. Il coupe aussitôt la ligne.

— J'aime pas ça des voix d'homme. Ça me fait peur !

Gabriel frappe à la porte. Julien vient ouvrir.

— Legault v-vous cherche. J-je lui ai dit q-que vous étiez avec sœur Odile.

— O.K. ! On arrive.

Julien et Vincent quittent aussitôt la salle de couture, laissant ouverts et le bottin et le tiroir. Seule la porte est correctement fermée.

Les trois jeunes complices aiment ce petit jeu improvisé. En plus de connaître la surprise et l'excitation d'une enquête, ils prennent plaisir à déjouer la surveillance de leur moniteur.

— Moi, j'pense qu'on est nés inconnus, affirme Vincent.

— C'est impossible, rouspète Julien, on a un nom.

— C'est ça que je veux dire. C'est pas notre vrai nom qu'on a.

Soudain, Vincent se lève. Il fixe Gabriel, puis Julien :

— Je suis tanné de jouer à ce jeu-là. Ça donne rien.

— Tu veux pas savoir si t'as une mère ? suggère Julien.

— On perd notre temps. On se conte des histoires. Pis j'aime pas ça penser à ma mère. Je la verrai jamais.

— T'aimes mieux rester inconnu ? conclut alors Julien.

— On se connaît, on n'a pas besoin des étrangers.

— J'essaye une dernière fois, dit Julien. C'est le fun d'appeler des inconnus. On découvre toutes sortes d'accents. Y en a qui parlent drôle.

Julien se glisse seul dans la salle de couture pendant que ses amis se dirigent vers le dortoir où c'est l'heure de la toilette. Julien est dans la pénombre. Sans ses complices, il est plus nerveux. Un bruit d'ailes dans une cage recouverte d'un linge blanc rappelle à Julien la présence d'une perruche. Il retire le drap et l'oiseau vert cesse tout mouvement saccadé. Rassuré, il tourne le bouton d'une lampe qui éclaire la surface de la table. Julien se penche alors vers la tablette du bas lorsque, derrière lui, apparaît sœur Odile.

— Ne cherche pas le bottin, c'est moi qui l'ai.

Julien se tourne vers la religieuse, plus déçu que surpris.

— Le jeu est terminé, t'as compris, Julien ?

— Je faisais pas de mal.

— Peut-être pas, mais tu déranges les gens et c'est impoli. Je vous défends, à toi et à Vincent, de venir dans cette salle et de téléphoner à n'importe qui.

— On téléphonait pas à n'importe qui.

— Julien, des Godbout, des Bastien et des Lenoir, il y en a des centaines. Tu ne vas pas me dire que tu les connais tous.

— Pourquoi on connaît pas notre mère, alors ? insiste Julien.

Sœur Odile, comme d'habitude, refuse de répondre à cette question que l'enfant lui pose constamment.

— Pourquoi on est ici ? demande-t-il encore.

— Je te l'ai déjà dit. Vous n'avez pas de famille. C'est nous votre famille. Tu devrais être content.

— C'est quoi un bâtard ? Legault, il nous appelle souvent comme ça.

Une fois de plus, sœur Odile évite de répondre à la question de Julien. Son regard rageur fixe intensément celui de la religieuse muette. Julien la quitte, déçu.

Février 1951

Dans sa chambre, sœur Odile colle son oreille contre la radio. Julien est près d'elle. Il est l'un des rares à ne pas être atteint par la grippe qui sévit au Mont de la Charité en ce mois de février 1951. L'enfant de huit ans ignore évidemment que cette grippe, aussi appelée influenza, s'est propagée de façon alarmante à Montréal. Sœur Odile met son doigt sur la bouche de Julien avant même qu'il ne parle.

— Écoute, c'est très grave ce qui se passe.

Julien entend une voix caverneuse, celle du Dr Adélard Groulx, et c'est bien pour faire plaisir à sœur Odile qu'il se tait. Il fixe l'appareil et tend l'oreille gauche.

— Il semble que, chez les personnes âgées de soixante-cinq ans et plus, nous soyons à la période où l'incidence de la maladie serait la plus élevée.

— Incidence, qu'est-ce que ça veut dire, ma sœur ?

— C'est le moment où il y a le plus de répercussions quand quelque chose arrive.

— Qu'est-ce qui arrive ? Qu'est-ce que ça veut dire répercussions ?

Sœur Odile ne sait que répondre. Elle choisit de résumer ce qui se passe.

— C'est une épidémie. C'est une maladie qui s'attrape, c'est pourquoi on dit qu'elle est contagieuse. Comme la rougeole, la varicelle, les oreillons.

— Moi, j'ai rien ?

— Toi, tu es trop tannant pour être malade, réplique, amusée, l'officière.

Julien, fier de son sentiment d'invulnérabilité, accompagne sœur Odile dans les allées du dortoir. Avec sa protectrice — c'est ainsi qu'il la perçoit —, il distribue à ses camarades alités des jus d'orange. Le jeune garçon circule avec l'assurance de ceux qui sont aimés. Sœur Odile remarque chez lui le plaisir qu'il prend à la suivre pas à pas. Julien a la certitude que sa relation avec la religieuse a changé. Dès que l'occasion se présente, il la suit partout comme jamais il ne l'a fait. Entre la religieuse et lui passe un courant évident de sympathie qui rappelle à Julien sa complicité avec son ancienne maîtresse, Murielle Deschambault.

— Julien, tu peux aller rejoindre tes camarades qui ne sont pas malades, si tu veux.

— Non ! Je veux rester avec vous, insiste l'enfant.

— Tu ne veux pas aller jouer dans la cour ?

— J'aime ça être avec vous.

— Si tu veux plier du linge, Julien, j'ai du travail pour toi.

— Oh ! merci, s'exclame-t-il reconnaissant.

De la salle de couture où Julien et sœur Odile rangent chandails et pantalons dans de grandes cases blanches, on entend à la radio une chanson de Raymond Lévesque qu'interprète Fernand Robidoux et que la religieuse fredonne avec un plaisir réel. Sa voix émeut profondément Julien :

Le cœur du bon Dieu est si grand
Qu'il contient toutes les peines du monde
Le cœur du bon Dieu est si grand
Qu'il recouvre la terre comme une ombre
Pour consoler les pauvres gens
Pour consoler les p'tits enfants
Les p'tits enfants dans leur chagrin
Les pauvres gens sans lendemain

C'est la voix de sœur Odile que j'aime, se dit Julien. Cette voix apporte un rayon de soleil dans le long déroulement des jours. Ces derniers jours en effet, Julien a découvert une sœur Odile nouvelle. Une sœur qui chante et qui semble heureuse. Lorsqu'elle s'exécute, il s'imagine qu'elle ne chante que pour lui seul.

Une fois l'épidémie maîtrisée, ces moments privilégiés avec sœur Odile disparaissent. Pourtant, lors de la leçon de chant du mardi et du jeudi, Julien retrouve la sœur Odile qu'il aime, chaque fois qu'il entend sa voix en solo.

Aujourd'hui, sœur Odile a remplacé la leçon de chant par une leçon de bienséance. Installée à une table devant les garçons, tous assis par terre en demi-cercle, l'officière dispose couteau et fourchette sur une nappe d'apparat. Une assiette reluisante de propreté est ensuite placée entre les deux ustensiles. Puis, sœur Odile dépose un verre près du couteau, à droite, comme il se doit, dit-elle. La fourchette doit être à gauche, leur précise-t-elle, le couteau et les cuillères à droite.

— Et l'on doit toujours mastiquer la bouche fermée, répète-t-elle inlassablement.

Sœur Odile poursuit sa démonstration sans se rendre compte qu'elle répète les leçons qu'on lui a enseignées quand elle était jeune fille.

Installée à son poêle, la cuisinière exercera son entier dévouement. Cette tâche de l'humble servante, assignée par Dieu à la femme, et dont la Vierge Marie a sanctifié le rôle, se nourrit des plus humbles actions. Tel est son message. La politesse étant toujours de rigueur, la maîtresse de maison ne doit pas seulement soigner son mari, mais également son maintien. Ce que la cuisinière déposera dans chaque plat, ce devra être un petit morceau de son cœur de mère et de chrétienne.

Julien trouve bien compliqué à comprendre ce que sœur Odile déclame à voix haute. À l'ombre de ces murs, il retient tout de même l'éloge appuyé du foyer et les trois qualités essentielles que, de l'avis de sœur Odile, doit posséder une fille à marier : savoir faire à manger, savoir coudre, être frisée « naturel ». Trois éléments pour un avenir heureux et assuré.

Julien pense spontanément à cette mère qu'il n'a pas connue même s'il a cru une fois l'avoir identifiée. Sa mère, imagine-t-il, doit sûrement savoir faire à manger et savoir coudre, même si elle a de longs cheveux noirs qui, seule ombre au tableau, ne frisent pas « naturel » sur la photo perdue.

•

La chambre de sœur Odile, au bout du dortoir à droite, est un lieu que Julien fréquente de plus en plus. Après le repas du soir, il va la rejoindre, moins pour lui exprimer son affection que pour s'exclure du groupe et pour profiter de moments gratifiants. Il n'a plus de permission à demander, la chose est maintenant admise. Cependant, il doit frapper.

Julien entre. Il aperçoit la religieuse dans sa robe noire. On dirait que la clarté la traverse. Sœur Odile est légère. Elle s'approche, touche le bras de Julien et l'invite à s'asseoir sur son lit blanc. L'enfant aime le regard envahissant de la religieuse comme si ce regard l'enveloppait d'une caresse qu'il voudrait réelle. Joyeuse, la religieuse sort un petit livre de l'une de ses poches invisibles et sans fond.

— Tu vois, l'Europe, c'est tout ça, lui dit-elle en se penchant sur une carte géographique qui surgit du livre comme un dépliant et que Julien voit pour la première fois.

Même si toutes les autorités ont décrété que les patients du Mont de la Charité ne sauraient être éduqués normalement, sœur Odile s'entête toujours à donner, à certains, ses propres leçons… Je dois les protéger, se dit-elle, comme ils ne l'ont jamais été par leurs parents.

— Tu vois, explique-t-elle patiemment, là, c'est la France, et là, l'Allemagne, et là, l'Italie.

— Un jour, est-ce que je vais pouvoir aller dans un autre pays ? demande spontanément Julien.

— Pour cela, il faut que tu écoutes attentivement et que tu retiennes bien ce que je te dis, insiste-t-elle.

— Pour ne pas que je me perde ?

Sœur Odile, bien que souriante, demeure sans voix devant une si imprévisible question.

— Allez, Julien, va rejoindre tes compagnons, sinon M. Legault va se demander où tu es.

Sœur Odile observe l'enfant qui s'éloigne en courant dans l'allée centrale du dortoir.

— Julien ! Ne cours pas, je te l'ai assez dit.

L'enfant auquel elle s'attache de plus en plus ne l'a pas écoutée. Ce qui, à l'instant même, attendrit la religieuse, c'est moins sa course un peu gauche que sa désobéissance. En effet, sœur Odile a mis peu de conviction à le rappeler à l'ordre.

Pourtant, sœur Odile aime la discipline. Elle y accorde beaucoup d'importance. Elle aime aussi, il est vrai, le travail bien fait et généreux. L'austère exigence du devoir façonne son apostolat. Jamais sœur Odile n'a voulu gaspiller les heures et les minutes dont elle dispose car, pense-t-elle, elles appartiennent aux démunis dont elle a la charge. C'est à ces enfants que sa vie est consacrée. Lorsque, seule dans sa chambre, elle retrouve sa chaise berceuse, c'est à cela qu'elle pense : au don sans condition. En travaillant pour «ses» enfants, se répète-t-elle sans cesse, elle travaille à atteindre son but essentiel et premier : «Servir la gloire de Dieu». Mais voilà, fait nouveau, une question revient obstinément : aime-t-elle Julien plus que les autres ? Quel est le vœu qui l'oblige à faire son deuil du sentiment humain qui pourtant l'habite ?

Novembre 1951

Le gymnase est sombre et mal éclairé. Donatien Legault, qui a le physique d'un lutteur, donne une démonstration de boxe aux enfants. Comme les fois précédentes, il a choisi comme adversaire Vincent Godbout dont il a reconnu le côté bagarreur. Dès le début de l'affrontement, le jeune garçon se défend plutôt bien, mais il ne peut rien contre la férocité de plus en plus manifeste de son moniteur. On dirait qu'il s'agit d'un vrai combat.

Une vingtaine de garçons entourent les deux boxeurs et suivent le jeune pugiliste avec un bruyant enthousiasme. Ils imitent les gestes de Vincent et leurs cris enterrent le bruit des machines dans la salle de chauffage d'à côté. Soudain, Vincent Godbout reçoit une gauche qui l'atteint à la joue droite, puis l'autre gant lui frôle le menton. Dans cette salle exiguë, un silence provisoire s'abat. Godbout esquisse à son tour un coup de poing qui touche à peine la poitrine du moniteur. Les garçons reprennent leurs cris. Combatif, et surtout malmené par son adversaire adulte, le jeune garçon distribue des coups qui ne portent pas. De son côté, Legault mitraille son adversaire qui encaisse, coup sur coup, une droite suivie d'une gauche. D'une droite à nouveau. D'une autre gauche. Vincent Godbout titube mais ne tombe pas. Le dernier coup est décisif, il assomme Godbout qui ne se relève pas. Julien et Gabriel accourent vers Vincent dont les yeux, s'ils étaient des poignards, transperceraient l'affreux moniteur qui, empruntant un ton faussement sincère, élève maintenant la voix :

— Ne vous découvrez jamais. Gardez vos poings à la hauteur du menton. Tournez autour de votre adversaire. Le truc, c'est de bouger.

Au centre de la pièce, Legault danse comme un boxeur à l'entraînement. Il agite ses poings dans tous les sens. Spontanément, s'approchant de Roger Malette, il l'invite à prendre la relève de Vincent. Julien, qui ne se rend pas compte que son moniteur blague, se lève et se poste devant Roger.

— Pas lui. Moi, je vais y aller.

— Je ne savais pas, Julien Lenoir, que tu étais un *tough*. Eh bien, mon p'tit gars, prépare-toi à devenir un homme. Un vrai !

Julien, reluquant ses amis, tend les mains vers eux. Pendant que Vincent enfile un gant dans la main droite du candidat pugiliste et que Gabriel ajuste l'autre, leur regard révèle une compassion profonde et une complicité raffermie.

Julien regrette son geste de bravade, mais il est trop tard. Il s'avance donc au centre. Les encouragements pleuvent pendant que sœur Odile entre discrètement dans le gymnase, son claquoir à la main.

Julien se jette aveuglément dans le combat. Au début, les coups de Legault sont si insidieux qu'ils n'ont rien à voir avec la force. Tout le plaisir sadique du moniteur se concentre dans des petits coups à répétition. L'instant qui précède chacun d'eux contient plus d'horreur que les coups eux-mêmes. Ceux-ci, maintenant, pleuvent et malmènent Julien. Legault distribue des coups secs en rafales.

— T'es vraiment un *tough*, Lenoir. Tu m'impressionnes.

Sœur Odile détourne les yeux chaque fois que Julien se fait frapper. L'enfant persiste dans une lutte inégale et absurde. Julien n'a pas vu venir le coup fatal qui l'envoie au plancher. Il roule jusqu'aux pieds de Gabriel. Aussitôt, le claquoir de sœur Odile retentit dans tout le gymnase.

— C'est assez !

Le silence subit est saisissant. Legault écarte les épaules pendant que sœur Odile s'approche de lui.

— Vous êtes comme une bête en cage, fulmine-t-elle.

En entendant ces mots, Legault a un rictus et émet un son qui se confond avec un rot :

98

— C'est des gars !

Bien que les épaules en sueur du moniteur Legault dominent le visage de sœur Odile, celle-ci n'est pas impressionnée par son allure de combattant enragé.

— J'apprends à ces p'tits bâtards des affaires qui vont leur permettre de se défendre plus tard, dit le moniteur d'un air supérieur sans connaître la véritable portée de ses paroles.

— Surveillez vos paroles, monsieur Legault ! Ce sont des gars, comme vous dites, mais ils sont fragiles. Vous ne vous êtes pas aperçu que ce sont des enfants ?

— Bon, bon, j'ai peut-être frappé un peu fort.

— Vous voulez en faire des durs, mais ce n'est pas une raison pour les assommer.

Ce rapport de force entre la religieuse et le moniteur a quelque chose de physique : les muscles et la sueur de cet homme, la féminité toute voilée de sœur Odile. Pour mettre un terme à cet échange irrévérencieux à ses yeux, l'officière donne un grand coup de claquoir.

— Allez, les enfants. En classe !

Passant près d'elle, Julien jette un regard à la religieuse qui, encore sous l'effet de son affrontement verbal avec le moniteur, reste indifférente. Vincent tire Julien par le bras afin qu'il accélère sa marche. Dans le corridor, loin derrière, sœur Odile suit les enfants. Au tournant, ceux-ci disparaissent pendant que la religieuse marche à pas de tortue, troublée de ce qu'elle vient de voir et de vivre.

Ayant à peine repris leur souffle, les enfants entrent en classe où les attend sœur Anne Germain, leur institutrice. Vincent, en accord avec Gabriel, repère immédiatement le bureau de Frédéric Dumontier, jusque-là son voisin immédiat, de toute évidence moins vif que les autres. Vincent sait d'avance qu'il ne rouspétera pas.

— Dumontier, prends la place de Julien en arrière. C'est ton pupitre maintenant. Emporte tes affaires.

Indifférent, avec des gestes mécaniques, Frédéric obéit sans rien dire. Vincent fait signe à Julien de s'approcher.

— Mets-toi entre nous deux, propose Gabriel.

Vincent et lui s'éloignent l'un de l'autre, pour faire une place à leur ami qui arbore un large sourire sur son visage encore tuméfié. Sœur Anne, qui a tout vu de cette mise en scène amicale, tolère cette connivence habituellement interdite.

Pendant ce temps, Gabriel fait à Julien un clin d'œil amical, et même Vincent, peu habitué à exprimer un sentiment, s'en trouve ému et le montre. Désormais, grâce à ce rapprochement, ils seront ensemble pour affronter les durs coups de la vie. Ils se regardent comme des merveilles de complicité. Il y a là une parfaite communion. Chacun devient, soudain, indispensable à l'autre. Maintenant qu'ils sont réunis, le courage face au moniteur est possible.

Juillet 1952

Au parloir, Julien reconnaît son ancienne maîtresse, Murielle Deschambault. Elle est revêtue d'un imperméable jaune. L'enfant se précipite vers elle.

— Tu viens me chercher? demande-t-il.

— Je tiens mes promesses, répond-elle.

Dissimulé derrière une fenêtre, Gabriel regarde Julien partir. Il le voit, tout rayonnant de son bonheur présent, glisser sa main d'enfant dans celle de son ancienne maîtresse. Pourquoi c'est toujours Julien qui est choisi? se dit Gabriel, silencieux.

Le trajet est ponctué d'un arrêt à l'épicerie que Julien découvre pour la première fois.

— Si tu veux quelque chose, tu le demandes.

Plus que jamais, Murielle Deschambault désire choyer Julien, le gâter comme elle l'entend. L'enfant est immédiatement attiré par les longues cordes de réglisse rouge ou noire. Dans l'auto, fenêtre ouverte, Julien mord à pleines dents dans la vie qui, comme aujourd'hui, goûte bon.

La maison familiale des sœurs Deschambault, sur la 65e Rue à Rivière-des-Prairies, est intime et douce. Tout y est propre, constate Julien. L'odeur est différente de celle des dortoirs anonymes qu'il a connus jusque-là. Il a un vague souvenir de déjà vu. Soudain, Denise Deschambault se présente à l'enfant, non sans une certaine retenue.

— Je suis la sœur de Murielle. Bienvenue dans notre maison, Julien.

— Bonjour, madame, dit poliment le jeune garçon.

— Viens, je vais te faire visiter les lieux.

La chambre dans laquelle Julien entre lui fait oublier la présence de Denise Deschambault. C'est sa première chambre, une chambre pour lui tout seul. Cela l'émeut profondément.

— Je peux t'aider à ranger ton linge, si tu veux ?

Julien n'a pas besoin d'aide. Ce que lui a appris sœur Odile lui est maintenant utile. Il prend son temps. Il ouvre chaque tiroir, dépose ses vêtements et referme sans bruit. Soudain, il entend la voix feutrée de Denise Deschambault.

— Je descends à la cuisine pour préparer le repas avec Murielle. Tu vois les livres sur l'étagère, tu peux les prendre. Tant que tu seras ici, ils sont à toi.

Un lit moelleux attend Julien qui s'y étend sans enlever la courtepointe aux couleurs vives, et encore moins ses chaussures. Les mains sous la tête, les yeux dirigés vers la fenêtre, les jambes repliées, il se sent au centre du monde. L'enfant aime ce confort inédit. De la cuisine, une odeur de poulet doré lui met l'eau à la bouche. Il n'avait pas imaginé la vie de famille avec une chambre aussi radieuse.

— Julien, crie Murielle, viens nous rejoindre dans la salle à manger, le repas est servi.

Dans l'escalier, viennent à son esprit les leçons de bienséance de sœur Odile. Cependant, une fois à table, tout autour de lui est solennel. Il n'a jamais vu autant de nourriture sur une même table. Et quelle cuillère doit-il prendre ? Quel verre ? Il y en a deux. Pourquoi ?

— Julien, on ne met pas ses coudes sur la table, fait remarquer Murielle Deschambault.

L'enfant retient surtout qu'il vient de faire sa première impolitesse, lui qui s'était promis de faire le gentil garçon.

— Ne mange pas si vite, ajoute sa sœur aînée avec beaucoup de compréhension.

Même si Julien s'empiffre avec moins d'empressement, il vide son assiette avant les deux sœurs dont le calme, pour l'enfant, est tout de même rassurant. Sa chaise, par contre, bouge autant que lui. Le gâteau au chocolat qu'il voit sur le buffet le fait trépigner. Comme Mlle Deschambault est lente, se dit-il. Lorsque le moment du dessert arrive enfin, elle ajoute de la crème glacée au gâteau. Julien n'en croit pas ses yeux. Il découvre le bonheur de bien manger.

À sept heures pile, sous le regard austère du crucifix de la cuisine, Julien est sagement agenouillé avec les sœurs Deschambault. Sur les ondes de CKAC, la radio fait entendre les *r* roulés de Mgr Léger qui, comme tous les soirs, à cette même heure, récite le *Chapelet en famille* à l'archevêché de Montréal. De sa voix gracile, Julien récite mécaniquement les « Je vous salue Marie, pleine de grâces, le Seigneur est avec vous... »

Le chapelet terminé, Murielle suggère à Julien de l'accompagner au magasin général. Deux rues plus loin. L'enfant met sa main dans celle de sa bienfaitrice. Il peut maintenant, se dit-il, poser sa question.

— Pourquoi on ne m'a jamais adopté ?

— J'avais fait des démarches, répond sans surprise Mlle Deschambault. Sœur Brousseau — tu t'en souviens ? — m'a alors appris que ta mère n'avait jamais signé les papiers d'adoption.

Julien a un doute. Si sa mère n'a pas signé lesdits papiers, pourquoi n'est-il pas chez elle, dans sa maison à elle ? Malgré tout, à la pensée que sa mère ne l'a pas abandonné, un grand réconfort l'envahit.

En soirée, avec ses biscuits Whippet et un grand verre de lait froid, Mlle Deschambault lui prépare le plus beau des souvenirs : une collation comme jamais il n'en a connu à une heure aussi tardive de la journée. Il est, s'imagine-t-il, un prince charmant à qui on accorde de l'importance. Il en fond littéralement de joie. Car personne n'a jamais pensé à lui offrir, à lui et à lui seul, une telle collation. Il n'a jamais été qu'un parmi vingt autres à la crèche, qu'un parmi cinquante-trois autres, comme c'est le cas depuis deux ans au Mont de la Charité. Même sœur Odile ne lui a jamais donné des Whippet de rêve avant de s'endormir !

Au moment de le quitter pour la nuit, Murielle Deschambault remonte les draps de Julien jusqu'à son cou.

— Fais de beaux rêves, Julien ! lui dit son ancienne maîtresse en posant un gros baiser sur son front.

Et les rêves de cette nuit-là sont effectivement très beaux.

Le lendemain matin, Julien mange, pour la première fois, ce que son ancienne maîtresse appelle des beignes granulés au sucre. Nouvelle douceur ! Puis, expérience inédite, il fait cuire un œuf. C'est aussi la première fois qu'il voit un jaune d'œuf. L'idée que l'œuf enferme le soleil dans une coquille lui passe par la tête. Julien aime cette idée.

Seule ombre au tableau, en cette deuxième journée, l'absence de ses amis du Mont de la Charité. Les demoiselles Deschambault sont gentilles mais il ne peut les suivre partout et tout le temps. Julien est habitué de vivre avec des enfants autour de lui. Aussi s'ennuie-t-il à fendre l'âme de Gabriel, de Vincent, d'Antoine et même de Roger. Il s'ennuie de Gabriel surtout, lui dont il n'a jamais été aussi longtemps séparé depuis leur séjour à la crèche. Il s'en ennuie d'autant plus que les enfants dits normaux du quartier Rivière-des-Prairies, avec qui il aimerait bien jouer, le regardent de haut.

Dans la cour de l'école, Julien est seul près d'un long banc défraîchi sur lequel traîne un gant. Malgré tout, on ne l'a pas invité à se joindre à une des deux équipes qui s'affrontent dans une partie de baseball. Au bout d'une demi-heure, Julien s'en est retourné à la maison.

— Pourquoi ne t'amuses-tu pas avec tes nouveaux compagnons ? demande Murielle Deschambault.

— Parce que je ne fais pas partie de leur bande, répond sèchement Julien, irrité par la question.

Mlle Deschambault, en bonne institutrice, saisit intuitivement le problème auquel se heurte Julien. L'enfant n'est ni tenté d'expliquer à ses nouveaux voisins pourquoi il est de passage chez les Deschambault, ni tenté de leur dire d'où il vient.

Le troisième et dernier jour, Julien regrette malgré tout de quitter la maison si confortable des Deschambault, mais il trépigne d'impatience à la seule idée de revoir ses copains d'orphelinat. Ses compagnons, en effet, sont les seuls vrais amis que la vie lui ait donnés.

Mars 1953

Depuis quatre mois, Frédéric Dumontier — celui-là même qui a changé de pupitre avec Julien — reçoit la visite d'un couple plutôt âgé. Le jeune garçon aux cheveux roux n'intéresse ses compagnons que lorsqu'il revient de sa visite dominicale.

— Va te changer, M. et Mme Montreuil t'attendent au parloir, le prévient sœur Odile.

Et comme tous les dimanches, le timide garçon est lent à se rendre au parloir. On le dirait sans enthousiasme. Pourtant, sa joie est bien réelle, mais cette joie cède à une grande inquiétude lorsque, de manière obsessive, Frédéric pose toujours la même question à Mme Montreuil :

— Est-ce que vous êtes ma mère ?

La réponse de la dame ne varie pas.

— Je suis trop vieille pour être ta mère, tu le sais bien.

En effet, Frédéric le sait. La réponse l'amuse autant que le ton de la vieille dame, mais il pose toujours la question comme pour se convaincre qu'il y a un quelconque espoir de quitter un jour le Mont de la Charité. Pour le distraire, M. Montreuil balance devant les yeux de l'enfant un sac de surprises, puis un deuxième plus gros. Dans l'un, l'enfant trouve des oranges, dans l'autre, des raisins et un sac de bonbons qu'il s'empresse d'ouvrir.

Pauvre garçon ! De retour à la salle Saint-Gérard, il se heurte à Vincent Godbout qui, aussitôt, donne une tape sur l'un des sacs bruns. Les friandises volent en l'air et retombent dispersées sur le terrazzo. D'un bond prodigieux, Julien, dont les membres sont déjà plus souples, parvient à sauter par-dessus les chaises vides. Dans leurs papiers transparents, les bonbons sont cassés, mais dans la bouche de Julien, de Vincent et de Gabriel, ils n'ont pas perdu leur saveur consolatrice. Heureusement, les oranges sont restées bien en place dans leur sac que le bras droit de Frédéric a su retenir fermement.

Sœur Odile ramène tout ce beau monde à l'ordre.

— Encore toi, Frédéric. Apporte-moi ton sac d'oranges.

Penaud, l'enfant roux s'approche de la religieuse qu'il a toujours crainte. C'est le deuxième dimanche consécutif qu'elle récupère au profit de ses compagnons les oranges que lui donne à l'instant Frédéric.

— Il faut que tu apprennes à partager, mon garçon. Tu es chanceux, toi, tu as de la visite. D'autres, comme Antoine ou Gabriel, n'en ont jamais.

— Moi non plus, je n'ai jamais de visite, ajoute Vincent sur un ton plutôt agressif.

— Je ne voulais pas toutes les manger seul, ma sœur, réplique mollement Frédéric.

— Julien, va me chercher un couteau dans la cuisinette.

À son retour, sœur Odile coupe les oranges en deux et les distribue. Les enfants les plus alertes profitent de leur avantage. D'autres, comme Roger Malette, sont restés en retrait. Julien, à qui la situation n'a pas échappé, se dirige vers lui. Comme il a deux moitiés d'orange dans les mains, il en fait profiter son ami. Le clin d'œil qu'il lui fait résume à lui seul ce qui, au delà d'une réelle complicité, semble devenir l'expression d'une affection réelle.

En attendant l'heure du souper, les enfants sont maintenant devant leur nouvel appareil de télévision. Depuis un mois, cet objet magique a modifié leur horaire journalier. Les fins d'après-midi sont désormais des moments de douce évasion.

Julien, Gabriel et Vincent sont assis sur des chaises droites distribuées en demi-cercle à droite comme à gauche. Les moins rapides comme Roger Malette s'assoient par terre sur un plancher aussi froid qu'un mois de novembre. Derrière eux, face à la télévision, sœur Odile, sur la plus grosse chaise berçante de la salle, surveille l'écran de son regard alerte. Alignées au mur derrière le téléviseur, d'autres chaises droites sont réservées à ceux qui, durant la journée, ont accumulé les fautes à expier. Aujourd'hui, Antoine et Frédéric sont les seuls à ne pas regarder la télévision. Sœur Odile aime bien, en effet, sa nouvelle boîte à images qui complète si efficacement son arsenal de punitions. Sans compter, aussi bien pour elle-même que pour les enfants, que l'attente pour le souper est plus distrayante.

Sitôt que sœur Magellan se montre à l'entrée de la pièce, sœur Odile se lève, échange quelques mots avec sa compagne et se dirige tout droit vers sa chambre. La religieuse ne se fait pas prier. Depuis le déjeuner des enfants, elle a assuré une présence constante. Surveillance, couture, lavage, planification d'activités, animation, conseils, compte rendu, soins et suivi médicaux ont composé, aujourd'hui, le menu de sa journée. Demain reviendra avec les mêmes exigences. Malgré l'aspect routinier de sa tâche, sœur Odile ne s'est jamais ennuyée. Elle garde en tête cette phrase du nouveau cardinal dont la forte personnalité l'a toujours séduite : « Je me reposerai quand il n'y aura plus de pauvres. »

Dans son humble chambre, sur l'allège de la fenêtre, quelques coupures de journaux, pliées en deux, traînent depuis quelques semaines déjà. Les temps libres étant plutôt rares, sœur Odile n'a pas encore eu l'occasion de les lire. Ce moment qu'elle s'offre constituera donc l'occasion attendue.

Presque deux mois déjà, se dit sœur Odile qui s'attarde d'abord sur les grands titres : « Accueil royal », « Inoubliable apothéose », etc. À Montréal — à cause de ses responsabilités, elle n'y est jamais allée —, une fête sans précédent a été organisée pour accueillir le nouveau cardinal, l'archevêque de Montréal, Mgr Paul-Émile Léger. Aux derniers jours de janvier, les quotidiens ont proclamé la nouvelle avec une émotion spontanée et un enthousiasme jamais vu.

Malgré un froid sibérien, près de cent mille Montréalais se sont déplacés jusqu'au square Dominion pour accueillir le premier prince de l'Église, « du plus grand diocèse du Canada », a dit Camillien Houde, maire de Montréal. Prince enveloppé dans son manteau de soie moirée écarlate, le cardinal a alors reçu des vivats et des applaudissements continus alors que le maire poursuivait son éloge :

> *Si l'on a écrit de vous, Éminence, que vous êtes « intransigeant quant aux principes », on a ajouté de suite que vous êtes « compréhensif » et enclin à la mansuétude quant aux errements de la nature humaine, que vous êtes homme d'Église avant tout et que vous tenez la charité pour le pivot de la religion.*

Sœur Odile, qui poursuit sa revue de presse, est elle-même impressionnée. Les photos sont éloquentes. Sur l'une d'elles, le cardinal apparaît les bras levés au ciel, esquissant un sourire triomphal qui, paradoxalement, indispose la religieuse. Elle ne sait pas pourquoi, mais l'émotion qui semble étreindre le cardinal n'est pas celle que décrivent les journaux plutôt euphoriques. Une phrase, ainsi que l'anneau d'or et de rubis que le Saint-Père a glissé à son doigt, ont changé, chez la religieuse, sa perception de l'homme : « Montréal, ô ma ville, tu as voulu te faire belle pour recevoir ton prince ! »

Pour sœur Odile, cette exultation du premier pasteur de Montréal est proche de l'orgueil. Voilà ce qu'elle pense vraiment. Jamais, toutefois, elle ne le dira publiquement ; ce qu'elle a lu de si retentissant dans les journaux a inscrit dans sa conscience un doute inconfortable. Placé à la tête d'un archidiocèse pour assurer le salut de son peuple, comment, en l'absence de l'humilité indispensable à tout serviteur de Dieu, le nouveau cardinal exercera-t-il son apostolat ? Les mystères de Dieu, se dit sœur Odile, sont vraiment insondables.

Juin 1953

Après le souper, les garçons de la salle Saint-Gérard se sont rendus dans leur cour intérieure, qui est séparée de celle des filles par un long corridor vitré. Ils sont bien loin de penser aux filles qu'ils ne peuvent apercevoir qu'à la chapelle, et encore, de loin seulement. Non, en cet instant précis, ils viennent d'obtenir la permission de courir, à en perdre le souffle, dans un champ libre qu'ils n'ont pas l'habitude de fréquenter. Loin du décor austère de la cour intérieure, ils sautillent maintenant en toute liberté dans un bois traversé par un ruisseau que certains enfants enjambent comme des Tarzans. C'est là, délaissant leur ballon usé et leur habituelle cour, qu'ils jouent aux cow-boys et aux Indiens.

En ce début de soirée, c'est la chevauchée fantastique. Une brouette, occupée par Gabriel, sert de diligence. Julien dirige une cavalerie plutôt indisciplinée. Voilà pourquoi il ne pourra pas sauver Gabriel. Il faut dire que Vincent est un impitoyable massacreur de Blancs. En héros de western, il incarne superbement un Peau-Rouge. C'est le Geronimo de la salle Saint-Gérard. Torse nu, il montre une peau blême qui n'a évidemment rien de cuivré. Toutefois, cela n'enlève rien à son autorité rebelle.

Vincent, donc, terrasse Julien avec une facilité étonnante. Jamais ce dernier n'a été autant dominé. À ce jeu, l'amitié n'existe pas. Le grand chef des Apaches qu'est Vincent, debout sur sa victime, lance un cri de victoire, puis un immense éclat de rire. Julien est humilié par l'arrogance de son ami. Vincent donne l'ordre d'attacher Julien à un arbre. C'est lui-même qui le fouette avec le chandail qu'on lui a enlevé.

Quant à Gabriel, parce que ligoté à son tour, il est resté dans sa diligence de fortune. Antoine, incarnant lui aussi un Peau-Rouge, s'apprête à le scalper. Seul le coup de sifflet du moniteur arrive à mettre fin à ce qui commençait à ressembler à des actes de violence gratuite.

— Allez jouer ailleurs, leur ordonne Donatien Legault.

Sœur Odile, comme toujours, circule avec son chapelet d'enfants autour d'elle. Elle aime cette expression : chapelet d'enfants. « Tu es ma croix... », dit-elle à Julien, venu la rejoindre, mais il ne comprend pas l'allusion. Sœur Odile, depuis quelques jours, est devenue énigmatique, évasive. Julien croit qu'elle souffre et qu'elle est fatiguée.

Dans ce champ béni de liberté où, plus tôt, Indiens et cow-boys se confondaient, sœur Odile fait semblant de surveiller. Elle est accompagnée de deux religieuses.

— S'ils pouvaient toujours être heureux comme cela, lance-t-elle sans trop réfléchir.

— Ce n'est évidemment pas facile, répond l'une d'elles, l'autre se contentant de hocher la tête de haut en bas.

Les trois officières, sans y avoir songé le moins du monde, se trouvent ainsi à parler de leur salle respective et du problème d'intégration des différents groupes d'enfants. Leur jugement est immédiat, objectif et brutal.

— Ce n'est pas un problème de place, reconnaît la religieuse à la droite de sœur Odile. Certains enfants ne sont tout simplement pas éducables.

— Ceux qui viennent de l'hôpital Saint-Jean-de-Dieu, notamment, précise l'autre religieuse.

— Si on continue de nous les envoyer, nous allons manquer de personnel, conclut sœur Odile.

Les enfants, qui n'ont évidemment rien entendu de tout cela, crient à pleins poumons. Vincent laisse échapper le ballon qu'Antoine avait gonflé et vient mourir aux pieds de sœur Odile. Celle-ci s'en empare énergiquement, ce qui surprend Julien qui s'approche. La religieuse décide de jouer avec eux, ébouriffant au passage les cheveux des deux enfants qui se collent à elle. Comme si elle voulait, comme si elle pouvait ainsi chasser les mauvais présages. Et le ballon aussi se promène d'un pied à l'autre comme s'il demandait à chacun sa part de tendresse.

•

Les derniers jours de juin 1953 sont très ensoleillés. Tout le monde s'agite puisqu'on se prépare à un des plus grands événements récréatifs de l'année : le pique-nique annuel des garçons et des filles à l'île Sainte-Hélène.

Tous les jeunes du dortoir sont excités. Sœur Odile renverse sur le premier lit une boîte de maillots de bain faits de soie bleue ou rouge. Chacun court essayer le sien. L'exercice donne aux enfants à la mine réjouie l'occasion d'exhiber leur corps devant des yeux que chacun sait attentifs. Sœur Odile, plutôt tolérante, surveille discrètement leurs excès de joie.

Depuis le matin, devant l'entrée du Mont de la Charité, les enfants piaffent d'impatience ; les filles, aussi de la fête, portent de petites robes de couleur, et les garçons, des culottes courtes et un chandail rayé posé sur leurs épaules. L'atmosphère est si joyeuse que même les moniteurs, habituellement soucieux de l'ordre et de la bonne tenue, laissent exploser l'exubérance des enfants. À peine voient-ils à ce qu'on ne se chamaille pas trop.

Dans les autobus qui descendent la grande allée vers le boulevard Gouin, les passagers crient et chantent à tue-tête. Il y a là près de la moitié des cinq cents enfants qu'abrite le Mont de la Charité. Ceux, évidemment, qui sont le plus « en état », ceux qu'on peut montrer à l'extérieur, sans se sentir mal à l'aise. Comme Julien. Comme Vincent. Comme Antoine. Comme Frédéric. Comme Gabriel aussi, car sœur Odile, qui a longtemps hésité, a finalement décidé de sortir le blondinet, espérant que cela lui ferait du bien.

À l'île Sainte-Hélène, la fête est à son comble. On se bouscule à la piscine, on recule ou avance au ballon-chasseur, on s'échappe au jeu du drapeau, on participe aux courses comme aux sauts en hauteur ou en longueur ; puis de véritables cadeaux viennent du ciel tant ils tranchent sur l'ordinaire : des sandwiches, des chips, des breuvages et des friandises. Julien constate l'abondance et s'en étonne. Voilà pourquoi lui, Vincent et Gabriel s'en mettent plein les poches de ces friandises qui traînent comme de petites provocations innocentes. Soudain, Julien interpelle Vincent par une question inattendue :

— Sais-tu c'est quoi être heureux ?

— Non ?

— Être heureux, c'est être content. Comme aujourd'hui.

Les trois amis jouent au milieu de centaines d'enfants qui leur ressemblent comme des frères et sœurs. Tous jouent. Normalité que personne, ce jour-là, ne semble remettre en question. Les garçons vont s'asseoir près de la piscine. Puis, laissant Vincent étendu sur le banc, Julien et Gabriel décident d'aller se baigner. Vincent les observe, amusé par la blancheur des peaux qu'il voit.

Du soleil et de l'eau coulent sur la peau blanche d'Antoine. Julien s'approche. Comme s'il l'avait choisi pour sa beauté. Les deux corps s'accordent brièvement. Feignant le tiraillage, Julien enveloppe Antoine de ses bras, puis se détache de lui. Dans cet été bienfaisant, une émotion inédite bouleverse Julien.

Au retour, à la fin de la journée, sœur Odile, sœur Magellan et Donatien Legault, penchés l'un sur l'autre, s'échangent des nouvelles apparemment importantes. Le moniteur dit les tenir de quelqu'un qu'il a rencontré dans l'après-midi à l'île Sainte-Hélène. Son informateur l'avait lu dans le sérieux journal *Le Devoir*, a-t-il précisé, pour montrer la rigueur de sa source.

— On va fermer le Mont de la Charité. Rien de moins.

— Quoi ! Quoi ! répètent en chœur sœur Odile et sœur Magellan.

— Oui, insiste le moniteur, c'est le premier ministre lui-même qui l'a dit.

— Le premier ministre, Maurice Duplessis ? interrogent timidement les deux religieuses.

Donatien Legault les regarde de haut, lui qui semble tout savoir, histoire de bien planter son clou et de leur rabattre le caquet, à ces deux robes noires qui le méprisent. Il brandit une coupure de journal.

— Le cardinal lui-même, ajoute-t-il délicieusement, est au courant. Mgr Léger a même déclaré avoir rencontré le ministre de la Santé, Albinie Paquette, qui, dit-on, n'a pas été impressionné par votre œuvre d'éducation.

— Si vous permettez, monsieur Legault, laissez-moi lire l'article, réplique vivement sœur Odile.

— Le cardinal devra constater sur place l'ampleur et la nécessité de notre œuvre, ajoute sœur Alfred Magellan. Nous allons l'inviter à visiter le Mont de la Charité, n'est-ce pas, sœur Odile ?

— N'ayez crainte, le cardinal viendra.

Les enfants n'ont rien vu, comme toujours, et n'ont rien entendu. Mais, énervés, survoltés comme ils le sont après cette journée de fête, ils ont tout senti. Gabriel, surtout, qui se maîtrise de moins en moins depuis quelques semaines.

Sans raison, dans la salle, la télévision est restée ouverte. Elle fait entendre son ronron d'informations. Maurice Duplessis, citant à ses propres fins le politicien français Clemenceau, ânonne à l'écran : « L'État a trop d'enfants pour être bon père. » Sœur Odile s'empresse de fermer le téléviseur et disparaît dans sa chambre d'un pas auquel elle n'a pas, jusqu'ici, habitué les garçons.

TROISIÈME PARTIE

Le château cassé

Octobre 1953

Dans la grande salle de conférence où pénètre sœur Martine Joseph, la directrice des études, des papiers sont étalés sur une grande table. Des papiers sur lesquels s'alignent de longues colonnes de chiffres.

L'assistante générale des sœurs de la Bonne Enfance, sœur Marie de Saint-Sylvestre, s'approche précipitamment de la grande table ovale et se penche sur l'épaule de sa compagne, l'économe, sœur Fernande Dominique.

— Le total des octrois correspond au total de ce que nous ont donné nos chers gouvernements... précise l'assistante générale.

— ... si généreux qu'ils se sentent justifiés de nous imposer leurs conditions, commente plus amèrement encore sœur Fernande Dominique.

— Six, sept millions, laisse tomber sœur Martine Joseph, vaincue par l'ampleur de la dette accumulée, et si peu habituée aux chiffres.

Le visage grave, sœur Marie de Saint-Sylvestre dépose une convocation écrite sur la table en interrogeant du regard l'assistante générale.

— À l'archevêché ? questionne celle-ci.

— Vous m'en voyez tout aussi étonnée.

— Vous avez téléphoné ?

— Au bureau du cardinal, on n'a fait que confirmer l'heure du rendez-vous. J'ai essayé de parler à son secrétaire.

— Je suis inquiète, ma sœur, commente sœur Marie de Saint-Sylvestre.

Sœur Fernande Dominique hausse les épaules, pour marquer qu'elle est maintenant dépassée par les événements.

L'assistante générale se redresse. Elle fait quelques pas en silence, sous le regard anxieux de sœur Fernande Dominique. Puis elle lance, plus pour elle-même que pour sa compagne :

— Il faudra à tout prix convaincre le cardinal.

Les trois religieuses se regardent longuement, aussi conscientes l'une et l'autre de ce qui vient d'être dit et de ce qui est vraiment en jeu : des pressions politiques. Le gouvernement fédéral ne peut en effet continuer à contribuer au maintien de l'Institut médico-pédagogique de Rivière-des-Prairies, qui relève des autorités scolaires de la province de Québec et non du ministère fédéral à Ottawa.

— De plus, commente sœur Fernande Dominique, le premier ministre vient d'établir un impôt provincial sur le revenu par une loi qui, je le crains, dessert notre cause.

•

En ce début d'automne, l'air est particulièrement froid. Pendant que les choses se décident et se mettent en place dans le grand monde des instances politico-religieuses, le petit monde du Mont de la Charité, lui, se préoccupe déjà des dignitaires qui ont annoncé leur venue en ces murs bénis et devant lesquels les enfants s'exécuteront pour montrer les bienfaits de leur éducation.

— Un grand ami du pape va venir nous visiter, déclare sœur Odile à ses enfants qui scrutent le regard de leur officière. Elle semble absolument vouloir leur annoncer une bonne nouvelle. C'est Son Éminence le cardinal Paul-Émile Léger. Vous savez, celui qui dit le chapelet en famille tous les soirs à la radio, et qu'on nomme le « cardinal du rosaire » !

Sœur Odile constate que les enfants sont sans expression. En réalité, ils ne connaissent rien du cardinal.

— La bonne nouvelle, se force-t-elle à dire, c'est qu'il va venir nous bénir, ici même, au Mont de la Charité. Il faudra bien le recevoir. J'ai une bonne idée.

Cette fois, les enfants se réveillent. Sœur Odile retrouve un certain sourire.

— Nous allons monter une pièce de théâtre pour le cardinal.

L'euphorie baisse d'un cran lorsque sœur Odile apprend aux enfants que leur moniteur participera à la préparation de la pièce. Ils sont déçus. Avec lui, ils ne s'amusent jamais. Sœur Odile s'empresse de préciser en appuyant sur chaque syllabe :

— *Étoile des Neiges*, c'est le titre, est une grande pièce de théâtre. S'il faut des comédiens, il faut aussi des gens pour travailler dans les coulisses. Y a-t-il des volontaires ?

Toutes les mains se sont levées, même celle de Roger Malette, assis à la droite de Julien. Sœur Odile est satisfaite de l'enthousiasme qu'elle a provoqué.

— Maintenant, écoutez bien cette chanson. Elle s'intitule *Étoile des Neiges*. Comme la pièce de théâtre. C'est Lyne Renaud, une chanteuse française bien connue, qui l'interprète.

Chaque enfant, le cœur amoureux, se prend spontanément au piège des grands yeux de sa bergère imaginaire. Chacun lui donne en gage sa croix d'argent et lui promet de l'aimer toute la vie. Ce prince charmant, eux qui ne savent à peu près rien de la tendresse physique des êtres, ce prince charmant, chacun rêve de le devenir.

Sans consultation, sœur Odile choisit Julien pour tenir le rôle principal dans la pièce *Étoiles des Neiges*, titre qui n'est pas sans rappeler un conte bien connu, *Blanche Neige*. Son Julien ne tient pas en place. Depuis quelques semaines, elle l'a observé. Il change et sœur Odile s'en inquiète. Peut-être qu'un rôle principal lui fera du bien, se dit-elle.

Seul sur sa chaise, Gabriel envie son ami. Il aurait aimé jouer dans la pièce de théâtre, mais comme il faudrait commencer par lui apprendre à parler, c'est-à-dire à ne pas bégayer, il n'a pas été retenu. Sœur Odile est intervenue personnellement pour l'éliminer. L'enfant en est d'autant plus malheureux qu'il aime « se produire » devant son public complice qu'il réussit à faire rire à tous coups. Il se recroqueville sur lui-même, attendant on ne sait plus quel appel.

Décembre 1953

Au bout d'une longue allée bordée d'arbres, deux voitures sombres s'arrêtent au pied du grand escalier menant à l'entrée principale du Mont de la Charité. Gaston Pellerin est impressionné par l'édifice dans lequel, en compagnie de quelques journalistes, il entre.

Au même moment, défilant en rangs serrés dans un corridor familier, et en silence, et suivant à la perfection le rythme des claquoirs, les enfants ne sont pas étonnés de voir qu'on les observe. Des dignitaires en visite, leur a expliqué sœur Odile. Des dignitaires auxquels vous devez faire honneur, a repris en écho leur institutrice, sœur Anne. Julien voit bien que les dignitaires impressionnent visiblement sa maîtresse.

Dans la grande salle dans laquelle ils entrent, journalistes, religieuses et ecclésiastiques se dispersent par petites grappes humaines. Personne ne s'étonne de la présence de l'abbé Gadouas qui semble veiller affectueusement sur le bien-être des sœurs de la Bonne Enfance.

— Le cardinal a été retenu à la dernière minute, précise l'abbé Gadouas d'un ton quasi lyrique.

Les regards se croisent dans un silence respectueux et attendu.

— N'aviez-vous pas, mère supérieure, inscrit, cette dernière année, cinq cent quarante-six enfants, trois cent soixante-dix-huit garçons et cent soixante-huit filles dans vos trente-huit classes du Mont de la Charité ? poursuit le chanoine. N'en voyons-nous pas ici les heureux résultats ?

— Le colossal travail d'éducation qui a été accompli depuis l'ouverture du Mont de la Charité demeure, vous le savez, bien fragile, susurre la religieuse.

On a conduit les dignitaires au bureau de la directrice des études. Ils sont en effet reçus par sœur Martine Joseph, qu'a tenu à accompagner pour la circonstance la supérieure de l'établissement, sœur Agnès de la Croix.

Le ton de l'entretien est feutré. D'autant plus que le journaliste Gaston Pellerin, du *Devoir*, qui sait être si injuste à l'égard du magnifique travail accompli par les sœurs de la Bonne Enfance, s'est joint au groupe. C'est l'abbé lui-même qui l'a invité. Cet abbé onctueux — ce fidèle ami de l'archevêché — doit bien avoir une petite idée derrière la tête, pensent les religieuses.

Le salon, meublé de chaises droites et de meubles vernis, a des allures austères. Sœur Agnès ne tarde pas à débiter un petit laïus qui semble appris par cœur.

— Il y a longtemps que l'on vous a vu, monsieur Pellerin, lance complaisamment sœur Agnès au journaliste du *Devoir*.

Gaston Pellerin ne peut que hocher la tête.

— Vous allez, aujourd'hui, vous rendre compte des progrès accomplis. Nous sommes loin de la réalité que jadis vos articles décrivaient…

La directrice résume les objectifs du programme et énumère, avec cette fausse assurance du doute, les gains extraordinaires qu'auraient obtenus les enfants… Elle signale, au passage, la nécessité d'une aide dont sa communauté aurait besoin pour faire plus.

— Il importe de développer toutes les facultés de l'enfant, murmure-t-elle, de le rééduquer, de l'orienter — ici, elle est plus hésitante —, de le réhabiliter de façon qu'il puisse éventuellement nous quitter et vivre en dehors du milieu hospitalier.

La religieuse se tourne à nouveau vers le journaliste.

— N'oubliez pas, monsieur Pellerin, que la majorité de ces enfants ne savaient même pas distinguer leur gauche de leur droite quand ils nous sont arrivés il y a trois ans. Je ne parle pas de lire, ni d'écrire.

Sœur Agnès sent le besoin d'intervenir encore.

— Malgré la pauvreté des moyens dont nous disposons, et qu'on nous conteste constamment… Imaginez ce que nous pourrions faire, ajoute-t-elle, s'enflammant, si nous pouvions avoir une ou deux institutrices de plus, une ou deux…

Gaston Pellerin, qui se sent bien évidemment le premier destinataire de ce discours, pense à une ou deux questions mais, devant l'évidente mauvaise foi des directrices, devant le sourire narquois qui se dessine sur les lèvres de l'abbé Gadouas, il renonce à les formuler.

Sœur Agnès scrute ces hommes qui l'entourent. Son regard les domine comme on domine une plaine. Elle se dirige à nouveau vers le journaliste qu'elle veut convaincre :

— Il ne faut pas oublier que ces garçons arrivent des crèches. Leur retard est très grand.

Gaston Pellerin, cette fois-ci, pose la question trop longtemps retenue :

— Justement, ma sœur, ne voyez-vous pas une difficulté dans le fait d'avoir, entre les mêmes murs, des enfants que l'on dit éducables… et des déficients mentaux ? Est-ce que vous ne répétez pas l'expérience de certaines crèches ?

D'abord hésitante, la directrice répond avec fermeté.

— Le terme me semble un peu fort. Je ne crois pas que vous trouverez ici des déficients…

— Ce n'est pas moi qui le dis ! C'est l'orientation même de votre œuvre qui me semble ambiguë. Ne présente-t-on pas le Mont de la Charité comme un centre « médico-pédagogique » dont le directeur médical est le même qu'à l'hôpital Saint-Jean-de-Dieu ?

Muette, sœur Agnès hésite, et sa lèvre supérieure se met à trembler. Pressé, l'abbé Gadouas invite le groupe des invités à monter à l'étage des classes où les enfants entonnent des airs édifiants. Sous la direction de sœur Anne, leurs voix aiguës sont touchantes.

•

Sans être vraiment menaçante, la voix de l'institutrice interrompt l'exercice de chant. Sœur Anne Germain n'est pas très heureuse de voir sa classe envahie par autant de dignitaires. Certes, on l'avait prévenue, mais une certaine fébrilité chez les enfants rend son autorité moins efficace. Discrètement, du matériel pédagogique a été ajouté. Julien et Vincent sont côte à côte. Instinctivement, chacun vérifie sa cravate en même temps. Gabriel, à gauche de Julien, semble bouder son ami. On ne sait trop pourquoi.

Même si on ne l'y a pas invité, le journaliste meurt d'envie de poser une ou deux questions. Rompu à tous les exercices du genre, l'abbé Gadouas improvise une première question.

— Qu'est-ce qu'une île ? demande-t-il à Gabriel qui est étonné qu'on s'adresse à lui.

— …

Devant le regard inquiet que sœur Anne laisse voir, Gabriel reste muet.

— Gabriel, tu veux répondre, suggère-t-elle. Allez ! Qu'est-ce qu'une île ?

— … C'est de… de… l'eau…

— Une rivière aussi, c'est de l'eau, commente l'intimidant abbé.

Julien se glisse sans permission dans la conversation.

— Moi, je le sais, monsieur. Une île, c'est de la terre entourée d'eau.

— Qui t'a appris ça ? s'étonne l'abbé Gadouas.

— Sœur Odile, monsieur. Elle a un livre de géographie dans sa chambre. Elle me l'a montré.

— Merci, mon petit bonhomme, ironise le journaliste.

Tout en s'effaçant autant que possible, sœur Odile regarde son Julien. Elle en rougit de fierté. De son côté, Gaston Pellerin sourit. Le mauvais comédien, ce n'est pas Julien, c'est sœur Agnès qui, le visage empourpré, encourage l'enfant.

Gaston Pellerin, qui semble reconnaître le jeune garçon, se permet de prendre la parole, assuré que son intervention ne compromettra pas l'exercice en cours.

— Au fait, mon petit bonhomme, ne viens-tu pas de la crèche Saint-Paul ? interroge le journaliste.

— Oui, monsieur.

— Voilà, c'est là que je t'ai vu. J'étais certain de t'avoir vu quelque part.

L'abbé Gadouas, qui tourne un regard glacial vers la directrice, n'est pas du tout amusé. Il tente de reprendre la maîtrise de la situation.

— Et toi, petit, que fais-tu la tête penchée sur ton bureau ? questionne l'ecclésiastique.

— …

— Vincent, Vincent, s'énerve l'institutrice en l'interpellant.

Vincent fixe le prêtre mais refuse de répondre. C'est qu'intérieurement, il rage de voir que Julien a toute l'attention.

Conscient de l'émoi que ses interventions provoquent auprès des autorités, le journaliste fait de nouveau acte de diversion. Agitant son calepin, il s'approche de Julien qu'il pointe de son crayon. Gaston Pellerin est touché par la vivacité du jeune garçon. Le journaliste n'a pas manqué de jeter un regard sympathique sur Vincent. Puis, non sans émotion, il regarde à nouveau celui qui a si bien répondu aux questions.

— Tiens ! Tu pourras écrire ce qui te passe par la tête.

— Moi, écrire comme vous ?

— Tout à fait !

Julien regarde Vincent qui a les yeux comme des couteaux. Il se tourne vers sœur Odile qui manifeste visiblement son contentement. En s'assoyant, Julien presse contre son cœur le précieux calepin. Ses yeux n'en ont que pour les feuilles blanches.

Les dignitaires sont à peine sortis de la classe que le journaliste Gaston Pellerin exprime le désir d'en voir une autre.

— Ce ne sera pas nécessaire, s'empresse de répondre sœur Martine Joseph, la directrice des études.

Animé par une curiosité dérangeante, le journaliste réplique aussitôt par une question.

— Que cherche-t-on à cacher ? Le progrès des enfants ?

Sœur Agnès de la Croix, hors d'elle-même, n'ajoute rien et son regard croise celui de la directrice des études, restée subitement silencieuse.

Sœur Martine Joseph aimerait bien que les dignitaires ne s'arrêtent pas à la classe d'en face. Elle sent, toutefois, que la maîtrise de la situation va lui échapper. Comment éviter une série de questions à des enfants qui n'ont que le rictus ou le balancement de la tête comme moyens d'expression ? se dit-elle.

Gaston Pellerin ouvre la porte de la classe C dans laquelle une vingtaine d'enfants bougent à peine, sinon leur petite tête. Instinctivement, la religieuse responsable de la classe a un mouvement de recul. Rarement, en effet, s'arrête-t-on pour visiter sa classe.

— Bon... Bonjour, monsieur ! Debout les enfants !

Le cortège des dignitaires hésite à suivre le journaliste. Mais, devant la précipitation de Gaston Pellerin, l'abbé Gadouas, bien qu'indisposé, précède ses confrères et s'impose à l'institutrice avec l'élégance composée qu'on lui connaît.

Certains élèves sont restés assis, d'autres, debout, sont figés. Le contraste avec la classe précédente saute aux yeux des visiteurs interloqués. L'abbé Gadouas cherche l'étincelle dans chaque regard. L'échec est absolu.

— Ce sont des déficients légers, vous savez, ose affirmer la religieuse que la présence de tant de dignitaires impressionne.

— Vous leur faites la classe normale, complète rapidement l'abbé Gadouas.

— Bien évidemment ! Il nous appartient de voir à leur éducation la plus complète.

— Du beau travail, dit-il à la religieuse.

Gaston Pellerin, qui se promène entre les rangées, n'est pas le dernier venu. Il pose un regard ironique sur la directrice des études qui s'est résolue à le suivre après qu'il ait imposé sa présence.

— Nous vous remercions infiniment, ma sœur, de nous avoir accueillis, intervient l'abbé Gadouas. D'autres obligations nous attendent. Nous apprécions beaucoup le travail que vous faites pour ces enfants qui ont si soif d'apprendre ainsi que vous venez de nous le montrer.

Si Gaston Pellerin pouvait transformer ses yeux en balles de fusil, le double coup partirait immédiatement et la cible serait touchée aussitôt. Comme il a déjà pris quelques initiatives personnelles, il décide de s'abstenir de tout commentaire. Il a toutefois emmagasiné quelques idées pour un éventuel article.

•

— À l'ordre, les gars ! À l'ordre ! On ne court pas et on ne crie pas dans la salle !

Donatien Legault semble si menaçant que les garçons acceptent tous de se mettre en rangs, et en silence, pour se rendre à leur casier où ils vont s'habiller pour sortir.

Julien Lenoir, l'air satisfait, agrippe son bâton de hockey, l'agite dans les airs et sort. Vincent est déjà sur la patinoire. Il s'exerce à lancer comme s'il se défoulait. Si Gabriel et Roger n'ont pas encore trouvé de bâtons, c'est qu'ils n'ont pas vu la poubelle dans laquelle ils se trouvent.

Au même moment, l'abbé Gadouas, suivi des autres dignitaires, se rend dans la cour où aura lieu la partie de « hockey-bottines ».

Donatien Legault remet une balle de tennis qui servira de rondelle à l'abbé Gadouas qui est accompagné, pour la circonstance, de Gaston Pellerin. La partie débute.

Vincent Godbout s'empare le premier de la balle, se faufile entre les joueurs, traverse la patinoire. Seul devant le gardien adverse, il lance et compte. Triomphant, il se tourne vers Gaston Pellerin et lui fait un salut de la main. Des cris de joie éclatent sur la patinoire. On reprend au centre.

Le journaliste du *Devoir* et le secrétaire du cardinal observent cette partie de hockey improvisée. L'enthousiasme est si général, et surtout si naturel, que l'abbé croit le moment venu de marquer des points à son tour.

— Vous devez reconnaître que c'est une belle réussite que ce Mont de la Charité.

— Je n'ai pas rêvé, interrompt le journaliste, l'air sévère comme le froid ambiant. Certains avaient le regard complètement vide. Dans une classe en particulier. Les enfants ne savaient pas ce qui se passait.

Apercevant Julien, qui se lance à l'attaque suivi d'Antoine, l'abbé insiste, pointant le jeune garçon au visage bouffi de chaleur autant que d'orgueil.

— Tenez! Celui-là! Avez-vous besoin d'un meilleur exemple? Vous l'avez vu tout à l'heure en classe…

— Une île, oui, je sais, ironise le journaliste en allumant une de ses éternelles cigarettes.

— L'île, oui, une île au large de la charité…, reprend plein d'assurance l'abbé, plutôt satisfait de sa métaphore.

Le journaliste aspire une longue bouffée de sa cigarette puis il se tourne vers l'abbé Gadouas et lance, cinglant comme un lancer frappé:

— Vous voulez que je vous dise? Votre Julien est au niveau de la deuxième année scolaire alors qu'il devrait être en sixième avec ses douze ans. C'est depuis son séjour à la crèche qu'il est en retard.

L'abbé Gadouas hausse les épaules. De dépit. Assuré qu'il ne peut détourner le journaliste de ses convictions, l'abbé se dirige rageusement vers sa voiture. Il fait tourner le moteur. L'auto, aussi impatiente que son conducteur, fait rageusement entendre le crissement de ses pneus.

Gaston Pellerin, quant à lui, laisse lentement retomber sa colère. Il revient près de la patinoire. Il observe les élans sportifs du petit Julien.

Comme s'il avait quelque chose à prouver, Julien, en compagnie d'Antoine et de Frédéric, se lance désespérément à la poursuite de Vincent, convaincu qu'un regard suit ses pas, feinte par feinte. Il traverse, à la Maurice Richard de qui il ne sait rien, la moitié de la patinoire. Malheureusement, il rate la passe qu'Antoine lui fait à l'instant. Épuisé, il s'arrête, se tourne vers le journaliste.

Gaston Pellerin reste près de la bande, assuré que Julien viendra le rejoindre. Il a bien deviné.

— Les sports, c'est pas ma force. Pensez-vous que je peux devenir journaliste, moi aussi?

— Ben, il faudrait bien commencer par te sortir d'ici.

•

Au journal *Le Devoir*, c'est bientôt l'heure de tombée. Avec toute l'excitation de la dernière minute, les journalistes se bousculent au pupitre où l'on boucle la une.

Gaston Pellerin, lui, est songeur. Il ne tient pas en place à la fenêtre, revenant à son bureau, voyant à peine ses collègues qui se demandent bien quelle mouche l'a piqué. Il ne parvient pas à terminer cet article qu'il s'est engagé à faire sur le Mont de la Charité, se répétant pour la vingtième fois qu'il n'aurait jamais dû accepter l'invitation de l'abbé Gadouas. Le journaliste devine encore un piège et cherche, sans succès, à se tenir à distance. De ce jeune institut médico-pédagogique, il ne sait trop que dire. Faire l'autruche, et donc faire le jeu de l'abbé Gadouas ? Ou souligner, tel qu'il en a envie, les lacunes de l'institut ? Les souligner, par contre, c'est donner des munitions à ceux, en commençant par le premier ministre lui-même, qui croient qu'on en fait trop et qu'on devrait se contenter d'enfermer les arriérés plutôt que de les éduquer à gros prix et de tenter en vain de les ramener à une vie normale. Comment trancher ? Le directeur Gérard Borduas, qui sent bien la tension, s'approche de lui. À peine curieux, il lui lance :

— Et alors, ce Mont de la Charité ?

Le journaliste réplique avec vivacité :

— Il y a trop d'enfants, beaucoup trop qui viennent de milieux différents. J'ai vu plusieurs garçons, sans doute aussi intelligents que vous et moi, en côtoyer des dizaines d'autres qui sont nettement attardés, voire déficients. Comment voulez-vous qu'ils se développent normalement ?

— Plutôt difficile, en effet, commente sobrement le directeur.

— L'institut n'a pas les moyens dont il devrait normalement disposer. C'est le même problème que j'ai souligné, vous vous souvenez, à propos des crèches, dont plusieurs de ces enfants proviennent, d'ailleurs.

Et puis, complète le journaliste en pesant ses mots, il y a autre chose.

— Le dévouement bien réel de certaines religieuses ne compense pas, et ne compensera jamais, l'incompétence de la plupart d'entre elles. Vous auriez dû voir la classe que j'ai visitée…

— J'attends votre article pour demain, on verra bien.

•

La pièce où vient d'arriver Gaston Pellerin est petite et encombrée. Son projet d'article en main, le journaliste se sent nerveux au moment de le remettre au directeur Borduas. Celui-ci le lit d'un trait, puis il lance d'une voix grave et monocorde :

— La publication de votre article ne ferait qu'ajouter l'insulte à l'injure. Le cardinal se demande pourquoi vous récidivez. Votre série d'articles « Histoire des enfants tristes » a déjà causé bien du tort, pourtant.

— Est-ce votre avis ou celui de l'archevêché ?

— Le cardinal fait pression, monsieur Pellerin.

— Vous n'allez quand même pas reculer ?

— Je ne fais que mesurer avec vous le rapport de force existant. Je n'ai pris aucune décision.

Le directeur du *Devoir* se penche sur son bureau. Il n'est pas indifférent aux convictions qu'exprime son journaliste, mais il ne peut s'empêcher d'être prudent. Il se lève, tutoie son journaliste, presque paternel, met ses lunettes et prend à nouveau un ton grave.

— Tu le sais, l'éducation relève du gouvernement provincial. Québec voudrait sortir le fédéral de sa cour. Or, si on continue de faire de l'enseignement au Mont de la Charité, il n'y aura plus de subsides en provenance d'Ottawa.

— Il est là le problème, je le sais bien. Parfois, j'ai l'impression que les religieuses fabriquent les inadaptés dont elles ont besoin pour leur main-d'œuvre interne.

— Tu es trop sévère. N'exagères-tu pas un peu ? Les religieuses font leur possible.

Gaston Pellerin est ébranlé par ce commentaire. Son directeur prend-il position contre lui ?

— Il faut que je réfléchisse, reprend Gérard Borduas.

Le silence s'installe entre les deux hommes qui longent maintenant le corridor mal éclairé.

•

L'édition du lendemain tombe comme un couperet. Convoqués le jour suivant à l'archevêché, le journaliste et son directeur s'y rendent avec très peu d'empressement.

Le cardinal tourne le dos à ses invités. Il est debout devant une large fenêtre aux lourdes tentures moirées. L'air pensif et hautain, il regarde à l'extérieur. Une copie du journal est restée sur son bureau. Pivotant sur lui-même, le prélat se dirige ensuite vers le directeur du *Devoir* et le relance avec une fausse assurance :

— Ce que votre journaliste raconte nous inquiète beaucoup, monsieur le directeur.

— Ce qu'il dit est-il vrai, Éminence ? Là est toute la question, affirme Gérard Borduas.

— Peut-être. Mais il ne tient pas compte des circonstances ni du contexte. Après tout, vous ne pouvez pas exiger qu'on respecte dans ces maisons les normes du YMCA [1].

— Et pourquoi pas ? s'étonne le directeur du *Devoir*. Je ne vois pas vraiment pourquoi on se contenterait de normes inférieures.

Le directeur reste silencieux un instant, puis conclut par deux questions :

— Pourquoi, dans cette affaire, refusez-vous d'utiliser l'énorme influence de votre Église ? Au fait, Éminence, pourquoi discutons-nous ? L'article a été publié. Toutes nos discussions ne sont-elles pas vaines maintenant ?

---

1. Acronyme de Young Men's Christian Association.

Février 1954

À l'arrière de l'auditorium, il y a trois grandes portes. Julien entre toujours par celle qui donne sur l'allée centrale. Pour le prestige, sans doute. Ses compagnons, souvent, sont déjà sur scène, échangeant leurs répliques comme on échange des réponses toutes faites. Ce ton artificiel, Julien le reconnaît sans penser que, malgré toute l'ardeur qu'il met lui-même à apprendre, il n'échappe pas au style ampoulé de ses camarades de scène. Dans le vif de la répétition, il oublie ses maladresses pour se donner corps et âme à son rôle qui, très prochainement, lui fera embrasser, pour la première fois de sa vie, une jeune fille du nom de Jacinthe Brissette. C'est elle qui incarnera la princesse pour qui il sera le prince désiré et tant aimé.

Julien se sent particulièrement observé. Ses compagnons de scène jouent lourdement. Sa performance déçoit-elle son moniteur ? L'enfant est inquiet. M. Legault lui a demandé de rester après la répétition. Et puis, ressent-il, il y a une drôle d'atmosphère. Un désordre inhabituel règne.

Vincent, quant à lui, travaille au décor, pour reprendre l'expression consacrée. Son habileté est incontestable. Pour l'instant, il scie des morceaux de bois, leur donnant ainsi une longueur égale. Lorsqu'il voit venir son moniteur, il est plus nerveux.

Dans les coulisses, Donatien Legault s'entretient avec sœur Anne. Contrairement à sœur Odile, elle semble moins autoritaire en présence du moniteur. La conversation semble amicale.

— Vous voyez, explique le moniteur, Vincent, c'est tout un homme. Il sait quoi faire avec ses mains.

— Il faut être bon avec sa tête aussi, pas seulement avec ses bras, monsieur Legault.

L'allusion est fort bien reçue par le moniteur Legault qui ne s'en offusque pas. Comme Vincent s'approche, il retient les paroles qu'il allait prononcer.

— Où vas-tu, mon garçon ?

— Aux toilettes, monsieur.

Vincent a menti. En réalité, il s'en va à l'arrière de la salle de spectacle où Julien Lenoir et Jacinthe Brissette, apprenant leur texte par cœur, se donnent la réplique. Dès que Vincent se montre, à cause de l'excitation sans doute, la jeune fille laisse tomber ses feuilles.

— Tu lui fais de l'effet, lance, amusé, Julien.

Sur scène, même lorsqu'il répète, Julien se donne corps et âme à son jeu. Il aime incarner son rôle de prince. Ça le rend fébrile. Il se concentre pour que son personnage soit le plus vrai possible. Son agilité le rassure et le révèle à lui-même. Comme si Julien était né pour n'être que cela : victorieux.

Gabriel, que Julien observe au loin avec sœur Odile, est moins chanceux. Son bégaiement est un sérieux handicap pour le comédien qu'il rêve de devenir. Sœur Odile le sait bien. Voilà pourquoi elle ne lui a pas donné de rôle. Comment expliquer cela à Julien qui, venu la voir, intercède en faveur de son ami.

— Y pourrait juste danser, suggère-t-il, y serait pas obligé de parler, dit-il tout en ajustant son pantalon, nettement trop grand.

— Moi, je m'occupe des comédiens, sœur Anne des danseurs et M. Legault des décors. C'est à sœur Jeanne qu'il faut parler.

Julien, déçu de la réponse, quitte sœur Odile sans trop savoir ce qu'il fera.

•

Donatien Legault, Julien l'a longtemps détesté comme tous les autres enfants de sa salle, en particulier Vincent. S'il s'en rapproche, aujourd'hui, c'est à cause du théâtre, à cause de la pièce *Étoile des Neiges*. Pendant la pause, lors d'une répétition, Julien s'assoit près de la scène dans l'escalier, côté cour. Il se surprend à aimer les conversations qu'il a avec son moniteur qui, fait rare, s'occupe de lui. Il a l'impression d'exister. Julien passerait des heures ainsi à discuter pour le seul plaisir de se savoir considéré, d'entretenir la certitude qu'il est quelqu'un. Pourquoi Legault, se dit-il, n'est-il pas toujours un moniteur gentil comme aujourd'hui ?

Sans avertissement, Donatien se lève et Julien fait de même. Posant sa main sur l'épaule de l'enfant, il le conduit vers l'arrière-scène où sont disposés les costumes et les accessoires. Tous deux se glissent dans une coulisse mal éclairée. Donatien Legault met alors une large main sur la nuque de Julien qui est surpris par l'étau qui l'enserre, puis les mains du moniteur descendent vers les avant-bras du jeune comédien qui, maintenant, fait face au moniteur. Bien que resté passif, Julien est visiblement mal à l'aise. Il a peur de son moniteur ; de la brutalité surtout dont ce dernier est capable. Tout peut arriver avec un homme dont la respiration est saccadée et les gestes tremblants.

C'est alors que Donatien Legault entre sa main rugueuse dans la culotte de soie de Julien. Même si son geste n'éveille chez l'enfant aucun sentiment de panique, le jeune comédien saisit vite que ce qui s'amorce n'est pas un jeu. Une main d'homme tâtonne et s'empare de son pénis, puis, avec le dos de la main, le moniteur caresse l'intérieur de sa cuisse. Ni drame, ni curiosité, ni scandale. Après tout, Donatien Legault ne lui fait pas mal. C'est ainsi que la peur initiale de Julien se dissipe, endormie par la lenteur du geste du moniteur.

Julien, malgré tout, fixe le regard de l'homme avide qui s'intéresse à son corps. L'enfant comprend que ce qui se passe n'est pas bien. Le moniteur abaisse rapidement les yeux, puis les relève, et les abaisse à nouveau. L'œil de Julien est si perçant que son regard suffit pour que, finalement intimidé et se sentant méprisable, le moniteur retire sa main de la culotte rouge de l'enfant.

Le soir dans son lit, Julien recompose l'événement dans sa tête. De la main moite de son moniteur, il a conservé une impression de saleté collée à sa peau. Heureusement, dans cet affrontement des regards, Julien ne s'est pas comporté comme une victime. Ses yeux ont été son premier moyen de défense. Il ne le réalise pas, certes, mais il a gagné un sursis auquel il survivra. Ce qu'il sait toutefois, et qu'il décide à l'instant, c'est qu'il ne parlera à personne de ce qu'il vient de vivre. Ce sera son secret. Car ce silence — il ne saurait le dire —, c'est son âme troublée.

•

Les répétitions, sous la direction de sœur Anne qui leur enseigne principalement la danse, sont de plus en plus rapprochées. Elles se déroulent souvent dans le désordre le plus complet. Chaque fin de semaine, le théâtre éloigne Julien de ses amis. Gabriel, par exemple, prisonnier de son quotidien, n'a pas été choisi et Julien aimerait l'intégrer au spectacle, mais comment? Les événements particuliers que Julien a vécus avec Donatien Legault donnent à l'enfant une audace que lui-même ne soupçonnait pas. Julien croit pouvoir convaincre son moniteur. Il va à sa rencontre avec l'assurance impolie des gagnants.

— Pourquoi Gabriel n'a pas été choisi?

— Tu le sais bien, il y a trop d'enfants.

— Moi, j'étais pas de trop?

Confondu, M. Legault comprend l'allusion.

— Gabriel, insiste Julien, ne veut pas un rôle parlant, il veut être un danseur. Il veut jouer le rôle d'un comte qui danse. Pourquoi t'en parles pas à sœur Anne?

— Les couples de danseurs sont en nombre limité.

— T'as pas besoin de remplacer un danseur par Gabriel. T'as juste à lui trouver une fille. C'est simple.

— Je vais en parler à sœur Anne. C'est elle qui décide.

Déçu, suivi de son moniteur, Julien se rend au dortoir.

L'air préoccupé, assis sur son lit et crayon en main, il est maintenant penché sur son calepin. Il ne parvient toutefois pas à écrire. Il hésite. Les mots ne lui viennent tout simplement pas. Julien veut terriblement écrire. Pourquoi n'y arrive-t-il pas ? se demande-t-il. Quand on n'a jamais écrit à quiconque, c'est ce qui arrive. On n'a pas d'idées pour soi.

Bientôt, la petite tête de Gabriel se penche au-dessus de lui :

— T'écris sur ta mère ?

— Sur qui d'autre tu veux que j'écrive ? réplique Julien, impatient.

Confrontant son ami, c'est Vincent qui répond :

— Y est temps que tu t'aperçoives que tu rêves pour rien. Les rêves, bonhomme, ça nous protège pas.

Le silence est tendu. La dernière phrase de Vincent est comme un coup de poignard pour Julien. Certains rêves sont interdits aux orphelins. Gabriel retourne à son lit. Il regarde Julien. Et si Vincent, semble-t-il lui dire, avait raison ? Au même moment, les lumières du dortoir s'éteignent.

Mars 1954

Dans leur maison mère, les sœurs de la Bonne Enfance sont sur les dents. C'est un véritable branle-bas de combat en cet avant-midi de la mi-mars 1954.

La journée est splendide et le soleil pénètre généreusement par les fenêtres, mettant en valeur la richesse des bois. Frottées et refrottées, toutes les boiseries reluisent comme des miroirs. Les planchers sont astiqués avec une ferveur tout enfantine. « La propreté n'est jamais excessive », commente l'assistante générale, sœur Marie de Saint-Sylvestre, à la sœur converse qui, tout sourire, nettoie le dessus des tables du parloir où l'on recevra le cardinal. Les sœurs courent dans tous les sens, surveillant de près le travail des domestiques.

L'assistante générale, qui dirige le navire en l'absence de la supérieure générale, en mission précisément auprès des « missions étrangères », est particulièrement nerveuse. Sœur Marie de Saint-Sylvestre tient ainsi à tout vérifier elle-même. Elle passe donc d'une pièce à l'autre, approuvant ici, corrigeant là, motivant toutes et chacune. Dans le grand parloir où il est prévu que le prélat bénira les sœurs, elle s'arrête un instant auprès de l'intendante. Puis elle lui glisse, presque confidentiellement :

— Vous n'oublierez pas les fleurs. Vous savez comment monseigneur aime leur odeur !

L'intendante hoche la tête en silence, puis les deux sœurs s'éloignent, dans des directions opposées, et sans faire plus de bruit l'une que l'autre. Comme si leur mission sacrée les faisait voler sur un coussin d'air. Tout est prêt parce que tout est maintenant parfait. Le cardinal peut enfin arriver !

Par petits groupes discrets, les religieuses conversent poliment. On dirait qu'elles cachent leur nervosité comme si leur entretien avec l'archevêque de Montréal allait changer leur destin. « Le voilà ! » s'exclame l'assistante générale.

— Le cardinal arrive ! Le cardinal arrive !

Le mot se répand à la vitesse de l'éclair et les religieuses se précipitent toutes pour l'accueillir, les plus fortunées réussissant même à jeter un coup d'œil par la fenêtre et à apercevoir la longue limousine noire qui est venue se garer dans l'espace réservé devant la porte principale de l'institut. À dix-neuf heures quarante-cinq précises, une demi-heure à peine après que Son Éminence ait terminé son *Chapelet en famille*.

Le cardinal attend que le chauffeur vienne lui ouvrir la portière. Puis, dignement, le prélat sort de la limousine reluisante. On voit glisser majestueusement son pied droit, puis suit tout le corps du prince de l'Église vêtu de sa pourpre cardinalice. Il est aussitôt imité par l'abbé Gadouas qui se glisse silencieusement dans son ombre.

À la vue des religieuses, qui osent à peine le regarder, et qui lui font timidement comme une haie d'honneur, le cardinal se fait tout sourire. Il avance avec dignité, conscient de la faveur insigne que, par sa présence, il leur fait. Il s'arrête à chaque visage, semblant le reconnaître. Il donne sa bague rutilante à baiser. Puis il dit un mot ici et là, provoquant de subites et incontrôlables rougeurs. Il est, on le sent, en pleine possession de ses moyens. Accompli. Naturel. Son profil est altier. Extérieurement majestueux, somptueusement souverain. Certaines religieuses qui ont longtemps rêvé d'un tel jour lui en sont toutes reconnaissantes.

Au bout de la haie d'honneur, le cardinal semble hésiter un instant. Puis il se tourne vers les religieuses. Leur jette un regard profond, triste de gravité :

— Je vous bénirai tout à l'heure, mes sœurs ! lance-t-il de sa voix qu'on connaît maintenant dans tout le Québec.

Si posée, pense l'assistante générale. Puis le cardinal s'engouffre par la porte qu'on a ouverte devant lui, et qui donne, comme cela se doit, sur les choses sérieuses. L'abbé Gadouas le suit rapidement, toujours aussi fidèle.

Une table a été dressée dans le parloir particulier, attenant au bureau de la supérieure générale. Nappe blanche brodée, argenterie, verres en cristal, fleurs, rafraîchissements divers… Le cardinal jette à la ronde un regard approbateur, ce qui, paradoxalement, ne fait qu'accentuer la nervosité des trois religieuses : sœur Marie de Saint-Sylvestre, l'assistante générale, sœur Fernande Dominique, l'économe, et la directrice du Mont de la Charité, sœur Agnès de la Croix.

Le cardinal accepte finalement un doigt de porto. À la troisième ou quatrième sollicitation, il fait tourner son vin dans le verre de cristal, en admire les reflets, mais y trempe à peine les lèvres, préférant interroger, sur un ton mondain, l'assistante générale.

— Votre supérieure se porte bien ?

— Très bien, répond-elle, bien que notre mère supérieure se désole de ne pouvoir être avec nous en des moments aussi graves.

— Nous connaissons tous l'importance de sa mission, réplique le cardinal, en hochant pensivement la tête.

— Bien évidemment… renchérit l'assistante générale.

Sœur Marie de Saint-Sylvestre hésite un instant puis elle aborde directement le sujet. Maladroitement.

— Notre supérieure, Éminence, se tourmente beaucoup à propos de notre cher Mont de la Charité. La situation, vous le savez, est…

— … catastrophique. Je sais, coupe brusquement le cardinal. Votre déficit de l'année dernière est de trois cent quarante mille dollars.

Sciemment, le cardinal hoche lentement la tête. Puis son ton s'affermit.

— Avec cet argent, vous auriez pu construire cette maison mère dont vous avez tant besoin, lance-t-il en regardant autour de lui, comme si l'exiguïté des lieux parlait par elle-même. Ah ! ce grand hospice dont je rêve pour mes pauvres vieillards.

Le cardinal poursuit sur un ton différent.

— Non, mes sœurs ! Vous devez accepter de regarder la réalité en face. Vous avez vu trop grand lorsque vous avez créé le Mont de la Charité.

— Les besoins sont si criants… ose la directrice des études.

— Les besoins d'apprentissage sont peut-être criants, réplique sèchement le cardinal, mais ils ne sont pas de votre ressort. C'est à la commission scolaire qu'il appartient de voir à l'éducation des arriérés mentaux.

— Ces orphelins, il faudrait aussi les éduquer. Ne pourriez-vous intervenir auprès des autorités politiques ? Ne le croyez-vous pas, Éminence ? argumente un peu plaintivement l'assistante générale.

Le cardinal précise sa pensée.

— Les portes sont toutes fermées, tranche-t-il. À Ottawa autant qu'à Québec.

Les religieuses sont désarçonnées. Elles baissent la tête. L'assistante générale se fait la plus humble, la plus soumise possible pour interroger à nouveau le cardinal.

— Éminence, nous…

Spontanément, presque brutalement, la voix du cardinal se casse. Le ton est plus sec. Coupant court à la discussion, il en vient rapidement au fait.

— Il faut réagir dans les plus brefs délais car, ce qui risque de se produire, à mon avis, c'est qu'on rejette la responsabilité de cette impasse sur l'Église. Voilà pourquoi je vous demande, en conformité avec la suggestion du ministre provincial de la Santé, de limiter à cinq cents les admissions d'enfants éducables et de réserver cinq cents lits aux enfants idiots.

— Alors, que pouvons-nous, que devons-nous faire ?

Le ton a changé. Sollicité, le prélat se fait à nouveau moelleux, paternel.

— Je peux intervenir en votre faveur si vous acceptez les conseils qu'on vous donne.

La cardinal laisse aux mots le temps de porter avant de poursuivre.

— Si vous aviez là des idiots, vous auriez la sympathie des autorités gouvernementales qui viennent de voter huit millions de dollars pour les aliénés. Vous pourriez alors poursuivre votre œuvre d'éducation, mais sur des bases plus modestes.

— Des idiots ! reprend fortement troublée la directrice des études.

— C'est le plan que m'a soumis l'honorable ministre de la Santé, poursuit mielleusement le cardinal. À titre officieux, bien sûr, mais... vous gardez cinq cents « éducables » et vous ajoutez cinq cents « idiots ». Naturellement, cela exigerait que des aménagements soient effectués.

— Cinq cents... ne peut s'empêcher de relever la directrice des études qui s'en étouffe presque.

— Mais, soyez assurées que nous ne vous amènerons pas un convoi de cinq cents malades d'un coup, avoue, tout sourire, le cardinal.

— Si nous acceptons ce compromis, Éminence, allez-vous vous charger de faire les pressions nécessaires auprès du gouvernement afin d'obtenir l'aide dont nous avons tant besoin ?

— Je pourrais certes convaincre le gouvernement de vous verser sept mille dollars par lit, soit trois millions et demi de dollars, octroi prévu, je vous le rappelle, pour la construction d'un nouvel hôpital d'aliénés, conclut le cardinal, persuadé d'avoir raison.

— Et vous pourriez ? ose l'assistante générale, confondue par son propre espoir, les yeux allumés de convoitise.

Le cardinal esquisse un sourire satisfait et trempe à nouveau ses lèvres dans le porto. Plus onctueux que jamais, plus fébrile aussi, se déplaçant, il déploie ses bras telles les ailes d'un aigle. Il s'avance, princier et majestueux, vers l'assistante générale, et lui donne son anneau d'or et de rubis à honorer. L'assistante générale, s'agenouillant, dépose sur le revers de sa main baguée un baiser de religieuse soumission.

— Convient-il maintenant, demande sœur Marie de Saint-Sylvestre au cardinal, d'informer des faits nouveaux l'ensemble des dirigeantes du Mont de la Charité, dont la collaboration s'avère essentielle pour effectuer les rénovations exigées par l'admission « d'enfants aliénés » ?

— Il faudrait convoquer, en effet, répond le prélat, les autorités du Mont de la Charité pour les informer confidentiellement de ce qui se projette. J'ai toujours admiré les sentiments de surnaturelle obéissance des Filles de mère Rosa. Je suis confiant.

Avril 1954

Le conseil général a tenu séance et a décidé de se conformer aux désirs du cardinal et du ministre provincial de la Santé qui avait lui aussi suggéré l'admission des enfants idiots.

— Il y a sagesse à renoncer et à nous soumettre, conclut, en l'absence de la supérieure générale de la congrégation, l'assistante générale, sœur Marie de Saint-Sylvestre.

— Vous avez bien raison. De plus, gardons-nous bien d'indisposer l'archevêché. Nous prierons Mgr Léger de croire à notre entière soumission aux directives que nous considérons comme l'expression de la volonté divine sur cette question.

Une convocation spéciale est lancée qui, en plus des sœurs dirigeantes, réunit le personnel laïque, dont le directeur médical, le Dr Adrien Marsan et le Dr Donat Ferron, psycho-pédagogue. Ce dernier est diplômé des écoles américaines, précise l'assistante dans sa présentation. Une quinzaine de personnes tout au plus assistent à la rencontre.

Sœur Marie de Saint-Sylvestre est venue à la demande expresse du cardinal leur annoncer que les décisions qui ont été prises sont plus radicales que celles envisagées lors de la visite de mars dernier. Car les deux niveaux de gouvernement, engagés dans une féroce bataille de juridictions, se montrent intraitables. L'école du Mont de la Charité pourrait même être sacrifiée sur cet autel des relations fédérales-provinciales, précise-t-elle en pesant ses mots.

— Mais le cardinal n'a-t-il pas indiqué que nous allions pouvoir continuer, quoique sur une base plus modeste, notre travail d'éducation ? ose questionner la directrice des études, sœur Martine Joseph, qui sent bien que son influence est de moins en moins déterminante.

— Le cardinal suit très activement cette affaire, coupe l'assistante générale avec un air sombre. Tout comme, bien qu'absente, notre supérieure générale.

— Justement, fait semblant de s'étonner sœur Agnès en sortant un papier de sa poche, sœur Étienne de la Trinité, notre supérieure générale, m'a fait parvenir hier ce télégramme.

L'assistante générale fait aussitôt entendre dans un anglais approximatif ces mots : « Approve plan Mont de la Charité. Follow Cardinal's advice. God bless results. »

— Toute cela doit pour l'instant demeurer entre nous, commente sœur Agnès. Il ne servirait à rien d'inquiéter nos pauvres religieuses ni d'exciter nos chers enfants.

La directrice des études, sœur Martine Joseph, particulièrement perturbée, voire irritée, contient difficilement ses émotions devant les autres religieuses qui, la tête baissée, sont si surnaturellement obéissantes.

•

Quelques jours plus tard, sœur Agnès convoque tout son personnel, exception faite bien sûr des gardes-malades, des domestiques et des moniteurs, que les choses qu'elle va annoncer ne sauraient concerner, et à qui elle confie exceptionnellement, ce jour-là, le soin et la surveillance des enfants.

La réunion se tient dans le réfectoire qui a été aménagé pour la circonstance. Les tables ont été empilées dans un coin, sauf une, la plus longue, qui a été disposée tout à l'avant et derrière laquelle on a placé cinq chaises. Les autres ont été alignées en rangées symétriques, de chaque côté de l'allée centrale.

Les conversations s'éteignent, presque miraculeusement, sitôt franchi le seuil de la grande porte vitrée. Les premières arrivées comme les suivantes baissent la tête, intimidées certes par la nature inédite et secrète de la réunion. Toutes sentent immédiatement le besoin de se regrouper, même si aucune consigne n'a été donnée à cet effet. Les directrices avec les directrices, les officières avec les officières, les enseignantes avec les enseignantes, les adjointes avec les adjointes, seuls les aumôniers se sont joints aux médecins, mais ils sont des hommes et les lois qui les régissent diffèrent naturellement de celles qui gouvernent les sœurs.

À deux heures pile, la directrice du Mont de la Charité fait son apparition. Elle est accompagnée de l'assistante générale des sœurs de la Bonne Enfance, du Dr Adrien Marsan, le directeur médical de l'hôpital Saint-Jean-de-Dieu, dont relève le Mont de la Charité, du Dr Donat Ferron, psychopédagogue dont les traits sont visiblement tirés, et de l'abbé Fernand Gadouas, représentant attitré de l'archevêché de Montréal et porte-parole autorisé du cardinal Léger, prélat de l'Église canadienne.

Sœur Marie de Saint-Sylvestre, l'assistante générale, pourtant bien connue pour son amour de l'onction et de la solennité, ouvre la séance sur le ton le plus froid qui se puisse imaginer. La voix est presque cassée. Et elle va directement à l'essentiel.

— Je ne vous cacherai pas que nous avons vécu de meilleurs moments, et de plus joyeux. Ces derniers temps, de graves décisions… de très graves décisions ont dû être prises à propos du Mont de la Charité.

L'abbé Gadouas, vers qui l'assistante générale a glissé un regard, opine sobrement de la tête, comme imbu de sa mission.

— Des décisions auxquelles nous devons tous et toutes nous plier et que je vais maintenant vous communiquer puisque j'agis comme votre mère à tous et à toutes, en l'absence de notre vénérée supérieure générale, sœur Étienne de la Trinité, à nouveau retenue dans ses missions.

Sœur Marie de Saint-Sylvestre, qui n'attendait que ce moment solennel, ouvre le dossier qu'elle a posé devant elle en approchant son fauteuil de la table. Elle adopte une voix haut perchée.

— Après de longues négociations, dit-elle tout en glissant un regard obséquieux à la directrice des études, sœur

Martine Joseph, sous la surveillance du cardinal qui a suivi tout le dossier, jour après jour, nous en sommes venus à une entente. Le gouvernement de l'honorable Maurice Duplessis nous versera un octroi de plus de trois millions de dollars...

On entend nettement un souffle appréciateur dans l'assistance, par ailleurs si recueillie. Puis l'assistante poursuit :

— ... et des allocations quotidiennes, par patient et par jour, qui devraient enfin nous permettre de respirer. En contrepartie, s'oblige-t-elle à ajouter, nous avons dû accepter de revoir la mission du Mont de la Charité. Celui-ci devient, à compter d'aujourd'hui, un hôpital pour le traitement des idiots et des séniles. Dans les prochains mois, il devra accueillir au moins mille patients. Quant à l'école, elle cesse également d'exister à compter d'aujourd'hui.

Sœur Agnès, sentant bien que ces derniers mots ont créé un malaise dans l'assistance, prend rapidement la relève et s'empresse d'ajouter :

— Mais ne vous en faites pas ! Cela se fera sans aucun préjudice pour ces enfants que vous aimez tant et auxquels nous consacrons l'essentiel de notre vie.

Le Dr Adrien Marsan, à qui sœur Agnès a si élégamment demandé d'intervenir, met alors les points sur les i.

— Le Mont de la Charité compte au cours de cette année scolaire cinq cent quatre-vingt-dix-huit pensionnaires. Aussi bien dire six cents. Deux cents d'entre eux retourneront auprès de leurs parents, ceux évidemment qui en ont. Je signerai moi-même les lettres au moment des grandes vacances d'été. En effet, une lettre circulaire avertira les parents que l'institut ne reprendra pas les enfants en septembre comme prévu. Pour les quatre cents autres, nous ferons une sélection, comme on nous l'a clairement demandé de Québec. Les enfants qui seront jugés éducables devront alors partir. Car, ainsi que vous le savez maintenant, il ne nous appartient plus de nous consacrer à l'éducation des enfants au Mont de la Charité.

Le Dr Marsan regarde alors l'assistance. Personne n'ose même respirer. Puis il ajoute, plus énergique si cela est possible, et jetant un regard vers son collègue, le Dr Donat Ferron, assis près de lui :

— C'est le travail que fera le Dr Ferron au cours des prochaines semaines. En collaboration, bien évidemment, avec une religieuse compétente qui sera nommée plus tard.

La directrice du Mont de la Charité va reprendre la parole lorsqu'elle remarque le geste du Dr Ferron, geste qui n'était absolument pas prévu au scénario, encore moins souhaité, étant donné la fermeté avec laquelle il l'a fait.

— Vous désirez ajouter quelque chose, Dr Ferron? glisse-t-elle timidement sur un ton conciliant.

— Oui! répond durement celui-ci. Ajouter que je n'approuve pas cette décision. Et que je quitterai donc le Mont de la Charité, sitôt cette évaluation terminée. Puisqu'il n'y a même plus de noyau d'école, souligne-t-il en jetant un regard en coin à l'assistante générale, je ne vois vraiment pas comment on pourrait avoir besoin de mes services.

L'intervention jette un froid mortel sur l'assistance.

— Je refuse, ce soir, de cautionner ce qu'on vient de me présenter comme quelque chose d'inévitable, et encore moins comme venant d'une autorité à la fois divine et politique.

Sœur Agnès, un instant décontenancée, mais ne voyant pas qui pourrait réagir à sa place, reprend pourtant les choses en main. Et intervient de main de maître.

Les dernières remarques du Dr Ferron secouent certaines consciences dans l'assistance. Sœur Odile est particulièrement ébranlée. Elle a suivi tout cela dans une impuissance confuse, incapable qu'elle était de ne pas penser avec angoisse, avec douleur même, à ce qui allait bien pouvoir arriver à Julien, Vincent, Gabriel, Antoine… Ses enfants constituent son seul horizon depuis bientôt quatre ans. Puis, lorsqu'elle entend à nouveau sa supérieure après la si énergique intervention du psychologue, quelque chose se brise en elle. Sa foi est ébranlée, cette foi qui avait jusque-là donné un sens absolu à sa vie.

La directrice continue à parler sans trop savoir ce que l'assemblée retient des paroles prononcées.

— Nous devons, il est vrai, sacrifier nos projets et nos secrets désirs. Le bon Dieu le veut, et Il saura bénir notre obéissance à l'autorité légitime. Notre fondatrice, mère Rosa, nous aviserait d'ailleurs de soumettre notre jugement et notre volonté pour suivre la voix du premier pasteur du diocèse qui, ainsi que vous le savez, nous a guidées dans les choix à faire.

Sœur Agnès fait une pause, comme si elle-même pouvait être envahie par le doute. Cette interruption suffit pour qu'une question surgisse du grand réfectoire.

— Et le cardinal, que pense-t-il vraiment de tout cela ?

— Sœur Agnès vient de vous le dire : le cardinal a été au cœur de la négociation. Il croit que vous devez abandonner votre œuvre d'enseignement au profit d'un apostolat différent, précise l'abbé Gadouas, prenant la parole sans permission.

Ulcéré, le Dr Ferron se lève abruptement et quitte la salle. Pour éviter un vent de panique, la directrice tente d'atténuer les choses.

— Nous avons dû nous résigner, et croyez bien que nous en sommes chagrinées autant que vous, à substituer à notre enseignement habituel un « service d'éducation différent », mais nous croyons fermement qu'il faut se plier à la volonté de Dieu qui parle par la voix du cardinal.

Un malaise sourd.

— Vous savez très bien quel sort connaîtront ces pauvres petits orphelins, affirme sœur Odile de sa voix qui porte loin. Je crains fort qu'ils ne deviennent subitement de pauvres idiots.

Sœur Agnès hésite, puis esquisse un sourire que le moindre observateur aurait de la difficulté à croire bienfaisant :

— Sœur Odile, cessez de vous inquiéter. La Divine Providence protégera les petits auxquels nous voulons tant faire de bien.

Citant une parole d'Évangile, la directrice termine sur ces mots dont le sens biblique camoufle les vrais enjeux : « Laissez venir à moi les petits enfants... »

Sœur Anne Germain, l'institutrice, ne peut s'empêcher de se faire cette amère réflexion : il est difficile de remercier la Providence de tant de biens dont nous sommes comblées aux dépens des orphelins eux-mêmes. Pour la première fois de façon si claire, sœur Anne vacille dans sa foi chrétienne, qu'elle a toujours crue inébranlable. Est-ce une épreuve que Dieu lui envoie pour mesurer sa confiance en Lui ou, alors, est-ce l'amour des enfants qui importe davantage que sa foi ?

Au petit déjeuner du lendemain, sœur Marie de Saint-Sylvestre discute avec deux compagnes, dont sœur Odile, du changement de vocation de l'institut. Tout le sens de son travail d'éducatrice s'abolit dans une sorte de catastrophe administrative. Sœur Anne a l'impression qu'elle participe, par son silence, à une trahison.

— Notre œuvre d'éducation disparaît, se plaint-elle. Ne pourront étudier que ceux qui ont des parents.

— La nature, l'hérédité, le sexe, la maladie et quantité d'autres facteurs intrinsèques, commente sœur Magellan, imposent des limites à l'action des éducateurs.

Sœur Odile, excédée devant tant d'insensibilité, interrompt brusquement sa compagne :

— Mais vous rendez-vous compte de ce que vous dites ?

Faussement philosophe, sœur Magellan renchérit :

— L'important, ce n'est pas de donner beaucoup, mais de donner ce que les enfants peuvent recevoir. Comme ils peuvent absorber peu, raison de plus pour ne pas tout leur donner.

Sœur Odile, qui pense à Julien, est exaspérée.

— Réalisez-vous qu'il y a, ici, des enfants qui n'existent pour personne ; qui n'existent pas, tout simplement ?

— Ben voyons, réplique bêtement sœur Alfred Magellan, qui voit une occasion d'imposer ses vues. Ces enfants-là, vous le savez, ne sont pas nés pour étudier.

Sœur Agnès, qui s'est jointe au petit groupe de religieuses, jette un regard sévère vers sœur Odile. Un profond malaise s'installe jusqu'à ce que les religieuses se lèvent de table et se dirigent vers la sortie.

À l'étage des classes, où sœur Odile décide de passer, la vie scolaire poursuit son cours pour bien peu de temps encore. La religieuse s'arrête devant une porte et observe Julien qui lit dans un calepin noir.

Julien ne sait rien de ce qui se trame, pense subitement sœur Odile. Ses copains non plus. Tout se trame dans leur dos. Sœur Odile laisse tomber un soupir d'impatience et reprend sa marche. Elle espère malgré tout que le temps arrangera les choses.

•

Depuis quelques jours, la directrice s'inquiète des échos qui lui parviennent concernant sœur Odile et sœur Anne qu'on dit de plus en plus réfractaires au changement de vocation de l'institut. Elle les convoque donc pour les rappeler à l'ordre. N'ont-elles pas fait vœu d'obéissance ?

— Vos opinions personnelles, tranche la directrice, ne font pas le poids devant l'énorme responsabilité qui est la nôtre. Aussi, je vous prierais de vous abstenir de tout commentaire négatif relativement aux décisions que nous avons prises.

Jamais les deux religieuses n'ont été réprimandées de la sorte. Mais ce qui blesse plus encore sœur Odile, ce sont les ragots qui ont été rapportés à la directrice et qui concernent sa relation particulière avec Julien. Même si la directrice ne croit rien de tout cela, elle se garde bien de le lui dire. Elle laisse plutôt entendre que, cette fois, elle ferme les yeux à condition, bien sûr, que sœur Odile redevienne la religieuse docile qu'elle a toujours été. Sœur Odile, plus meurtrie qu'en colère, quitte sa supérieure la tête baissée. Sœur Anne la suit tout aussi brisée.

De retour dans sa salle, sœur Odile est d'une humeur massacrante. La cinquantaine d'enfants qui l'attendent fiévreusement et qui pressentent la crise, crient plus fort que d'habitude. Ils se bousculent et se chamaillent au moindre prétexte. Les enfants ont été laissés à eux-mêmes. Le dortoir est sens dessus dessous.

Et c'est à ce moment que la catastrophe se produit.

Dans le brouhaha général et les courses folles, Julien a, par mégarde, été projeté contre la statue de la Vierge. Celle-ci bascule sur son socle, pique vers le sol et se fracasse en mille morceaux. Interdit, Julien contemple les miettes de plâtre qui se répandent partout sur le plancher, attendant sans doute que le ciel lui tombe sur la tête. Intérieurement, il maudit la Vierge de plâtre d'être si peu résistante. Sœur Odile, exaspérée et sans doute dans l'un de ses mauvais jours, éclate d'un seul coup.

Elle ordonne à Julien de tendre la main droite pour lui donner cinq coups secs avec la « strappe » qu'elle a prise dans le bureau du moniteur qui, aujourd'hui, est en congé.

Julien perçoit chez sœur Odile une impatience qu'il ne lui a jamais connue. Pressentant le pire, il tente de s'enfuir. Sœur Odile le suit entre les lits. Le coince. Et lui donne dix autres coups bien sonnés. Avec une rage muette qui la fait déborder d'aigreur et d'impatience.

Vincent, qui a assisté à la scène, ne comprend rien aux excès de sœur Odile. Il ignore, évidemment, que cette correction, Julien la doit à l'inquiétude démesurée que sœur Odile éprouve pour l'avenir du garçon et, sans doute très sincèrement, pour celui de ses compagnons d'infortune.

La correction donnée, sœur Odile retrouve son calme. Elle expédie les enfants à la salle de jeux où sœur Magellan les attend. Gabriel, qui perd lentement l'habitude de faire rire ses amis, se met subitement à courir entre les deux rangées de chaises. Puis il tourne autour de Julien dont les yeux débordent de larmes. Gabriel les essuie spontanément. Il entraîne son ami dans une farandole inusitée. Au loin, derrière eux, sœur Odile rentre dans sa chambre. Elle s'y réfugie, le cœur résonnant comme lors d'une peine d'amour.

Le lendemain, d'une voix plus compréhensive que la veille, elle envoie Julien au magasin situé au sous-sol afin qu'il revienne sain et sauf, cette fois, avec une sainte Vierge plus belle encore, sinon plus résistante.

Une fois la statue de plâtre installée sur son socle, Julien la regarde. Dans la pénombre, sans trop savoir pourquoi, il s'acharne à la fixer. Soudain, il pense à la photo perdue. Il baisse aussitôt les yeux. Il court rejoindre ses compagnons à la salle de jeux.

Mai 1954

Il y a, dans la vie des institutions, se dit sœur Agnès, de ces moments lumineux qu'on voudrait graver pour l'éternité : ce moment-ci, inestimable pour qui a vécu le long et dur déroulement des choses où tout semble arriver à maturité. Comme une rose, une tulipe ou une pivoine. Cette journée splendide de mai 1954 est un de ces moments à ne pas oublier. Ce jour n'est-il pas l'aboutissement d'efforts si longtemps entretenus ? Un aboutissement si souvent menacé, voire remis en cause. Pour la directrice du Mont de la Charité, c'est le début annonciateur d'un temps nouveau.

La cohésion et la bonne entente qui unissent le gouvernement du Québec et l'Église catholique doivent servir d'exemple au monde, pense la directrice. Il y a si peu d'endroits dans tout l'univers où l'on apporte tant de bonne volonté à veiller au bien de l'enfance abandonnée.

Arrive la supérieure générale des sœurs de la Bonne Enfance, sœur Étienne de la Trinité. Elle est tout sourire, elle qui incarne, par son poste, l'amitié qui unit les communautés religieuses à l'État. Tout, dans sa posture, en témoigne.

Aussi, tous les gens qui comptent dans un certain milieu sont là. Les autorités civiles et politiques, représentées, pour ces dernières, par l'honorable ministre de la Santé, puis les autorités religieuses, représentées par le cardinal Léger en personne, le prélat de l'Église canadienne. Venu expressément, lui le négociateur habile, pour s'assurer que tout se passe comme prévu. Sa voix ample et profonde se fait entendre tel un écho rassurant:

— L'orphelin est un citoyen de droit. En venant au monde, il n'a aucune obligation, mais il impose aux autorités l'obligation de former son intelligence et son cœur. Et cela, dans les meilleures conditions matérielles.

Dans le bureau, deux religieuses se déplacent avec une somptueuse assurance. Le 20 mai 1954, comparaissant devant Mᵉ Paul-René Lavoie, notaire à Montréal, Sa Majesté la reine, représentée par l'honorable Albinie Paquette, ministre de la Santé, et la Communauté des sœurs de la Bonne Enfance, représentée par Mˡˡᵉ Bernadette Langevin, dite sœur Fernande Dominique, économe de la communauté, et Mˡˡᵉ Aldéa Gascon, dite sœur Agnès de la Croix, directrice du nouvel hôpital de la Charité.

Les bureaux de Lavoie & Lavoie, notaires, sont situés au 4 de la rue Notre-Dame Est, en plein cœur du quartier des affaires de Montréal. La salle où ont été introduits, avec toute la déférence qui s'imposait, l'honorable ministre de la Santé et les deux religieuses, respire ostensiblement la richesse et le raffinement. Murs lambrissés, tapis moelleux, lourdes tapisseries. Une longue table en chêne autour de laquelle sont disposées de confortables fauteuils capitonnés.

Mᵉ Paul-René Lavoie est, à quarante ans, un homme imposant. Sa voix posée est légèrement nasillarde. C'est cependant avec une certaine rigidité dans le comportement que le notaire se met à lire les termes du contrat qui liera dorénavant, et ce jusqu'à ce que les termes en soient révoqués par une des parties, le gouvernement du Québec et les sœurs de la Bonne Enfance.

Sœur Agnès ose à peine se racler la gorge. Dans un geste d'une rare sincérité, elle s'essuie les yeux qu'elle tourne ensuite vers sa compagne solidaire de ses sentiments.

La lecture terminée, l'honorable ministre, de sa belle plume, signe le précieux document. Avec sa permission, le notaire lui retire l'élégant Mont Blanc des mains, puis le tend à sœur Fernande Dominique.

— Mes sœurs… susurre-t-il.

Les deux religieuses s'exécutent. Non sans une certaine préciosité.

Le contrat est maintenant signé. Elles se congratulent. Elles sont heureuses au point d'oublier le terrible sort qui est dorénavant réservé aux enfants qui leur ont été confiés.

L'honorable ministre, pressé sans doute de courir à d'autres affaires d'État, se lève brusquement.

— Eh bien voilà ! L'avenir de votre institution est assuré, mes sœurs ! lance-t-il, visiblement satisfait de lui-même.

— Nos malades sauront vous en remercier dans leurs prières, reprend plus sobrement la supérieure du nouvel hôpital de la Charité.

Remarque à laquelle se contente d'opiner sa compagne, en penchant la tête.

Sœur Fernande Dominique, l'économe, remet la plume au notaire, se lève et replace son fauteuil. Chaque fois, en effet, qu'elle quitte un bureau ou une table, comme c'est le cas en ce moment, elle agit ainsi, mue par un automatisme acquis depuis longtemps. Sans le traîner ni le pousser, en évitant que les bras ne viennent en contact avec le bord de la table, elle place un doigt entre le bras du fauteuil capitonné et la table qu'elle retire ensuite lorsque le fauteuil est en place. Chaque fois, elle se sent ainsi mieux portée par le sentiment du devoir bien accompli.

Juin 1954

Les enfants sentent que c'est un jour spécial. Dès sept heures quinze du matin, ils s'aperçoivent que sœur Odile met un soin inhabituel à transmettre ses consignes du jour. Puis, à la fin du déjeuner, les enfants voient bien qu'on leur inspecte les mains trois fois plutôt que deux, et qu'on écrase même, énergiquement, leurs mèches rebelles.

Sœur Agnès pousse les religieuses à fournir un petit effort additionnel qui permettra aux enfants, devant la galerie de visiteurs prévus, de faire honneur à l'institut... N'est-ce pas là, pense-t-elle, un moyen de rendre au centuple ce qu'ils ont reçu de bonté et de bienfaits depuis qu'ils fréquentent ce bel et grand institut?

C'est donc le grand jour! Des employés et quelques moniteurs, accompagnés d'enfants, s'affairent maintenant à décorer le nouvel hôpital de la Charité. À en masquer, diraient les mauvaises langues, la sévérité et l'allure si froide; à en rehausser, diraient les autres, l'humaine éducation qui s'y donne.

Dans l'après-midi, comme si c'était dimanche, les garçons revêtent leur veston de couleur marine, celui qui affiche si fièrement l'écusson MC, pour Mont de la Charité, le bien nommé. Ils ajustent leur cravate rouge, leur col de chemise et, selon l'âge, le short ou le pantalon gris. Julien se rappelle qu'il avait moins chaud avec sa chemise jaune au col surjeté d'un fil brun et avec sa culotte de toile brune. Pour les filles, il y a la même petite robe à jupe plissée, de teinte pastel, jaune, rose, bleue ou verte. Quant aux robes des religieuses, même amidonnées et repassées de frais, rien n'y paraît tellement l'habitude de la propreté et d'une certaine raideur a été acquise chez elles. Soudain, un coup de claquoir retentit à l'autre bout du dortoir.

— Plus vite, plus vite ! Ça va bientôt être l'heure.

Contrairement aux plus attardés qui sont nombreux et qui n'en finissent plus de s'habiller, Vincent et Gabriel se mettent déjà en ligne près de la porte. Le moniteur Legault fait l'inspection et rajuste le pantalon de Gabriel, qui en tremble d'angoisse. Avec Vincent, il va rejoindre les autres enfants déjà en ligne, alors que Julien s'attarde un moment avec la religieuse.

— Tu te souviens de tout ce que je t'ai dit ?

L'enfant fait signe que oui de la tête. Sœur Odile replace sa cravate et lui fait un petit sourire. Julien est rassuré devant ce qui apparaît comme une évidente complicité.

Pendant que les enfants astiquent leurs souliers, les adultes sont surtout satisfaits d'eux-mêmes. La salle Saint-Gérard est sens dessus dessous. Comme toutes les autres salles de l'ancien Mont de la Charité d'ailleurs. Sœur Odile et sœur Magellan ont mis toutes les énergies à contribution. Il s'agit — et c'est pour l'heure la chose la plus importante du monde — de faire de leur salle la plus belle de toutes.

•

Un froufrou de soutanes et de robes de religieuses s'agite autour du cardinal. Levant les yeux vers l'édifice, tout en laissant voir un sourire qui en dit long, le prélat prononce ces mots admiratifs :

— Le colossal travail d'éducation qu'ont accompli les sœurs de la Bonne Enfance est admirable.

L'abbé Fernand Gadouas, devenu chanoine, est maintenant de rouge vêtu. Son regard est inquiet.

Les religieuses montrent fièrement leur bâtisse, qui est si propre qu'on ose à peine y bouger, et qu'elles ont décorée, dans les moindres recoins (et Dieu sait s'il y en a tout au long de ces interminables couloirs), de statues en plâtre de la Vierge Marie et de fougères ensoleillées au bout de chaque corridor. Les corridors du Mont de la Charité fourmillent de religieuses qui attendent l'arrivée du cardinal Paul-Émile Léger, le prélat de l'Église canadienne. Le voici majestueux comme un fleuve et grandiloquent comme un sermon.

À Julien et à Gabriel, à Rachel et à Alice, qui viennent lui présenter des fleurs, le cardinal confie ses insignes épisco-paux : sa croix et son anneau.

— Il convient, s'empresse-t-il de dire en leur présence, sur un ton satisfait, que ces enfants portent les insignes de l'autorité parce qu'ils sont vraiment nos véritables maîtres. Le Christ lui-même a dit : « À moins que vous ne deveniez sem-blables à de petits enfants, vous n'entrerez pas dans le royaume des cieux. »

Les bonnes paroles du cardinal cèdent la place à la cérémonie religieuse qui débute dans un faste imposant.

Maintenant à genoux devant l'auguste prélat, Vincent craint son soufflet, tout liturgique qu'il soit. Voyant sa main levée, il relève son épaule pour contrer ce qui, toujours pour lui, se transforme en taloche. Le cardinal en est légèrement agacé. Son regard a vite remplacé son soufflet. Finalement, comme s'il surgissait en lui un souffle de bonté, il dépose sur la joue de Vincent une main dont la douceur étonne le jeune garçon lui-même.

Julien, à ses côtés, sourit. D'autant qu'il se tient les fesses serrées. Tous les muscles de son corps l'y aident. Il retient le bruit impoli qu'il ne saurait faire entendre brusquement et l'odeur mesquine qui ne saurait se répandre sans qu'une catastrophe ne survienne. Ses épaules sursautent comme des balles affolées. C'est que déjà, bien que fort discret, un gaz sournois s'évapore dans son pantalon. Il monte vers le prélat qui déjà proteste de la main contre l'odeur qui visite, soudain, ses narines récalcitrantes. Vincent, solidaire de Julien, fait trembloter ses épaules avec non moins de discrétion. Sœur Odile, au loin, rougit de honte devant l'indiscipline des deux garçons. Il lui semble désormais que le chœur où les enfants se trouvent est un lieu ingrat où le prélat peut difficilement se recueillir.

La cérémonie religieuse enfin terminée, tout le monde sort, en cette fin d'après-midi, dans les grands jardins garnis de fleurs où les pensionnaires se trouvent pour la première fois. C'est là qu'ils donneront, tantôt, un concert. Garçons et filles confondus entonneront un chant peu adapté à la circonstance, *J'irai la voir un jour*, chant qui ne laissera pourtant personne indifférent tant les voix qui se feront entendre seront invitantes pour l'oreille.

Ceux qui, en cet instant, ont à parler parlent. Les discours se succèdent en commençant par celui du ministre qui rappelle que le Québec possède le meilleur système de santé du monde. La preuve ? Ce nouvel et magnifique hôpital de la Charité, que l'on inaugure aujourd'hui dans l'abondance. Le prince de l'Église, quant à lui, souligne le dévouement inconditionnel dont ont toujours su faire preuve les Filles de mère Rosa et, en conséquence, l'œuvre splendide qu'elles ont accomplie. Son tour venu, la supérieure générale de la congrégation, sœur Étienne de la Trinité, remercie tout ce beau monde pour avoir dit si justement les choses et promet de poursuivre l'œuvre si bien amorcée, en empruntant un nouveau sentier, rappelle-t-elle. Puis, les invités passent aux gâteaux et aux rafraîchissements ; le ministre ayant, lui, une faiblesse bien connue pour le whisky.

Le chanoine Gadouas, même à la traîne de son cardinal, ne peut s'empêcher de poser une ou deux questions au directeur du *Devoir* qu'il vient d'apercevoir, M. Gérard Borduas.

— Votre journaliste, lance-t-il, curieux, vous savez de qui je parle, M. Pellerin, n'est pas venu ?

— Non, il est retenu ailleurs.

— C'est dommage, insiste le suave ecclésiastique. J'aurais bien aimé connaître son opinion sur cette œuvre-ci.

Le directeur regarde le nouveau chanoine, un instant perplexe, puis il esquisse un sourire ironique :

— Il est déjà venu et vous connaissez fort bien son opinion. Il m'a prié de vous transmettre ses salutations. Au fait, puis-je me permettre une indiscrétion ? Y a-t-il une rivalité entre vous et lui ? On dirait que...

Indisposé, le chanoine Gadouas reporte son regard au loin vers les quelques journalistes que l'archevêché a invités pour l'événement. Comme s'il se donnait un répit. Puis, il contre-attaque.

— Votre collègue, monsieur Pellerin, réplique l'élégant chanoine, est sans doute trop occupé à faire campagne pour qu'on retire aux communautés religieuses le soin des enfants. C'est sans doute pour cela qu'il n'a pu trouver le temps de venir, lance-t-il d'un ton réellement provocateur.

Borduas, indifférent au chanoine, fait alors un clin d'œil à Julien qui, autorisé à s'absenter de son groupe, en route vers la salle des costumes, se faufile entre les invités. Le coup réussit. Le chanoine Gadouas, outré, tourne les talons puis, l'air absorbé, couve de son regard les enfants éparpillés et distraits dans la cour transformée du nouvel hôpital du Mont de la Charité. Ces enfants finalement devraient être au centre de tout, mais personne ou presque ne les remarque ; ces enfants à qui il ne reste que leur fébrilité intérieure de comédiens naissants.

•

Il est sept heures quarante-cinq. Les jeunes sont maintenant tous rassemblés dans le gymnase. À l'avant, les chaises des dignitaires sont vides et le moniteur Donatien Legault va et vient dans les allées, cherchant à faire patienter son jeune public. Il pointe certains du doigt, leur intimant l'ordre de s'asseoir droit sur leur chaise. Il lance aussi des menaces de punitions que personne n'entend et qui se perdent dans le brouhaha aux mille échos de l'auditorium.

Sœur Anne entre dans la salle et se dirige vers le moniteur.

— Il faut les faire patienter encore. Mgr Léger s'entretient avec sœur Agnès.

— Ça va être long ?

L'institutrice a un regard inquiet. Nerveuse, elle hausse les épaules puis gagne la scène où sœur Odile, derrière les rideaux, encourage autant Julien en « prince des neiges » que Jacinthe Brissette, la petite fille habillée en « princesse ».

— C'est certain qu'il va venir ? dit Julien.

— Bien sûr ! Il a promis, rassure sœur Odile.

La religieuse voudrait bien que Julien soit plus discret, mais l'enfant n'y arrive pas. Il s'avance jusqu'au rideau, l'écarte légèrement et regarde dans la salle. Il y voit une rangée de chaises vides au premier rang, avec au milieu le fauteuil recouvert de velours pourpre réservé au cardinal.

Le vide. Le vide total.

Pendant ce temps, à l'étage supérieur, le cardinal Léger, suivi de son éternel chanoine, sort du petit salon d'un pas pressé.

Alors qu'ils arrivent devant la grande porte, le cardinal drape sa cape autour de lui et se tourne d'un geste théâtral. Au même moment, tout sirupeux, le chanoine lance ces fatidiques paroles :

— Écoutez, le cardinal doit se décommander. De toute façon, nous étions là pour bénir l'œuvre nouvelle. Vous vous doutez bien que d'autres obligations attendent maintenant le cardinal.

Y allant d'un léger coup de tête, le chanoine Gadouas salue les religieuses présentes, se tourne sèchement.

— Je reviens à l'instant, annonce l'onctueux chanoine, le temps de reconduire Mgr Léger.

Aussitôt que sœur Odile est informée de la défection du cardinal, elle en est catastrophée. C'est soir de première, se répète-t-elle. Tout l'hôpital de la Charité, personnel et pensionnaires, a rendez-vous dans cette salle. On jouera la pièce. Malgré tout. Envers et contre tout.

Dans l'ordre, des plus petits aux plus grands, les garçons occupent le centre gauche de la salle alors que les filles se partagent le centre droit. Chaque groupe est accompagné de son officière, de ses moniteurs ou monitrices. Une cohorte d'invités de marque fait son entrée. Sans le prince de l'Église. Dans l'allée centrale, la supérieure générale de la communauté s'arrête près d'un petit garçon qui a la tête enveloppée d'un bandage blanc. Le regard du petit croise le sien avec une telle férocité qu'il laisse pantoise la religieuse qui n'ose pas le questionner. Pour sa part, le chanoine Gadouas s'attarde à sa droite, devant des jeunes filles mignonnes vêtues de couleurs pastel. Sa main dépose sur leur tête la bénédiction bienveillante de l'Église dont il incarne, en toute conscience et avec beaucoup d'assurance, le prestige.

Les dignitaires sont maintenant au premier rang. Serrés autour de la mère supérieure. Bien conscients de leur qualité et de ce que signifie leur présence. Puis viennent les autres religieuses, par ordre hiérarchique. Enfin, derrière ces deux ou trois rangées, les enfants qu'on aurait pourtant dû, puisqu'ils sont plus petits, placer tout à l'avant. Ce parterre, si diversement garni, est un portrait fidèle de ce qui se déroule au nouvel hôpital de la Charité : les rapports de force y dominent. Les pensionnaires ont de six à seize ans. Certains ne comprennent visiblement rien à ce qui se passe alors que d'autres participent totalement. D'autres encore, des moniteurs, s'assurent du contrôle des groupes présents.

La pièce commence. Julien déambule dans la « forêt de carton » que Vincent a construite avec Antoine sous la surveillance de leur moniteur. Julien jette un œil vers les coulisses. Il y voit sœur Odile et sœur Anne qui l'encouragent. À leur côté, la « princesse » attend son tour pour entrer en scène. Puis le jeune comédien se tourne vers la salle. Au premier rang, le fauteuil pourpre est toujours vide, alors que derrière, les enfants sont de plus en plus bruyants. Julien voit au loin le geste de Vincent qui, la main s'échappant de la masse, le salue de façon ostentatoire.

— Mais pourquoi le cardinal n'a pas tenu sa promesse ? se demande Julien.

Alors qu'il espérait tant jouer devant le « prince de l'Église » en personne, comme lui disait sœur Odile, il se retrouve devant un public qui a soudainement perdu de l'intérêt pour lui. Peu importe, il jouera pour lui-même et pour les quelques amis qui le regardent.

La pièce tire à sa fin. Les adultes ont le regard condescendant alors que les enfants sont éblouis. Leurs yeux étincelants suivent encore le mouvement des personnages. Se dénouent devant eux les ficelles d'une merveilleuse histoire d'amour.

Si belle sur son lit de verre, Étoile des Neiges est figée dans la mort, empoisonnée par la pomme qu'elle a croquée en toute innocence. Les nains, épuisés, sont arrivés trop tard. Dans les haut-parleurs, les oiseaux poussent leurs sombres plaintes. Des éclairs de lumière bleue déchirent la scène où les spectateurs voient pleurer à chaudes larmes. Le prince charmant entre alors en scène et comprend aussitôt le drame qui vient de se produire. Repoussant les nains, qui veulent le retenir, il s'agenouille près de sa bien-aimée. Et il dépose délicatement un baiser sur sa bouche.

Ici, tout se déroule comme prévu mais non sans hésitation. Les deux enfants consomment en public leur premier baiser. Julien a été bien averti de ne pas déposer ses lèvres sur celles de sa partenaire. Bien que lui importe la remarque dont il mesure si peu le contenu moral, Julien est loin de cette pensée lorsqu'il s'approche du visage rougi de sa princesse. Jamais il n'a déposé ses propres lèvres sur d'autres lèvres. Il en est subitement troublé. Il croit qu'il ne pourra plus retirer ses lèvres ni ses mains, qui enserrent si tendrement les maigres épaules de sa bergère.

Il n'entend pas les cris d'admiration surgissant de la salle comme des fleurs que l'on envoie en signe d'affection. Même Roger se distingue par ses cris plus perçants. Plongé dans cet enthousiasme subit, Julien en oublie la réplique qui doit suivre ce moment si intense. Heureusement, elle lui revient.

À la stupéfaction de tous — et notamment des sept nains, qui se mettent à pousser des cris joyeux —, la bergère se met alors à bouger. Elle se relève à demi, se frotte les yeux.

— Mon Dieu, où suis-je ? s'écrie-t-elle.

— Tu es près de moi, répond le prince.

Attirant dans ses bras sa bergère, le prince charmant s'apprête, de nouveau, à déposer un baiser sur ses lèvres.

Le couple princier, debout dans un carrosse argenté, s'amène au centre du plateau. Le jeu des lumières peint sur leur costume l'éclat rayonnant de leur ardent amour. Resplendissants, les sept nains papillonnent autour du carrosse.

Au rythme de la marche triomphale de *Aïda*, Gabriel, qui joue le rôle d'un comte, pointe son pied gauche vers l'avant et répète la même chose avec son pied droit. Quelque chose de mécanique s'agite toujours en lui. Si peu habitué à utiliser son corps à des fins d'expression artistique, Gabriel est reconnaissant de la patience de sœur Anne qui lui a enseigné, avec ce menuet, les règles de la danse ancienne. Puis, élégants dans leur costume de soie, de nombreux couples avancent avec la même lourdeur sympathique. Ces couples aux visages d'enfants dansent, heureux, sur une scène transformée en cour royale d'où s'élèvent de hautes colonnes marbrées de sillons bleus sur fond blanc. Là, leur quotidien se brise comme une coquille. L'univers de ce qu'ils croient toujours être le Mont de la Charité est aboli. Les enfants s'échappent ainsi des heures trop longues de leur ennui journalier. Même provisoirement, le théâtre leur donne, grâce à la magie du jeu, un goût de liberté retrouvée.

Sur scène, Julien n'est plus l'orphelin qu'on a abandonné à sa naissance. Il est, pour un soir, le maître du monde, sensation qu'il n'oubliera jamais.

Le chanoine Gadouas, qui a applaudi comme tous les autres, sans véritable enthousiasme, n'en est pas à sa première audition de pièce amateur, il va malgré tout en coulisse, accompagné de sœur Odile, féliciter les jeunes comédiens.

Lorsque Julien voit la silhouette de sœur Odile, il se précipite sans retenue. Les yeux de la religieuse sont grands d'affection pour son Julien qui le lui rend si bien en ce moment ! Transporté, c'est sur les lèvres de sœur Odile qu'il dépose les siennes. Stupéfaite et comme choquée sur le coup, elle a un mouvement de recul que Julien a à peine remarqué tellement il est excité.

Au chanoine Gadouas, comme s'il le connaissait de toujours, il lance, affichant une familière assurance qu'il ignorait jusque-là :

— Bonsoir, monsieur l'abbé. Votre robe a changé de couleur ?

Le chanoine lui sourit. Il le regarde, étonné, se demandant qui est cet enfant qu'il a sûrement vu auparavant.

— Vous ne vous souvenez pas de moi, enchaîne joyeusement Julien. Vous avez visité notre classe il y a quelques mois.
J'étais dans la salle Saint-Gérard.

Julien affiche à ce seul nom une fierté dont il ne se serait
jamais cru capable. Le chanoine reste interdit un court instant,
puis il se frappe le front et esquisse un sourire.

— Bien sûr ! L'île…

— Eh oui ! l'île… reprend à son tour Julien en souriant.

— Du beau travail que vous avez fait ce soir, dit-il,
visiblement mal à l'aise. Du beau travail !

Le chanoine regarde l'enfant qui s'éloigne en comédien
triomphant d'un soir. Le regard du chanoine est profondément
songeur.

Après leur figuration, les enfants sont retournés dans
leurs salles respectives. Ils sont irritables, comme le sont si
facilement les enfants à la fin des journées de fête. Épuisement
physique et émotif. Ils en pleureraient si la salle Saint-Gérard
était un foyer normal où les humeurs peuvent s'extérioriser,
mais leur moniteur veille au grain. Les enfants se contentent
de grogner en silence. Et de se glisser, l'un après l'autre, dans
leur lit en éprouvant subitement un indéfinissable sentiment de
solitude.

Pour Julien, le triomphe de la soirée s'estompe trop
rapidement. Le théâtre aura été pour lui sa sortie de secours, sa
portion de liberté chèrement acquise. Maintenant, comment
rêver à une vie routinière aux horizons restreints ? N'a-t-il pas,
il y a quelques instants, quitté les lumières du triomphe pour
se retrouver dans le lit noir de son quotidien ? Dehors, il pleut
à boire debout. Seule consolation, demain matin, les enfants
peuvent rester au lit.

Les lumières s'éteignent maintenant. Sœur Odile, qui fait
entendre une voix plus moelleuse que d'habitude, ne cesse de
rappeler aux enfants quelle belle journée ils viennent de vivre,
et comment ils devraient en remercier le Seigneur. Passant
lentement entre les rangées de lits, elle redresse ici un drap,
sort là une main, qui ne saurait demeurer sous les couvertures.
Puis, plus touchée encore par l'émotion, elle s'arrête au lit de
Julien. La regardant, l'enfant se sent élu, reconnu. À nouveau,

il se sent exister. Et sœur Odile qui, en le bordant, lui donne un nom gentil.

— Dors bien, Julien ! Mon prince charmant !

L'enfant espère de la religieuse le geste tendre dont il la sait capable. Julien se sent fondre. Il fond littéralement, lui qui, depuis toujours, guette, attend, anticipe le moindre geste de tendresse. Puis, il la regarde s'éloigner, éperdu de tout l'amour qu'elle ne lui a jamais entièrement livré, que lui-même n'a jamais trouvé à lui donner vraiment. Dans la noirceur du dortoir, à cause de cette tendresse toujours retenue de sœur Odile, dans un désir flou de la toucher, Julien vit un moment d'effroyable abandon.

•

Julien, son calepin en main, quitte son lit. Il s'arrête devant Roger assis sur sa commode métallique.

— Ça va, Roger ?

Morose, l'enfant ne répond pas. Apercevant Vincent et Gabriel, Julien fait la moue comme pour leur dire son impuissance. Il va les rejoindre et s'assoit par terre devant la fenêtre en face du lit de Roger.

À côté, Vincent fait un clin d'œil à Gabriel puis, fixant Julien, ajoute :

— Recommence pas avec ta mère…

— J'ai rien dit. C'est toi qui en parles, réplique Julien.

— Des fois, précise Vincent, tu me fais penser à Roger. Tu t'inventes des histoires. La différence, lui, il n'en parle jamais.

Julien est choqué par la comparaison. Vincent passe une main devant les yeux de Roger, l'air de dire qu'il ne voit plus rien autour de lui, qu'il est enfermé dans son monde. Vincent devient sceptique. Il fixe la lumière ronde du plafond. Sa voix est caverneuse comme s'il annonçait une mauvaise nouvelle.

— Arrête de te raconter des histoires. C'est pour la vie qu'on est orphelins.

Julien est secoué par la vérité de cette sentence. Il préfère ne rien ajouter pour ne pas en mesurer l'ampleur. Il voit venir son moniteur.

Donatien Legault se promène entre les lits. Son pas est lent. En attendant que les autres aient terminé leur toilette, étendu sur son lit qu'il a retrouvé, Julien essaie de noter une ou deux idées dans son calepin, mais il n'y arrive pas tout à fait.

Lorsqu'il y arrive, Julien n'écrit qu'avec des mots courts. Leur longueur détermine la simplicité de ses phrases. De plus, voir sa propre graphie n'est pas très rassurant. L'impression d'insignifiance s'impose rapidement à l'enfant. Ses mots ne sont jamais longs. C'est ainsi quand on n'a pas de vocabulaire. C'est normal. Les pages de son calepin, en effet, ne sont pas encombrées de mots riches. Il a l'impression que ceux-ci refusent de lui venir en aide, lui qui en aurait tant besoin. Pourquoi est-ce si difficile de dire ce qu'on pense, de trouver les mots pour le dire, se demande-t-il tout en observant Roger, pendant que son moniteur jette sur lui un regard d'apparente indifférence.

Le lendemain, Donatien Legault circule encore entre les rangées d'enfants disposés comme des sacs alignés sur le terrazzo. Après le dîner, du lundi au vendredi, c'est la sieste. Aujourd'hui, c'est un jeudi comme les autres. Personne ne doit bouger. C'est l'éternelle consigne.

Dans la rangée du centre, Gabriel est couché aux pieds de Julien, lequel est le voisin de droite de Vincent qui, rarement, réussit à s'endormir. Étendu sur le dos, il s'assure plutôt d'une vue générale de la salle. Roger, du côté gauche de Julien, balance son corps dans un aller-retour constant, même si la veille, Donatien Legault a tenté de faire cesser ce mouvement mécanique.

— Arrête de branler, lui crie à nouveau le moniteur.

Roger laisse échapper un cri qui annonce une réaction inhabituelle. Il n'a plus assez d'indifférence pour faire taire ce qui, de toute évidence, s'annonce comme une violence excessive et inutile.

— Qu'est-ce que je viens de te dire ? Innocent !

Roger n'a que des yeux apeurés et son mouvement en accéléré pour manifester son désarroi. Il se met à trembler et pousse de petits cris qui ont quelque chose de terrifiant

170

tellement ils sont aigus. Maître de lui, le moniteur lui donne un coup de pied à la hauteur des épaules. Les cris du garçon s'amplifient au même rythme que le mouvement de ses jambes. Paniqué, l'enfant donne des coups de pied dans tous les sens. L'un d'eux frappe le tibia du moniteur qui reçoit le coup comme une injure. Pour Julien, qui observe la scène de si près, le spectacle est ahurissant. Gabriel s'est approché de lui et tous deux, interrogateurs, regardent Vincent comme en attente d'une réaction. Soudain, Julien se lève.

— Où vas-tu, Julien Lenoir? lance sèchement Donatien Legault.

— Je vais chercher sœur Odile.

Julien n'a rien entendu de l'ordre que son moniteur lui a crié et qui le somme de demeurer sur place. Telle une antilope, il saute au-dessus de ses compagnons et disparaît derrière la porte qui conduit au dortoir où, tout au fond, se trouve la chambre de sœur Odile.

Gabriel et Vincent ont tenté de suivre Julien, mais la main que Donatien Legault a mise sur le chignon de Roger les a figés. Ils l'ont vu prendre leur compagnon par le califourchon et le soulever avec une brutalité inouïe. Ses bras et ses jambes battent dans le vide comme des branches de saule pleureur sous un vent violent.

Vincent et Gabriel observent la scène. Ils sont terrorisés. La colère du moniteur est telle qu'ils en tremblent eux-mêmes. Roger est épuisé et ses coups de pied ont ralenti. Il ne crie plus.

— Que se passe-t-il? entend-on fermement dans la salle. C'est la voix énergique de sœur Odile.

— C'est Roger. Il fait une crise, lance Vincent.

Donatien Legault remet le corps de Roger sur le terrazzo. L'enfant, recroquevillé, sanglote.

— Laissez-le, je vais m'en occuper, dit la religieuse.

— Viens avec moi, Roger.

Julien aide son copain de salle à se lever, prend ses chaussures et conduit Roger vers la porte déjà ouverte du dortoir. Au passage, il regarde ses deux amis qui l'envient d'échapper à la sieste et à la furieuse autorité de leur moniteur.

Julien, Vincent et Gabriel sont visiblement perturbés par ce qu'ils ont vu. Si Roger leur a fait peur, la colère du moniteur a été plus effrayante encore. Ce qui s'impose dans leur tête, c'est leur effarante impuissance face à la brutalité d'un adulte déchaîné.

Donatien Legault circule à nouveau entre les corps allongés sur le terrazzo. Gabriel, qui occupe maintenant la place de Julien, essaie d'obtenir l'attention de Vincent qui, le dos tourné, bouleversé, refuse de bouger.

— Ta gueule, Gabriel Bastien ! tranche d'une voix forte le moniteur, si tu ne veux pas être le prochain sur la liste.

On entendrait voler une mouche. La dureté du sol, bien évidemment, meurtrit le dos des enfants. La sieste, malgré tout, se poursuit dans un silence de salle vide.

•

Les yeux fermés, le soir venu, Julien tente d'écrire à nouveau dans son calepin. Il n'y parvient pas. Pour lui, écrire c'est lutter. Chaque mot s'étouffe avant d'apparaître sur la page. L'enfant doit se battre, d'où sa révolte contre le mot resté en plan. Il essaie encore. Doucement, il ouvre les yeux. Soudain, l'air satisfait, il gribouille quelques mots sans difficulté :

— Ça va mal.

Encouragé, Julien continue, douloureusement, mais il continue : « Jai pa des mots pour ecrir. pis, ma mere me repond jamait. ses pour la vie ke je sui orfelin. »

Julien relève la tête, il voit le lit vide de son copain. Il sait que Roger est au sous-sol. Sœur Odile l'en a informé. Pesant sur son crayon, il écrit avec rage : « Ci je retrouve pa ma mere, je vait de venir fou come Roger. »

QUATRIÈME PARTIE

Les enfants oubliés

Juin 1954

À la chapelle, distraite, sœur Odile est insensible à la beauté du chant liturgique qui devrait lui élever l'âme. Elle aime d'ordinaire ce moment quotidien qui la dégage de ses responsabilités journalières. Ce matin, elle ne sait plus que penser des derniers événements. La tête baissée, les mains jointes pourtant, elle prie. Pendant ce temps, avec le même silence opaque, la lumière d'un vitrail se brise sur la porte du confessionnal.

Sœur Agnès de la Croix, qui l'a durement éprouvée ces derniers jours, se recueille dans le banc voisin. Leurs regards s'évitent. Sœur Odile frotte les grains de son chapelet comme pour faire entendre ainsi sa foi ébranlée. Les minutes passent. Subitement, elle se lève et se signe, puis s'engage dans le corridor adjacent à la chapelle. Debout, près des lumières tremblotantes des lampions, elle attend l'abbé Arsenault qui obligatoirement va passer dans le corridor où elle se trouve.

Le voici, seul, son bréviaire en main et sans lunettes. Ce qui étonne sœur Odile. Elle parle la première.

— J'ai beau prier, je suis en proie à la confusion. Qu'est-ce que le bien, monsieur l'abbé ?

— C'est avec sa foi et son cœur qu'on fait le bien, ma sœur. Ce n'est pas à vous que je vais l'apprendre.

Sensible, l'aumônier se raidit néanmoins et regarde droit devant lui, au-dessus de la tête de la religieuse.

— Il n'y a qu'une seule autorité, c'est celle de Dieu. C'est à lui que vous avez donné votre confiance. Il y a des mystères qu'on ne peut comprendre. Dieu vous éprouve autant que moi.

— C'est la première fois que je doute, vous savez.

— Sans le doute, vous ne pourriez pas vérifier votre foi.

— Et le cardinal ?

— Il faut lui faire confiance. C'est le représentant de Dieu dans ce pays.

Sœur Odile trouve les réponses de l'aumônier un peu mécaniques. Quittant l'abbé Arsenault, elle n'est pas davantage rassurée, mais l'humaine compassion que le prêtre lui témoigne la réconforte momentanément. Pendant qu'elle s'éloigne, sa tête dodeline comme pour secouer le doute qui l'assaille toujours.

•

Les enfants ne savent rien de ce qui se trame. Leur vie s'étale devant eux. Les jours se ressemblent tous. Julien, comme Vincent, comme Gabriel, sont là, ni heureux ni malheureux, mal à l'aise dans leur corps comme dans leur lit, apparemment là depuis toujours, apparemment là pour toujours. À peine, en ce début d'été, les enfants sentent-ils qu'il y a une tension dans l'air. Comme une menace suspendue. Julien le lit sur le visage de sœur Odile dont le regard reflète son angoisse des mauvais jours.

Pourtant, ce même matin, Julien veut littéralement exploser d'énergie. Il est prêt à prendre sa journée à bras-le-corps malgré un quotidien qui lui semble, depuis qu'il a abandonné son rôle de « prince », brimades journalières.

Tous les enfants sont maintenant dans la salle où sœur Odile les a convoqués. Son rond visage affiche un sourire faussement joyeux. Le ton est tout aussi ambigu. Sœur Odile consent à jouer la comédie. Elle annonce aux enfants leur départ pour la période estivale. Certains vont retourner dans leur famille, d'autres chez des oncles ou des tantes. Ceux qui n'ont pas de parents iront chez des bienfaiteurs. D'autres encore, moins nombreux toutefois, passeront leur été au Mont de la Charité. Quelques travaux leur seront confiés.

Julien, Vincent et Gabriel comprennent vite quel sort leur est réservé. Ils iront à la ferme.

— Y en a qui ont des vrais parents, risque Julien.

— Toé, rouspète Vincent, plutôt agressif, recommence pas encore avec ta mère !

Saisi, Julien se tait. Ses épaules s'affaissent. Il se dirige comme par habitude vers la fenêtre.

L'enthousiasme des enfants étant fragile, leur trépignement s'estompe rapidement. En effet, il y a comme une fausse note dans l'air... Le sourire de sœur Odile, dont l'ardeur est totalement disparue, est de plus en plus forcé.

— Il y en a même qui vont se retrouver à la ferme comme... dit-elle en pointant Vincent du doigt pour qu'il se taise.

Dans la salle, Julien et Vincent sont assis sur une table. Leurs pieds se balancent dans un même mouvement. Ils ne savent que dire à Gabriel qui les talonne depuis que sœur Odile, selon lui, s'est obstinée à ne pas le nommer.

— Y doit y avoir une raison qu'on connaît pas, tente de nuancer Vincent.

— Tant qu'à partir avec des inconnus, j'aimerais mieux rester ici, clame Julien.

Gabriel, envahi par le doute, le regarde. Il ne sait plus quoi penser. Il passera tout l'été à ce qu'il croit encore être le Mont de la Charité. Avec les plus amochés, comme il l'apprendra.

Sœur Odile a longtemps hésité, mais inquiète de la dégradation de son état, elle a décidé finalement qu'il valait mieux ne pas le laisser partir.

Julien et Vincent ont appris qu'ils allaient dans le même village, mais dans deux familles différentes. La ferme est située à Saint-Narcisse, près de Trois-Rivières. Peu emballés, ils se consolent à l'idée de n'être pas tout à fait séparés. Julien se doute que ce n'est pas un hasard et s'en réjouit. Sœur Odile et Donatien Legault assistent à leur départ. Une camionnette vient les chercher. Ils disparaissent sur la banquette arrière de la camionnette des Veillette qui s'éloigne lentement. Leurs amis les saluent de la main en pensant au rendez-vous qu'ils se sont donné au mois de septembre, un mois qui leur semble, pour l'instant, bien lointain.

Gabriel est seul sur le balcon. Comme si ce départ était la goutte qui fait déborder le vase, une crise est imminente. Puisqu'on lui interdit de voyager avec ses amis, il ne se sent le droit d'exister qu'en amplifiant l'aspect légèrement déficient que les autorités lui attribuent. Ses yeux se révulsent. Soudain, Gabriel disparaît du balcon. Ses amis qui le regardaient d'en bas l'ont perdu de vue. Heureusement, sœur Odile est présente. Elle se penche vers Gabriel et, prodiguant les soins usuels, disparaît à son tour de la vue des enfants.

En bas, l'atmosphère est déchirante. Si Julien et Vincent ont connu l'expérience d'avoir été abandonnés, ils découvrent à l'instant l'autre côté de la médaille : l'émotion brute de ceux qui abandonnent. Devant Gabriel qui reste, ce sentiment les trouble, eux qui partent non sans une certaine joie. Dans la camionnette où ils sont montés, le silence est total.

Juillet 1954

Pendant le trajet qui les mène au petit village de Saint-Narcisse, Julien, comme pour compenser le silence de son copain, fait pleuvoir sur le conducteur, M. Veillette, un flot de paroles intarissables.

Le voyage est long. Lorsque la camionnette stationne sur le terre-plein devant la maison, M. Veillette aide Julien à traverser la rue. M. et Mme Trudel sont là et attendent l'enfant. Les présentations sont expéditives. Les deux inséparables vivent une première séparation.

De l'autre côté de la rue, dans la cuisine, M. Veillette présente le jeune garçon à sa femme. Vincent regarde les deux enfants, deux filles que leur père refuse de lui présenter.

— Papa, pourquoi tu ne me présentes pas ? demande naïvement la benjamine qui a six ans.

Vincent a apprécié la question de la petite fille. Son père n'a même pas daigné répondre. À la table, un long silence s'est installé. Vincent mange ses deux saucisses et ses deux patates. Il n'ose pas demander s'il en reste encore. Il a pourtant encore faim.

En soirée, on lui indique sa chambre. Mme Veillette s'est-elle trompée ? Va-t-il dormir dans cette chambre à fournaise entre le réservoir d'huile et le réservoir d'eau chaude où est logé un lit sur lequel Vincent découvre une couverture en laine grise ornée d'une bande rouge à chaque extrémité ? La fatigue du voyage vient à son secours. Vincent se couche. Et ce qui le frappe en cet instant, c'est qu'il est seul. Totalement seul.

Le lendemain matin, dans la maison des voisins d'en face, la « levée du corps » est brusque pour Julien. Une voix rauque se fait entendre au haut de l'escalier. Il est cinq heures trente du matin.

— Hé ! l'orphelin, lance M. Trudel, les vaches n'attendent pas pour donner leur lait. Grouille-toé !

Julien porte une salopette froissée faite de coton résistant, prolongée vers le haut par deux bretelles de même tissu. Assis sur un tabouret, il craint un coup de patte de la vache qu'il n'arrive pas à traire. L'homme de la ferme a beau lui apprendre les bons gestes, rien n'y fait. Julien ne voit pas le seau de lait derrière lui. Lorsqu'en se levant il recule le tabouret, il est trop tard ; le lait se répand partout. Sur un ton volontairement méchant, M. Trudel laisse voir son impatience :

— Ç'a-tu du bon sens, nous envoyer des handicapés pareils ! Sacre ton camp, sinon je sais pas ce que je te fais.

Les garçons Trudel ont tous quitté la maison familiale, donc la terre. Ils ont préféré la ville, plus moderne, plus alléchante. Cela explique l'air marabout du père.

Près de la porte d'entrée, Julien est assis sur une chaise droite. Il observe Mme Trudel qui repasse. Ses yeux, qui s'ennuient, suivent la grosse main de la fermière qui s'agite de gauche à droite et de droite à gauche. Il fait silence dans la lumière jaunâtre de la cuisine défraîchie. Julien pense, soudainement, aux grands pressoirs [1] de la buanderie. La femme pose son regard tranchant sur l'enfant inquiet qui, à son tour, fixe ses yeux sur elle. Soudain, elle éclate :

— As-tu fini de me regarder de même ? Va te changer pour la messe, c'est dimanche. Pis reste dans ta chambre. Attends que je t'appelle.

Frustré, Julien se sent inutile et, surtout, de trop. Il monte à sa chambre où, chaque fois qu'il entre, il a l'impression de retrouver quelque chose de lui-même. Cela l'apaise. Il ferme

---

1. Appareils qui servent au pressage de vêtements à la vapeur, équivalent français de *pressing*.

les rideaux comme pour se sentir dans sa propre coquille. Comme il déteste la lumière crue du plafond qui est celle de tous les dortoirs d'orphelinat, Julien préfère l'éclairage plus intime de la lampe posée sur sa table de chevet. Il l'allume. Il aime cette ombre chinoise au mur qui fait bouger son profil agrandi. Il a le sentiment de maîtriser quelque chose.

•

C'est dimanche. Pour la première fois, Julien et Vincent entrent dans une église de village. Les vieilles choses qu'ils y voient sont neuves et l'effet installe en eux un sentiment curieux. C'est si beau, mais si vieux. Évidemment, ils ne sont pas dans le même banc.

Dans la cinquième rangée, les deux filles de M. Veillette sont à droite de Vincent.

— As-tu déjà mangé une hostie ? demande l'une d'elles.

— Ben, j'sais ce que c'est, quand même, réplique Vincent.

— En as-tu déjà pris une dans tes mains ?

Par défi, sans aucun doute, Vincent est tenté par la proposition. Dans l'allée centrale, il se met derrière les deux filles et se présente à la sainte table pour y recevoir avec recueillement le corps du Christ. À quelques pieds de lui, Julien l'a rejoint. De retour au banc, Vincent tourne ses mains vers les filles Veillette et, plein d'un contentement espiègle, les ouvre.

C'est alors que leur mère, scandalisée, découvre ce qu'elle considère comme un véritable sacrilège.

— Avale-la, pis tout de suite. Tu iras à confesse ! Va m'attendre dehors, ordonne la fermière.

Les épaules basses, le coupable se dirige vers l'extérieur, l'air penaud. Au même moment, les deux fillettes se regardent. Derrière lui, le jeune garçon entend le mot qu'il honnit le plus :

— Niaiseux !

Une fois à l'extérieur, Vincent s'assoit sur les marches de l'église. Il y restera une quinzaine de minutes. Il fera passer le temps en comptant le nombre d'automobiles de couleur noire.

Les gens sortent maintenant de l'église. Les familles Veillette et Trudel, et bien d'autres, apparaissent sur le perron d'où l'on entend des voix continues.

— Voici mon petit engagé, dit un tel.

— Voici le mien ! répond M. Veillette. Y est plutôt haïssable, mais y est bon à l'ouvrage. Faut juste le pousser !

Certes, les « petits engagés » se reconnaissent entre eux, par les regards qu'ils s'échangent, par l'habillement démodé qu'ils portent. Le lundi suivant, on ignore toujours leur prénom.

— Qui est-il ? demande à Mme Trudel le vendeur de dictionnaires Grolier, de passage dans le village.

— C'est le petit engagé.

— Ce n'est donc pas votre fils ?

— Évidemment pas. Mes enfants ont un nom !

Le mépris s'installe dans les yeux de la fermière que Julien, habité par sa propre férocité, fixe en tremblant. Depuis les tout premiers jours, on ne prononce jamais son prénom. Sur papier, dans son dossier, son nom est bien là, mais l'orphelin, aux yeux des Trudel, comme des Veillette d'ailleurs, reste en permanence un engagé sans nom, puisque fils de personne.

Le soir précédent, Julien a poursuivi ses écritures dans son calepin. « Même mon nom m'abandonne », a-t-il écrit sous la lampe. Au fond, Julien sait bien qu'il écrit n'importe quoi. S'il arrêtait d'écrire, il serait plus seul encore. Il continue les yeux fermés, enfermé dans les espaces vides entre les lignes, dans le blanc des mots.

Aujourd'hui, la question que Julien veut à tout prix éviter est vite lancée par le vendeur de chez Grolier :

— D'où viens-tu ? lui demande-t-il, sans avertissement.

De l'orphelinat, pense Julien, sans le dire. Dans sa tête, pourtant, ce n'est pas son passé qui l'inquiète, c'est ce qui lui arrive présentement. Julien n'a pas encore répondu lorsque l'une des filles Veillette surgit comme si elle sortait d'une boîte à surprise.

— Monsieur Trudel, mon père veut que votre engagé vienne sarcler les rangs de fraises avec l'autre orphelin. Lui donnez-vous la permission ?

— C'est ben correct. La semaine prochaine, ce sera son tour de me passer son engagé.

De longs rangs s'étendent à l'infini. Seuls quelques arbres isolés jettent de l'ombre sur les champs de framboises. Les jeunes sarcleurs d'un jour éliminent du mieux qu'ils peuvent les herbes nuisibles. En fin de journée, ils se traînent les genoux et ils ont mal aux reins, qui « barrent ». Le soir venu, ils sont exténués.

•

Dans la salle Saint-Gérard, en présence de sœur Odile tout habillée de blanc, une vingtaine d'agités se déplacent lentement. Un seau en fer-blanc, plein d'eau froide, est posé sur une table. Chaque agité pourra boire, le moment venu, une eau fraîche dans une tasse de métal grise.

Au dortoir, Gabriel a la responsabilité d'une vingtaine de lits, y compris le sien. Il n'a pas de difficulté à faire les coins du couvre-pieds à motif fleuri tel que le lui a montré sœur Odile. À l'occasion, il invite Roger à l'accompagner dans son travail. Une fois cette tâche terminée, il aligne les lits, nettoie les lavabos, récure les toilettes et lave les baignoires. En fin d'après-midi, il passe la vadrouille avec un papier ciré pour que le plancher des allées du dortoir soit plus brillant. Chaque jour amène la même routine. Le samedi, depuis le départ de ses amis, Gabriel astique les parquets du parloir.

Aujourd'hui, Gabriel profite d'un privilège. Il est dans la chambre de sœur Odile. La discussion porte sur Roger Malette qui est revenu à la salle Saint-Gérard.

— Où était-il av-v-vant ? demande Gabriel à la religieuse.

— Avec d'autres malades, tu le sais. Cesse de toujours me poser la même question.

— Je trouve qu'il a ch-changé. On d-dirait qu'il est pire qu'avant.

— C'est vrai qu'il ne s'est pas amélioré. Ses crises ont augmenté. Les médicaments aussi.

— C'est-tu un v-vrai malade, je v-veux dire, un vrai m-m-malade mental ?

— Le médecin pense que oui, répond tristement la religieuse.

— M-moi, si je reste t-trop longtemps ici, est-ce que j-j-je vais devenir comme lui ?

— Gabriel, ne pense pas à des choses pareilles. Tu sais bien que non.

Recevant ses questions tourmentées, sœur Odile se rend bien compte de la vulnérabilité psychologique de Gabriel. Heureusement, en cet été 1954, le travail du garçon auprès de Roger en particulier réjouit la religieuse. Gabriel, en effet, retient de sœur Odile l'idée qu'en accomplissant scrupuleusement l'humble tâche qu'on lui confie, il acquiert, du coup, une discipline qui lui fait défaut. Voilà, de surcroît, un facteur de survie morale, pense sœur Odile, qui oblige Gabriel à penser aux autres, à s'oublier. Dans ce don, toutefois, il entre aussi du défoulement. Le travail en est l'exutoire. Gabriel s'y abandonne avec toute son énergie.

•

Vincent n'est jamais assez rapide pour le boss. Les journées sont interminables. En soirée, après huit heures, sa chambre, comme celle de son ami, est devenue malgré tout son seul refuge.

Le sous-sol est sombre et humide, mais l'espace est suffisant. Entre une grosse fournaise et un mur de ciment, un lit de camp a été monté. Vincent y est étendu, l'air complètement épuisé. Les mains croisées derrière la tête, il fixe le plafond dont il réalise qu'il est bien bas.

Julien, lui, est mieux installé. Il regarde l'image du Sacré-Cœur posée entre les deux fenêtres de sa chambre. Dans sa lettre à sœur Odile, il se plaint de laver des planchers sans arrêt. Quand ce n'est pas celui de la cuisine ou des chambres, celui de la salle de bains ou du salon, il lave celui de l'étable ou de la laiterie. En plus de nettoyer la machinerie ainsi que l'auto familiale.

— Ce serait une erreur de croire, explique sœur Odile qui a montré la lettre de Julien à l'abbé Arsenault, que seule la charité chrétienne motive les demandes des couples qui désirent accueillir nos jeunes.

Pauvre Julien. Il s'attend à tout recevoir alors qu'il faut tout donner ; mais que donner quand on n'a rien, quand on se sent inutile ? Julien ne connaît pas le monde. Tout ce qu'il en connaît, c'est quelques orphelins et une religieuse.

•

Du bureau où le chanoine Gadouas travaille, certains bruits inhabituels sont manifestement audibles. Construction et rénovation obligent. Après avoir frappé, sœur Agnès entre alors que sa voix se confond avec les bruits de marteau qui résonnent. L'ecclésiastique a un léger haussement d'épaule. Il invite la directrice et le nouveau directeur médical qui l'accompagne à s'asseoir à la grande table ovale où lui-même prend place. Sur un ton plutôt expéditif et sans introduction, le médecin, qui prend la parole le premier, présente son point de vue :

— Au retour des enfants, nous leur ferons passer des tests. Le Dr Donat Ferron, psychologue, souhaite être assisté par une personne compétente. On m'a suggéré une institutrice, sœur Anne Germain, je crois.

Sœur Agnès acquiesce comme si l'entente avait été convenue bien avant cette rencontre.

La réunion est d'une efficacité exemplaire. Elle plaît au représentant de l'archevêché qui s'empresse de laisser entendre que le premier ministre Maurice Duplessis est plutôt heureux de la tournure des événements.

Sœur Agnès s'est rendue à la chambre de sœur Anne pour lui apprendre la bonne nouvelle et lui expliquer les examens que devront subir les enfants à leur retour.

— C'est ce que vous souhaitiez, accompagner le Dr Ferron, renchérit sœur Agnès.

La directrice remue encore les lèvres et pose sa main sur le bras de sœur Anne. Soudain, tout dans ce geste bref suggère une autorité conciliante.

Dans le corridor où elle se trouve maintenant, la supérieure se heurte à un chariot qui contient des pupitres empilés.

Le regard autoritaire du déménageur surprend la religieuse qui toutefois ne s'excuse pas. Elle longe plutôt le corridor en sens inverse. Sœur Anne Germain la regarde s'éloigner, puis se retrouve derrière le chariot qui roule vers les ascenseurs, non sans penser aux pupitres qui ne serviront plus. Les enfants, pense encore sœur Anne, ignorent qu'à leur retour de la ferme, ils se heurteront à la fatalité qui désormais régira leur vie.

•

Le soleil jette sur la grande porte de la grange ses rayons obliques où les genoux d'une jeune fille inconnue sont dénudés. C'est sur ces rondeurs visibles que se fixe le regard de Vincent qui, lentement, s'approche. Julien le suit en retrait, intimidé par cette inconnue qui vient vers lui.

Julien et Vincent ont le torse nu. En ce chaud dimanche après-midi, avant qu'il ne remarque la fille, Vincent s'entraînait à soulever des meules de foin.

Les deux garçons sont impressionnés par les jambes dénudées de l'adolescente qui est en shorts et qui a la peau bronzée. Ses vêtements légers lui collent au corps. Ils accentuent ses formes. Vincent la dévore des yeux.

À leur vue, l'adolescente est frappée par la blancheur de la peau des deux garçons.

— C'est là que vous vous cachez !

— On se cache pas, on se repose, déclare Vincent.

C'est la première fois que les deux garçons sont en présence d'une fille nettement plus âgée qu'eux.

— Je demeure au village. Je vous ai vus à l'église l'autre jour. Y paraît que vous venez de l'orphelinat ?

— Moé, je t'ai jamais vue, répond Vincent que la jeune fille trouble.

Mariette — elle s'appelle Mariette — s'empourpre. Ni Julien ni Vincent ne la regardent directement. Un malaise s'installe.

— Vous avez l'air gêné, dit Mariette.

— Ben, on est surpris. T'arrêtes pas de nous regarder, répond Julien.

— On n'est pas des singes, ajoute Vincent.

— Non, des bâtards ! réplique la jeune fille.

— T'es pas obligée d'être méchante, lance Julien.

Le silence qui suit est lourd. Mariette s'en retourne d'où elle est venue. Les deux garçons, malgré tout, se laissent distraire par le mouvement des hanches de la jeune fille qui s'éloigne. Sans se consulter, ils se laissent choir dans le foin et se regardent, désespérés de ne rien comprendre des réalités de la vie.

— On ne sera jamais bien nulle part, murmure tristement Vincent. Même dans une famille, même quand il fait soleil.

— C'est comme ça quand on est orphelin, renchérit Julien dont les dernières paroles précèdent un long silence.

Les deux garçons s'étendent sur des meules de foin. Ils prennent chacun un brin de foin et se le glissent entre les dents. Ils fixent le ciel en rêvant à un meilleur destin.

Août 1954

Julien et Vincent s'avancent dans le hall d'entrée de ce qu'ils croient être encore le Mont de la Charité. Debout, au fond du hall, les bras croisés, Donatien Legault porte le pantalon blanc et la chemise blanche des infirmiers. Près de lui, sœur Anne, également en blanc, rejoint d'un pas pressé le Dr Adrien Marsan, le directeur médical, et un deuxième employé qu'aucun enfant ne connaît. L'air abasourdi, valise en main, les deux amis déambulent dans le corridor central. Soudain, ils reconnaissent la voix masculine et toujours agressive de leur moniteur :

— On traîne pas dans les corridors.

Les garçons se regardent, moins pour réagir à ce qui vient d'être dit qu'à ce qu'ils voient lorsqu'ils pénètrent dans le corridor de droite. Ils s'étonnent d'y croiser des malades en jaquette, quelques infirmes et des hommes aux yeux hagards, qui déambulent sans but précis.

Comme un éclair, les garçons comprennent tout. Désormais, l'ordre des choses, c'est le milieu clos, cette fatalité absolue. Ils ont l'impression de jeter à l'avance un coup d'œil sur ce qui les attend. Les lieux ont changé, les objets ont été déplacés, les horloges ont disparu des murs. Ce dernier détail frappe Julien qui, en cet instant même, entre dans la salle Saint-Gérard. Où est le temps ? se dit-il.

Julien cherche l'horloge. Elle était ronde et blanche, pense-t-il, et les aiguilles bien noires. Plus rien sur le mur. Les flèches ont disparu. Julien se sent comme en cellule, plus isolé. Sans point de référence. Pour l'instant, cela lui semble un détail anodin tellement ce qu'il découvre ailleurs est plus monstrueux encore.

Pendant leur absence, galeries et fenêtres ont été grillagées. Des serrures ont été installées, ici et là, le long des couloirs.

L'immense espace de jeu est maintenant délimité par une clôture de fer grise. Des fenêtres grillagées du dortoir, les garçons peuvent observer les rangées de balcons d'en face où se bercent déjà les nouveaux malades. L'horizon est voilé. Leur vie, désormais, le sera aussi.

Sœur Odile, que Julien ne voit pas, est restée dans sa chambre. Comment, se dit-elle, lui expliquer la présence des fous immobiles qui ont envahi sa salle ?

•

Dix ans, deux cent soixante livres et sans force. Près d'eux, l'enfant obèse ne boit que du lait et mange très peu. Son ventre horriblement mou bouge comme du Jello. Sans méchanceté réelle, Antoine, arrivé la veille, y enfonce son poing jusqu'à faire disparaître son avant-bras. Le ventre immense est devenu son terrain de jeu. À côté, Julien observe un infirme dont les pieds sont retournés. Plus loin, Vincent pointe du doigt trois malades, assis sur des chaises droites, qui se balancent sans arrêt.

La salle Saint-Gérard s'est transformée en une salle des pas perdus, celle, précisément, du temps vide. Les garçons savent bien que les changements, immédiatement visibles, témoignent éloquemment d'une nouvelle vision des choses. Les visages surtout disent tout. Ils sont là, les nouveaux patients, une vingtaine, à se bercer et à marmonner en silence. Là. Sans y être !

Entre eux, ils sont tous semblables. Julien ne voit que des ressemblances. Il ne fait plus de différence entre les êtres et les choses. Depuis son retour, tout est blanc... Ce qu'il voit, c'est toujours la masse indolente des malades dont les regards, parfois, lui semblent furieux. Vincent, de son côté, évite de regarder où ses compagnons regardent. Il refuse de lever la tête. Il sait ce qu'il verra.

Soudain, Julien se met à trembler : il vient de reconnaître Roger Malette, passif sur sa chaise. Tout cela, il l'associe maintenant à l'uniforme blanc des hospitalières que portent dorénavant sœur Odile et sœur Magellan. Julien, qui observe à nouveau Roger, a peur, cette fois, de trouver dans son regard sans vie son propre avenir.

Roger ne reconnaît ni Julien ni Vincent, qui vient d'arriver à ses côtés. Son silence gêne les deux copains.

— Ils l'ont magané, déclare Vincent.

— J'aime pas ça, on reste pas ici, enchaîne Julien.

Au dortoir, qui semble encore plus sombre qu'à leur départ, les deux amis découvrent que plusieurs lits sont vides. Ils en sont abasourdis. Plus de draps, plus de couvertures. Beaucoup de matelas nus.

— Mais où sont Leblanc, Hurtubise, Béliveau, Dastous ? demande violemment Vincent à Gabriel qui vient de quitter son lit et qui a plutôt l'air amoché.

— Ils n-n-nous ont rien dit.

Julien vient très près d'ironiser — et tu n'as rien demandé, évidemment ? — mais il se ravise tant son ami le trouble. Car Gabriel semble gêné d'être là, d'être avec eux, ses deux complices de toujours. Comme s'il était coupable de quelque chose, de ne pas être sorti sans doute, de ne pas avoir été jugé assez « normal » pour cela, de ne pas avoir lui aussi vu et humé le monde extérieur. Julien et Vincent lui sont désormais supérieurs, a-t-il l'air de croire. Cette longue solitude sans eux l'a brisé.

Gabriel donc laisse paraître une personnalité que Julien et Vincent n'ont jamais vue chez leur ami. Gabriel a beaucoup trop changé, dit Julien à Vincent.

— On dirait qu'il a changé pour toujours, ajoute-t-il.

La fenêtre est un trou béant dans lequel les regards de Julien et de Vincent se jettent. Ce jour-là restera, pour les deux amis, comme le souvenir d'une perte irréparable. Comme si Gabriel avait éteint une lumière en lui.

Julien hésite, puis il entraîne Vincent près de la chambre de sœur Odile. Gabriel, lui, se dirige vers la fenêtre abandonnée. Au passage, il retrouve sa chaise berçante comme jadis à la crèche, son cheval de bois du dimanche. Fatigué, il ne lui reste qu'à se bercer. Cela donne un rythme qui convient à son quotidien.

Les deux jeunes revenants se retrouvent dans la chambre de sœur Odile sans avoir frappé. La religieuse, qui aurait souhaité un bien meilleur accueil, est assise sur sa chaise berçante qui craque. Elle reprise des bas tous semblables. Elle est vêtue de blanc. L'idée vient à Julien que jamais il ne la félicitera pour sa nouvelle robe blanche. Ça la pâlit, pense-t-il. Sa voix vacille, mais la question est directe :

— Où sont Dastous et Martelli… ?

Julien n'a pas le temps d'aller plus loin. Sœur Odile lui coupe la parole, d'un ton qu'elle veut définitif.

— Leurs parents ont décidé de les garder et de les envoyer à une autre école.

— Et nous ? interroge Vincent.

Sœur Odile hésite devant l'énormité de ce qu'elle s'apprête à dire.

— Vous n'avez pas de parents, vous le savez bien.

— Et alors, réplique sèchement Vincent, on n'a rien fait de mal.

— Alors vous devez rester ici, ajoute rapidement sœur Odile qui voit les poings de Vincent se serrer.

— Avant qu'on parte, vous saviez tout, hein ? demande Vincent.

— Ne vous inquiétez pas, ajoute sœur Odile sur le ton le plus maternel qu'elle puisse trouver. Ne vous inquiétez pas, vous serez très bien ici, nous serons très bien. C'est pas pour longtemps.

Sœur Odile est si mauvaise comédienne que Julien en est choqué. Son impatience est manifeste.

— Vous dites n'importe quoi ! réplique-t-il amèrement.

La religieuse, qui s'apprêtait à enserrer les deux garçons dans ses bras, s'y refuse maintenant. Vincent se poste à quelques pieds de sœur Odile. Et il la fixe droit dans les yeux, le regard glacial, les lèvres pincées. Puis il lui tourne sèchement le dos, quitte la pièce sans même faire un signe à Julien. Sœur Odile sait aussitôt qu'elle ne pourra jamais plus le consoler. Reste donc Julien. Son Julien. S'il fallait qu'il se referme sur lui-même… Les dernières paroles de l'enfant confirment son inquiétude.

— Je veux rien savoir de vos histoires. J'aime ben mieux les miennes. Pis, vous avez surtout pas de leçon à me faire !

Julien serre les poings. Il a les larmes aux yeux. L'enfant repousse les bras de la religieuse qui veut le prendre. Il quitte la chambre brusquement et laisse sœur Odile à sa peine, non sans chercher à l'atteindre en plein cœur avant de partir :

— Vincent me l'avait dit que vous étiez une menteuse. Je le crois maintenant.

La situation devient vite intenable. Car la scène de la salle Saint-Gérard se répète dans toutes les autres salles de l'hôpital de la Charité.

Julien entre dans la salle de bains. Ce qu'il découvre le saisit aussitôt d'effroi. Deux des cabines, les premières à droite en entrant — il y en a huit — ont été transformées en cellules. Donatien Legault tire un évident plaisir à sa démonstration. Il montre les deux cubicules grillagés, à l'endroit où naguère se trouvaient deux bains. Le moniteur s'assoit sur le seul meuble qui s'y trouve, un sommier sans matelas. Il regarde d'abord Vincent, puis fixe Julien.

— Ça, c'est pour toé, Julien Lenoir ! Pour toé aussi, Vincent Godbout. Les grosses têtes, on sait comment dégonfler ça !

Les deux amis détestaient l'univers ancien, mais ils avaient appris au fil des ans à le connaître, à le baliser. Cet univers de jadis, paradoxalement, leur était devenu étrangement sécurisant. Maintenant, qu'a-t-on mis en place pour les détruire ? se demandent-ils. Les enfants n'ont rien parce qu'ils n'ont rien à dire ; ils n'ont rien à dire parce qu'ils n'ont plus rien à recevoir.

Quant au moniteur Legault, il laisse tomber sur les deux amis, en particulier, le regard méprisant que les vainqueurs jettent sur les vaincus.

•

Dans la chapelle en forme de croix, les garçons sont nimbés de lumière. De l'extérieur, on dirait que Julien, Vincent et Gabriel sont touchés par la grâce. La messe du dimanche se nourrit de la piété naïve ambiante. Le chant s'élève. Apparemment si pur. Si sincère. Avec cette douceur, cette gracilité que lui donnent les voix d'enfants qui célèbrent les louanges de la Vierge Marie, qui veille si bien sur eux...

Si Gabriel semble prendre cela très au sérieux, Julien et Vincent ne peuvent s'empêcher de rire. Entre deux bénédictions, leur moniteur se raidit le cou. Caricature ridicule, s'il en est, que les deux garçons observent et qu'ils associent au comportement bigot de leur moniteur.

À la sortie de la chapelle, Donatien Legault tient pourtant entre ses mains sa vengeance. Car le mépris que les deux garçons ont manifesté n'est pas passé inaperçu. Le moniteur fait sortir Julien et Vincent des rangs et leur assène à tous deux quelques claques retentissantes. Julien, qui retient difficilement ses larmes, voit pourtant se durcir les poings de Vincent. Comme s'il allait exploser. Frapper. Rendre coup pour coup. Mais Vincent, dans son impuissance d'enfant, encaisse les coups.

— Julien, va dans la salle de bains, je t'attends. Toé, Vincent, reste dans le dortoir. Pas de télévision.

Julien, dans l'embrasure de la porte, est prêt à fuir, on dirait. L'eau du bain coule.

— Déshabille-toi, commande le moniteur.

Julien, intimidé par le regard de M. Legault, ne bouge pas.

— T'as rien compris ?

L'enfant horrifié ne conserve que son caleçon.

— Tout nu, je t'ai dit !

Julien recule les yeux troublés et les lèvres tremblantes.

Le moniteur s'approche de l'enfant, lui met la main autour du cou et l'oblige à se pencher. Brusquement, l'enfant se trouve à genoux près du bain, la tête tantôt dans l'eau froide, tantôt hors de l'eau, cherchant sa respiration.

Puis, sans avertissement, sous la brusque poussée du moniteur, Julien bascule dans le bain qui le saisit de froid comme s'il était happé par une catastrophe. Un cri que l'écho amplifie traverse la salle de bains et se répercute dans le dortoir où Vincent, sur son lit, freine sa peur. Julien se débat comme s'il était en cage. C'est alors que Legault lui arrache son caleçon. Il transforme le sous-vêtement mouillé en une guenille avec laquelle il frappe. Les cuisses de Julien, déjà violacées, brûlent sous les coups répétés et rageurs que lui assène son moniteur, incapable de maîtriser sa pulvérisante animalité.

— La prochaine fois, c'est un bain de glace que tu vas avoir.

Donatien Legault quitte les lieux, ignorant Vincent qui s'avance. Dans le bain, Julien se relève les pieds figés dans l'eau froide, incapable d'en sortir. Vincent, qui cherchait l'occasion d'entrer, le couvre aussitôt d'une serviette et en installe une deuxième sur le plancher.

— Il m'a déjà fait la même chose, dit-il en signe de compassion et de solidarité.

Julien reste muet. Il s'approche de son ami. Tous deux sont visiblement secoués par ce qu'ils ressentent à l'instant même. Julien, qui de ses yeux rougis regarde son copain, est surpris, puis touché par les larmes de Vincent qui tombent une à une sur la serviette qui couvre son épaule. Assis sur le rebord de la baignoire, Vincent colle sa tête contre le ventre de Julien. La peau est douce et tremblante. Serrés l'un contre l'autre, les deux amis préfèrent le silence.

Comme s'ils avaient peur qu'on les découvre collés ainsi, eux, des garçons, ils s'écartent l'un de l'autre avec le consentement de la pudeur. Vincent quitte le premier la salle de bains et en revient avec un chandail et une culotte que Julien enfile rapidement. Quelques minutes plus tard, avant qu'il ne quitte définitivement le dortoir, avant que la porte ne se referme, on entend en écho dans le dortoir :

— Chien sale !

Le soir venu, alors que les garçons sont couchés, Donatien Legault est dans un coin du gymnase et s'entraîne.

La lumière diffuse masque à peine le délabrement des lieux. Il frappe sur son punching-bag comme un déchaîné. Son maillot est complètement détrempé. À tout moment, il s'essuie le nez du revers de son gant.

Septembre 1954

Un autobus, toujours à toit rond, remonte lentement l'allée qui conduit au boulevard Gouin. Il se range devant l'entrée principale de l'hôpital de la Charité. Puis un deuxième l'imite, puis un troisième. Dans la cour, les garçons, indifférents jusque-là, collent leur visage à la clôture et, pour cette fois, les coups de gueule du moniteur et les coups de claquoir de sœur Odile n'y peuvent rien.

Intrigués et silencieux, même s'ils sont en période de récréation, ils regardent médusés les nouveaux arrivants. Ceux qui vont remplacer Dastous, Hurtubise, Martelli, Landry et les autres. Julien, lui, pense plutôt à Gabriel.

De grands adolescents, des hommes aussi, partageront leur vie au cours des années qui viennent. Pour sa part, Julien remarque une femme dont la jambe gauche est maigre comme un bâton, et la jambe droite grosse comme une patte d'élé-phant. Des vieillards — ces pauvres séniles si chers au cœur attendri du cardinal — descendent lentement du troisième autobus. Des corps de vieillards courbés !

— Dépêchons ! Allez, dépêchons ! entend Julien qui, cette fois, observe les adolescents qui sortent du deuxième autobus.

L'arrivée des nouveaux pensionnaires désole les jeunes spectateurs qui en sont étourdis. De jeunes malades tremblent de tous leurs membres, d'autres n'ont pas de cheveux, plu-sieurs sont attachés, certains — c'est ce que découvriront les garçons plus tard — sont épileptiques, paraplégiques ou mongols, idiots ou déments, scrofuleux ou infirmes sensoriels, incontinents ou névrotiques.

— D'où viennent-ils ? demande Julien à sœur Magellan.

— Surtout de l'hôpital Saint-Jean-de-Dieu.

C'est aussi de ce groupe que provient, mais Gabriel ne le saura jamais, son nouveau voisin de dortoir. Julien, subitement, s'attriste devant ce qui ressemble à un spectacle de tarés. Vincent, de son côté, quitte les lieux, incapable de supporter plus longtemps la vue de ces malheureux. Gabriel, sur sa balançoire à corde, demeure en retrait, le dos tourné au spectacle affligeant.

La répartition des anciens et des nouveaux dans les différentes salles relève de l'arbitraire. L'état mental des derniers sur la liste de présence s'échelonne de l'idiotie profonde (gardables) à la déficience supérieure (éducables). La salle Saint-Gérard, en cette même fin de journée, est elle-même sens dessus dessous. Car elle voit arriver de nouveaux pensionnaires, une vingtaine, pour remplacer la vingtaine précédente qui a quitté les lieux en juin dernier.

Julien, dans son coin avec ses amis, aimerait bien se fermer les yeux et les oreilles et ne pas être témoin du macabre spectacle que sœur Odile voudrait lui masquer. Comme celui de cet enfant, quasi hydrocéphale, qu'on vient d'installer à deux lits du sien, dans le lit laissé libre par le départ de Roger, et qui lui rappelle un souvenir vague, flou mais d'autant plus terrifiant que surgit l'image réactivée de sœur Brousseau, de la crèche Saint-Paul, qui lui a fait côtoyer la salle des déments.

Gabriel, la tête sur les cuisses de Julien, observe le défilé insoutenable qui lui renvoie l'image de sa proche déchéance. Julien, en tout cas, lui prête cette réaction. Au dortoir, Gabriel a pour nouveau voisin immédiat un jeune adulte au long corps désarticulé qui fera entendre, dès la première nuit, des grognements indistincts qui l'inquiéteront.

Julien s'est fait une image précise de l'orphelin qu'il est : image désormais brouillée par l'étiquette d'arriéré. Son retard scolaire fait foi de sa nouvelle identité. Il était inscrit dans des classes, quand elles existaient, inférieures à son niveau intellectuel. Voici maintenant que même l'enseignement lui est retiré. De toute façon, on ne leur a pas appris à lire, un oubli.

•

Julien a perdu le sentiment d'exister et même sa capacité enfantine d'être tout simplement joyeux. Le jeune garçon en ressent une lourde fatigue. Il refuse désormais d'écrire pour ne plus avouer son besoin d'aide. Pour ne plus se faire corriger par qui que ce soit. Il y a si longtemps que personne ne lui donne rien ; pourquoi faire semblant avec sœur Odile ? Comment, de toute manière, les phrases de Julien peuvent-elles valoir quelque chose alors que lui-même est convaincu qu'il ne sait pas écrire ? Écrire, plus encore maintenant, est contraire aux activités contrôlées du Mont de la Charité.

Julien a donc cessé d'écrire. Il sait que sa solitude sera plus grande encore mais que faire d'autre quand, des mots, ne s'échappe plus aucun avenir.

Regroupant quelques calepins pour former un paquet, il abandonne alors son amas de phrases au pied de la porte de la chambre de sœur Odile. Il ne veut plus de leur pitié ni de celle de la religieuse. De toute manière, ce ne sont que des papiers obsédants et des phrases lourdes sans ponctuation. Aussitôt qu'il a frappé, Julien disparaît.

Sœur Odile ouvre la porte. En s'avançant, elle jette un regard circulaire alors que son pied heurte un objet. Elle se penche pour ramasser un paquet ficelé sans identification. Assise sur son lit, la religieuse est incapable de se délivrer de son angoisse. Avant, pense-t-elle, Julien se construisait au moins, dans cette chambre, une histoire personnelle. Laissant tomber ses réflexions, elle ouvre le paquet, reconnaît les calepins de Julien et trouve trois bouts de phrase qui lui transpercent affreusement le cœur : « Fini les callepin, fini sœur odile, fini la venir. » Jamais les fautes de Julien ne lui ont tant fait mal. Sans les mots, pense la religieuse, Julien va s'abrutir. Écrire, pense-t-elle encore, lui a permis d'exprimer des doutes. Ce qui, contre la tendance du milieu, a maintenu son Julien en éveil.

Ses calepins abandonnés, Julien ne se révoltera plus. Loin de la page blanche, les yeux fermés des autres sont maintenant son reflet. La folie, c'est l'absence du regard.

Dans cet espace clos comme un giron maternel que fut la chambre de sœur Odile, l'intimité avec Julien est chose du passé.

·

Sœur Odile est convoquée chez la directrice qui lui parle de Gabriel et de Vincent. Ils sont sur une mauvaise pente tous les deux. Sœur Odile s'inquiète aussi pour Julien : on dit qu'il sera changé de salle.

— De toute façon, ajoute la directrice, on ne pourra pas continuer longtemps. Les moyens manquent et les fonds s'épuisent.

Troublée, sœur Odile interroge sa compagne sur le transfert de certains garçons dans d'autres salles.

— Julien pourra rester dans la même salle, glisse poliment la directrice. Je crois que vous lui faites, malgré tout, beaucoup de bien. Allez, ne vous inquiétez plus, les enfants ont besoin de vous.

Sœur Odile longe le corridor qui conduit à la chapelle. Elle est pensive. Sa démarche est lente. Soudain, elle s'arrête, fait demi-tour. Quelques minutes plus tard, elle est dans le bureau de l'aumônier. Derrière l'abbé Arsenault qui regarde par la fenêtre, s'approchent les formes tout en rondeurs de sœur Odile qui a décidé d'aller piquer une jasette avec lui.

— Je ne veux pas que votre compréhension me serve de bonne conscience, commence par dire sœur Odile.

— Vous avez raison. Il y a trop de gens qui se confient et qui, du même coup, se déresponsabilisent, enchaîne l'abbé pour indiquer sa bonne volonté.

— Je veux simplement vous parler des enfants. Est-ce que vous savez des choses ?

— Je suis moins informé que vous ne le croyez.

— Les malades sont arrivés et déjà les anciens changent.

— Vous ne m'apprenez rien, ma sœur. C'est certain que les « éducables », comme Julien et Vincent, vont être placés ailleurs. Il faut faire confiance aux autorités.

Sœur Odile quitte les appartements de l'aumônier tout aussi troublée et angoissée qu'avant sa visite. Elle longe le corridor qui la conduira à la chapelle. Une fois de plus.

•

S'étant rapidement lavé les mains et le visage, les pensionnaires pénètrent dans leur réfectoire. La semaine est une suite de repas accélérés, plus hâtifs à chaque jour, chaque jour arrivant plus vite. Les tables sont dressées comme à l'habitude. Seuls les pots de métal gris sur chaque table, contenant du lait tiède, décorent la salle à manger. Des assiettes en plastique rose ou bleu déterminent les places où chacun doit s'installer. Sœur Odile, du bout des doigts, actionne l'ouverture ou la fermeture de son claquoir. Un bruit sec annonce le début du bénédicité. Julien cligne des yeux comme toujours lorsqu'il entend ce bruit. Le petit instrument de bois verni qui lui fracasse les oreilles lui ravage aussi, chaque fois, les nerfs.

En mettant du beurre et de la mélasse plus qu'il n'en faut, Julien oublie ainsi son pain sec. Comme il n'aime pas le lait tiède, il le donne à Roger qui le boit aussitôt. Un réchaud en acier inoxydable contient la nourriture à distribuer. Une casserole de fricassée dégage toujours la même irrespirable odeur de navets cuits. Des cubes de viande y nagent.

Comme Julien est allé aux latrines avant le repas, il a rempli la poche de son pantalon de papier hygiénique. Une fois à table, discrètement, il enveloppe ses cubes de viande réchauffée et ses navets dans ces papiers qu'il glisse à nouveau dans sa poche. Vaguement dégoûté par la chaleur graisseuse qui emplit son pantalon, il sent les cubes humecter rapidement sa cuisse.

Heureusement, il y a le dessert. Vincent, qui a tout vu, lui refile son gâteau brun que pourtant il adore. Comme si le territoire partagé de l'enfance se poursuivait dans cette complicité. Julien a une pensée aussi pour Gabriel qui, de l'autre côté de la table, ne cesse de sautiller, comme si son ami se prenait pour un kangourou. Julien pense à cet animal parce qu'il l'a découvert dans un livre que lui a montré, il n'y a pas si longtemps encore, sœur Odile.

Après le repas, pourquoi Julien aujourd'hui ouvre-t-il cette porte-là ? Parce qu'il y en a trop sans doute. Il ouvre, puis se tient immobile dans l'embrasure de la porte. Soudain, une employée de forte taille, Jeannine Duval, s'approche de lui. Ses seins et ses fesses bondissent en tous sens mais tout son corps se meut avec une précipitation fébrile. Son uniforme blanc prend subitement toute la place et semble prêt à éclater. Tout est noir autour du visage agressif. La bouche volcanique et les lèvres féroces de la préposée à la cafétéria se jettent sur celles de Julien comme dans un trou. L'intruse mêle alors sa salive rebutante à celle de sa proie. Elle insère sa langue dans la bouche de Julien, repoussant sans ménagement la langue de l'enfant, sans que ce dernier puisse résister. Julien est dégoûté, révulsé par la salive répugnante qui lui coule dans la bouche. La répulsion lui monte du corps jusqu'aux yeux. Son visage est déchiré de frayeur. Il est pris de panique ! Il court à l'aveuglette dans un corridor parcouru au plafond de longs tuyaux sombres. Libéré de l'emprise physique de son agresseur, il tremble à s'en évanouir.

Dehors, la pluie tombe sur les briques. Julien pleure. Trempé jusqu'à l'os, il aime malgré tout l'eau sur ses vêtements souillés.

•

Julien a couru sans trop réfléchir vers sœur Odile qui, au détour d'un escalier, lui est apparue au bout d'un corridor. La religieuse ne le lui dira jamais, mais ce soir-là, elle est doublement fière de son garçon ; Julien est resté un enfant pur tel l'ange Gabriel suspendu au-dessus de sa tête dans son cadre ovale, dans sa chambre. Elle serre Julien très fort contre sa poitrine et dépose ses lèvres sur ses cheveux ébouriffés. Il est des gestes si repoussants, pense-t-elle, qu'ils ne peuvent être que des viols. Pauvre enfant !

Sœur Odile, Julien s'en souvient, lui a donné tout le temps dont il a eu besoin pour se calmer puis elle l'a reconduit elle-même à la salle de récréation. Où ses compagnons sont, comme tous les jours à cette heure, agglutinés devant le téléviseur.

Julien saura, plus tard, que sœur Odile a elle-même renvoyé Jeannine Duval. L'enfant n'oubliera pas, non plus, les quelques sous qu'elle lui remet pour se procurer des friandises. Pour la première fois, Julien prend conscience, ce soir-là, de l'affection profonde de la religieuse, car il l'a ressentie dans son corps. Il ouvre aussi le calepin noir que sœur Odile lui a remis lors des derniers événements. Il est heureux de renouer avec l'écriture, même s'il n'inscrit que ses premières impressions qu'il trouve sans intérêt.

Il semble à Julien, en effet, qu'il n'y a personne à qui parler de ses écritures, qu'il ne peut y en avoir d'autres qui, comme lui, écrivent dans des calepins. Sauf sœur Odile, il n'y a personne avec qui le jeune adolescent pourrait s'entretenir de ce qui l'intéresse. Julien commence à comprendre, par exemple, puisque ses amis n'écrivent pas dans des calepins, qu'il est différent de ses compagnons de salle ; et même, qu'il est différent de ses deux meilleurs amis, Vincent et Gabriel.

Sœur Odile — elle ne sera jamais objective et Julien le sait bien — possède la certitude que son protégé retire quelque chose de positif de ses calepins, même si Julien croit sincèrement que ce qu'il écrit ne vaut rien. Pour la religieuse, l'écriture des calepins, c'est l'espoir de Julien. Lui, il l'ignore.

•

La journée du bain tombe toujours le samedi après-midi. Rituel hebdomadaire. Immuable. Les corps des garçons, à la file le long du mur où ils attendent, trop maigres ou trop gras. Ces corps, presque translucides, qui subissent tous les regards, disent ainsi tout ce dont ils sont privés : de soleil et de plaisirs. Ils sont là avec aux fesses leurs caleçons délavés. La longue rangée de corps presque nus retrace leur malaise collectif.

Sensualité trouble, indistincte, qui s'approche de la sexualité. Julien, gêné, sans doute plus encore que les autres, ne sachant où mettre ses bras déjà trop longs et ses mains trop inexpertes, fixe Antoine qui s'attriste de sa beauté imparfaite. Bref élan de Julien à la vue d'un corps impétueusement vivant : comment regarder la peau de l'autre sans la toucher ?

Cela dure une fraction de seconde à peine. Car la surveillante, sœur Magellan en l'occurrence, intervient aussitôt. Il est quatre heures. Les ablutions sont terminées. Elle bouscule tout le monde :

— Allez, les garçons ! Allez !

Ceux-ci regagnent leur dortoir où flotte, comme tous les samedis, l'odeur concentrée de l'eau de Javel.

Au dortoir donc, Julien se désennuie. Il aime s'attarder sur les corps qui se rhabillent. Ses yeux deviennent de grands écrans où se fixent des images de corps durablement éblouissants. Le corps d'Antoine surtout, qui l'obsède, est maintenant tout ce qui lui importe.

Pour Julien comme pour ses compagnons, une consolation demeure lorsqu'ils sortent du bain : sentir bon est une manière de s'aimer mieux. Tout frais lavés, ils portent un pantalon et un chandail propres. C'est pour eux un signe extérieur de changement qui rehausse souvent leur moral.

Le lendemain, dimanche, il y a parloir. Pour ceux qui y ont droit. Les visites dominicales sont un soulagement pour ceux qui en bénéficient. Il y en a si peu. Ensemble et pourtant seuls, Julien, Vincent et Gabriel, dans cet après-midi tranquille des visites, regardent paisiblement la pluie tomber dans la cour. La grisaille est partout. À l'intérieur comme à l'extérieur.

•

— Montre à madame que tu sais lire, ordonne gentiment sœur Odile. Écris-lui quelques mots sur ce papier.

La dame intimide Julien. Le ridicule de la situation l'incommode. Ce n'est pas la première fois pourtant qu'elle vient le voir. Cette fois-ci, il ne comprend pas pourquoi il doit écrire quelques mots. De cinq lettres, lui a-t-elle dit. Il est vrai qu'il s'exerce à écrire dans ses calepins. Ce qu'il pense, toutefois, c'est d'écrire le seul mot qui le fait rêver et pour lequel il est assuré de ne pas faire de faute, et dont la conscience lui vient de sœur Odile.

— Allez, Julien, tu m'écris un mot, insiste la dame.

— Montre que tu sais écrire, Julien, renchérit sœur Odile dont la présence est inhabituelle.

Julien prend le crayon que la religieuse lui tend. Il hésite, regarde la dame qui lui adresse un sourire bienveillant, se dirige vers la table au centre du parloir, et s'exécute. Il écrit un mot en respectant la contrainte des cinq lettres. La religieuse tend sa main droite qui reste en suspens. Julien remet son papier à la dame qui en reste étonnée. Elle y lit le mot « maman ». De ses mains, elle fait un mouvement comme si elle pressait la feuille sur son cœur. Puis elle regarde Julien avec une telle tendresse qu'il en est saisi d'émotion. Dans sa tête, Julien revoit la photo perdue. L'image n'a pas d'écho dans la réalité. Cette dame, pense-t-il, n'est pas ma mère.

— Est-ce que tu connais d'autres mots ? demande la dame à Julien.

— Des mots de cinq lettres, madame ? demande-t-il, tout en fixant sœur Odile.

— On regarde toujours la personne à qui on parle, Julien. Tu devrais le savoir.

— Ce n'est pas grave, ma sœur, il est tellement gentil.

Julien prend à nouveau la feuille que lui tend la dame. Il se sent toujours ridicule.

— Écris d'autres beaux mots pour montrer à madame. Elle veut savoir si tu sais écrire. Allez, ordonne pompeusement la religieuse.

La scène est caricaturale tellement elle contraste avec ce que pense Julien.

Les premiers mots qui viennent à l'esprit de Julien sont bonté et robes avec un s. Il sait toutefois qu'il ne les écrira pas. Cela, sœur Odile ne pourra pas l'y obliger. Après tout, se dit-il, elle ne peut pas lire dans ma tête. Lorsque la dame déplie la feuille que lui a remise Julien, elle y lit deux mots qui la glacent : « singe » et « vache ». Elle éloigne la feuille de sa poitrine et la remet prestement à la religieuse.

Julien ressent un profond malaise. Il ignore pourquoi il est là, en présence d'une parfaite inconnue. Pourquoi, aussi, sœur Odile est si insistante.

— Je voulais t'emmener chez moi, dans ma maison, commente à regret la dame avec une douceur malgré tout invitante.

— Je ne veux pas y aller.

C'est maintenant la religieuse qui est embarrassée devant la réplique cinglante du jeune garçon. Sœur Odile, qui avait cru bien faire, regrette maintenant d'avoir pris l'initiative de présenter Julien à sa belle-sœur. Elle avait pourtant entretenu le secret espoir de le placer dans une famille qu'elle connaît bien. La déception vient du fait que, voulant le montrer, elle doit, pour l'instant, le cacher.

Octobre 1954

La lumière qui luit sur l'herbe tire Julien de son enfermement. L'air frais saisit tout son corps comme une brise soudaine sur une peau nue. Julien aime cette sensation d'émer-
veillement qui s'empare de tous ses sens. Il aime que la nature
s'occupe ainsi de son corps sans rien exiger en retour.

L'homme en bleu longe la clôture. C'est dimanche. Sa
mallette laisse penser qu'il est instituteur. Ses visites se répètent maintenant depuis au moins deux semaines. Bien que
séparés de lui par une clôture de fer, les garçons dans la cour
le suivent. La consigne que le promeneur a établie, c'est que
les enfants ne doivent pas le regarder. Du coin de l'œil,
chacun, toutefois, surveille sa main. Soudain, une cenne noire
passe au-dessus de leurs têtes. Tel un troupeau, le groupe court
vers l'objet rare. À l'occasion, deux cinq sous leur tombent
dessus. Un cinq sous fait rêver à une crème glacée, à un sac de
chips Maple Leaf ; deux, à une boisson gazeuse. Rarement
posté au bon endroit, Julien n'a jamais empoché une cenne.
Aussi, il lui arrive d'échanger des images saintes contre un ou
deux sous. Ces bonheurs spontanés que les garçons s'échangent ravivent leurs espoirs d'un quotidien meilleur. Chacun
serre sur son cœur sa maigre récolte.

Julien court à en perdre le souffle. Cette journée chasse
en un instant toutes ses tristesses et abolit ses doutes. C'est
l'évidence, le chamaillage rend à chacun la tendresse qui leur
manque. Dans un immense cri de joie, Julien se précipite sur

son copain Antoine qui, saisi un court instant, éclate lui aussi de rire. La vie en état de fête ! Les deux jeunes garçons roulent dans l'herbe. Une certaine confusion continue d'agiter leurs bras aux coudes tachés d'herbe.

Julien se jette à nouveau sur Antoine pour le renverser. Ses sentiments sont confus. Lui qui ne connaît rien au désir exprimé, et Antoine, guère plus. À moins que ce ne soit l'inverse. Belle ambiguïté des touchers dès qu'un frôlement s'amorce !

Sœur Odile s'approche, timidement presque, comme si elle avait oublié son habituelle autorité. Elle observe le roulement des corps sur l'herbe vive. Les deux garçons ne semblent plus en former qu'un. Du moins n'en voit-elle qu'un : qui a les cheveux noirs de Julien, qu'elle se laisse parfois aller à ébouriffer, et qui a aussi les mains de Julien enserrant le corps de l'autre. Elle regarde, troublée mais comme attendrie par cette amitié physique, puis elle les appelle. Pudiquement, tendrement presque, ayant fait le choix de ne pas les brusquer.

— Allez, venez ! Les autres vont nous attendre.

De la fenêtre de sa chambre, le visage impassible, buté, sœur Magellan a noté la mollesse d'intervention de sa compagne. Celle-ci a-t-elle assisté, telle une voyeuse, aux ébats de son Julien ? À quel désir sœur Odile a-t-elle cédé ? Quelques minutes plus tard, sœur Magellan se trouve dans le bureau de sœur Agnès. La directrice ouvre un grand cahier et note précieusement, un léger sourire aux coins des lèvres, quelques observations. Sœur Magellan retourne à sa chambre.

•

Donatien Legault appelle à lui tous ceux qui veulent jouer au ballon-chasseur. Son appel est sans enthousiasme. Même le geste qu'il fait en glissant son sifflet dans sa bouche est sans énergie. Peut-être est-il fatigué.

À une trentaine de pieds de là, Julien, qui est allé chercher le ballon, semble tramer un mauvais coup. Gabriel se dirige vers le moniteur. Ce dernier a le dos tourné. Gabriel fait un signe de la tête. Le moment est bien choisi.

Le ballon disparaît aussitôt des mains de Julien qui, grâce à un mouvement précis et ferme, donne au projectile l'élan souhaité. Contre toute vraisemblance et toute probabilité, mais pour l'intarissable joie des garçons, le ballon atterrit derrière la tête de Donatien Legault. L'éclat de rire est général et la colère du moniteur sans égale.

— Vincent Godbout, tu vas me le payer cher, menace-t-il d'une voix à faire trembler les murs.

— C'est pas moi, monsieur. Je vous le jure !

Julien est mal à l'aise. Si Vincent est puni, il le sera aussi.

Contre toute attente, le moniteur ne donne pas suite à sa menace et rassemble les joueurs autour de lui.

— Vincent, Antoine et Julien, vous vous mettez de ce côté-là. Gabriel, Frédéric, vous êtes avec moi. Puis, il complète le partage des équipes. Toi ici. Toi, dans l'équipe de Vincent, toi, avec moi.

La partie de ballon-chasseur, qui dure depuis maintenant une bonne dizaine de minutes, cache une sourde violence. Les plus grands contrôlent le ballon. Les plus petits ne résistent pas à leurs tirs secs. Julien et Gabriel sont vite sortis du jeu. Restent Antoine et Vincent, d'un côté, et Donatien Legault de l'autre.

À regarder le moniteur, on dirait une couleuvre. Cette partie, que sœur Odile observe de la fenêtre où elle se trouve, met en jeu un rapport de force étrangement symbolique. À l'intérieur d'un rectangle, Donatien Legault est pris entre deux feux. De plus en plus essoufflé, il se débat pour survivre dans cet infernal tourbillon. Qui va l'emporter ?

Au centre du terrain, donc, une féroce bataille est en cours. Elle tient lieu de bonheur provisoire dans cette guerre improvisée. Julien, du côté des lignes, met tout son enthousiasme à encourager ses deux compagnons. Tout ce qui l'entoure est alors aboli comme tout le reste qui est routine et enfermement. En cet instant même, au moins, les garçons peuvent se venger de leur moniteur.

Le coup fatidique vient d'Antoine. Le ballon, tel un boulet, arrive directement dans le dos du moniteur Legault qui ne peut éviter, de rage, une grimace de douleur. Au même moment, Vincent, posant le pied sur un caillou assez gros, se fait une entorse à la cheville.

Vincent grimace affreusement, la blessure le fait souffrir. Antoine l'aide à se relever. Tous deux se dirigent vers la salle Saint-Gérard. Donatien Legault revient à son groupe. La partie de ballon-chasseur reprend sans autre incident. Les plus forts n'y sont plus.

Julien est très inquiet de la blessure de Vincent et, bien qu'il voie sœur Odile en grand conciliabule avec deux sœurs, il se risque à appeler de sa voix qui n'a pas encore trouvé son véritable registre :

— Sœur Odile !

La réplique est immédiate et tranchante. Julien constate l'impatience de sœur Odile. Elle éclate, littéralement comme un bouchon de champagne, le laissant pantois. La réprimande est sans commune mesure avec la légère impolitesse qu'il a commise :

— Julien — sœur Odile crie presque —, combien de fois t'ai-je dit que tu ne devais pas interrompre la conversation lorsque quelqu'un parle ? Combien de fois, Julien, allez, réponds-moi ?

Le regard de l'enfant est perdu.

— Combien de fois ?

Julien, malgré son profond chagrin, note dans sa tête que les traits de sœur Odile se sont durcis, enlaidis même. Il la trouve vieille. Et méchante. Il s'éloigne d'elle en courant.

●

Julien parle à voix basse avec Vincent à la tête de son lit. Les lumières sont éteintes et le moniteur, sans avertissement, surgit au pied du lit de Julien.

— J'ai pas donné la permission de parler. Lève-toi que je règle ton cas. Le ballon que j'ai reçu sur la tête, y paraît que c'était ton idée ? Tends les mains, les doigts en l'air, ordonne le moniteur.

— J'ai rien fait, monsieur !

— Ta gueule ! Bouge pas tes mains. Ça va être pire.

Julien tend sa main droite, la paume vers le haut. Il ne peut éviter de regarder son moniteur ; du même coup, il voit descendre la « strappe » de cuir. Son réflexe, alors, est de descendre à son tour sa main. Aussi, pour éviter le pire, Julien préfère fermer les yeux. Il ne peut évidemment pas éviter de grimacer.

— Les yeux ouverts, Lenoir. Pis arrête de bouger.

L'agressivité du moniteur est à son comble. Son coup de poignet vers le bas permet d'accélérer le mouvement de la « strappe ». Au contact de la lanière, les ongles se déchirent, le bout des doigts éclate en provoquant des douleurs intolérables. Julien ramène sa main entre ses cuisses, penché vers le sol, se tortillant sans pouvoir s'arrêter. Comme il déteste Donatien Legault !

— C'est assez ! On ne vous a pas engagé pour battre les enfants.

Julien reconnaît sœur Odile. Soulagé, il court vers la porte du balcon où se trouvent Vincent et Gabriel.

— C'est moi qui suis allé chercher sœur Odile, déclare fièrement Vincent.

— Une chance qu'elle est venue tout de suite.

— Si j'avais été à ta place, crois-tu qu'elle serait venue aussi vite ?

— Des fois, je me dis que je suis chanceux, réplique Julien.

Les trois amis se retirent dans un coin du balcon, alors que dans le bureau de l'officière où l'a accompagnée le moniteur Legault, l'échange est corsé. Il doit bien y avoir un reste d'humanité dans cet homme, se dit sœur Odile. Ce qu'elle entend, toutefois, la désespère.

— Vous tolérez tout, ma sœur.

— Vous, vous les battez tout le temps. Pouvez-vous me dire pourquoi ?

— Y savent pas ce que c'est un homme.

— Toujours la même rengaine ! Vous pensez qu'être un homme, c'est faire ce que vous faites. Quel est votre rôle, à votre avis ?

— De pas en faire des fifis, ma sœur.

Sœur Odile se sent visée, moins décontenancée qu'outrée par l'insinuation et la férocité du ton.

— Julien, vous allez en faire une tapette.

La réplique de sœur Odile est vive, mais l'effet escompté est raté.

— Et vous, qu'avez-vous fait avec lui ? Vous pensez que je ne sais rien ?

Donatien Legault n'est pas ébranlé par cette remarque. Ses traits se décontractent. Ce n'est pas la première fois que la rumeur circule et pas seulement à propos de Julien. Comme il n'y a jamais eu de preuve, le moniteur se fait arrogant.

— Vous croyez tout ce qu'on vous dit. S'il fallait que je croie tout ce que j'entends sur votre compte, il y a un vœu de chasteté qui ne résisterait pas longtemps à l'examen, ma sœur...

Sœur Odile est offensée. Non seulement l'attaque est irrévérencieuse, mais elle sait, elle, que jamais elle ne toucherait aux enfants. Elle comprend, toutefois, que Donatien Legault lui retourne l'accusation qu'elle-même a faite. Elle décide donc de changer de sujet.

— Et votre mère, vous l'avez connue ?

Donatien Legault reste bêtement muet. Et sans attendre sa réponse, sœur Odile enchaîne :

— En réalité, vous ne savez pas de quoi vous parlez. D'avoir vécu tout le temps « en orphelinat », comme vous dites, ne vous donne pas de compétence particulière. De plus, vous n'avez même pas d'enfants. Ici, la chance vous est donnée d'en avoir. Malheureusement, vous ne savez pas en profiter.

Soudain, règne dans le bureau une atmosphère à la fois feutrée et intimidante. Le regard de Donatien Legault fuit définitivement celui de la religieuse. La vulnérabilité du moniteur est manifeste.

— Je connais votre situation familiale, monsieur Legault. Vous ne cessez de dire qu'ils n'ont pas de père. Vous, vous n'en avez jamais eu. Vous devriez être bien placé pour les comprendre.

Il manque peu de chose pour que l'éternel orphelin, devenu adulte, se laisse toucher.

— Ce n'est pas d'un homme qui se venge que les enfants ont besoin, c'est d'un père compréhensif, d'un grand frère. Qu'attendez-vous pour le devenir ?

Donatien Legault se sent bouillir d'impatience. Il se croirait en présence de son directeur de conscience, l'abbé Arsenault, qui connaît bien, lui aussi, son passé d'orphelin.

— Mon histoire, ma sœur, ça me regarde. Vous êtes pas un prêtre. Votre morale de sœur frustrée...

Donatien Legault ne terminera jamais sa phrase. La porte du bureau qu'il claque avec fracas enterre la réplique de sœur Odile. Une tristesse profonde s'installe dans les yeux de la religieuse. Quand donc comprendra-t-il? se dit-elle.

•

Dès l'aube, le matin suivant, Julien sort son calepin pour oublier sa nuit. Il tente d'écrire. Rien de précis. Avec le temps, toutefois, grâce à l'écriture qui se fait plus régulière, une conscience surgit. Pourquoi les choses ne peuvent-elles pas être différentes? Pourquoi est-ce si dur et surtout si uniforme? «C'est dur de resté dans un asil», écrit-il. Plus Julien écrit, plus il pense. Écrire lui révèle un mode intérieur insoupçonné, dont il mesure mal la solidité. Julien l'ignore, mais l'écriture est déjà une stratégie de survie. Les mots empêchent sa pensée de s'arrêter.

Il observe maintenant la musculature de plus en plus visible de Vincent. Il voit aussi sœur Odile, devant Gabriel, avec un plateau de médicaments dans les mains. Bien que récente, la scène n'est pas nouvelle.

Gabriel défie son officière. Geste rare de sa part. Il fait signe que non.

— Allez! Avale!

Le jeune Bastien regarde le plateau et réplique:

— J'aime pas ça, ça me met à l'envers.

— C'est pour ton bien, tu le sais.

Julien, qui n'hésite pas à tout prendre des faveurs que lui réserve la religieuse, voit bien qu'il y en a si peu qui sont offertes à Gabriel. Julien sent que sœur Odile fait semblant de s'intéresser à son ami, mais qu'elle ne l'aime pas comme elle l'aime. Cela le trouble un peu.

Julien sait seulement que Gabriel peut se révéler le plus drôle des compagnons. Même sans les mots. Il sait que son visage si lisse peut s'animer, s'allumer. Que la grimace qui s'y peint alors n'est pas une grimace involontaire, mais une caricature qui cache le désarroi derrière un rire loufoque.

Julien ouvre la commode près de son lit. Sans hésiter, il prend un calepin. Il a tellement de doute à propos de ce qu'il écrit qu'il lui arrive de se décourager devant tant de mots si mal organisés, pense-t-il. Curieuse sensation, toutefois : lorsqu'il relit certains passages, il a l'impression de se voir autrement, de se regarder autrement. De n'y rien voir aussi. Il lui semble que ce qu'il écrit est délirant. Tout en ne sachant pas écrire, il écrit sur tout, sur rien. Julien semble écrire sans le recours de la raison.

En écrivant, pourtant — l'enfant n'arrive pas à comprendre le paradoxe —, il a l'impression d'accéder au sens profond des mots. L'acte d'écrire devient de plus en plus incontournable. Une certitude nouvelle l'habite : avec les mots, il a des provisions d'espoir qui donnent du sens à son quotidien. Même hurlant de désespoir, le mot jaillit. Julien entend le mot, il peut donc l'écrire. Même si, comme il le pense, ses pages sont remplies de solitude. Pour écrire, il faut penser. Ici, tournant ses yeux vers Gabriel, on ne pense pas, se dit-il, puis il s'adresse à Vincent :

— Je me demande quand est-ce qu'ils vont le laisser tranquille, celui-là.

— Un jour, on va tous y passer si on reste ici, lance Vincent dépité.

Sans quitter Gabriel des yeux, Julien reprend son crayon à mine, s'assoit sur son lit et tourne les pages de son calepin, cherchant l'endroit où il a cessé d'écrire la dernière fois. Il se souvient, soudain, d'une explication que sœur Odile lui avait donnée et qu'elle avait écrite dans un de ses calepins, afin qu'il comprenne et retienne la notion d'éternité. Julien fouille dans son casier et trouve le calepin en question. Il y lit : « Imagine la terre. À tous les mille ans, un oiseau vient y frotter son aile. Lorsque la terre trop usée disparaîtra tel un point minuscule, l'éternité commencera à peine. » À côté du mot minuscule, il y a une note en tout petits caractères : « Je sui petit », écrit-il en pesant bien sur son crayon jaune.

« L'éternité, c'est quant on reste trot lontemps au meme endroit. »

A-t-elle deviné que Julien pensait à elle ? Sœur Odile s'approche de son lit. Elle reste derrière l'enfant qui, voyant une ombre au-dessus de son calepin, tourne son visage vers elle. La rondelette religieuse étire le bras, tend la main. Julien porte son calepin vers son cœur et questionne sèchement :

— Pourquoi vous voulez toujours lire ce que j'écris ?

— Tu le sais bien, Julien. C'est pour corriger tes fautes.

— Ben, je veux plus. Mes calepins, c'est juste pour moi.

Sœur Odile ne comprend pas ce soudain revirement. Elle fixe Julien d'un regard désemparé. Julien ne s'occupe plus d'elle. Après avoir déposé son calepin dans son casier métallique, il en referme la porte. En y déposant ses feuillets, Julien croit véritablement qu'il les cache du reste du monde. Rassuré, il se lève et se dirige vers les lavabos.

— Ne secoue pas tes bras, Julien, dit sœur Odile. Cesse d'imiter les malades. Un jour tu vas leur ressembler.

Julien, qui a tout entendu, poursuit sa marche. Ses bras s'agitent comme des cordes usées sans siège de balançoire au bout. Qu'arrive-t-il à Julien ? se demande sœur Odile.

Janvier 1955

Les garçons font la queue devant les bureaux des médecins où ils doivent être examinés, évalués. Ils arrivent une dizaine à la fois. Ils semblent tous étrangement fragiles dans leur tenue quotidienne. Le silence est lourd. Le regard apeuré et triste. Ils passeront tour à tour devant le Dr Adrien Marsan qui leur fera un examen physique, puis devant le Dr Donat Ferron, un psychologue. Les deux médecins sont assistés par une religieuse.

Bientôt une porte s'ouvre. Sœur Anne Germain tient un porte-documents dans ses mains et se veut très attentionnée envers les enfants.

— Roger, c'est ton tour.

— Roger, qu'est-ce que tu vas faire plus tard ?

— Une madame en robe noire…

— Tu veux dire un prêtre ?

— Non, une madame…

Roger n'est pas fou, suggère sœur Anne au psychologue. Il a seulement un retard de langage. Depuis sa naissance, il n'a connu que des religieuses. Il n'a tout simplement pas tiré au clair la distinction entre les sexes. Le diagnostic du Dr Ferron est clair. Sœur Anne n'a aucun argument pour le contredire. Ce qu'elle sait, c'est que désormais, Roger sera traité comme un vrai malade mental. On le changera d'ailleurs de salle. C'est la note que le médecin a inscrite à son dossier. En quittant les lieux, Roger, les mains tournées vers Julien, passe devant lui sans s'arrêter. Le préposé a eu l'ordre de le reconduire directement à sa nouvelle salle.

— Au tour de Gabriel, lance le Dr Ferron.

À la vue du médecin, l'enfant est nerveux. La religieuse a l'heureuse idée de poser les questions à la place du Dr Ferron qui lui en a donné la permission. Gabriel s'est ainsi calmé.

— Que veut dire le verbe comparer ?

— …

Gabriel ne répond pas. Il échoue aux épreuves de vocabulaire. Il ne peut nommer les objets dont on lui montre une reproduction simplifiée. Ce n'est pas une question d'intelligence, explique sœur Anne au Dr Ferron qui acquiesce, mais tout simplement que, vivant anonyme dans une salle sans jouets et surtout sans livres, il n'est jamais entré en contact avec les objets qu'on lui montre à l'instant ou avec les mots qu'on lui suggère.

Lorsque Julien pénètre à son tour dans la salle d'examen — ce qui était jadis son ancienne classe —, son premier regard est pour la fenêtre, même si le Dr Ferron semble plutôt chaleureux. Il s'assoit sur une chaise droite. L'estrade de l'institutrice est encore là, mais le Dr Ferron a pris soin de descendre le bureau et de l'installer au milieu de la pièce. Sœur Anne sourit à l'enfant qu'elle sent intimidé. Elle pense aussi à sœur Odile qui est bien nerveuse en ce moment.

Julien reste indifférent aux attentions du médecin. Une table plutôt large le sépare du Dr Ferron. Le sourire affable, relevant la tête, le psychologue demande :

— Tu penses souvent à ta mère, je crois ?

Julien est surpris par la question. Il ne l'attendait pas. Son visage est tendu, ses yeux sont inquiets. Il trouve le courage de ne pas répondre à cette question.

Le Dr Ferron ne peut s'empêcher de regarder l'enfant qui, à l'évidence, l'émeut.

— Tu vois ce casse-tête, tu vas rassembler les morceaux. Tu as deux minutes.

Julien s'exécute rapidement. Le sourire du Dr Ferron le réconforte. D'autres tests suivent. Celui consacré au vocabulaire ne donne pas les mêmes résultats probants que les autres tests. Sœur Anne n'est pas inquiète. Le psychologue est conscient du retard académique de Julien et de ses compagnons.

Analysant ses résultats, le psychologue note sur la fiche de Julien Lenoir : «Cet enfant a un rendement intellectuel normal et est capable d'absorber une éducation et des apprentissages plus diversifiés que la moyenne des enfants d'ici. Il semble assez bien adapté et a atteint la maturité affective des enfants de son âge mental.» Le Dr Ferron place le dossier de Julien sur la pile des éducables comme il l'a fait pour la fiche de Vincent.

Les Drs Marsan et Ferron sont maintenant dans les locaux réservés, pour quelques jours encore, à la direction des études. Des manuels de psychologie et de pédagogie modernes jonchent ici et là une grande table rectangulaire. De grands cartons blancs fixés au mur affichent le programme de certaines activités scolaires. La directrice est là, sombre, en présence de l'ancienne directrice des études, sœur Martine Joseph, et de sœur Anne Germain.

— Alors ? lance cette dernière, désireuse d'en finir au plus tôt.

C'est le Dr Ferron, plus libre que les autres, puisqu'il doit quitter l'ancien Mont de la Charité dès le lendemain, qui répond. Indiquant les dossiers qui ont été posés sur la longue table de conférence, il tranche d'une voix où pointe un espoir :

— Alors voilà ! Des quatre cents enfants examinés, environ trois cent cinquante sont éducables.

— Trois cent cinquante !

La sœur directrice s'en étouffe presque.

— En effet, trois cent cinquante, reprend, cassant, le psychologue. Et sans doute une bonne moitié des autres, ajoute-t-il en pointant la pile de dossiers la plus basse, si on était en mesure de leur donner ailleurs une vraie chance !

Sœur Anne se réjouit de ce qu'elle entend. Elle pense bien sûr à Gabriel.

— Et ceux-là doivent, de toute urgence, quitter l'hôpital de la Charité, tranche, nettement agacé, le Dr Ferron.

Sœur Martine Joseph est visiblement ébranlée.

— Cela, vous en êtes conscient, ne pourra se faire en quelques jours, lance-t-elle désespérée.

— Le plus tôt sera le mieux, tranche encore le psychologue. Le gouvernement a été explicite : les éducables doivent partir. Et ceux qui resteront seront considérés comme des malades mentaux. Internés comme tels, et traités comme tels. Sans autorisation de sortir.

— Nous trouverons bien une solution, propose plus qu'elle l'affirme sœur Martine Joseph, qui sent bien l'indignation du Dr Ferron.

Celui-ci regarde longuement les deux dirigeantes. Puis il hausse les épaules en signe d'impatience. Et il se retire, non sans leur servir une sérieuse mise en garde :

— Pensez-y bien, mes sœurs. C'est avec l'avenir de ces enfants que vous jouez.

Les deux directrices remercient les deux hommes qui se dépêchent de quitter le bureau. Maintenant qu'elles sont seules, les deux religieuses tentent de soupeser les conséquences des évaluations du Dr Ferron. C'est la catastrophe, pensent-elles.

Dans l'après-midi, la directrice, sœur Agnès de la Croix, se présente seule au bureau du Dr Marsan. Elle a donné congé à sœur Martine Joseph et à sœur Anne Germain. Le Dr Marsan la reçoit avec affabilité. Il invite la religieuse à s'installer confortablement dans un des nombreux fauteuils de son bureau. Car ce bureau, que certains diraient trop grand, témoigne bien de la considération qu'on porte aux membres du corps médical.

— On m'a dit que votre bien-aimée supérieure était enfin rentrée, susurre le directeur médical.

— Sœur Étienne de la Trinité, oui, reprend la directrice.

— Elle a fait bon voyage ? interroge le médecin.

— Très bon ! s'exclame sœur Agnès, fière de sa supérieure. Nous espérons pouvoir, dès cette année, ouvrir deux ou trois établissements aux États-Unis, en plus des quarante-neuf que nous administrons déjà, comme vous le savez.

Le Dr Marsan hoche la tête, visiblement impressionné. La directrice peut donc poursuivre.

— Et possiblement un autre l'an prochain en Alaska.

— Quelle grande œuvre vous accomplissez là, vous et votre communauté, lance, enthousiaste, le Dr Marsan.

Sœur Agnès de la Croix jette un regard vers les dossiers.

— Oui, les dossiers, je sais… Je termine à l'instant même, ma sœur, lance-t-il avec un bon sourire, en allant s'installer dans son propre fauteuil. J'ai promis que ce serait prêt aujourd'hui. Et je tiendrai parole. N'en doutez pas.

La directrice se détend, même si le directeur médical prend plaisir à tourner autour du pot.

— Vous le savez, ma mère, dès ses débuts, le Mont de la Charité était une école spécialisée dans l'éducation des enfants déficients. Dès sa fondation, il a reçu de tels enfants. Ainsi que l'indiquent, encore aujourd'hui, leurs fiches ; ils avaient un quotient intellectuel de 50 à 80. Dès 1950, ils étaient donc considérés comme déficients.

— Mais enfin, insiste sœur Agnès, je sais tout cela.

— Le nouvel hôpital de la Charité, poursuit le Dr Marsan, ne fait que confirmer sa vocation pour la déficience. Ce n'est pas à vous que je vais l'apprendre, cette clientèle de l'ancien Mont de la Charité, devenu maintenant un hôpital, était considérée comme déficiente et subventionnée à cette fin.

Le Dr Marsan montre enfin du doigt les deux piles de dossiers devant lui. Une très épaisse à droite, l'autre, très mince, à gauche. Avec un œil malin, il guigne aussitôt la pile de droite. Puis s'empare du premier dossier. L'ouvre. En retire l'évaluation faite par le Dr Ferron. Insère un nouveau formulaire à l'usage exclusif de l'hôpital. Sur la ligne réservée à cet effet, au-dessus du titre de directeur médical, il signe d'un geste ample et énergique, et d'une écriture ampoulée. Le Dr Marsan lit à haute voix le nom du patient. À chaque dossier, la même routine est reprise. Sœur Agnès de la Croix esquisse un imperceptible sourire. Elle est soulagée.

Ainsi, le Dr Marsan, avec un détachement évident, signe à la chaîne. Allègrement. Tout en poursuivant sa conversation mondaine avec la directrice du nouvel hôpital de la Charité.

•

Sœur Odile et sœur Anne terminent leur repas du soir et décident d'aller se promener dans les jardins réservés à la communauté. Au début, sœur Odile tient des propos énigmatiques, mais ceux-ci se précisent de plus en plus.

L'officière de la salle Saint-Gérard sait très bien que sœur Anne Germain possède la clef du bureau où sont rangés les dossiers des enfants, dans lesquels sont consignés leurs évaluations psychologique et médicale.

— Je veux juste voir le résultat des tests, insiste l'impatiente sœur Odile.

— Vous savez bien que c'est confidentiel, tranche sœur Anne.

— Je vous en prie. Je resterai discrète.

— Vous pensez à Julien, hein ?

— Ce n'est pas une faute d'aimer les enfants.

— Oh ! Je ne vous le reprocherai jamais… Vous me promettez d'être discrète ?

— Je vous le promets.

Sœur Anne et sœur Odile sont diligentes. Aussitôt dit, aussitôt fait. Le bureau est éclairé par cette lumière qui met en relief les boiseries. Nerveuses, les religieuses sont peu habituées à la clandestinité.

Elles s'approchent du classeur métallique. Sœur Anne tire le tiroir vers elle. Une multitude de noms surgissent au même moment. Sœur Odile a vite dirigé son regard vers la lettre L. Elle repère le nom de Julien Lenoir.

— Vous permettez, sœur Odile, je vais sortir le dossier moi-même.

Sœur Anne est la première à constater l'irréparable. Une infâme déclaration concernant Julien la met hors d'elle-même, la scandalise, l'horrifie même.

— Il y a quelque chose d'anormal ? demande sœur Odile qui craint le pire.

— Lisez, ça va vous fendre le cœur.

Sœur Odile est transpercée d'une douleur subite. Ses genoux fléchissent et ses mains tremblent. Elle relit la fiche pour s'assurer qu'elle ne délire pas :

ASPECTS PSYCHIATRIQUES
Évaluation : Arriération mentale, Q.I. 77
Évolution : État interstationnaire
Diagnostic final : instabilité émotionnelle

Il est question de Julien. Son Julien. Désemparée, affolée par tant d'absurdité, sœur Odile éclate en sanglots. Sœur Anne lui apporte d'autres dossiers, ceux de la salle Saint-Gérard.

— Julien n'est pas le seul.

L'institutrice, d'une voix chevrotante, chevrotante, lit : Gabriel Bastien : débilité mentale (Q.I. 67), Antoine Mallard : débilité mentale (Q.I. 66), Vincent Godbout : déficience mentale (Q.I. 69).

— Arrêtez, sœur Anne, je vous en prie. Je n'en peux plus. Quittons ce bureau. Allons prendre l'air.

Les deux religieuses n'ont pas le temps de faire un seul pas qu'elles entendent la voix de sœur Agnès de la Croix, dans l'embrasure de la porte. Sœur Martine Joseph est à ses côtés.

— Que faites-vous ici, mes sœurs ?

Toutes les deux sont confuses, elles restent figées, se regardent, affrontent ensuite le regard de leur directrice.

— Je vous ai posé une question.

La colère de sœur Anne a de quoi surprendre sœur Agnès, venant d'une institutrice habituellement si effacée. Sœur Anne oublie momentanément sœur Odile, se dirige vers la porte, bouscule sœur Martine et quitte le bureau dans un fracas de robe froissée et de chapelet peu exemplaire.

— Voulez-vous bien me dire ce qui se passe ici ? demande sœur Agnès à sœur Odile.

— Nous avons vu les évaluations. Il y a certainement des erreurs.

La directrice des études, sœur Martine Joseph, prend un dossier dans le classeur laissé ouvert. L'ouvre au hasard. Elle en prend un autre. Puis un autre. Elle est visiblement perturbée.

— Mais enfin, mes sœurs. Il faut faire confiance aux médecins. Ce sont eux qui ont évalué les enfants, précise sœur Agnès.

— Il y a erreur, je vous dis, répète sœur Odile.

À son tour, la directrice consulte les dossiers. Elle reste imperturbable.

— Si le Dr Marsan a signé…

Sœur Odile lui tourne le dos et quitte le bureau. Les deux autres religieuses entendent ses talons dans le corridor. Ayant replacé les dossiers, sœur Agnès de la Croix ferme à clef la porte du bureau. Dans le long corridor qu'elle emprunte, elle fait de la directrice des études une confidente et tire, pour elle, une conclusion personnelle.

— Il faut, ma sœur, que nous considérions tout cela, qui nous est imposé, comme l'expression de la volonté divine. Une épreuve que Dieu réserve à ceux et celles qu'Il aime.

•

— Oui, sœur Anne, insinue sœur Agnès, nous estimons que votre clairvoyance pourrait être plus utile ailleurs et que votre agressivité profiterait également d'un répit.

Le ton est dur. Cassant. Il ne laisse aucune place à l'équivoque que la directrice aurait pourtant aimé entretenir. Elle durcit le ton.

— Vous êtes nommée ailleurs. Voici votre nouvelle affectation.

Sœur Anne darde son regard sur sœur Agnès, qui reste imperturbable. Sœur Anne prend l'enveloppe qui lui est tendue.

— Et pourquoi donc dois-je partir ?

— À cause de votre influence néfaste auprès des autres religieuses, répond sèchement la directrice, qui a décidé cette fois de laisser tomber les masques.

Sœur Anne est, pendant un instant, tentée de répliquer. Puis elle décide de se taire.

— Et quand dois-je partir ?

— Vous avez deux jours pour mettre de l'ordre dans vos affaires, tranche rapidement sœur Agnès.

Sœur Anne Germain quitte le bureau et se rend tout droit à sa chambre. La lumière de cette fin d'après-midi projette des rayons affaiblis sur le visage de la religieuse, debout devant la fenêtre. Elle ouvre l'enveloppe et ses yeux vont tout droit aux mots les plus saisissants : prochaine mission, Cameroun, Afrique centrale, soin des lépreux. Elle est catastrophée. Les autres informations ne l'intéressent plus. Plus rien n'existe de raisonnable en ce monde.

Sœur Anne quitte à l'instant sa chambre, descend un étage et se dirige vers la salle Saint-Gérard. Sœur Odile la reçoit dans sa chambre. Devant le visage défait de sœur Anne, elle s'approche en douceur de l'institutrice et la prend par les épaules. Celle-ci se dégage aussitôt.

— Qu'allons-nous faire ? demande sœur Odile.

Sœur Anne relève la tête, se tourne vers sa compagne et, résignée autant que mortifiée, murmure :

— On m'envoie en Afrique soigner les lépreux.

— Ce n'est pas vrai, réagit fortement sœur Odile. Si loin ! On se débarrasse de vous, mais qu'allez-vous faire, pour l'amour de Dieu ?

— Obéir, ma sœur. Comme on nous l'a appris.

Sœur Odile ne sait plus que penser. Elle lance à brûle-pourpoint :

— Je vais aller voir l'abbé Arsenault.

— Si vous pensez qu'un simple aumônier peut faire quelque chose, vous vous faites beaucoup d'illusions.

Sœur Odile est intimidée par la lucidité impitoyable de sa compagne. Peut-être a-t-elle raison.

— Bon courage, sœur Anne. Vous en aurez besoin, lance avec beaucoup d'affection sœur Odile.

— Et vous qui restez, vous en aurez besoin aussi. Plus que moi peut-être. Les enfants ont besoin de vous.

Dans ce long corridor qui la conduit au bureau de l'aumônier, la démarche de sœur Odile est hésitante. Déçue, elle ne peut s'empêcher, bien égoïstement se dit-elle, de penser à Julien.

Comme la religieuse entre dans le bureau, après avoir frappé, l'abbé Arsenault referme aussitôt son bréviaire.

— Entrez, je vous en prie. Assoyez-vous.

Sœur Odile annonce le départ de sœur Anne pour le Cameroun. Elle va prendre soin des lépreux. L'abbé Arsenault fronce les sourcils.

— Il ne faut pas juger les autorités.

— Mais quand donc, monsieur l'abbé, allez-vous ouvrir les yeux ? De qui devenons-nous complices ?

— Les intentions de Dieu sont insondables. Vous n'avez pas à vous juger vous-même. Je vous conseille d'aller vous reposer. Vous aurez les idées plus claires demain.

En réalité, l'abbé Arsenault cache ses vrais sentiments. Il est plus perturbé que ne le laissent croire ses paroles. Lui aussi ne sait plus que penser de la situation. Il est profondément troublé.

Sœur Odile quitte le bureau de l'aumônier et se réfugie directement à la chapelle. Ce qu'elle cherche, maintenant, c'est le silence. Pour mieux comprendre ce qui, à l'instant, échappe au sens même de sa vie religieuse : l'obéissance.

Mars 1955

À peine trois dizaines de jeunes sont transférés dans un nouveau centre de réadaptation, l'institut Doréa, qui doit prendre la relève du Mont de la Charité. De là, on veut permettre aux jeunes, affirme sœur Agnès, de s'intégrer plus facilement au marché du travail montréalais.

— Des cent cinquante enfants que reçoit Doréa, seulement vingt-neuf viennent de l'hôpital de la Charité, précise sœur Agnès. Cela signifie, monsieur l'abbé, que Doréa accueille des enfants provenant d'ailleurs, très peu de l'ancien Mont de la Charité. Doréa ne peut donc se charger de l'éducation des nôtres comme elle en a pourtant le mandat.

— Hélas ! ma sœur, réplique sèchement l'abbé Arsenault, cela implique qu'environ trois cent quarante enfants éducables demeurent à l'hôpital de la Charité. Vous avez raison, Doréa n'a pas constitué une solution efficace. Bien au contraire.

Les responsables de l'hôpital de la Charité sentent le besoin de savoir, de se justifier et, s'il y a lieu (ce qu'elles sentent confusément), de mettre les choses au point.

Les événements, d'ailleurs, se sont bousculés de manière assez incroyable depuis le changement d'orientation de l'ancien Mont de la Charité. Des enfants sont partis, d'autres sont restés dont on n'a jamais clarifié totalement le statut. D'autres encore — pour la majorité des patients d'autres hôpitaux psychiatriques, et au premier chef de Saint-Jean-de-Dieu — sont arrivés, apportant avec eux leur lot de problèmes.

Sœur Agnès étudie les chiffres jusqu'à en avoir le vertige. C'est à elle seule de décider ce qui a été et ce qui devra être. Les données sont implacables, incontournables. En ce mois de mars, les autorités comptent plus de neuf cents patients dont les dossiers sont souvent incomplets ou erronés. De quoi, bien sûr, satisfaire Québec, se dit ironiquement la supérieure. Québec, qui demandera bientôt des comptes. Et qui exigera forcément qu'on passe rapidement de ces neuf cents à plus de mille. Qu'on respecte donc les engagements dûment signés. Afin de mieux toucher le million annuel promis.

Sans compter que la charité, commence à penser l'abbé Arsenault, est visiblement absente entre ces murs et que la thérapie d'incitation au travail manuel qu'on impose aux jeunes est une manière fort habile de réduire les frais d'exploitation.

Le malaise est d'ailleurs partout sensible dans l'ancien Mont de la Charité rebaptisé « hôpital ». Sensible pour qui veut bien le voir. Les officières en parlent entre elles. Ouvertement. Et si souvent avec l'aumônier, l'abbé Arsenault, que la supérieure en vient à se demander s'il n'y a pas de complot là-dessous et si on ne cherche pas à miner cette réforme qu'elle a bel et bien promis de mener à bien. Car c'est ce qu'elle fera.

Comment se peut-il que des religieuses, supposément obéissantes, tentent de poursuivre l'œuvre d'éducation des enfants, s'en cachant à peine, comme si elles croyaient ainsi répondre aux vœux secrets des hautes autorités ? La directrice tourne longtemps la question dans sa tête, sans vraiment y trouver de réponse.

C'est l'abbé Arsenault qui, de plus en plus préoccupé par le sort réservé aux enfants, impose ses vues.

— La situation est tout simplement intenable, lance-t-il sans qu'on l'y ait invité. Intenable ! Et inacceptable !

La directrice, qui ne veut pas voir, encore moins entendre, se fait cynique.

— Il me fait plaisir de vous l'entendre dire, monsieur l'abbé, lance-t-elle d'une voix malgré tout balbutiante.

— Non seulement nous traitons ces enfants comme de vrais débiles, mais nous leur imposons des tâches quotidiennes inhumaines. Nous allons en faire de vrais fous.

— De vrais fous ! Vous y allez un peu fort, monsieur l'abbé. Nous avons des problèmes, je ne songe pas à vous le cacher, mais ils ne sont pas si dramatiques que vous le dites.

— Pas si dramatiques ! ironise l'aumônier. Nous forçons des enfants normaux à côtoyer quotidiennement de vrais fous, et vous dites que ce n'est pas dramatique. Depuis quand ne vont-ils plus à l'école ?

— Nous ne sommes pas là pour nous disputer, rétorque la religieuse avec un sourire qui se veut compréhensif, quoique hautain, mais bien pour chercher des solutions.

La supérieure marque une pause. Puis enchaîne sur un ton qu'elle veut celui de la responsabilité même :

— Que pouvons-nous faire ?

— Que devons-nous faire ? corrige l'abbé.

— Ce n'est qu'une question de temps. L'institut Doréa va bientôt les prendre.

L'abbé Arsenault hoche la tête. Hausse impatiemment les épaules. Laisse retomber les bras. La réaction est si éloquente que la mère supérieure en perd ses moyens.

— L'institut Doréa — et l'aumônier pèse ses mots —, l'institut Doréa va bientôt en prendre vingt-cinq, peut-être trente. J'ai vérifié.

— Mais on nous avait dit... s'indigne sœur Agnès.

— On vous a induite en erreur, reprend l'abbé, cassant. L'institut n'a ni les places suffisantes ni les moyens d'en prendre plus.

L'abbé Arsenault regarde longuement la directrice. Puis il poursuit :

— Alors, qu'allons-nous faire de ces enfants ? Vous pouvez me le dire ? En octobre, nous avions, selon le Dr Ferron, quatre cents enfants « éducables ». De ce nombre, vingt-cinq peut-être iront à Doréa. Ça nous en laisse toujours trois cent soixante-quinze, auxquels il faut ajouter une centaine que nous avons admis depuis le début de l'année car, vous le savez bien, nous avons continué à admettre des éducables même si nous ne pouvons les éduquer.

— La société leur offre un toit et de l'aide, réplique sœur Agnès, en attendant que tout rentre dans l'ordre. Que pouvons-nous faire de plus ?

— Toucher votre chèque de un million, ironise l'aumônier, dès que vous aurez mille malades…

Le silence est si pesant qu'on entendrait voler une mouche. L'aumônier regarde à nouveau la religieuse au fond des yeux. Comme s'il attendait vraiment une réaction au commentaire ironique qu'il vient de lancer à la figure de la directrice. Celle-ci se décide pourtant à reprendre les choses en main, usant du « nous » de majesté et non du « je » plus personnel :

— Nous n'aimons pas plus cette situation que vous, monsieur l'abbé, mais nous devons, et nous devrons vivre avec… Nous en parlerons aussitôt que possible avec le Dr Marsan, notre directeur médical. Nous trouverons bien une solution.

•

Dans la cour, Julien est blotti contre un poteau au haut duquel un haut-parleur se fait entendre. Il écoute une chanson qu'il croit composée pour lui seul. Les mots de la chanson *Les enfants oubliés* l'envahissent tout entier. Il note dans son calepin la dernière phrase : « Mé ce son les enfant du bon dieu ». Les mots de Julien le ramènent à ce qu'il connaît le mieux. Se retrouver, retrouver les autres passe par les mots.

Pensionnaire depuis sa naissance, à quoi Julien peut-il penser d'autre ? Bien que parfois inhospitalier, un autre monde est en lui. Il le sent. Comment y accéder ? Julien ne peut pas ne pas s'imaginer un autre monde. Dehors existe. Il le sait.

Couché dans son lit étroit, la tête à quelques centimètres de celle de Vincent, Julien observe Gabriel, deux lits plus loin. Le visage de son ami Bastien, sans doute est-ce un effet d'éclairage, semble alors une surface plane, étale, que rien n'a jamais atteinte et que rien n'atteindra plus, dirait-on.

Le dortoir est triste et sœur Odile est troublée. Elle regarde les garçons comme si elle espérait les protéger, égrenant les prénoms comme on lui a appris à le faire avec les grains de son chapelet : Julien, Vincent, Gabriel, Antoine, Frédéric. Ce soir, elle ferme les lumières une demi-heure plus tard qu'à l'accoutumée. La nuit s'étend doucement dans tout le dortoir.

Julien est terrorisé. Il n'arrive pas à s'extraire du grillage, il fait des pieds et des mains pour se libérer. Il hurle comme un damné. Il est seul, maintenant, au milieu d'une pièce éclairée par une ampoule nue. Il est assis sur une chaise berçante qui n'a que deux pieds. La chaise se transforme en loup à quatre pattes. La plainte de l'animal lui déchire l'âme. Il étouffe. Il va mourir.

Julien sort de son mauvais rêve. Il voit, penchée sur lui, sœur Odile qui le retient. Julien se ressaisit.

— J'étais en train de dormir lorsque ça m'est arrivé, dit Julien à sœur Odile.

— Tu as fait un cauchemar, Julien. Viens, je vais te donner une serviette d'eau froide. Ça va te rafraîchir.

Julien sait comme un enfant qui sait. Il lui manque seulement l'âge pour s'exprimer. Julien ignore qu'il y a des expériences qui inhibent longtemps toute expression.

Sœur Odile s'approche à nouveau du lit de Julien. Il dort, cette fois-ci. Elle sort, une fois de plus, ses mains de sous sa couverture grise rayée d'une bande rouge aux extrémités, les couvre des siennes, les cajole. Les mains chaudes de Julien lui font du bien. Elle quitte le lit pour rejoindre sa chaise berçante d'où elle aura une vue générale du dortoir.

Sœur Odile s'est assoupie. À son tour, elle rêve. À des enfants qui jouent, crient et se chamaillent. Puis, progressivement, les robes noires pâlissent. L'hiver s'installe dans le corps des orphelins. L'officière, figée dans son froid intérieur, observe un environnement de plus en plus blanc. Les costumes des religieuses perdent même leurs contours et se fondent lentement sur la toile blanche. Il n'y a plus que cela : du blanc, jusqu'à l'infini dans son corps emprisonné. Derrière les fenêtres de givre, plus un seul cri...

De la salle devenue blanche elle aussi, un son dur, cassant, évoque les barreaux des prisons et les portes qu'on y referme violemment. Julien, Vincent, Gabriel et les autres, tous en jaquette blanche, sont prisonniers. Leurs corps fluets errent dans l'asile. Sœur Odile les fixe sans ciller. Elle reste là, figée, hiératique, saisie d'une immense et terrible douleur au cœur.

CINQUIÈME PARTIE

Les grands désemparés

Octobre 1957

Julien éprouve une tristesse indicible. Il se sent vieillir. Comme Antoine. Ce dernier est devenu un grand adolescent ligoté dans un corps effilé, marqué par la blancheur de sa peau. Au moment de la récréation du midi, tous deux se lancent dans une course sans but. C'est le seul moyen qu'ils ont trouvé pour se dégourdir les jambes, se réchauffer, et pour donner à leur existence un rythme imprévisible. Pour faire changement. Tout simplement.

Le temps passe. Et les images coulent l'une sur l'autre. L'abbé Arsenault qui se souvient d'eux à sept, huit ans, et qui les regarde aujourd'hui, note bien sûr les changements.

Julien, dont sœur Odile ne cesse de lui parler, s'est affiné, sans perdre, remarque-t-il, cette fragilité physique et émotive qui le laisse si démuni face au moindre geste de tendresse. Sensible, hypersensible se dit l'aumônier, l'adolescent n'a pas perdu sa détermination, pas complètement tout au moins. Elle se lit encore dans son regard qui est l'affirmation et la défense forcenée de ce qui lui reste de personnalité, qui est ténacité du langage dans ses calepins dont sœur Odile sait, à l'insu de Julien, ouvrir une page restée obstinément secrète...

Vincent, si spontané quand il était enfant, s'est fermé progressivement. À simple, double, triple, quadruple tour... Jusqu'à ne plus présenter, la plupart du temps, qu'une surface froide, lointaine, rébarbative. L'abbé a bien observé l'ami de Julien : il n'a rien perdu de sa beauté, mais celle-ci s'est faite ténébreuse comme on dit parfois d'un caractère renfermé. Julien dirait, s'il savait, s'il avait les mots, que son ami a acquis une « personnalité à tiroirs ». Qu'il est heureux un court instant ; profondément malheureux l'instant suivant. Instable et sombre, désespéré la plupart du temps. L'abbé Arsenault a, jusqu'ici, retenu les sentiments réels qu'il éprouve pour Vincent en qui il reconnaît son impétuosité naturelle, mais le jeune garçon est si farouche !

Quant à Gabriel, son état inquiète sérieusement l'aumônier. L'adolescent renonce de plus en plus à parler parce qu'il bégaie. Le jeune garçon de quatorze ans s'est arrondi, ne trouvant de plaisir certain et régulier à l'hôpital de la Charité que dans la nourriture, pourtant si médiocre. S'il continue à surprendre et à étonner ses amis — dans la veine comique —, il est de plus en plus fréquemment frappé, écrasé, pense plutôt l'abbé Arsenault, par ses crises d'épilepsie. Bien qu'il déteste ses médicaments, Gabriel en a besoin pour dormir.

Frédéric. Il attend encore la mère qu'il a imaginée et qui bien sûr, dimanche dernier, n'est pas venue. Il a crié, s'est contorsionné. Il a couru en tous sens. Cela n'a rien changé. Il a pleuré et, toujours, il n'y avait personne pour lui venir en aide. Sœur Odile, impatiente, elle qui a toujours en horreur de telles manifestations, a perdu la maîtrise du jeune garçon. Une fois de plus.

— Espèce de grenaille[1] ! Tu es un enfant du péché, c'est le bon Dieu qui te punit, dit-elle à la manière d'une sentence.

Sœur Odile, devenue subitement méchante, se venge. Elle lui fait porter à l'envers, coutures en dehors, son pyjama. Pour le ridiculiser. Pourquoi ajouter une humiliation à la souffrance ? se demande d'ailleurs Julien dans son calepin. Témoin silencieux de ce que vient de subir Frédéric, Julien ne comprend pas la sévérité excessive de celle qui est tout autre avec lui. Car c'est autant à sa manière de l'aimer qu'à sa manière de détester certains de ses compagnons que se révèle la nature profonde de sœur Odile.

---

1. Espèce de mauvaise graine !

Roger aussi est de moins en moins visible, pense encore l'abbé. Lorsque, dans la salle aux lavabos alignés, il se voit dans un miroir, Roger s'écrie : « On té suivi. » Depuis longtemps, il n'articule rien d'intelligible. Depuis un mois, Roger porte un bavoir dont il ne veut pas se défaire, même entre les repas.

Roger est un enfant démuni de tout, y compris du plus essentiel, les mots. Il s'abandonne à la part la plus inaccessible de lui-même. Sur sa chaise berçante, il bascule — on dirait pour toujours — dans un sommeil réel.

•

À la salle Saint-Gérard, les garçons sont occupés à faire leur toilette matinale. Julien, penché sur le lavabo, torse nu, se brosse les dents. Il se gargarise bruyamment comme pour contrer le silence de ce rituel journalier. Puis il endosse son chandail. Il se dirige vers les toilettes. Il doit alors passer devant la cellule qui est l'expression visible de l'ordre régnant. Ceux qui font preuve d'« agitation excessive », selon l'expression de Donatien Legault, y font de courts séjours.

Les jours s'écoulent toujours semblables à eux-mêmes. Julien, qui a depuis longtemps épuisé tout espoir d'un répit, s'ennuie. Il regarde par la fenêtre, rêvant d'aller courir, le corps nu, sous le soleil. Il rêve à la simplicité des choses.

Chaque jour, depuis deux ans, l'adolescent vit les heures l'une après l'autre ; heures sans importance réduites au tic tac aliénant de l'ennui. L'heure des repas sonne comme une cloche au fond de son âme qui se morfond. Il mange les mêmes choses au même moment, au même endroit et à l'année longue. Le gruau le matin, la soupe tiède et le bœuf en cubes ou la viande hachée le midi, avec une purée de patates à l'allure fadasse. Chaque repas est un fardeau quotidien. Il a besoin de distractions, de changement, et dans son horaire et dans son estomac. Ce soir-là, dans son calepin noir, Julien dessine la forme d'un château cassé en deux comme l'enfant de la salle où il travaille, un enfant qui n'a pas toute sa tête. S'impose à lui l'idée d'un royaume définitivement perdu. Il y a belle lurette que lui et ses amis ne sont plus les enfants du château…

Julien fixe le dessin, puis il se relit. Soudain, il parcourt chaque page à toute allure. S'y trouvent des lambeaux de phrases échappés de l'asile qui ne correspondent pas à sa vie d'hôpital. Entêté, il sait qu'il les a écrits hors des murs et de l'espace. Encore ce soir, il cherche un hors-temps à son existence. Il se donne aux mots pour se soulager. Il s'invente là une vie plus vraie que celle qu'il vit. Julien écrit ses calepins à lui. Dans ces pages noircies, il lui semble que ses pensées et ses sentiments lui appartiennent. Écrire engage Julien dans des choses nouvelles qui l'étonnent, certes, mais qui le satisfont. Il écrit pour avoir de la mémoire, pas seulement pour transcrire celle de l'ennui.

Lorsqu'il écrit, Julien tient compte du temps. Il écrit maintenant le nom du jour. Cela lui suffit. La plupart du temps, il ignore la date. Parfois, sœur Odile inscrit elle-même le jour, la date, le mois et l'année. Cela n'offusque pas Julien. C'est lorsqu'il relit ses premiers calepins que Julien s'aperçoit qu'il a un passé. Il sait alors qu'il n'est pas fou puisqu'il se rappelle son passé. Ce qui est sa chance, pense-t-il. Il n'est pas au bord de la folie, comme Roger qu'il observe présentement.

Crayon aux lèvres, soudain, il capte une question qui lui traverse l'esprit. Julien la refile aussitôt à Vincent:

— C'est quoi un fou?

— C'est comme Roger, tranche Vincent.

Julien est confondu par sa réponse directe, d'autant que Vincent en rajoute.

— Tu vois bien. Regarde ses bras. C'est comme s'ils étaient de trop. Pis quand il mange, y mâche comme un malade mental.

Julien ne peut contredire son ami. Et puis il n'a pas envie de se raconter des histoires. Roger, il le voit bien, agit comme un automate. Son comportement est massivement débile. Voilà ce qu'il pense vraiment. Puis, négligemment, comme pour ne plus y penser, Julien se replonge dans un petit livre pieux sur lequel il a réussi à mettre la main à cause des saintes images qui s'y trouvent. Il en connaît d'ailleurs le texte par cœur.

Pour sa part, Vincent se referme. Il se comporte comme s'il avait peur de tout le monde, particulièrement de sœur

Magellan qui ne peut lui effleurer un bras sans qu'il sursaute, alors qu'elle l'a visiblement pris depuis peu en affection. Et il refuse systématiquement d'en parler, renvoyant ainsi Julien à ses interrogations. Puis, il y a Gabriel. Gabriel qui semble constamment au bord d'une de ces crises qui effraient tant Julien. Comme en ce moment.

La voix de Gabriel, si peu assurée, éveille pourtant l'attention de Julien. Son ami séchant, une fois de plus, devant la plus simple des questions. Julien, qui se rappelle l'anecdote de « l'île » et de l'examinateur prétentieux d'autrefois, a l'impression de revivre éternellement la même scène. Sur sa chaise berçante, Gabriel est à l'abri comme dans un cercle. Dans les faits, il cède à une vie où l'effort n'a plus ni place ni sens. Julien retourne à son livre illustré.

•

Le regard oblique et le sautillement constant de la paupière indiquent l'énervement soudain de Gabriel. Le mouvement des membres s'accélère. Julien observe le défilé de spasmes pareils à des vagues de dérive nerveuse ou d'agressivité incontrôlée. Gabriel tremble sur le plancher. Sa langue se projette par saccade hors de sa bouche. Un cri rauque envahit la salle. L'écume à la bouche, Gabriel urine sur le terrazzo. Julien, qui a si longtemps eu peur de la démence, se sent un instant faiblir. Puis il se ressaisit aussitôt.

Pour éviter que Gabriel se morde la langue, Julien glisse entre ses dents un crayon jaune à mine HB qui lui sert à écrire dans son calepin noir. Puis il délace les souliers de Gabriel, desserre sa ceinture. Il tient sa tête entre ses mains qui lui servent d'oreiller afin que la tête ne se fracasse pas sur le sol froid. Les yeux de Gabriel se révulsent. La surface du plancher luisant — c'est l'horizon immédiat de Julien — multiplie des milliers de points noirs et de points blancs. L'image est affolante.

Gabriel gît maintenant inerte, mou, inconscient, peut-être même insensible. Sa respiration est bruyante. Il donne l'impression de dormir profondément. Son retour à la conscience se fait progressivement. Au réveil, il est perdu dans un brouillard, désorienté et courbaturé. Toutefois, Gabriel ne conserve aucun souvenir de sa crise.

Le dur moment passé, il semble à Julien que Gabriel se repose du monde. Jamais Julien n'associe ces divagations, devenues coutumières chez mon ami, à la maladie mentale. Julien croit plutôt à une « maladie nerveuse » grâce à laquelle son ami libère ses tensions.

Ce même soir de début d'automne, dans la salle Saint-Gérard, Gabriel et lui construisent une ferme. Ce n'est pas la première fois qu'ils s'adonnent à ce jeu. Ils font circuler dans la ferme des animaux miniatures. Les bâtiments en carton sont de couleurs vives et joyeuses. Une clôture délimite les lots. L'église, peinte en gris foncé, est leur pièce maîtresse. Julien a fait preuve d'une patience infinie. Il a recommencé le toit du clocher quatre fois. L'ajustement n'était jamais au point. Gabriel l'observe avec un certain étonnement. Concentré sur son village imaginaire mais réel, à ses yeux, il semble à Julien qu'il construit un univers dont la vastitude contraste avec cette salle étroite où cinquante enfants étouffent ensemble.

Gabriel reste toujours le même. C'est dans sa relation avec Julien et Vincent qu'il est le plus différent. Même sans mots, son regard parle à ses amis avec l'intelligence d'un adolescent de son âge. Heureusement complices, les trois amis se comprennent depuis toujours. Aussi Gabriel ne ressent jamais le besoin de se faire des amis. La double présence de Julien et de Vincent lui suffit. Avec eux, même diminué, il n'a pas à s'expliquer.

•

Dans le dortoir où les garçons se préparent pour la nuit, tout semble suspendu. Julien est appuyé à la fenêtre et regarde tristement tomber la pluie. Les notes d'une chanson défilent lentement dans sa tête et ne parviennent qu'à accentuer sa mélancolie : *Les enfants oubliés*. Ce refrain lui revient souvent en tête lorsqu'il est frappé, comme aujourd'hui, d'une espèce de nostalgie qui le ronge, qui le brise aussi. Puis, se tournant vers ses compagnons, il voit Vincent et Gabriel aussi seuls que lui, même si leurs lits sont côte à côte. Et si la pluie ne devait plus finir ? songe Julien.

Sous les draps, Vincent ne bouge pas. Il craint Donatien Legault qui attend la moindre incartade de sa part. Le moniteur passe sa main sous les draps, vérifiant si l'alèse rugueuse est mouillée. Vincent retient sa respiration mais ne peut s'empêcher, après le passage du moniteur, de mouiller son lit. La nuit est humide et malodorante. Le lendemain matin, les draps bien pliés retiennent une odeur d'urine forte. Julien n'en tient pas rigueur à son ami.

Le moniteur Legault a réuni tous les garçons dans un des coins du dortoir. Toujours ce même « coin des pompiers » comme il dit, où se retrouvent les enfants souffrant d'incontinence urinaire, et d'autres moins nombreux, d'incontinence fécale. Et Donatien Legault se livre là à une de ses opérations préférées. Il corrige, croit-il, ceux, nombreux, honteux et humiliés, qui souffrent, nuit après nuit, de cette carence chronique.

— Vous n'aurez pas de déjeuner. Aiguisez votre appétit le nez au mur.

Et il leur fait battre le sol en cadence, pieds nus, la tête contre le mur. De plus en plus vite, et de plus en plus fort. Ce rituel, aussi bête que cruel, humilie profondément les plus grands de la salle, et particulièrement Vincent, Antoine, Frédéric et Denis.

Julien sait ce qu'il y a d'éprouvant dans ce traitement avilissant. Il y a déjà goûté. Il ne peut s'empêcher de haïr plus encore Donatien Legault.

Janvier 1958

Julien pose sa tête sur le cou velouté de Jacinthe Brissette. Il y promène ses lèvres et le long corps mou de la jeune fille est parcouru d'un frisson qui le fait jouir. Le plaisir lui donne confiance. Son corps éclate au gré de touchers heureux dont Jacinthe profite. Entre eux, quatre jeunes mains s'émeuvent, deux sur des seins ronds et deux autres sur une chaude poitrine. Julien, qui n'a jamais rien su faire de sa tendresse, l'abandonne sur des lèvres délicieusement accordées aux siennes. Tout ce qui surgit en lui correspond à l'appétit le plus simple : le plaisir de la sensualité. Comme si cette sensualité était maintenant le moyen par excellence de rompre avec sa solitude. Le bien-être tressaille sous sa peau. Julien, les cheveux lumineux sous le vitrail de la chapelle, mélange tous ses désirs dans des baisers répétés. Dans ce décor romanesque et hautement spirituel, les deux corps soudés font malgré tout l'effet d'un arbre dénudé.

Depuis trois semaines, Jacinthe et Julien ont l'habitude de ces rendez-vous interdits. Ce n'est que depuis un mois que son ancienne princesse travaille à la sacristie. Ce que Julien adore de ces rencontres clandestines, c'est aussi la lumière qui rejaillit sur la chevelure de sa copine. « Tu es un romantique », ne cesse de lui dire Jacinthe, elle-même emballée par ce lieu secret qui abrite leurs rendez-vous secrets.

•

Dehors, tout est blanc. Une neige immaculée recouvre les champs qui dorment autour de l'asile. Janvier glisse sur un paysage glacial alors que le vent bute sur l'énorme structure de briques de l'hôpital de la Charité.

À la buanderie, située au sous-sol du Mont de la Charité, les draps sales s'amoncellent sur le plancher. L'immense pièce, mal éclairée, est peuplée de grandes laveuses et sécheuses, modèle industriel, que Gabriel remplit de draps souillés. Il les ramasse par grosses brassées et les pousse dans la machine, comme s'il roulait une grosse boule de neige.

Gabriel Bastien, qui vient d'avoir quatorze ans, travaille six jours par semaine à la buanderie. Bien qu'il soit fort occupé cet après-midi-là, il sent confusément une présence derrière lui. Une porte grince. Il se retourne. Un drap immense lui couvre, soudain, la moitié du corps. Comme si on venait de lancer un filet sur lui. Gabriel se débat. L'agresseur tente de maintenir le drap sur son visage mais en vain. Gabriel a réussi à se découvrir. Le drap vrillé lui ligote le corps. Donatien Legault, que reconnaît Gabriel, horrifié, noue durement la taille de l'adolescent, puis le projette brutalement sur l'amoncellement de draps sales près de l'immense laveuse automatique.

En ricanant, pour dominer ses propres peurs, apparaît un deuxième agresseur. Ce dernier sort de l'ombre où il s'était tapi. Un sourire malsain lui tord la bouche. Après avoir retourné Gabriel comme un vulgaire fétu de paille, le moniteur plie le corps fragile de l'innocent, à moitié couvert. Il baisse violemment le pantalon de sa victime, laisse tomber le sien sur ses chevilles. Il branle son pénis en érection dans le rectum de Gabriel qui se débat toujours avec des cris inhumains. Le jeune malade, qui attend son tour, a la langue pendante et les yeux en appétit. Au bord de la démence, comme en témoigne le rictus qui déforme son visage, l'autre complice prend maintenant son plaisir. Une ombre s'agite violemment sur le mur livide de la buanderie. Un hurlement désespéré retentit alors dans le silence glacé de la pièce. Un hurlement qui déchire l'âme même de Gabriel dont le corps, frappé comme au fouet par deux sexes démontés, est un orage fulgurant. Deux bêtes sauvages ont écoulé dans la violence leur surplus de sperme. Le blanc de l'asile, toujours le blanc…

— Si tu racontes ce qui vient de se passer, dit Legault d'une voix dure, on saura où et quand te retrouver.

Défait, Gabriel gît près de la grosse laveuse. Son immobilité suggère une impuissance atroce. Gabriel se sent souillé jusqu'au plus profond de lui-même, ne sachant plus où il est, ni où aller.

•

Gabriel est maintenant dans le cabinet du Dr Marsan. En compagnie de sœur Odile qui a trouvé l'adolescent muet et replié sur lui-même dans un corridor du sous-sol. Et c'est elle qui l'a emmené d'urgence chez le médecin. Ce dernier, perplexe, regarde le jeune garçon.

Les explications que Gabriel parvient enfin à livrer sont plutôt confuses. Il voudrait tout dire, mais il n'ose pas tant cela l'humilie et tant il est convaincu qu'on ne le croira pas et que cela, de toute façon, ne donnera rien. Et puis il a peur des représailles dont ses agresseurs l'ont si clairement menacé. Il ne sait donc dire entre deux sanglots qu'une seule chose : qu'il a mal. Encore et toujours. Comme en écho...

Le Dr Marsan est visiblement embarrassé. Il en a vu suffisamment au cours des cinq années qu'il vient de vivre ici et à Saint-Jean-de-Dieu pour deviner ce qui a dû se passer. Et aussi comment les choses se sont produites. Et quelles menaces on a dû faire à Gabriel. Les blessures que révèle l'examen physique ne laissent d'ailleurs aucun doute. Mais qui dénoncer si la victime continue à se murer ainsi dans le silence de sa douleur ? Cherchant sans doute un appui, le Dr Marsan regarde sœur Odile. Qui choisit, elle, de regarder pudiquement ailleurs comme si cet ailleurs allait faire disparaître le vice que révèle le corps déchiré de l'adolescent, vice dont elle ne saurait même admettre l'existence. Le médecin songe un instant à recommander une visite au psychologue, puis il y renonce. À quoi bon en effet si l'enfant refuse de parler ? Il se contente donc de soigner la blessure et de donner un calmant à l'enfant. Au dossier de Gabriel, le médecin inscrit ces mots : « Douleur ordinaire près de l'anus. Il s'agit probablement d'une fistule qui se ferme et s'ouvre alternativement. »

•

C'est soir de tempête. Les pensionnaires sont coincés dans la salle. Gabriel est toujours retiré dans un coin. Depuis quelques jours, il est trop défait pour qu'une seule punition corporelle soit la cause d'un effondrement psychique aussi profond. Si Vincent a deviné certaines choses, il n'a jamais su tirer au clair ce qui s'est réellement passé. C'est grâce à Julien que Gabriel est parvenu à parler.

— Je l'ai vu quand j-j'ai ôté le drap d-d'ma tête. Après, il m'a dit : « S-si tu p-parles, on saura où te t-t-trouver. »

La révolte est grande chez Julien qui jure de le venger. Tout son corps, désormais, est traversé par cette seule obsession : venger son ami. Vincent, plus impulsif, lui promet, comme à Gabriel d'ailleurs, de l'y aider.

— Viens avec nous, dit Julien, on commence tout de suite, on va aller voir sœur Odile.

Les trois amis croisent, sur leur passage, le regard interrogateur de leur moniteur. Gabriel prend vite le bras de Julien et s'y accroche jusqu'à la sortie de la salle. Sœur Odile apparaît au bout du corridor, conversant avec une autre officière qui s'apprête à prendre l'ascenseur. Ce qu'elle fait dès que les trois garçons s'approchent de sa compagne. Ils racontent alors à sœur Odile ce qui est arrivé à Gabriel.

Sœur Odile entend bien ce qu'ils disent mais reste imperturbable, comme si la douleur de Gabriel ne pouvait l'atteindre. Julien en est choqué.

— C'est ça, vous nous croyez pas !

— C'est très grave ce que vous dites là, trouve à répliquer sœur Odile.

— Vous nous croyez pas, hein ! c'est ça ?

Julien ne se maîtrise plus. Comme s'il était atteint aussi profondément que Gabriel. Comment sœur Odile peut-elle douter de lui ? Comment peut-elle ne pas l'écouter ?

Dans le corridor, sœur Odile reste à la traîne loin derrière les enfants. Une fois de plus, quelque chose entre elle et Julien vient de se briser. Il y a bel et bien cassure, même si elle n'en connaît pas immédiatement l'ampleur.

Inconsolable, Gabriel pleure dans la nuit. Douleur physique ou douleur de l'âme ? Julien, qui ne parvient pas à dormir, l'écoute impuissant. Puis il voit sœur Odile se pencher sur son ami et lui glisser une ou deux pilules.

— Dors bien, Gabriel ! Dors bien ! dit-elle avant de s'enfuir dans le silence appesanti du dortoir.

Deux jours plus tard, un visiteur se glisse dans la salle Saint-Gérard, au plus grand plaisir de Julien. Car, comme la plupart des pensionnaires, il aime bien l'abbé Arsenault, seule vraie présence masculine positive que les garçons connaissent.

L'abbé Arsenault s'entretient avec sœur Odile, sans qu'on puisse, dans le brouhaha quotidien des garçons, comprendre ce dont il peut bien être question. La seule chose évidente est qu'ils se disent des choses très sérieuses. Et préoccupantes, contrariantes même. Puis l'abbé Arsenault circule entre les tables. Il pose ici une question, s'arrête là pour répondre à celle que Vincent lui a posée, s'essaie ici et là à faire une blague...

Il s'approche finalement de Julien. Un peu gêné, ce qui ne manque pas de troubler le jeune garçon, il lui parle de choses et d'autres. D'un livre qu'il lui a prêté récemment, et que Julien n'a pas remis. Il s'informe de son travail auprès des nouveaux patients. Se sentant exclus et ne voyant aucun intérêt à cette conversation, les autres garçons laissent l'abbé seul avec Julien.

— As-tu une idée de ce qui est arrivé à Gabriel ? demande l'abbé Arsenault.

Julien ne répond pas immédiatement, mais quelques secondes plus tard, il commente la question de l'aumônier.

— Ça vous en a pris du temps pour me parler de Gabriel, dit-il, aussitôt inquiet.

Pris par surprise, l'abbé Arsenault en est réduit à se servir de faux-fuyants.

— Tu sais que Gabriel est maintenant affecté au nettoyage des corridors ?

— Être laveur de planchers, c'est un prix de consolation, je suppose ! rétorque sur un ton agressif Julien.

— Je sais, tu as de la peine pour ton ami. Si tu sais quelque chose, il faut nous le dire. Pour que nous puissions agir.

Et Julien et l'abbé restent là, un court moment, à fouiller la salle des yeux. Puis, leurs regards se confondant, ils découvrent Gabriel écrasé dans un coin, près d'un vieux cheval à bascule. À son tour, Julien se recroqueville dans un mutisme flagrant. Il a décidé de s'en tenir au plan qu'il a préparé avec Vincent et Antoine pour venger Gabriel. Avant de disparaître, l'abbé Arsenault laisse tomber ces mots en signe d'impuissance :

— Il faut des preuves, Julien. Des preuves. Sans ça, on ne peut rien faire.

•

L'abbé Arsenault reçoit Donatien Legault dans son bureau. Le moniteur est toujours étonné par la quantité de livres que l'aumônier possède. Il ne le lui dit pas, mais cela l'impressionne. Un petit air inquiet plane sur son visage. L'aumônier tente de lui expliquer qu'il a échappé à un renvoi.

— C'est normal, je suis innocent, réplique l'arrogant moniteur.

L'abbé Arsenault durcit son visage.

— Ce sont les preuves qui ont manqué.

— Pour sœur Odile aussi, il manque des preuves.

— Que voulez-vous dire ?

— À les écouter, on est tous des tapettes.

— Écouter qui ?

— Ben, les gars, vous l'savez bien !

— Pourquoi cherchez-vous tant à les casser, ces garçons ?

— Tiens, vous changez de sujet.

Donatien Legault, qui semble au-dessus de ses affaires, lance cette phrase énigmatique pour l'aumônier :

— Moé, monsieur l'abbé, je m'occupe des vrais problèmes, pas des niaiseries.

Le ton ironique de Donatien Legault indispose l'abbé Arsenault, mais ce dernier n'en laisse rien voir. Sortis du bureau, les deux hommes se quittent pendant que les patients, dans le corridor, continuent de les croiser sans même les remarquer.

Mars 1959

Occupés à suivre les explications que leur fournit sœur Agnès, la directrice de l'hôpital, un groupe d'étudiants en psychologie ne remarquent bien évidemment pas Gabriel, le laveur de planchers qui s'active dans ce long corridor dans lequel ils viennent de s'engager. Et d'ailleurs, pourquoi le remarqueraient-ils ? Ils sont venus, eux, voir des patients, non les employés de soutien de l'hôpital.

Sœur Agnès, l'abbé Arsenault et ses visiteurs s'arrêtent à la salle Saint-Gérard. Crayon en main, la directrice déclare :

— Nous avons mis au point un service d'entraide entre les patients. Les moins atteints prêtent main-forte à ceux qui en ont le plus besoin.

Dans le nouvel hôpital de la Charité, des centaines de pensionnaires font des travaux aussi variés qu'ardus. Cela permet aux sœurs de la Bonne Enfance de réduire d'autant leurs dépenses. Julien et ses compagnons de salle, par leur travail, contribuent à réduire les coûts d'exploitation du nouvel asile. Ce travail quotidien est aussi — la chose est en soi ironique — une des seules responsabilités qui soient encore permises aux garçons.

Dans cet immense établissement, les jeunes étudiants en psychologie parcourent de longs corridors avant de parvenir aux différentes salles qu'ils s'apprêtent à visiter. Devant l'une d'elles, la religieuse s'arrête, en hésitant à les faire entrer. Elle se résigne à prendre l'épais trousseau de clefs qu'elle porte à la taille. Elle en isole une, la glisse dans la serrure, entrouvre délicatement la porte, glisse la tête dans l'embrasure. Puis, soulagée, elle prévient les étudiants :

— C'est la salle des adolescents agités.

Ils aperçoivent une vingtaine de garçons de douze à quatorze ans, tous en train de se bercer calmement, un peu hébétés, en regardant la télévision. C'est l'heure de *Pépinot et Capucine*.

— Avez-vous bien dit, ma sœur, qu'il s'agit d'adolescents agités ? ose demander un des visiteurs.

— Si on ne leur donnait pas continuellement de l'équanil [1], vous verriez, mon jeune monsieur, qu'ils seraient tous très agités.

Les étudiants se regardent. Interloqués. Alors que la religieuse s'empresse de mettre fin aux commentaires.

— Il ne faudrait surtout pas les déranger, dit-elle en s'empressant de refermer la porte.

La religieuse conduit alors les étudiants vers le dortoir. Une propreté impeccable y règne, accompagnée toutefois d'une persistante odeur d'urine.

— Et ce grand garçon, là-bas, que fait-il ?

— Il nous aide. Il change les draps.

Frédéric est mal à l'aise. Tous les yeux braqués subitement sur lui le figent. Il a l'impression qu'on le confond avec les pensionnaires de la salle.

Les étudiants en psychologie se trouvent à nouveau dans le corridor et revoient le laveur de planchers qui cette fois-ci ne s'occupe pas d'eux.

Gabriel, d'abord affecté à la cuisine, puis à la buanderie, a trouvé dans les corridors de l'asile un espace qu'il croit maîtriser. Lorsqu'il marche avec sa moppe [2], le mouvement mécanique de sa tête suit le mouvement de ses bras. Il tourne ainsi la tête à gauche, puis à droite. Lorsque Julien le ramène à la salle Saint-Gérard après le travail, il est souvent triste de

---

1. Médicament qui diminue l'anxiété et l'activité mentale sans abaisser la vigilance de manière gênante.
2. Québécisme qui désigne une serpillière.

voir son ami bouger ainsi la tête comme un automate. Tout cela est absurde, se dit Julien lorsqu'il réfléchit, inopinément à l'impuissance de sa propre existence ; impuissance qui l'obsède de plus en plus.

•

Tous les matins, Vincent se rend à la salle qui jadis était sa classe. Il y retrouve une vingtaine de lits. Dans cette pièce, il reconnaît la niche dans laquelle dort debout, pour l'éternité semble-t-il, la Vierge Marie vêtue de bleu. Cela ne l'empêche pas de voir les barreaux aux fenêtres de son ancienne classe.

Malgré tout, Vincent préfère travailler et ne pas faire comme certains de ses compagnons transformés en « légumes » qui gardent la salle toute la journée et qu'on assomme à coups de pilules. Et qui ne quittent le confort douillet de leur chaise berçante que pour aller tourner en rond à l'intérieur des grillages gris de la cour.

Dans cette salle où s'entassent des enfants, Vincent donne à manger à l'un d'eux tout en détournant le regard.

— Continuez, répète la religieuse hospitalière. Forcez-le à manger, c'est la seule manière d'en venir à bout.

Aujourd'hui, se présente un jeune médecin que Vincent voit pour la première fois. Le nouveau venu vérifie sa liste d'enfants à examiner. Il en avise un qui a cinq ans. Il porte une camisole de force et il est attaché à la tuyauterie d'un lavabo. Stupéfait, le médecin demande à la religieuse de le délivrer.

— Vous comprenez, mon jeune docteur, explique la religieuse, je parle par expérience, cet enfant est violent, vicieux même… Sans camisole de force, il risque de mettre à tout moment ma sécurité et celle de ses camarades de salle en danger. C'est le Dr Marsan qui a ordonné l'usage de la camisole.

— Mais enfin, ma sœur, réplique le médecin, le plus calmement et le plus poliment du monde, mais avec un bon sourire, vous voyez bien que je mesure six pieds. Je pèse plus de deux cents livres, vous savez. N'ayez crainte pour moi, je me sens parfaitement capable de maîtriser la situation.

— Mais c'est une ordonnance médicale, docteur !

— Je vous en prie, je dois l'examiner, détachez-le.

Devant la fermeté de l'ordre, la religieuse retrouve ses réflexes de soumission et obéit.

Le jeune médecin propose à l'enfant maintenant libéré des activités qui ne peuvent manquer de l'intéresser : puzzles, jeux d'habileté consistant à placer des pièces géométriques dans des trous de forme appropriée, personnages miniatures, dessins avec crayons de couleur de marque Prismacolor.

À la sortie du bureau où a eu lieu l'examen, l'enfant est calme. S'éloignant de la religieuse qui n'ose rien dire devant le médecin, il court vers Vincent. Il s'accroche à son cou en balbutiant une phrase dont un seul mot est audible : balance. Son doigt pointe vers la fenêtre. Avant de partir, le jeune médecin salue l'enfant et fixe sur Vincent un regard chargé de questions.

Depuis cette dernière visite, Vincent se sent davantage responsable de cet enfant de cinq ans. Il l'a pris en affection. Il l'aide à s'habiller, le fait manger, le fait marcher. Son quotidien se mêle au sien. Vincent ressent, malgré tout, un malaise persistant sans que lui vienne l'idée d'abandonner ou de contester son travail. Incapable de mettre les choses en perspective, il sent pourtant que cette tâche lui donne le sentiment d'être essentiel à cet enfant. En sa présence, il est vrai, Vincent est moins agressif.

•

Julien, quant à lui, vit toujours la même routine. Préposé à la garde et au soin des malades plus âgés, l'adolescent doit s'occuper d'une cinquantaine d'adultes, dont certains séniles qui ont été récemment admis, à la demande conjuguée du ministre et du cardinal, pour qui ces vieillards constituaient un des plus graves problèmes sociaux.

La première réaction de Julien, tout son jeune corps le trahit, est une attitude de rejet. De dégoût. Les corps sales lui répugnent. Il y a, en effet, l'odeur âcre d'urine et d'excréments qui, la porte à peine entrouverte, saute au nez. Une odeur acide qui, mêlée au spectacle des lits alignés, parle de dégénérescence mentale et de pourriture physique. Cinquante-trois lits, cinquante-trois malades émaciés... Julien les a comptés. Cinquante-trois visages vidés de tout espoir de vivre. Lui-même a l'air d'une vieille peau, en vient-il à penser. Je suis écœuré de laver de la marde ! se dit-il.

Julien, mû par un certain automatisme, fait toutefois tous les gestes qu'on lui a enseignés. Lentement. Et il ne fait que ceux-là. Comme s'il avait peur, s'il faisait autrement, de dérégler la machine. Et que tout alors se mette à aller de travers. Que les vieillards, par exemple, se lèvent, qu'ils se mettent à rire ou à crier, ou qu'ils se jettent les uns sur les autres dans une folle mêlée générale.

Julien consacre donc de longues heures à surveiller les vieillards, à voir à ce que tout se passe bien dans cette salle sordide où des yeux vides, des têtes dodelinantes, des peaux légèrement grises, presque transparentes, heurtent son regard.

Julien, malgré tout, fait preuve de compassion à l'égard de ces vieillards qui le dégoûtent pourtant profondément. À l'idée du dégoût qu'il ressent, Julien est gêné. N'est-il pas là pour soigner leur âme ? Il a en tête ce que sœur Odile, citant le cardinal, lui a dit : « Il faut savoir prendre soin des vieux, leur âme est en prison. » C'est donc pour le salut de leur âme que Julien les soigne. À contrecœur, mais bien décidé, malgré tout, à faire son devoir. Aujourd'hui, cela lui semble une consolation, de longs pans de lumière éclairent les patients comme pour leur rappeler à tous leur humanité. Mais au fond de lui-même, en aidant les autres, Julien doute sérieusement qu'il peut, lui, se libérer. Car, sans aide, il ne peut s'aider lui-même. Tel est le mur de la vérité auquel il fait face.

Dans cette salle des pas perdus où tout ressemble à un entrepôt, patients et chaises sont alignés le long des murs. Au centre, on dirait un désert. Surgissent parfois des hommes qui à chaque déplacement intimident le jeune garçon. Une chaîne de malades se referme alors sur elle-même. Julien voit des adultes qui, chacun les mains sur les épaules de celui qui le précède, tournent en rond tels des chiens qui courent après leur queue. Dans ce lieu délimité par des murs beiges et blancs, certains portent un pyjama rayé, d'autres des culottes à pois ;

plusieurs ont la tête chauve. Au delà de cette rotation débile, interminable, des incantations accompagnent d'autres cris rauques que Julien réussit depuis peu à ne plus entendre.

Ces automates s'activent ainsi comme si leur danse légère poussait leur force obscure hors de leur volonté. Chacun abandonne ses mains sur les épaules de l'autre comme pour combattre la tristesse horrible de sa solitude. Chacun est coincé dans le maillon de son existence désespérée.

Tout est répétitif, évidemment, dans cet univers qui reste pour Julien à la fois familier et étranger. Quand, se demande-t-il, pourra-t-il quitter sa peau de malade ? La fatigue commence à se faire sentir. À son insu, en effet, l'adolescent est sournoisement affecté par tant de comportements anormaux. Ceux qui, précisément, ne cassent rien, ne font pas peur et ne sont pas dangereux. Que perd-il au contact de ces patients ou que gagnent-ils, eux, au sien ? Julien ressent son état comme une profonde anormalité. On peut lire dans ses yeux cette panique face à l'avenir. Car, toujours, à travers ces incognitos de l'asile, il ne cesse de se percevoir.

Aussi, sans que rien n'y paraisse, Julien évolue progressivement vers l'affrontement. Il est de ceux qui restent, déficient mental éducable parce qu'illégitime et seul au monde. La colère gronde aussi parmi ses compagnons à qui on a expliqué qu'un jour, ils mèneraient une vie normale. Julien commence à comprendre que le malade mental est un individu incapable de développement. Et c'est à cela, dans sa tête comme dans son corps, qu'il pense quand il pense à lui et à ce qu'il lui adviendra. Julien prend la mesure de cette vérité lorsque sœur Odile, lui demandant à haute voix et devant tout le monde de venir le voir :

— Viens ici, mon 77 de quotient, mon beau prince charmant.

Les premières fois, Julien en riait comme on rit de soi. Le ton était affectueux. Cela rappelait le souvenir heureux de la pièce *Étoile des Neiges*, mais cette fois-ci l'effet répétitif du message l'assomme comme jamais il n'a voulu l'admettre. Il lui semble, au plus profond de lui, que son intégrité est touchée.

Sans conscience nette pour exprimer ses sentiments, Julien est maintenu dans l'impossibilité de comprendre sa situation objective. Cette difficulté le blesse profondément, d'autant plus qu'il ne parvient plus à communiquer avec ses amis qui glissent entièrement vers l'idiotie ou la violence. Vincent, Gabriel, Roger, Antoine, Frédéric et tous les autres. Ce que pense au fond de lui Julien, personne, sauf sœur Odile, ne l'a jamais vérifié. Julien a d'ailleurs noté dans son calepin cette formule étonnamment réussie de Vincent : « Note langag témoigne d'une langue parlé aprise dans un mond rejetté. » Les deux amis, en effet, partagent la conscience éprouvante d'une situation que les autres, dont Gabriel, arrivent de moins en moins à formuler, et peut-être même à concevoir.

•

Le barbier est de passage dans la salle Saint-Gérard comme cela arrive tous les mois. Les deux copains ont maintenant les cheveux coupés en brosse. Ils se regardent dans le miroir.

— Qui va passer le premier de l'autre côté du miroir où sont les fous ? demande avec ironie Julien à son ami.

Vincent lève son poing et le dirige vers le miroir qui éclate en mille morceaux. Telle est sa réponse.

Avril 1959

En ce deuxième dimanche d'avril, tous les pensionnaires de l'hôpital de la Charité sont à la chapelle. Dans le transept de droite, les garçons ; dans celui de gauche, les filles. Le personnel occupe la nef. Donatien Legault vérifie, de façon obsessionnelle, si les pensionnaires de la salle Saint-Gérard assistent correctement à la messe. Au retour, dans la salle, il passe devant chacun d'eux. S'il juge que l'un d'eux n'a pas prié correctement, il assène une suite de claques retentissantes en plein visage. Julien est de ceux-là. Donatien Legault l'accuse d'avoir ridiculisé l'office religieux.

— Ce n'est pas la première fois, lance-t-il, sur un ton hautement agressif.

Excédé et, soudain, saisi d'une rage folle, Julien saute sur son moniteur. Les deux s'empoignent. Ayant pu se délivrer de sa prise, Julien s'enfuit de la salle, mais son moniteur le rattrape dans le corridor.

— Ça t'apprendra, mon gars ! En cellule. Pis tu vas en manger toute une !

Julien s'y trouve pour la première fois. Il découvre l'odeur pestilentielle dont lui a parlé Gabriel.

Sa camisole de force est munie au bout de chaque manche d'une longue courroie qui sert d'attache. Une fois que Julien est prisonnier, le moniteur Legault le martèle de coups pendant que Julien étouffe, un oreiller sur la tête. Le garçon ne peut distinguer ce qui, du poing ou du genou de son moniteur, l'atteint si brutalement, mais il lui semble recevoir, en rafale, tous les coups de pied de la vengeance. Comme il n'y a pas de matelas, Julien gît sur les lames tranchantes du sommier avec une seule couverture de laine rude pour se réchauffer. Il comprend mieux maintenant le cri de révolte dont Vincent l'a aussi entretenu.

Depuis maintenant trois jours, Julien se trouve en cellule. Pour passer le temps, il chante sans arrêt sa chanson préférée, *Les enfants oubliés*. L'air a un goût de tristesse connue. Une berceuse pour orphelin esseulé! «Les enfants oubliés traînent dans les rues, sans but, ils ont froid, ils ont faim, ils sont presque nus»...

C'est depuis ce séjour en cellule et, si on remonte plus loin encore, c'est depuis l'agression subie par Gabriel que Julien nourrit une haine vengeresse à l'endroit de son moniteur. Comme il regrette l'absence de sœur Odile qui, partie en retraite fermée, n'a pu intervenir pour atténuer les effets de son isolement carcéral! À son retour, l'adolescent déçu n'a pu que raconter sa mésaventure à la religieuse qui découvre un Julien de plus en plus agressif, particulièrement à l'égard de Donatien Legault.

Quant à Vincent, il déteste à ce point son moniteur que sa haine est devenue sa raison de vivre. Sans elle, peut-être — tel est le paradoxe —, il sombrerait dans l'apathie et la stupidité. Ces derniers mois, Vincent est de plus en plus happé par la violence. Une violence qu'il maîtrise de moins en moins et que le personnel n'arrive plus à canaliser.

•

Julien et Vincent sont à l'atelier d'artisanat qui est situé au sous-sol de l'hôpital de la Charité. Ils sont accompagnés par leur moniteur qui assure comme il se doit la discipline du groupe. Ils s'y rendent aussitôt que leurs tâches respectives le leur permettent; habituellement vers deux heures et demie de l'après-midi. Les cours ne sont pas sans rappeler aux jeunes garçons les classes d'autrefois; cela leur permet d'apprendre malgré tout certaines choses qui pourront, plus tard, leur être utiles dans la vie. Ils fabriquent un peu de tout : de petits meubles notamment, des tabourets, des chaises de jardin, que les sœurs vendent à certaines occasions, sans que les garçons touchent le moindre sou du produit de ces ventes. Aujourd'hui ce sont des chapelets artisanaux qu'ils fabriquent. Sur le modèle que leur a fourni sœur Marguerite Gertrude, la responsable de l'atelier, aidée par un menuisier, M. Norbert Tessier.

Un jeune garçon, dont Julien ne connaît que le prénom, Victor, est assis à ses côtés. Il ne cesse de sautiller sur son banc et de marmonner, la tête constamment en mouvement. Julien découvre qu'il est attaché par la cheville à son banc. Selon sœur Marguerite, Victor n'est pas un véritable agité ; il ne tient tout simplement pas en place.

Vincent, qui ne peut plus souffrir le spectacle grotesque que lui impose Victor, pique soudain une colère monstre. Julien tente de calmer Vincent dont la colère, trop immense, l'effraie, mais Julien, malgré lui, ne fait qu'empirer les choses. Vincent s'en prend alors à lui. Sa rage est incommensurable.

— Tu es encore pire que lui. Toujours prêt à faire ce qu'on te demande. T'es aussi têteux qu'un malade !

Julien encaisse le reproche que Vincent lui assène depuis tant d'années. Julien, il est vrai, a toujours refusé de le suivre, moins dans sa révolte que dans la violence qui en constitue l'aboutissement. Pour la première fois, Julien est troublé, et son amitié pour Vincent, ébranlée.

Vincent prend les chapelets amoncelés sur sa table et les lance violemment en direction de sœur Marguerite, la ratant de peu. La religieuse s'étouffe presque d'indignation.

— Ce sont des chapelets que tu lances, Vincent, s'exclame-t-elle. Ressaisis-toi, de grâce. Si tu n'as aucun respect pour l'autorité, aies-en au moins pour notre Seigneur et pour la Sainte Vierge.

Vincent perd toute maîtrise ; il soulève alors un banc en bois au-dessus de sa tête et s'approche, menaçant la religieuse toute menue. Il s'apprête à lui répondre — et, qui sait, à la frapper — lorsqu'au même moment Donatien Legault lui tombe dessus. Vincent se défend avec l'énergie du désespoir. Le menuisier, M. Tessier, appelé en renfort par sœur Marguerite, vient maîtriser le jeune garçon. À qui on passe aussitôt une camisole de force.

— On veut jouer au plus fin ! Eh bien, cette fois, je vais te montrer qui mène ici. Cette fois, tu vas goûter aux électrochocs.

Deux hommes se saisissent de Vincent et l'entraînent dans une pièce d'environ douze pieds carrés qui a des allures de laboratoire.

Dans le coin droit, il y a un lavabo. Un grillage qui va du plancher au plafond divise la salle en deux. Près de la fenêtre se trouve un lit de métal blanc à l'allure étrange et muni de sangles. Les murs sont recouverts d'armoires du plancher au plafond.

Le préposé empoigne Vincent et l'étend sur le meuble blanc. On dirait une civière. Le Dr Marsan, qu'on a fait venir, entre aussitôt. Il demande au préposé de fixer les sangles aux bras et aux jambes de Vincent. Le gardien fixe sur la tête de l'adolescent des électrodes reliées à une boîte de contrôle aux multiples boutons branchée sur une prise de courant ordinaire. Près de la tête de Vincent, sur le mur, le médecin tourne quelques boutons qui activent des témoins lumineux. Le préposé s'approche de la boîte de contrôle. Après quelques ajustements, sur l'ordre du médecin, il met le contact. Bien fixé au lit, Vincent reçoit la décharge. Et alors son corps se met à tressaillir. Donatien Legault, qui épie la scène derrière une cloison vitrée, en reste interdit. Il n'aurait jamais pu imaginer qu'un corps puisse trembler de cette manière. À tel point qu'il en est chaviré même s'il ne veut pas se l'avouer. Vincent a maintenant les yeux fermés et le corps flasque.

Dans le corridor où la civière passe, à quelques pas de lui, Julien, qui attendait le retour de son ami, reconnaît Jacinthe Brissette, sa partenaire secrète. Comme il ne sait pas comment réagir, il garde le silence. Lorsque le moniteur s'aperçoit de la présence de Jacinthe, sa voix devient tonitruante :

— Sacre ton camp, on veut pas voir de fille ici.

Julien, qui jusque-là fixait Vincent, voit Jacinthe s'éloigner. Elle ne s'est jamais retournée.

Le grand adolescent est finalement confiné à la cellule. Immunisé, cette fois-ci, contre la colère. Il gît sur un lit de lattes métalliques qui occupe tout l'espace. L'ampoule suspendue s'éteint sitôt que Donatien Legault referme la grille. La clef tourne avec un bruit mat. Tout est lourd, maintenant, y compris le silence. Vincent n'a conscience de rien.

•

Quelle vie de prison, se dit Julien en songeant à Vincent dont il ignore s'il lutte encore ou si, anéanti, il se laisse aller à la dérive d'un écœurement total. Donatien Legault ouvre la grille du cachot.

— La prochaine fois, c'est la lobotomie.

Au même moment, le moniteur frappe durement Vincent au front comme s'il frappait sur une surface rigide.

Vincent n'a pas vraiment la force de réagir à la présence de son moniteur. La peur d'un autre traitement aux électrochocs le force à se maîtriser. La voix de son moniteur est toujours hargneuse.

— Après ça, tu vas être doux comme un agneau, mon Vincent.

Leurs yeux se croisent en lançant des éclairs.

— Allez, sors d'ici. Lave-toi, pis va te changer.

Vincent retire lui-même sa camisole, qui n'était pas attachée et qui lui servait de couverture la nuit.

Julien est caché derrière les lavabos. Il attend que le moniteur quitte les lieux avant de rejoindre son ami.

Julien arrive à peine à tirer une parole de la bouche de Vincent qui, muré dans sa colère autant que dans sa fatigue, colle son visage contre le mur à l'entrée de la pièce où se trouvent les lave-pieds et, alignés, une série de lavabos.

Julien fait couler l'eau du robinet. Vincent se penche et imbibe sa serviette qu'il dépose ensuite sur son visage. Le silence persiste.

— Que fais-tu là, toé? entendent soudain Julien et Vincent.

Les deux garçons n'ont pas vu venir leur moniteur, de retour dans le dortoir pour récupérer son trousseau de clefs, oublié sur un lit.

— Ben, je l'aide ! répond Julien.

— Change de ton, t'as compris ?

— Pourquoi vous criez de même ? ajoute Julien.

L'adolescent est surpris de sa réplique qui lui a enlevé momentanément toute peur. Il s'approche du moniteur, le regarde droit dans les yeux. Comme il l'a déjà fait. Dans la lumière du dortoir, Julien paraît plus grand, voire plus fort. Il se souvient du regard qui avait anéanti l'imprudente initiative de son moniteur dans les coulisses du théâtre. En cet instant même, Julien comprend que Donatien Legault a tout saisi de sa soudaine arrogance :

— Toé, une chance que t'as sœur Odile parce que je te dis que t'en mangerais une maudite.

— Sœur Odile ne touche pas aux garçons, elle !

•

Julien est étendu sur son lit, les bras croisés derrière la tête. Il regarde le plafond et semble trouver le temps long. À un moment, il croit entendre un bruit venant des toilettes. Il se redresse, regarde de ce côté… mais plus rien. Il se recouche. Bientôt, la tête de Gabriel apparaît derrière lui. L'air un peu plus éveillé que la dernière fois. Sa tête est tournée vers les toilettes.

Julien esquisse à son endroit un vague sourire mais continue à regarder le plafond. Toutefois, devinant ce qui le tourmente, il jette un œil vers les toilettes lui aussi.

— Vincent, v-vas-t-tu s-sortir bientôt ? demande Gabriel.

— Il est déjà sorti, répond Julien.

— Je l'ai pas vu.

— Y est à l'infirmerie. Il fait de la fièvre.

Au même moment, les deux amis entendent un bruit de clef. Une porte s'ouvre. Julien se redresse sur son lit. Il voit sortir sœur Odile. Sans hésiter, délaissant Gabriel, il se lève. Il s'avance jusqu'à la porte du bureau adjacent à la salle de jeux. L'officière, rapidement, s'est mise à fouiller dans un des dossiers qui jonchent sa table de travail. Soudain, elle entend des mots qui la font se redresser :

— Vincent est resté huit jours en cellule, maintenant, il est malade. On dirait que vous êtes contente.

Sœur Odile est confuse. Le regard inquiet, elle évite celui de Julien. Et elle se fait violence, cherche ses mots et, finalement, se tait.

Le silence tombe mais Julien reste sur le seuil de la porte. Nerveuse, sœur Odile déplace encore d'autres papiers sur son bureau. Bientôt, elle consulte sa montre et redresse la tête.

— Allez, retourne au dortoir.

— Pourquoi vous n'avez rien fait, hein ?

Sœur Odile regarde longuement Julien, incapable de prononcer le moindre mot.

Mai 1959

Deux semaines ont passé. C'est l'heure du coucher. Julien, qui fait la queue pour les toilettes, se chamaille avec Vincent et Antoine. Donatien Legault, que les garçons n'ont pas vu venir, se place derrière eux, et sans avertissement, il laisse partir, comme des cymbales, ses deux mains retentissantes sur les deux oreilles de Vincent. Le coup est terrible.

Vlan ! Un deuxième coup. Vincent tombe cette fois sur le terrazzo. Le moniteur lui tire le bras vers le haut :

— Debout, je t'ai dit. On se chamaille pas au dortoir.

Vincent reste par terre, mais on dirait, en même temps, qu'il veut attaquer. Il fait un signe de tête qu'il adresse à Antoine. Julien, à ses côtés, a compris le message. Il lève le poing en signe de révolte.

— On me menace, ricane Donatien Legault.

Vlan ! Julien hurle. Revlan ! C'est à ce moment qu'Antoine, plus costaud, prend le poignet du moniteur qui en reste interdit. Puis Julien, pris d'une rage folle, fonce vers son tortionnaire et le renverse. Il lui donne un coup de pied au bas-ventre. Puis un autre, pendant qu'Antoine retient toujours les bras du moniteur, alors que Gabriel et Frédéric lui enserrent les jambes.

Subitement, une meute de garçons enragés se défoulent. Toute la rage de leur agressivité retenue se déploie sur le corps meurtri de leur moniteur tant détesté. Vincent est le plus intense de tous. Il crie à tue-tête :

— O.K. ! Tenez-le ! C'est à mon tour.

Vincent se souvient trop bien de ses séances d'entraîne-ment à la boxe avec son éternel partenaire qui, toujours contre son gré, l'obligeait à se battre. Legault aimait se donner en spectacle.

— T'es pus capable de garder tes poings levés, ironise Vincent.

Et vlan ! Main nue, Vincent lui assène une solide gauche. Julien, à ses côtés, l'entend respirer comme une bête.

— Tenez-le bien, les gars !

— Depuis le temps, tu t'es pas aperçu que j'ai pris du pic ?

Les poings de Vincent se déchaînent avec une violence telle que même Julien commence à s'inquiéter pour le moni-teur.

— Oh ! Oh ! On devient féroce ! ironise encore Vincent qui répète ce que jadis son moniteur ne cessait de lui dire.

Le pauvre Legault essuie quelques *jabs* successifs. Pas trop fort. Comme si Vincent s'amusait.

Vincent ne saura jamais d'où lui est venue la force — sans doute du plus profond de lui-même — mais le fait est qu'il a, d'un seul coup de poing, assommé Donatien Legault. Un dernier coup, s'est-il dit. Il a effectivement sorti de son arsenal le coup le plus retentissant de sa jeune carrière. Le dortoir est tout en cris débordants. Certains sifflent, d'autres hurlent, d'autres encore jubilent. Ce qui revient au même. Vincent continue de sautiller alors que son moniteur dépité, assommé, secoue sa tête amochée. Humilié, Donatien Legault se relève, ses genoux hésitent, puis il s'écrase sur le terrazzo.

Vincent s'avance vers Julien qui recule. Jamais clin d'œil ne fut si complice. Puis, c'est la gloire. Tous les pensionnaires de la salle Saint-Gérard font cercle autour de Vincent.

Lorsque sœur Odile arrive sur les lieux, elle découvre Donatien Legault gisant sur le terrazzo maculé de sang. Den-tier, lunettes, porte-monnaie, souliers sont éparpillés sur le plancher comme de petites épaves.

Devant l'ampleur des dégâts, Gabriel, Vincent, Frédéric, Antoine et Julien ne savent pas s'ils doivent être fiers ou re-pentants. Le doute ne dure pas.

266

— Ça soulage, hein, Vincent ? dit Julien.

La nuit reste quand même agitée. Le moniteur est conduit à l'hôpital.

Il reviendra un mois plus tard.

•

Vincent porte à nouveau une camisole de force. Il est en cellule depuis qu'il a tabassé son moniteur. Comme sœur Odile ne pouvait pas tous les mettre au cachot, c'est l'ami de Julien qui a écopé. Cela fait maintenant six jours que Vincent tourne en rond dans sa cage. Et c'est dimanche.

Au début de la messe, Julien quitte son banc, va parler à sœur Odile qui acquiesce de la tête en lui remettant un trousseau de clefs. L'adolescent quitte la chapelle. Aussitôt la porte franchie, il court à toutes jambes vers les escaliers. Au deuxième étage, il se dirige vers la salle Saint-Gérard. Le souffle de Julien est court. Finalement, il s'arrête devant la grille derrière laquelle Vincent piaffe d'impatience.

— Je pensais que tu viendrais jamais.

— J'ai attendu le bon moment. Il fallait que sœur Odile soit trop occupée pour venir elle-même et qu'elle accepte de me confier son trousseau de clefs.

Julien tourne enfin la clef dans la serrure de la grille. C'est un moment d'intense jouissance. Vincent étreint Julien entre ses bras.

— Vite, t'as pas de temps à perdre.

— On va se revoir, tu me le promets ?

— Promis.

Julien ferme la grille mais oublie le trousseau de clefs sur le sommier. Vincent emprunte la porte entrouverte du dortoir. Puis, il s'arrête un court instant sur le seuil de la salle Saint-Gérard, comme pour dissimuler ses intentions de fuite. Il scrute la salle du regard, comme s'il cherchait quelque chose, ou quelqu'un. Gabriel, sans doute. Quelqu'un qui accepte de s'enfuir avec lui, mais ni Julien ni Gabriel ne veulent l'accompagner. Ils ont trop peur. Peur de l'inconnu. Où iraient-ils une fois libres ? Vincent, lui, s'évade pour défier son moniteur.

Vincent ne peut s'attarder plus longtemps. Il évite de courir pour ne pas se faire remarquer. À tout moment, il se tourne, marchant comme à reculons. Il est maintenant dans le gymnase au bout duquel une porte s'ouvre sur l'extérieur. La salle est vide. Il se met alors à courir. Au passage, il remarque le punching-bag. De son poing droit, il lui assène un coup sec, mais il ne s'attarde pas. Il se précipite vers la porte du fond et disparaît aussitôt. Vincent n'oubliera jamais ce moment béni. Les premières heures sont douces.

Tout l'hôpital de la Charité est en émoi. Le patient qui a agressé le moniteur vient de s'enfuir. La nouvelle se répand comme une traînée de poudre. Sœur Odile, qui a tout compris du stratagème de Julien, a la mine défaite. Face à son protégé, pour l'instant, elle reste silencieuse. Julien sent au moins qu'elle ne l'ignore pas, mais que pense-t-elle vraiment ? se demande-t-il.

Julien se réfugie à la fenêtre. Voici que cette fenêtre, dans sa tête, comme par enchantement, n'est plus grillagée. Julien se prend ainsi à rêver. Vincent, Gabriel et lui ont alors huit ou neuf ans. Ils courent à perdre haleine dans la campagne ensoleillée. Dans cet épanchement subit, les enfants ont une idée bien à eux de ce que leur réserve la vie…

À l'hôpital de la Charité, c'est la panique. Sœur Agnès et sœur Odile, qui ont brusquement quitté la salle, croisent inopinément l'abbé Arsenault qui a les yeux comme des boules de feu. Pourtant, le prêtre hésite un instant, mais il est trop furieux pour ne pas aller au bout de sa pensée :

— Je vous l'avais bien dit, lance-t-il à la cantonade et sans se retenir. Cela devait arriver, et cela arrivera encore !

Les religieuses sont stupéfaites en entendant les propos de l'aumônier, sauf sœur Odile qui, pensant à Julien, imagine le pire pour lui.

— Le fait est, insiste l'abbé Arsenault, que Vincent Godbout n'aurait jamais dû rester ici. Ni Antoine Mallard, ni Gabriel Bastien pour lequel il est sans doute trop tard — et, regardant sœur Odile comme pour la narguer —, ni Julien Lenoir !

Les noms tombent. Comme un couperet. L'abbé Arsenault condamne. Sans appel.

— Vous allez trop loin, monsieur l'abbé, tranche sœur Agnès.

— Pas assez loin, proteste-t-il sèchement. Et les choses n'en resteront pas là. Soyez-en assurées.

L'aumônier hausse les épaules, regarde à nouveau sœur Odile avec une certaine douceur, toise sévèrement sœur Agnès et se retire sans prononcer une seule autre parole. Il pense surtout à Vincent Godbout qui est en fuite avec tous les problèmes que cela suppose. L'aumônier en est profondément troublé.

Pendant ce temps, Vincent longe la rivière des Prairies vers l'est. Inquiet, il jette constamment un regard derrière lui où la cheminée de l'hôpital lance vers le ciel sa silhouette hautaine. Vincent a maintenant perdu toute son assurance. Ce grand jeune homme musclé a tout à coup des allures de petit garçon perdu. Il pleure sans arrêt. Il ne sait pas pourquoi. Cela remonte jusqu'à son enfance, jusqu'à la crèche. Les colères, les violences se sont accumulées dans son corps et dans son âme.

Trois semaines plus tard, Vincent, qui sourit comme un délinquant fier de son aventure, est ramené de force à l'hôpital de la Charité. Entre deux policiers plutôt satisfaits d'eux-mêmes.

— Je m'en fous. Je vais recommencer, grimace Vincent devant Julien qui, interdit, s'est approché très près de son ami.

La camisole de force l'emprisonne à nouveau. Vincent est remis en cellule. Donatien Legault s'est cette fois tenu fort loin du fuyard. Comme s'il avait appris maintenant à le respecter. Vincent a à peine le temps de lancer un autre cri que la porte se referme sur lui. Julien veut s'en approcher, mais le moniteur Legault l'écarte brutalement. C'est lui, maintenant, Julien, qui est brisé comme la coque d'un bateau. Il a l'impression qu'on va tout faire pour tuer la vie et l'énergie qui bouillonnent en Vincent. On va l'écraser, pense Julien.

•

Julien Lenoir tente de rétablir avec Gabriel Bastien un lien qui lui importe beaucoup. Qui est toute sa vie. Même si son ami a les yeux usés de ceux qui se bercent.

— Tu préférerais sans doute que quelqu'un d'autre t'accompagne, plaide-t-il.

Mais Gabriel se bute. Le regard fermé.

— Eh bien, moi pas. Je suis toujours ton ami. Et c'est pour ça que je vais avec toi.

Les deux adolescents se dirigent vers l'infirmerie où Gabriel doit recevoir le troisième des trois traitements aux électrochocs que lui a prescrits le médecin. Expérience qui n'est surtout pas nouvelle pour lui.

— J-j'ai p-peur d-d-des piquants !

À l'infirmerie, le préposé aux malades empoigne Gabriel, le couche avec indifférence sur la civière, l'y attache solidement. Gabriel se sent oppressé. Déjà hébété par l'attente, il s'imagine que la séance d'électrochocs est terminée. Soudain, le Dr Marsan fixe les électrodes sur les tempes de l'adolescent qui suffoque. L'inconscience est maintenant totale. Un déchaînement de gestes brusques s'ensuit. Le choc traverse son corps de part en part. Et les convulsions ne diminueront que lentement. Comme les rides à la surface de l'eau. Jusqu'à épuisement du corps devenu un grand oubli. L'adolescent donne même l'impression d'être aveugle. Ses yeux sont vides.

— Tu veux ta dose, toi aussi ? lance le préposé à Julien, venu rejoindre son ami.

Alors que chez Julien la peur est tendue comme un arc, le préposé se croit, sans le moindre doute, très drôle.

Les jours suivants, Gabriel fait le mort et Julien ne peut le supporter. Pour Gabriel, le jeu atténue l'angoisse. Convaincu qu'il n'est pas né, il s'amuse de son existence. Il s'immobilise dans cette image irréelle de lui-même afin que rien ne bouge, afin que rien ne change. Ou alors, il s'imagine oiseau.

— Je veux p-pus être au m-m-même endroit. C'est pour ç-ça que j'ai pus d-d-de corps. J'ai perdu m-ma tête. J'ai pus d-de m-m-mémoire. Je viens d-du v-vide du monde, lance Gabriel.

Gabriel a de plus en plus de pertes de mémoire. Il en oublie même son prénom. Un jour, il fait un dessin imaginaire sur le terrazzo. « J-j'ef-f-face m-mon visage », dit-il à sœur Odile qui lui demande ce qu'il a fait avec sa guenille mouillée.

Dans son calepin auquel il a de moins en moins recours, Julien dessine des formes pleureuses. « Si j'avai une tete de mort, écrit-il, je serait un fou. » Il s'arrête un instant. Agressif, il écrit : « Je vie dan un trou. »

Dans ses calepins, en effet, Julien sait qu'il n'y a pas que des mots, mais il ne sait pas pourquoi. Parfois, il a honte, il se sent pourchassé. Quand il écrit, il se sent mal. Les mots ne le soulagent pas toujours. Ils sont trop secrets, mais il les aime. Ça tient trop chaud au ventre pour s'en passer. Même quand ça fait mal.

•

Sœur Odile aperçoit Julien, assis sur son lit, l'air abattu. Elle s'arrête devant lui. L'adolescent relève la tête, la regarde un moment, puis lui tourne le dos. Pas un mot n'est échangé. L'émotion est grande. Sœur Odile s'attarde un moment devant Julien qu'elle aurait envie de prendre dans ses bras. Mais elle se retient.

— Pourquoi tu ne viens plus chercher tes nouveaux calepins ? lui demande-t-elle, comme pour amorcer la conversation.

— Il m'en reste encore, répond Julien.

— On dirait que tu écris de moins en moins.

— Ça se peut !

Croyant avoir plus de succès, sœur Odile change de sujet.

— Tu veux des nouvelles de Vincent ?

— Vous en avez ?

— Viens, suis-moi.

Sœur Odile amène Julien à sa chambre où elle lui explique ce qui s'est passé la veille. Elle le fait en chuchotant, car elle a l'impression de livrer un secret honteux.

— Vincent, dit-elle, a été envoyé à Saint-Jean-de-Dieu !

— Chez les vrais fous ? s'exclame subitement Julien.

— Oui... Pauvre Vincent !

Sœur Odile a lancé son exclamation sans que le sens en soit bien clair. Elle baisse les yeux.

— Mais il n'est pas fou, se révolte Julien.

— Non, c'est sûr ! Mais il est si dangereux. C'est le Dr Marsan qui a pris la décision.

Sœur Odile hausse les épaules et prend celles de Julien qui refuse de se laisser toucher. Son corps en tremble. Il quitte la chambre en rageant. Dans le coin de la salle où il s'est tapi, son visage s'épuise de larmes. « Tabarnac ! » lance-t-il, conscient de commettre un péché mortel en sacrant comme il le fait.

•

Se trouvera-t-il, un jour, quelqu'un pour consoler Julien ? Quand donc cela se terminera-t-il ? Jour après jour. Semaine après semaine. Mois après mois. Et qu'y aura-t-il donc après ? Où l'enverra-t-on, lui, et avec qui ? Les questions sont douloureuses car il est désormais complètement seul.

Une rumeur laisse entendre qu'Antoine Mallard sera placé à l'école de réforme ou confié à une famille de paysans qui a grandement besoin de main-d'œuvre. Un à un, constate Julien, ses amis le quittent. Une semaine plus tard, jour pour jour, un mardi, Antoine part pour le Mont Saint-Antoine. Lorsque Julien le voit pour la dernière fois, une question lui vient spontanément : vont-ils un jour se revoir ?

•

Roger se lève de son lit. Il s'approche de celui de Julien qui pourtant se trouve dans la salle des lavabos où il fait sa toilette quotidienne. Roger à qui Julien n'a pas parlé depuis longtemps fouille dans le chiffonnier dont la porte est miraculeusement ouverte. Calepins et chandails volent de tous côtés. Roger s'empare d'un paquet ficelé contenant une série de calepins. Il retourne à son lit, coupe la corde avec ses dents et, un à un, ouvre les calepins et les déchire. En très petits morceaux.

Gabriel constate le dégât et s'empresse d'en avertir Julien qui, sur place, découvre une mare de pisse qui imbibe les pages déchirées de ses calepins. Une sourde colère s'installe en lui. Ce qui l'enrage, ce n'est pas tant qu'une partie de lui-même s'effondre que la violation de son territoire intime.

Aussi passe-t-il sa rage sur Roger qui, éperdu et paniqué, réprime ses balancements habituels. Julien hurle sa colère, pensant pouvoir dissiper sa propre souffrance. Il prend soudainement le bras de Roger et le mord. Surpris par son propre geste, Julien s'écrase par terre, anéanti par sa colère. Allongé, il balance des coups de pied dans le vide. Il libère ce qui lui reste de vengeance. Il fait peur à voir.

Sœur Odile a tout compris du drame qui s'est joué, mais en même temps, en un éclair, elle a vu glisser Julien dans ce qui, toujours, le guettait : la déchéance mentale. Ce soir-là, en tout cas, Julien en a adopté le comportement. Sœur Odile en est bouleversée.

Une demi-heure a passé.

Dans son lit où Julien est étendu sur le ventre, il tourne, au hasard, quelques pages de son calepin qu'aussitôt il referme. Il se penche alors vers son chiffonnier métallique, prend tous les calepins et les compte. Il y en a une trentaine.

Sœur Odile le découvre en train d'examiner certaines pages déchirées. Ignorant sa présence, Julien pense à elle. Sœur Odile, comme si elle ne voulait pas faire entendre sa voix, murmure :

— Donne-les-moi. Je vais voir ce que je peux faire.

Au fond, Julien est soulagé par la présence de sœur Odile qui, sans précipitation, tend les mains vers Julien.

— Y en manque plusieurs, dit Julien.

— On va sauver ceux qu'on peut.

Julien remet à sœur Odile une quinzaine de calepins déchirés. La religieuse les presse contre elle. Spontanément, elle ouvre le premier et lit : « Je suis pas content de l'absence de ma mère. » Sœur Odile sourit et, sous les yeux de l'adolescent, pointe la phrase. Julien ne s'en émeut pas.

— Vous ne me rendrez jamais ma mère, rétorque-t-il plutôt sèchement.

— Il n'en a jamais été question. Tu dis vraiment n'importe quoi. Tu dois sûrement être fatigué, nuance sœur Odile.

— Pour écrire, il faut penser. Ici, on pense pas. Voilà pourquoi il n'y a rien dans mes calepins.

— C'est faux et tu le sais. À quoi joues-tu ?

— J'écris dans le vide…

Julien ouvre le calepin dans lequel il vient d'écrire et tend la page vers sœur Odile qui doit obligatoirement reculer. Elle lit : « Je sui couché dans une caje d'os. »

Sœur Odile s'abstient de faire des remarques sur son orthographe, certaine que ce n'est pas le moment choisi. Dans sa tête, la phrase tourbillonne comme un vent mauvais. Julien, qui lui retire le calepin, change volontairement de sujet.

— Combien de temps Vincent va rester à Saint-Jean-de-Dieu ?

La surprise passée, sœur Odile parle donc de Vincent, sans comprendre à quel point ses propos peuvent encore perturber Julien.

— Vincent, lui annonce-t-elle, catastrophée, s'est de nouveau évadé. De Saint-Jean-de-Dieu, cette fois. Jeudi dernier, dans la matinée.

— Je le savais qu'il réussirait, proclame Julien qui se rappelle ce que Vincent lui avait dit au retour de sa première évasion.

— Vincent a les poings, toi, tu as les mots. Prends-en soin, conseille la religieuse. Ils peuvent te protéger.

Julien ne comprend pas le message exact que lui livre en ce moment sœur Odile qui se dirige vers le dortoir.

— C'est l'heure du coucher, lui lance-t-elle.

Sœur Odile observe son grand garçon. Vraiment, ses calepins sont dans un mauvais état, se dit-elle.

Sur son lit, Julien pense à Vincent, son frère d'infortune ; il se remémore des moments heureux. Lui revient un souvenir : celui d'un grand éclat de rire que tous les deux avaient échangé un soir d'automne. Cet éclat de rire spontané avait fait bondir leurs épaules comme des balles vives. À cause d'un jeu de mots. C'était le bon temps, pense Julien avec nostalgie. Enfants, Julien et Vincent chantaient ensemble, ils jouaient ensemble. Hier encore, Vincent était en compagnie des déments de l'hôpital Saint-Jean-de-Dieu. La folie et l'hébétude l'attendaient. Autant dire la mort, pense Julien.

Juin 1959

L'abbé Arsenault est en chaire, à la chapelle de l'hôpital de la Charité. L'air inspiré, voire décidé, il y prononce un sermon. Son auditoire est composé majoritairement de religieuses. En ce premier dimanche de juin, mesurant son effet, il lance :

— La charité.

Le mot résonne dans la chapelle. L'aumônier reprend la parole lorsque l'écho a fini de se répandre.

— La charité et son incarnation dans cette maison. La charité, cette mystification capitaliste, suggère-t-il.

Tous les yeux sont rivés sur le prédicateur dont le ton ferme, voire agressif, inquiète son auditoire. Sœur Odile, notamment, semble particulièrement touchée. Elle connaît la sincérité du prêtre et son intérêt réel pour les jeunes.

— Il faut toujours se demander, s'interroge fortement l'abbé Arsenault, si on fait la charité pour ceux qui en ont besoin et auxquels nous avons décidé de consacrer notre vie, ou si nous la faisons pour nous-mêmes, pour l'expansion de nos œuvres... Pour nous-mêmes, insiste-t-il, ou pour ces jeunes esseulés qui devraient, ici, être notre première mission.

Jeunes et vieilles religieuses écoutent, incertaines et agacées. Le malaise se perçoit sur leurs traits durcis. Fortement ébranlées, elles reçoivent, désolées, affligées, les accusations que leur lance leur aumônier. Elles aussi s'interrogent sur le sens à donner aux paroles qu'elles entendent. Rivée aux lèvres du prédicateur, seule sœur Odile demeure stoïque. Au même moment, elle pense à sœur Anne Germain, exilée en Afrique. Elle avait vu juste, celle-là, songe-t-elle.

L'abbé Arsenault, quant à lui, poursuit sa charge contre la communauté :

— Si ces jeunes ont droit à la vie, n'ont-ils pas droit surtout à ce qui fait le prix de la vie ?

Au grand réfectoire, à l'occasion du repas dominical, les religieuses, fort nerveuses, discutent fiévreusement du sermon qui les a tant atterrées.

— Mais pour qui se prend-il celui-là, lance sœur Agnès de la Croix, ce n'est pas lui qui assure le soin des malades. Ce n'est pas lui qui la fait quotidiennement, la charité, comme il dit. Avec tout ce que cela implique de dévouement.

À la sortie de la chapelle, croisant le terrible abbé qui perçoit le mécontentement bavard des religieuses, la directrice est subitement moins volubile. Se retournant vers ses compagnes qui l'ont imitée, sœur Agnès tourne le dos à l'aumônier avec la volonté ostentatoire et mesquine des ruptures haineuses. Finalement, elle cède à son impulsivité :

— Injuste, monsieur l'abbé ! Tout à fait injuste ! Ces religieuses ont donné leur vie pour ces enfants.

Au même moment, les religieuses ont décidé de faire front commun pour mieux se protéger des accusations dont elles ont été victimes. Elles s'écartent du prêtre comme s'il était un pestiféré. L'aumônier poursuit silencieusement son chemin. Il serre son bréviaire contre lui. Il ne peut s'empêcher d'esquisser un sourire de douce moquerie. Seule, sœur Odile ose l'approcher, tout étonnée elle-même d'avoir l'audace de l'accoster, en présence de ses consœurs.

— Que vouliez-vous dire au juste en parlant de charité et de mystification capitaliste ?

L'abbé maîtrise mal son impatience sans pourtant bien évaluer ce qu'il cherche à dire, d'autant qu'il connaît bien la réputation de sœur Odile.

— Ce que je veux dire ? Votre communauté, ma sœur, a fait le choix de l'argent. Cette maison ne remplit pas la mission pour laquelle elle a été créée. Et j'ai un peu honte quand je regarde comment, ici, les garçons grandissent.

— Honte, s'indigne malgré elle sœur Odile.

— Honte, oui, reprend l'abbé. Et vous, vous n'avez pas honte ?

Incapable d'ajouter quoi que ce soit, sœur Odile hoche la tête. La question lui fait mal comme un couteau qu'on entre dans un corps. L'aumônier ne lui donne d'ailleurs guère l'occasion de commenter puisqu'il la salue un peu brusquement de la tête et qu'il s'éloigne à pas vifs, étrangement malheureux de la blessure qu'il vient d'infliger à la religieuse. Je suis vraiment injuste, se dit-il, en pensant à toutes les sœurs Odile de l'hôpital. Mais, songeant à toutes les sœurs Agnès de la direction, il ne regrette rien de ce qu'il vient de dire.

En silence, dans le long corridor central, les dirigeantes égrènent leur chapelet. Elles se dirigent vers leurs bureaux. Elles s'arrêtent pour laisser passer une cohorte de malades. Gabriel, qui traîne dans le corridor, est un court instant intimidé. En réalité, il ne sait pas comment interpréter un si inhabituel silence de leur part.

•

Les choses reprennent lentement leur cours à la salle Saint-Gérard. Gabriel a besoin de dormir alors qu'il redoute son sommeil. À petit feu, il meurt d'indifférence. De son pas lent, de son pas de vieillard, il regagne sa chaise berçante. On vient de lui remettre son médicament réglementaire.

Julien va, comme à son habitude, prendre appui à la fenêtre. Il suit du regard son ami Vincent qui caracole là-bas, tout là-bas, hébété, lui aussi, par des doses massives de médicaments...

Ce que Julien sait maintenant de l'asile vient moins du comportement débile de certains de ses compagnons que du sentiment de sa propre destruction. Julien, marqué par l'usure des longues années, commence à comprendre à quel point il est lui-même démuni. La marque sera éternelle, continue-t-il à penser. C'est si long la vie à l'asile, se dit-il. Toujours ces visages rugueux, ces mêmes regards éteints. La mort, toujours la mort. Des corps inertes. Et souvent le goût d'en finir une fois pour toutes. Car l'ennui est devenu un barbelé au-dessus duquel il ne peut sauter.

Les travaux, malgré tout, ont repris à la ferme de l'hôpital de la Charité. C'est l'été. Julien bine la terre comme s'il avait fait cela toute sa vie. On pourrait croire qu'il y prend plaisir. C'est tout le contraire. En réalité, Julien est incapable de ne pas donner le meilleur de lui-même. Il accomplit toujours le travail qu'on lui demande comme si sa tâche, bien remplie, devenait d'abord source de valorisation personnelle.

Gabriel, vêtu de l'uniforme bleu délavé des employés de soutien, lave toujours les planchers du couloir attenant à la salle Saint-Gérard. Il monte et descend le même interminable corridor qui vient buter sur les portes qui séparent radicalement le monde des filles du monde des garçons. Et il le fait sans souffler, sans s'arrêter jamais. Dodelinant de la tête. Comme désarticulé.

C'est là que Julien ira le cueillir en fin de journée. Comme il le fait chaque jour depuis des mois. Rituel étrange que le passage inaltérable des jours rend de plus en plus désespérant. Et qui dit bien, même à ceux qui ne veulent pas voir, que quelque chose a définitivement été cassé dans son corps désemparé.

Gabriel a trouvé là, dans ces interminables corridors, son ultime vérité. Il ne joue plus à laver les planchers ; il est devenu le laveur, le vrai. C'est en tant que débile léger que Gabriel a trouvé sa place dans l'hôpital. Il a découvert dans son travail répétitif une sécurité qui lui convient. Dans un corridor, lieu ouvert par excellence, les portes fermées ne sont pas un problème.

Et s'il accepte si docilement de suivre Julien, c'est parce que la vie est ainsi plus simple. Julien sait et voit bien qu'on ne tente pas de guérir son ami, mais davantage de le maîtriser. Il sait aussi très bien que Gabriel trouvera, sitôt de retour à sa chaise berçante (l'autre pôle essentiel de ce qui lui tient lieu de vie), les pilules dont il a un besoin absolu. Ses paradis artificiels... Maintenant qu'il ne fait plus de crises, il fuit dans les médicaments qui le laissent exsangue. Sa mémoire, d'ailleurs, distingue de moins en moins les jours. Et si Julien continue à lui prêter son aide, c'est tout simplement qu'il ne peut encore se résigner au vide de son existence.

Puisque demain n'a plus de sens, Gabriel se colle au présent. Pas assez vivant, toutefois, pour y prendre plaisir, il se complaît dans une totale passivité. Gabriel meurt à petit feu ; Julien est l'impuissant témoin de sa déchéance.

Réfugiés dans la salle Saint-Gérard, les deux adolescents n'arrivent plus à retrouver leur complicité d'antan. Gabriel se berce sans fin. Et Julien s'appuie à la fenêtre grillagée et regarde tomber une pluie qu'il n'aurait jamais pu imaginer si dense.

Regarder tomber la pluie. On dirait que Julien, qui a déjà seize ans, ne sait plus rien faire d'autre. Qu'il ne saura plus jamais rien faire d'autre.

•

Julien est dans le bureau vitré. Sœur Odile a dû s'absenter momentanément. Il lève la tête, fixe le tiroir à demi ouvert. La fiche médicale de Gabriel, qu'il reluque depuis un moment, est sur le dessus d'une pile. Il se penche, pour ne pas être vu à travers la vitre, et tire la fiche de son ami vers lui. Il lit une note manuscrite dont il n'est pas certain de comprendre le sens.

« Gabriel, dans son langage spontané, s'exprime au moyen de petites phrases asyntaxiques où souvent la fin des mots tombe. Sa prononciation est souvent très déficiente, d'allure très infantile. De plus, il parle par généralités. Il régit ses relations avec le monde à partir d'un verbiage incompréhensible. Au point de vue social et affectif, le jeune Gabriel reste un enfant sensible et très timide. Il est capable pourtant de bons raisonnements et a une saisie adéquate des relations spatiales. Diagnostic : déficient mental. État actuel non amélioré. Le patient est de moins en moins capable de progrès. »

Julien s'arrête. Il ne comprend pas tout. Ce qu'il vient de lire lui donne l'impression qu'on attend que son ami crève. L'absence de mots chez son compagnon d'asile, comme il vient de le penser à l'instant, est telle qu'elle le confine, en toute apparence, à la maladie mentale. Même sœur Odile prend la « maladie » de Gabriel pour une faute qui a exclu son ami des leçons d'artisanat données par le menuisier, M. Norbert Tessier. Maîtrisant si peu son corps, Gabriel fait parfois des colères jugées excessives. D'où le traitement par électrochocs que lui a prescrit le Dr Marsan. Julien pose son regard sur une autre feuille. À nouveau, il ne comprend pas toutes les remarques contenues sur la fiche qu'il lit péniblement.

À lui seul, le dossier de Gabriel résume toute la palette des médicaments qui lui ont été administrés depuis son internement. Son dossier médical compte une vingtaine de pages où sont notées les prescriptions abusives. Dans la seule année 1958, Gabriel a subi dix-sept séances d'électrochocs. Il a de plus passé plusieurs mois en cellule, a reçu plusieurs doses de métrozol [1]. Des noms bizarres sont alignés : largatil, phénalgan liquide, insuline, équanil, cure de sommeil. Gabriel, on le drogue : il ne lui reste que la paix comme espoir. « Laissez-moé tanquille », a-t-il pris l'habitude de répéter. Ses journées se vivent en pure perte.

— Qu'est-ce que tu fouilles là, Julien ?
— Je cherche mon dossier.
— Sors de là. T'as pas le droit. C'est confidentiel.

Julien, qui ne connaît pas le mot, n'en demande même pas le sens. Coupable autant que malheureux de ce qu'il vient de découvrir, il décide plutôt d'affronter sœur Odile.

— Est-ce que je suis débile moi aussi ?
— Qu'est-ce que tu vas chercher là ?
— Gabriel, y est classé débile, hein ? État actuel non amélioré, c'est ça qui est écrit à propos de Gabriel. Regardez !

La religieuse baisse les yeux. Le jeune garçon ne perçoit pas la confusion qui étreint sœur Odile, mais il constate chez elle une détresse dont il n'imagine pas l'ampleur.

— Et les pilules que vous lui donnez, c'est parce qu'il est normal ou c'est parce qu'il est orphelin ?

---

1. Médicament peu connu et expérimental qui sert à provoquer des crises d'épilepsie chez les animaux et à tester ensuite des remèdes contre cette maladie.

Sœur Odile est humiliée par la remarque, confondue et dans son orgueil et dans sa compétence. Elle quitte Julien non sans le fixer auparavant de son regard douloureux.

Depuis sa fouille, Julien se perçoit comme un être psychiquement malade. Il se compare à Gabriel. Il prend conscience que ses contacts avec le monde extérieur sont délibérément réduits. Il éprouve un sentiment d'angoisse si fort à la pensée de faire face au monde extérieur qu'il préfère, comme en ce moment, la sécurité de l'hôpital même s'il lui faut y rester à vie.

Août 1959

L'abbé Arsenault se dirige vers son bureau. Pendant son trajet, lui viennent en mémoire certains passages de son dernier sermon. En lui-même, il se met à souhaiter que les actions des dirigeantes, leurs décisions et leur administration leur soient, un jour, sévèrement reprochées.

L'aumônier sait depuis une semaine qu'il a été muté à un autre ministère. Il s'y attendait. On ne s'attaque pas à l'autorité ecclésiastique sans en subir les conséquences. S'il n'a pas encore annoncé la mauvaise nouvelle à sœur Odile, c'est à cause de Julien. Arrivé à son bureau, il prend le téléphone et demande à sœur Odile de venir le rejoindre, si possible accompagnée de Julien.

Ce dernier n'ose pas quitter la chambre si familière de la religieuse où il se sent en sécurité.

— Suis-moi, l'abbé Arsenault nous attend.

Julien suit sœur Odile jusqu'à la sortie du dortoir. Elle le laisse passer, puis, avant de refermer la porte, regarde en arrière. Ses yeux cherchent aussitôt le lit de Julien. Un détail la frappe : les coins du lit sont bien faits. Cela suffit à la rassurer. L'ordre et l'avenir sont du côté de son Julien.

Sœur Odile a cette violence soudaine des mères qui défendent leur enfant. Deux grosses larmes roulent sur ses joues. Les dents serrées, elle murmure pour elle-même :

— Tu vas réussir, mon garçon. Ils vont t'aider.

L'angoisse est de plus en plus visible sur le visage de Julien. Il n'a jamais montré ses calepins à d'autres qu'à sœur Odile. Il les serre sur sa poitrine.

Sœur Odile, telle une guetteuse d'avenir, prend les calepins de Julien et les dépose sur le bureau de l'aumônier. Le geste est maternel. Puis, sans avertissement, la religieuse se lève, se dirige vers la vitre qui donne sur la salle et tire les rideaux.

— Heureusement, dit-elle à l'aumônier, Roger n'a pas déchiré tous les calepins.

L'abbé Arsenault se met à lire quelques passages. Il regarde Julien, pose sa main sur son épaule. Sœur Odile s'aperçoit que l'aumônier est ému.

— Qui t'a appris tout cela ?

— Sœur Odile, répond Julien qui, tout reconnaissant, la regarde avec une douce intensité.

L'abbé Arsenault se tourne vers sœur Odile, la regarde à son tour et questionne une fois de plus :

— Pendant toutes ces années ?

— Oui, monsieur l'abbé, toutes ces années, confirme la religieuse avec dans la voix l'infinie patience qui est la sienne depuis si longtemps.

L'abbé Arsenault est tout à ses pensées. Pour lui, à présent qu'il réfléchit à la question, Julien est un vrai vivant. Grâce à ses calepins, il a contourné la folie de l'hôpital qui, toujours, abolit le temps. Ses notes, maintenant, supposent son existence, son histoire et, par ricochet, celle aussi de ses compagnons. Julien a échappé à la langue des fous, pour reprendre une de ses phrases écrites.

— J'ai un ami qui est prêtre. Il dirige une école à Joliette. Je lui ai déjà parlé de toi.

Julien est entre la frayeur et l'espoir, la confiance et l'inconnu. Quant à sœur Odile, elle sait que le jour de sa libération est venu. L'avenir, a-t-elle déjà lu, est pour ceux qui existent dans le regard des autres.

— Vous avez eu des nouvelles ? demande sœur Odile.

L'abbé la rassure :

— Tout va très bien. J'ai parlé à mon bon ami, l'abbé Alban Moisan, qui est directeur à l'orphelinat Saint-Georges à Joliette.

— Même si Julien n'a qu'une troisième année ? interroge, inquiète, sœur Odile.

— Malgré sa troisième année, réplique affectueusement l'abbé. Vous ne devriez pas vous inquiéter. Vous le connaissez bien, votre Julien.

— Je vais prier pour lui, ajoute, soulagée, sœur Odile. C'est tout ce que je peux faire, désormais.

— Vous aurez une pensée pour moi ? glisse aussi l'abbé.

— Bien sûr !

— Quant à moi, je penserai à vous toutes, à tous ces jeunes garçons... qui vont rester !

Le ton légèrement ironique de l'aumônier ne vise pas sœur Odile cette fois. Car il sait bien que la religieuse, en un sens, fait le don de son Julien à la société. Elle lui permet, en tout cas, une nouvelle naissance.

— Julien, dit l'abbé, tu veux nous laisser un moment ? J'ai à parler à sœur Odile.

Embarrassé, ses calepins sous le bras, Julien quitte le bureau. L'air que sœur Odile affiche est mystérieux. L'abbé Arsenault s'empresse de remettre à la religieuse une enveloppe.

— Vous pouvez l'ouvrir. C'est un projet de lettre.

Les mains de sœur Odile tremblent. Dès qu'elle jette les yeux sur la feuille, ses jambes fléchissent. L'abbé Arsenault approche une chaise, mais sœur Odile ignore son attention. Son visage trahit un désarroi immense. Sous son épaisse robe blanche, chaque mot lui entre dans la peau comme pour marquer une douleur toujours plus grande.

Montréal, le 16 août 1959

Éminence,

Depuis quelques mois, je réfléchis et, si cela m'est encore possible, je prie. Des raisons très graves m'obligent à demander au chef suprême de l'Église catholique, le pape Pie XII, de me relever de mes obligations cléricales.

Étant donné que vous avez participé aux négociations qui ont conduit au changement d'orientation du Mont de la Charité, le bien nommé, dont j'étais l'aumônier, je ne vous ferai pas le rappel des événements qui sont à la source de l'épreuve que je m'impose.

Depuis mon ordination, j'ai exercé mon apostolat dans un esprit de parfaite obéissance. Aujourd'hui, je n'en suis plus capable. Je refuse de me faire le défenseur d'actes, d'intérêts ou de valeurs qui contredisent les enseignements mêmes de l'Église. En mon âme et conscience, je ne peux les cautionner.

Si le Seigneur a voulu ces événements pour éprouver ma foi et celle des autres, Il n'a toutefois pas prévu que cette épreuve allait ébranler à jamais, en ce qui me concerne, le sens profond que j'accorde à deux mots qui, avant aujourd'hui, avaient toujours soutenu mon ministère sacerdotal : charité chrétienne.

Comme ma mutation à un autre ministère constitue une désapprobation publique de mes paroles, je dois conclure que la parole même du Christ a perdu toute signification. Jamais plus, Éminence — et cela est surtout triste pour les enfants que nous devons laisser venir à nous —, je ne pourrai croire en l'Église que vous dirigez ici, jamais plus je ne retrouverai la foi qui soulève les montagnes.

Pour terminer, puis-je vous rappeler que cette lettre vous informe de ma décision de quitter notre Église, ainsi que des raisons qui motivent cette décision. Je vous demande d'acheminer au pape ma demande de laïcisation. Quoi qu'il pense, quoi que vous pensiez, à compter de maintenant, je vous prie de ne plus me considérer des vôtres.

Acceptez, Éminence, l'expression de mes regrets les plus sincères.

René Arsenault

Sœur Odile relève la tête, surprise par la fermeté et l'audace des propos.

— Je ne vous connaissais pas sous cet angle, monsieur l'abbé. Comment osez-vous dire ces choses? Je crains de n'avoir pas votre courage.

— Ma sœur, vous pourriez me répondre que c'est facile de partir quand on n'a pas un enfant à aimer. Je sais que vous restez pour les démunis qui sont votre raison de vivre. Chacun fait ses propres choix. Sachez que jamais je ne vous reprocherai le vôtre.

L'abbé Arsenault, débarrassé de ses réflexes cléricaux, se dit qu'il y a quelque chose de ridicule à vouloir soigner, à coups de prières et de médicaments, des fous et des moins fous. Il écarte cette pensée lorsque sœur Odile insiste pour le saluer une dernière fois.

— Je ne sais pas si un jour nous nous reverrons. Puissiez-vous ne jamais regretter votre décision.

•

Julien ne fait pas le compte exact, mais cela fait bien neuf ans qu'il vit ici entre ces murs blancs. Au moment de quitter la salle, il est mal à l'aise. Hésitant même. Neuf longues années! Pendant lesquelles les choses ont changé, tout en demeurant pourtant si semblables. Quel âge ont donc ces visages qui défilent une fraction de seconde sous ses yeux, où affleure une tristesse prévisible? Quel souvenir en conservera-t-il? Il a une pensée pour Jacinthe, mais pour l'instant, Gabriel occupe tout son esprit et tout son cœur.

Gabriel ne sourit pas. Sa tête est rentrée dans ses épaules. Ses bras ne se tendent plus spontanément vers Julien en signe d'amitié. Gabriel, désormais, ne sait fixer que les objets inertes. Tout ce qui bouge est ignoré. Le soleil qui glisse sur sa cuisse et qui rejoint le sol n'a pour lui aucun intérêt. On dirait que le temps l'a oublié.

Julien maintient son regard sur Gabriel, rivé à sa chaise berçante. Il prend la mesure de ce à quoi il va échapper; de ce à quoi Gabriel ne pourra échapper. Son ami est comme un arbre abîmé par le gel. Qui est de trop, lui ou la vie ? se demande Julien qui le prend par le bras.

— Tu vas m'accompagner jusqu'en bas.

Gabriel se laisse conduire. Dans le corridor qui les amène à l'entrée principale, Gabriel lui fait enfin tout haut des adieux que Julien accueille en le serrant très fort contre sa poitrine toute chaude. Gabriel ne bégaie pas, remarque Julien.

— Tu m'oublieras pas, hein ?

— Jamais, tu entends.

Julien le lui promet, partagé entre l'excitation du départ qui lui procure tant de joie et la certitude éprouvante, par ailleurs, qu'il ne verra jamais plus Gabriel. Julien pose ses mains sur son visage, et c'est immensément doux. Il en reste étonné. Il n'y a plus rien d'autre que ce visage à regarder comme quand on aime. Alors que Gabriel, par contraste, fixant Julien, s'abandonne maintenant chair et sang, dans un silence et une froideur totale. Julien balaie de son regard les rangées de lits. Il se sent profondément triste pour ceux qui restent. Peut-être les voit-il comme des morts.

Gabriel, ce garçon cassé, Julien ne pourra jamais l'oublier. L'oublierait-il que c'est une partie de lui-même qu'il renierait. De même, il n'oubliera jamais Vincent. Pas plus qu'il ne s'oubliera lui, tel qu'il aura été.

Sœur Odile l'attend dehors. Le cœur de Julien se serre. Que peut-il lui dire, lui, incapable à seize ans de se blottir spontanément dans ses bras ? Il dépose sa valise et s'approche de celle qui a été un peu sa mère, un peu son professeur, un peu son amie, mais toujours une religieuse. Sœur Odile, d'un geste hésitant, lui ébouriffe les cheveux en un dernier signe d'adieu. Des larmes glissent sur ses joues bombées.

— Fais ton bon garçon, Julien. Tu viendras nous voir. Tu nous le promets ?

Sans trop savoir comment il est parvenu jusque-là, Julien sort de l'hôpital de la Charité. Par l'entrée principale. Il fait quelques pas, hésite, puis se retourne. Ce qu'il voit l'émeut. Sœur Odile a rejoint Gabriel comme pour lui faire comprendre qu'elle n'a pas tout perdu. Que le lien n'est pas tout à fait brisé. Puis, Julien regarde l'édifice que le soleil découpe par-

288

faitement sur le ciel bleu pâle. Julien reprend sa marche. Il se dirige vers une voiture où l'attend l'abbé Arsenault qui quitte définitivement l'institut lui aussi, mais Julien n'en sait rien. C'est ainsi que le fragile adolescent descend pour la dernière fois la longue allée qui, de l'hôpital, conduit au boulevard Gouin. Là-bas, tout là-bas... l'attend une autre vie.

Julien pense qu'une partie de sa vie prend ici fin. Habité par la sensation profonde d'être au début de quelque chose, le frêle adolescent jette un premier regard sur le monde. Ses yeux donnent sur une route qui lui offre la totalité de l'horizon.

Septembre 1959

— Oui, monsieur le frère.

— Le monsieur n'est pas nécessaire, Julien. Je m'appelle frère Luc.

— Oui, frère Luc.

À l'orphelinat Saint-Georges de Joliette, Julien est dans une classe de quatrième. C'est un clerc de Saint-Viateur qui est son professeur. Le religieux est jeune et rondelet. Les autres écoliers ont généralement dix ou onze ans. Julien, lui, en a seize.

— Taisez-vous et écoutez-moi.

Insouciants, les nouveaux compagnons de Julien rivalisent de sottises et de quolibets. Impressionné et fragile, le nouveau venu n'a pas encore bougé le petit doigt, et encore moins élevé la voix.

Le frère enseignant se tourne vers Julien et lui demande :

— Maurice Duplessis, tu sais qui il est, ce qu'il a fait ?

— Non, frère Luc.

Pendant que l'homme en soutane rappelle la vie du premier ministre du Québec, qui vient de mourir, Julien se perd dans ses pensées. Il n'attend que le repas du midi qui a tous les atouts pour l'attirer : spaghetti à la viande, verre de lait froid et gâteau à la mélasse. Ce menu, il l'a bien vu affiché à un mur près de la cuisine à l'étage au-dessous.

Dehors, le soleil plombe sur la cour. Ce qui réconforte Julien, c'est que cette cour n'a ni murs ni clôture.

Quelque part au fond de lui, Julien sent que les choses ne sont plus les mêmes. À l'asile, on n'exigeait pas de lui qu'il soit différent. Ici, on veut qu'il apprenne. Ici, on ne tolère pas l'idée que chacun puisse rester dans les ténèbres. Pour Julien, la succession des heures n'est plus une ligne grise et sans fin. Les jours défilent rapidement sans que tout soit nécessairement si morne ou si brutal.

•

Julien continue de griffonner dans ses calepins tel que le lui a conseillé sœur Odile. Il tente de comprendre pourquoi sa mémoire vive s'obstine à ne pas exister, pourquoi ce qu'il tente d'oublier réapparaît contre son gré. « Me bercer, note-t-il, m'a enlevé tout envie de révolte. »

Au début des années soixante, ses calepins constituent son « album de pensées personnelles » qui lui ont permis de garder le contact avec lui-même depuis son abandon jusqu'à son internement à l'asile. « En moi, écrit-il un peu avant les années soixante-dix, tourne un langage étrange que je ne peux mettre en mots. À la crèche, pour retrouver mon corps, je me berçais. Les enfants se berçaient. Sans mots, ils étaient tout entiers dans leur perte. La chaise berçante, c'était notre substitut maternel. Hors d'elle, pour nous extirper du vide, il n'y avait que le cri. Pour rejoindre désespérément quelqu'un. »

Depuis son départ de l'hôpital de la Charité, Julien pense souvent à Gabriel, à sœur Odile qui a veillé sur lui, à Vincent qui lui a montré, contre vents et marées, le chemin de sa propre liberté. Entré chez les frères, il n'y est pas resté. Les études en pédagogie le conduisent à l'enseignement qui devient son premier lieu d'engagement syndical. De cet engagement à l'engagement social, voire politique, il n'y a qu'un pas que Julien a vite franchi.

Quelques femmes pénètrent aussi dans sa vie. Tout, alors, est si nouveau. Julien est en retard sur tout. Comment toucher une femme quand on n'a connu que le regard des religieuses ? Au milieu des années soixante-dix, Maude aura initié Julien, alors autour de la trentaine, aux choses de l'amour. Avec elle, grâce à elle, Julien prend la vie comme on prend une vague : une occasion de se rendre au rivage de l'autre. Pour faire de lui-même un homme complet.

Toutefois, bien avant sa rencontre avec Maude, Julien a abandonné ses calepins qui n'ont cessé de lui rappeler son passé. Dans son dernier calepin, il se souvient toutefois d'avoir écrit cette dernière phrase : « Je suis l'amnésie d'une douleur qui n'a jamais prononcé le mot le plus vrai au monde : MAMAN ! »

Julien a longtemps été habité par ce doute profond sur lui-même dont parlent souvent ses vieux calepins : « Beaucoup de talents, a-t-il déjà lu, meurent de n'avoir jamais rencontré quelqu'un qui leur ait fait l'hommage de se recueillir tout entier pour les écouter, les regarder, les aimer. » A-t-il puisé dans ce doute la matière à écrire ? Au milieu de la trentaine, Julien devient un écrivain qui, si cela fait la joie et la fierté de sœur Odile, cause aussi, par la dénonciation à laquelle il participe, sa plus grande douleur. Car Julien a toujours su qu'il a été — qu'il est toujours — grâce à sœur Odile d'une certaine façon, un « homme revenu d'en dehors du monde [1] ».

------

1. Gaston Miron.

Sixième partie

Le silence déraisonnable

Février 1984

Bien des années ont passé. Laissant de légères rides sur mon visage, même si, par ailleurs, le temps en a dessiné de plus profondes sur les visages auxquels je pense de plus en plus.

Sébastien, devant moi, a hâte de terminer son secondaire. Il a seize ans. Mon jeune élève est à mille lieues de ce que j'étais à seize ans alors que je quittais définitivement, en cette fin d'été 1959, l'hôpital de la Charité. Je portais alors si gauchement, il m'en souvient encore, cravate rouge, pantalon gris et blazer marine avec l'écusson désuet arborant les lettres MC. Décontracté, Sébastien est vêtu d'un jean et d'un tee-shirt. Je suis un professeur vivant, comme il dit. Il aime se colleter avec moi. Il est vrai que j'aime le choc des idées, même en classe, surtout en classe. J'alimente une pédagogie de la confrontation, que Sébastien, en particulier, confond parfois avec mon engagement personnel. Comme si son professeur, ironise-t-il à l'occasion, voulait toujours se mettre à la place de ses élèves. Son professeur, se demande-t-il, en fait-il un peu trop parce que ses élèves n'en font pas assez ?

— Je ne suis pas comme les autres, répète-t-il souvent.

Et moi ? L'étais-je, comme les autres ? Et adulte, le suis-je devenu ? Orphelin sain d'esprit et de corps, pourquoi et comment avais-je été un « enfant d'asile » ? Pourquoi à seize ans, comme tous mes camarades d'enfance, n'avais-je que l'équivalent d'une troisième année scolaire ?

La classe est bruyante. Mes élèves de cinquième secondaire me narguent par leur indifférence manifeste. L'atmosphère pèse lourd. Je trouve que je suis ennuyant et répétitif. Il reste encore trente-cinq minutes avant la fin du cours. Une fin de semaine de quatre jours attend mes élèves. Malgré tout, il faut que je leur parle de *Salut Galarneau!*, roman de Jacques Godbout. Le premier commentaire que j'entends est d'autant plus cinglant qu'il vient de Sébastien qui, même s'il est le plus jeune du groupe, est un lecteur passionné.

— Ç'a été écrit il y a presque vingt ans et ça paraît. Vous ne trouvez pas que le roman est vraiment dépassé ?

Bien qu'un peu ébranlé par la franchise de mon élève, je ne cache pas mon agacement.

— Tu veux dire que mon choix est mauvais ?

— Plate, oui, insiste Sébastien...

À mes débuts, pourtant, ce jeune public — je l'avais violemment senti — allait me permettre de compenser toutes les incompréhensions de ma jeunesse insensée. Je le savais confusément, l'enseignement allait m'offrir cela : la possibilité de donner à des jeunes ce que j'aurais tant voulu qu'on me donnât à moi. Mais je n'avais jamais pensé que la partie serait aussi difficile.

— Les idées ne viennent pas des nuages, ai-je ironisé.

— Non, mais ça y retourne, réplique sans merci Éric, le voisin de bureau de Sébastien qui pouffe de rire.

— Tu te trouves drôle. Arrête donc de bouger.

— Monsieur, si je ne bouge pas, j'ai peur que vous m'oubliiez... commente la même voix.

— C'est plate ! Qu'est-ce que ça donne de lire *Salut Galarneau !* stie ? J'aime pas lire, renchérit une troisième voix.

— Allez tous à la page 65, dis-je, excédé. Lisez-moi ce paragraphe. Tiens, Sébastien, lis à haute voix l'extrait.

L'élève s'exécute. Au début, il sourit, hésite puis devient plus sérieux. Sa voix est seule à se faire entendre.

J'ai toujours aimé maman et papa d'une même envolée de tendresse parce que jamais nous ne les voyions ensemble. Pourtant, des fois, je me demande comment ils nous ont faits, Jacques, Arthur et moi. Je veux dire, ils ont bien dû coucher ensemble au moins trois fois, à intervalles de neuf mois, même plus souvent ! si on croit à la loi des probabilités. Bien sûr, ils avaient dû s'aimer, être heureux quelques mois au début de leur mariage, ça nous donne Jacques, disons, peut-être Arthur, certainement pas moi, François.

— Alors, ça ne vous dit rien ? leur dis-je. Ni à toi Éric, ni à toi Sébastien, ni à toi Olivier ? Vous êtes pourtant bien les enfants de ces héros. Vous connaissez ?

— Non, monsieur, répond en riant Olivier. Nous, si nous ne les voyons plus ensemble, nos parents, c'est qu'ils ne sont plus ensemble dans la réalité, pas juste dans l'imaginaire. Deux clefs, deux maisons, deux mères, deux pères, vous connaissez ?

— Quand ce n'est pas trois ou quatre ! renchérit Sébastien.

Soudain, mon roman à la main, j'ai l'air dépassé. Si vulnérable, aussi, parce que j'ai toujours voulu croire que l'écriture et la lecture peuvent fournir une solution à tout, à tous…

— Toi, Olivier, tu vas me dire que ça ne te concerne pas parce que ça fait dix-sept ans que ça a été écrit ? Bien sûr, vous avez tous pour parents des couples recomposés qui s'aiment et qui ne font pas semblant parce qu'ils ont déjà été séparés. Toi, tu es né par amour ou par hasard ? Vous tous, qu'est-ce que vous en savez ?

— Je vous concède une chose, monsieur, répond Sébastien qui vient aussi à la rescousse d'Olivier. Je n'ai jamais abordé la question des parents sous cet angle, je veux dire : sous l'angle du hasard ou de l'amour. Peut-être que c'est actuel.

— Vous ne vous demandez pas d'où vous venez ? Où vous êtes ? Comment vous y êtes venus ? Ce que vous allez faire dans la vie ? Qui vous êtes ? La question : pourquoi il faut lire ? Je vous la donne la réponse. Écrivez ! Pour comprendre, se comprendre, nous comprendre.

Né par hasard, non par amour ! Moi, fils de personne, j'en avais une idée. Et depuis longtemps. Évidemment, le choix de mon extrait n'était pas dû au hasard. J'aime que la notion de bonheur familial — est-ce par vengeance ? — soit fortement compromise par des textes. Comme professeur, voilà ce que je veux contrer : le mensonge, car je sais, au fond, que les jeunes ne sont pas indifférents. Heureusement, et c'est là ma consolation, l'école ne réussit pas toujours à tarir leur potentiel. Ce n'est pas là un miracle, c'est une force de résistance qui, face aux programmes scolaires, fait honneur à leur sens critique.

Je termine mon cours sur cet échange, tout compte fait, chaleureux. J'aime ce questionnement de nos propres vies par l'entremise des textes. Et mes élèves ne s'y trompent pas. S'ils sentent du respect dans ma manière de les provoquer, et je ne m'y trompe pas à mon tour, ils devinent ma vulnérabilité comme adulte. Et c'est là que se trouve, je pense, le point de contact entre eux et moi : notre vulnérabilité commune.

•

À la sortie de mon cours, sœur Jeanne Longpré, collègue de travail et professeur d'arts plastiques, et, de surcroît, sœur de la Bonne Enfance, insiste pour que je lui accorde quelques minutes. Je m'étonne de son empressement. Elle me remet un numéro de téléphone, comme si c'était urgent.

— Te souviens-tu d'une religieuse qui s'appelle sœur Odile des Anges ? me demande-t-elle timidement. Si tu savais comme elle s'informe de toi !

Terriblement gêné et confusément touché, j'ai conscience de très mal masquer mes sentiments. L'ai-je vraiment oubliée ?

— D'accord, je vais l'appeler.

— Il faut que tu saches que sœur Odile est retraitée et vit à la maison mère des sœurs de la Bonne Enfance, rue de Salaberry à Montréal, dans ce qu'on appelle le Nouveau-Bordeaux, à deux pas de l'hôpital Sacré-Cœur.

Le rappel de sœur Odile me gêne et rouvre un chapitre de ma vie que j'avais cru clos à jamais. Quoique très confusément, je crains de voir bientôt ressurgir les monstres de mon passé... Et quel besoin ai-je de revenir en arrière, moi qui ai mon enseignement, mes élèves, ma femme ; moi qui serai bientôt père, reprenant à mon compte, avec Maude, tout le cycle de la vie.

Me souvenir de ma douleur suppose que je doive d'abord en rendre compte dans le désordre qui est la régularité du chaos. L'asile fut ma plaine hors du temps. Cela, il m'en souvient. À sa manière, donc, le passé est toujours en vie.

Je me réfugie sur le banc d'où je regarde mes élèves et, derrière eux si grouillants, la silhouette inébranlable et grise du collège Beaubois à Pierrefonds. Sous un soleil d'hiver accueillant, certains élèves courent à rendre l'âme, d'autres circulent dans la cour comme d'anciens frères récitant leur chapelet par groupes de trois ou quatre. Je fais tout pour me concentrer sur ces images du collège privé où j'enseigne, mais je ne parviens pas à chasser ces autres images — troublantes celles-là — qui remontent de mon passé et qui me ramènent au lieu étouffé de ma mémoire institutionnelle. Comme si c'était hier... Le constat m'accable. Le souvenir est brusque : il y a Vincent, Gabriel, les autres et moi... tous, en un autre âge, à l'asile.

Antidote à mon passé, ma vie est stimulante. Il y a l'univers social qui est principalement l'univers de mon travail. Mon enseignement et les multiples activités qui s'y sont greffées au cours des ans. Si longtemps exclu. Ai-je eu trop peur de l'être à jamais ? Mon sens de l'engagement est connu : activités parascolaires, syndicat, camps de vacances, associations des écrivains, etc. Il y a aussi mon univers personnel, intime, celui de Maude, ma blonde des jours heureux, comme j'aime à le dire.

Qui pouvait me donner tout cet amour qu'on m'avait refusé depuis ma naissance ? J'avais accumulé tant d'amour, mais pour qui ? À qui pourrais-je en retour donner tout ce qui avait bouillonné en moi et qui n'avait trouvé à se fixer, en de rares instants fulgurants, que sur les rares amis de mon enfance, depuis si longtemps égarés ? J'avais un tel besoin de tendresse.

Mon corps ne se souvient pas de gestes maternels ou paternels. Il n'a commencé à exister qu'à l'adolescence, avec

Antoine en particulier, puis avec Jacinthe. Avec elle et lui, j'avais plongé dans l'émotion première. Le sentiment d'étrangeté qui en avait émané avait constitué une expérience tout à fait nouvelle. Sans doute, ma sensibilité a été longtemps nourrie par des désirs interdits.

Maude a été une sorte de cadeau du ciel. Et j'en suis, encore aujourd'hui, étonné. Je veux dire que cela, l'amour, me soit arrivé. Je me demande parfois si la femme de ma vie n'était pas en quelque sorte comme un trésor caché que le destin m'avait réservé pour se faire pardonner l'enfer asilaire dans lequel il m'avait plongé. Elle qui ne tolère ni l'injustice, ni la bêtise, ni la futilité, voici que Maude me choisit, que je suis son homme. Celui avec lequel elle va construire quelque chose de solide, même — et j'en mesure le risque aujourd'hui — si j'étais, à ce moment-là, un adolescent attardé à la trentaine bien amorcée et à la révolte entretenue. Comme si Maude avait compris que j'avais besoin d'un corps heureux pour habiter tout l'amour que je voulais lui donner. Car elle était ce corps accessible et que je pouvais toucher ; à qui je cédais tout de mon désir nouveau.

Seuls les vers que j'ai commencé à écrire me trahissent auprès de Maude, mais je n'en serai conscient que des années plus tard. Lorsque le bonheur, enfin solide, m'a permis de réintégrer et de décoder ma souffrance. Maude ne m'a jamais poussé à quelque révélation scabreuse à propos de mon enfance, révélations qui auraient été douloureuses sans doute. Bribe par bribe, je lui ai raconté ce que je pouvais lui raconter. Ainsi, même si elle avait entendu parler de sœur Odile des Anges, dont le nom l'éblouissait par sa sonorité, elle n'en avait pourtant jamais percé le mystère. Car cela, elle l'avait accepté et l'acceptait pour toujours : cela viendrait à son heure. Ah ! cette belle complicité et cette merveilleuse tendresse qui se sont développées au cours des ans et qui supposent des amours qui ont un peu vécu !

Maude a donc enrobé notre vie. Et elle l'a organisée. Nous créant à tous deux un univers chaud, chaleureux. Je rentre chez moi ; j'entre ainsi, sans même y songer, dans une famille. Et cela me semble la chose la plus normale, la plus naturelle du monde. Je ne me serais jamais vu, jamais imaginé vivant autrement.

Ce soir, après notre longue marche d'après souper, Maude me sent nerveux, inquiet. Puisqu'elle me lit comme un livre ouvert, elle sait très bien ce qui me préoccupe. Elle reste discrète. La soirée se passe et je ne tiens pas en place.

•

Je me suis réveillé brusquement. Il était à peu près trois heures du matin.

— Tu as poussé un grand cri, dit Maude. Tu as probablement fait un cauchemar qui me semble concerner un couple, mot que tu as prononcé deux fois.

— Et qu'est-ce que je disais ?

— Je ne sais pas, tes phrases étaient coupées comme des mots qu'on sépare.

En bon intellectuel que je suis devenu, si je ne peux recréer et raconter mon cauchemar, je peux tout au moins en retracer l'origine. L'évidence saute aux yeux. La scène de la vaisselle volante. S'y superpose l'image de sœur Odile. Dois-je rouvrir ce chapitre-là de ma vie ? Telle est la question. Dois-je aller la voir comme elle me l'a demandé ou me tenir un peu lâchement à l'écart ?

Maude m'écoute. Puis, elle me lance, sûre d'elle, cette phrase d'une lucidité imparable :

— Les monstres ne sont monstrueux que si on les fuit.

À l'aube, je suis à ma table de travail. Ce qui est très rare. J'écris habituellement tard la nuit. Dans mon grand bureau silencieux, Maude me laisse seul, feignant de se rendormir pour que je ne me sente pas obligé de lui sacrifier ce temps dont je dispose pour écrire.

J'écris lentement. Avec des lettres fermes. Les mots viennent avec bonheur et j'en suis surpris. J'aime la vie quand j'écris. Les mots viennent avec un grand trait de jouissance. Puis, c'est le silence de la plume. Alors, spontanément, je me lève et je vais m'accouder à la fenêtre. Je tente, je le soup-çonne fort bien, de décoder les secrets les plus intimes de ce qui cherche à s'écrire et dont je pressens la chute prochaine sur ma feuille blanche.

Je ne sais pas pourquoi je suis allé à la fenêtre ou je ne veux pas y penser mais, le temps s'étant écoulé, j'ai reproduit ainsi le geste sur lequel a buté toute mon enfance. La fenêtre devenant alors l'ultime refuge contre la souffrance, contre la folie même qui jadis me guettait, qui me menaçait ; l'ultime refuge, aujourd'hui, qui ouvre sur l'ailleurs, sur la normalité, sur la liberté. La fenêtre dégivrée devient une métaphore splendide de moi-même.

Deux vers me trottent inlassablement dans la tête. Sans que je puisse dire pourquoi. Deux vers de rien du tout. Mais que rien, justement, ne parvient à chasser :

rien ne vous chante
rien ne parle de vous

Je sais bien, les ayant écrits, que ces vers signifient quelque chose. D'en être fier ou pas n'a rien à voir avec la certitude de toucher là au noyau d'une vie, la mienne. Seulement, ces vers tournent en rond, inlassablement, comme mus par un carrousel :

rien ne vous chante
rien ne parle de vous

Je regarde à nouveau au loin. Dans le silence d'un lit à moitié occupé. Maude dort, je crois. Quel étrange passé ou quel étrange bonheur m'a permis de devenir écrivain, me dis-je ? Écrire est une si rare joie.

Mars 1984

Derrière l'hôpital Sacré-Cœur, au 5054 de la rue de Sala-berry, a été construite la maison mère des sœurs de la Bonne Enfance. C'est sœur Agnès de la Croix qui en est la directrice. C'est aussi elle qui, dans les années cinquante, avait été supérieure du Mont de la Charité, puis de l'hôpital du même nom. C'est là, dans cet hôpital de six cents lits, sorte de mouroir pour religieuses, que demeure sœur Odile des Anges, l'ancienne hospitalière de la salle Saint-Gérard. Affaiblie par une maladie chronique, elle écoule paisiblement ce qui lui reste de jours. Née avec le siècle, elle a quatre-vingt-quatre ans. Elle ne comprend que très difficilement la folie qui s'est emparée du monde extérieur, dont ne lui parviennent que des échos plus ou moins déformés.

Ainsi, à peine sait-elle que certains des enfants auxquels elle a sacrifié sa vie se plaignent aujourd'hui d'avoir été mal-traités, voire exploités. Elle se sent peu touchée par de telles allégations. N'a-t-elle pas donné tout ce qu'elle avait à donner, fait tout ce qu'elle avait à faire ? Toute sa vie d'alors avait consisté à préparer mon avenir ; l'avenir de son Julien, pour lequel elle s'était tant inquiétée. Cela ne l'empêche pas de se sentir blessée par les rumeurs qui l'obligent, aujourd'hui, à comprendre que le devoir, tout imbibé de foi chrétienne, n'a pas suffi ; que ce même devoir, surtout, n'a pas empêché les abus et qu'il les a vraisemblablement entretenus. Oui, pour-quoi ces attaques sournoises et violentes ? Pourquoi la parution, l'an dernier, du livre accusateur de Jean-Guy Labrosse, *L'holocauste des orphelins*, livre qui reprend son autobiographie publiée en 1964 sous le titre *Ma chienne de vie* ? Sœur Odile est inquiète de tout ce qu'elle apprend. Jusqu'où ira-t-on ?

En route vers la maison mère, j'écoute une cassette de chansons françaises. La toute première chanson me ramène trente années en arrière. Gilbert Bécaud chante *Les enfants oubliés*. L'inlassable refrain qui a maintenu le souvenir du pire et du meilleur. Aujourd'hui, me dis-je, c'est à la rencontre du meilleur que je vais, c'est vers le meilleur que je retourne. Grâce à sœur Odile, je ne fus jamais tout à fait un enfant oublié.

Il n'en reste pas moins que je n'ai fait la paix avec mon passé qu'en le gommant par larges pans de ma mémoire. Pourquoi suis-je venu ? Pourquoi suis-je là ? Je ne sais que répondre, comment répondre sinon que cette femme — cette sœur — est le seul lien affectif avec mon passé.

À la chapelle, sœur Odile est tout entière à ses dévotions. Le silence du chant liturgique retombé, elle fait le signe de la croix et se lève. Elle marche lentement. Soutenue par une garde-malade habillée de blanc, elle se dirige vers la salle commune des religieuses. Puis, sœur Thérèse, une sœur de la nouvelle génération, qui agacera toujours un peu sœur Odile tant elle manque de discrétion, s'approche d'elle, tout excitée :

— Il y a un message pour vous, murmure-t-elle plus qu'elle ne parle, avalant d'excitation un mot sur deux. Un certain Julien, Lenoir, je crois. Il sera ici à deux heures, cet après-midi.

— Julien ! Est-ce possible ! s'exclame la vieille religieuse, incapable de retenir son large sourire devant l'indiscrète sœur Thérèse.

Julien, son Julien ! Les minutes qui précèdent son arrivée lui semblent des heures. Bien qu'humble, sœur Odile s'est faite belle. Comme une jeune amoureuse. Ce mot la ferait sursauter si elle l'entendait. Elle en aurait terriblement honte, elle qui, toute sa vie, a su repousser tous les désirs de la chair.

Je suis seul avec elle dans sa chambre, qui lui sert de parloir. Ses yeux pétillent de la même affection que jadis. Plus ouvertement, me semble-t-il. Elle a suivi ma « carrière » depuis l'orphelinat Saint-Georges. Elle a su que j'avais terminé mes études secondaires à l'âge de vingt et un ans. Elle a su aussi que j'enseignais le français et que j'avais écrit quelques livres. Elle a certainement lu mes textes dans les journaux. Elle m'a même reconnu à la télévision.

Nous nous regardons. Le doux glissement de ses mains sur ma cuisse, tel un rite d'accueil, accompagne son regard ému. J'ai l'impression de retrouver une grand-mère au regard bleu, une grand-mère qui dépose sur mes genoux collés aux siens ses mains chaudes et douces. Avec ses cheveux minces et blancs, elle paraît si menue et si fragile tout à coup. J'esquisse un sourire complice puis, me tournant vers elle, un peu gêné par la banalité de ma question :

— Vous vous souvenez donc de moi ?

— Du tout premier moment, même, réplique, rayonnante, sœur Odile qui m'ordonne, d'un geste précis comme jadis, de fermer la porte de sa chambre.

— Du tout premier moment ?

— Oui, répond-elle. Quand tu es sorti de l'autobus à toit rond et que j'ai pris le relais de la surveillante. Tu t'en souviens ?

— C'était ma maîtresse d'école, je crois.

— Je t'avais pris la main et tu t'étais laissé faire.

Attendri, je regarde sœur Odile. Ses yeux brillent à rendre jaloux le soleil qui est lui aussi au rendez-vous dans cette chambre.

— Oui. Tu avais sept ans. Et tu portais une chemise jaune, dont le col était surjeté d'un fil brun. Et une culotte de toile brune, mais souple…

Sœur Odile me sourit tendrement : un éclair indéfinissable dans l'œil ! Si menue devant moi mais si grande dans mon passé.

— Veux-tu savoir pourquoi je me souviens de ma première rencontre avec toi ?

Je lève les yeux. Ils sont humides. Je suis intrigué. La vieille sœur enchaîne :

— Parce que ta chemise sortait de ta culotte et que tu semblais vouloir te battre avec l'humanité entière.

Touché. Je suis touché. Au même instant, je revois une image claire de moi et à un moment précis : mon départ de la crèche Saint-Paul. J'ai sept ans. J'apprécie la lumière qui frappe mon visage. Dehors naît un jour nouveau. Je porte ma chemise préférée jaune au col surjeté d'un fil brun et ma culotte de toile brune. Gabriel et moi sommes ensemble pour toujours. Nous nous sentons libres et neufs, convaincus qu'on ne pourra jamais nous rattraper. Nous nous évadons de tous les dortoirs du monde.

Je devine que sœur Odile est insatisfaite. Elle n'aime pas le badinage de ses jeunes compagnes dont la gaieté exubérante l'exaspère trop souvent. Cela ne l'empêche pas d'être exubérante à mon endroit. « C'est mon garçon ! » aime-t-elle à dire aux autres religieuses lorsque, rougissante et fière, elle m'accompagne jusqu'à l'ascenseur. Elle sait bien que ses compagnes, étrangement curieuses, nous regardent, me regardent. Sœur Odile serait prête à parier, si elle osait le dire, qu'elles chuchotent derrière son dos courbé par l'âge.

•

Sœur Odile est à la maison, chez moi. Nous sommes samedi. Elle visite chaque pièce. Chaque détail est enregistré.

— Demain, dans ma tête, je referai le tour de la maison. À chaque heure, je saurai où vous êtes, dit-elle d'un petit air moqueur.

Julien informe malicieusement son invitée que sa compagne « frise naturel », sait coudre et sait faire à manger. Sœur Odile n'arrive pas à y croire.

— Tu n'as donc pas tout oublié ce que je t'ai appris.

— Comment aurais-je pu ?

Ses yeux parcourent tout avec une tendresse toute nostalgique. « Il est beau », ne cesse-t-elle de répéter à Maude. Puis, me regardant plus sévèrement mais pas vraiment :

— Il est plus beau sans barbe.

Au dîner, sœur Odile mange tout ce qu'on lui offre. Il me semble que l'appétit qu'elle manifeste est celui de la vraie vie ; je veux dire, de cette vie hors des murs, hors des briques rouges qui l'ont encerclée toute sa vie, depuis son noviciat jusqu'à la maison de retraite.

— Qu'aimeriez-vous faire cet après-midi ? demande Maude à sœur Odile.

— J'aimerais aller voir un film, un film comique, ajoute-t-elle sans hésiter, comme si elle attendait la question.

Son choix, bien que tout à fait imprévu, nous comble d'une joie subite. Dans le journal, on annonce *La petite coccinelle* avec Louis de Funès.

— Allez, on y va !

Sœur Odile, dans son costume noir, paraît sévère. Ce n'est qu'apparence. Les dizaines d'enfants qui se trouvent autour d'elle, dans le cinéma, ont des yeux interrogateurs. Quel personnage étrange dans leur univers à eux ! En sortant de la salle de cinéma, sœur Odile se penche vers Maude et, telle une confidente discrète, lui murmure ces mots :

— C'est la première fois de toute ma vie que j'entre dans un cinéma. Tu sais, les chips Maple Leaf ont toujours été mes préférées.

Au souper, sœur Odile reprend vaguement la conversation du dîner. L'appétit, s'il est possible, est plus grand encore. Pendant qu'elle mange son dessert, Maude et moi affichons le plus clairement possible notre joie de la voir si heureuse.

— Nous attendons un enfant, dis-je à notre vénérable invitée.

Maude s'approche d'elle et l'embrasse dans le cou que couvre un léger voile noir. Je m'approche à mon tour de la future mère et dépose mes lèvres à l'endroit même où sœur Odile a accueilli celles de Maude. Son regard ne fait que déborder de bonheur.

De retour à la maison mère, à nouveau devant l'ascenseur, sœur Odile me tend ses mains. Du bout de ses doigts s'envolent des remerciements et, très certainement, de doux baisers. Son silence momentané remplace ainsi tous les baisers qu'elle n'a jamais osé me donner enfant. La porte coulissante, qui se referme lentement sur Maude et moi, prolonge le regard de sœur Odile jusqu'au dernier trait de lumière disponible. Dans l'ascenseur, je crois reconnaître sœur Magellan qui jalousait le succès de sœur Odile auprès des enfants. Elle lance sèchement ce commentaire :

— Sœur Odile reçoit beaucoup de visites depuis quelques mois. Elle doit être très aimée.

— C'est peut-être, dis-je ironiquement, parce qu'elle a beaucoup donné.

Les yeux de la vieille religieuse, manifestement aigris, révèlent son dépit. Touché, me dis-je, surpris par ce début de vengeance qui me surprend moi-même.

•

En conférence de presse, j'explique, à mon tour, la position des écrivains.

— Si elle était adoptée, la nouvelle loi sur le droit d'auteur délesterait brutalement les écrivains d'une protection légale acquise depuis un siècle.

Maude, qui me voit le soir même à la télévision, trouve que j'ai fière allure. Elle se surprend à m'admirer malgré la nervosité décelable, et dans ma phrase hésitante et dans mon verbe parfois mal assuré, j'en conviens. Elle fixe à nouveau l'écran.

— Avec les progrès de la technologie de l'information, la notion de propriété intellectuelle est l'enjeu fondamental de cette réforme...

Je m'observe à mon tour. Je balaie des yeux l'espace entre Maude et la télévision, allant de l'une à l'autre. Je fixe l'écran avec une sorte de fausse indifférence. J'aime la manière dont Maude, du regard, me soutient.

— On dirait un vrai politicien, lance Maude, amusée. Et en campagne en plus !

— Tu trouves ? lui dis-je, amusé.

— Je me demande bien ce que vont en penser nos enfants, poursuit Maude sur le même ton.

— Nos..., as-tu dit ?

— Tu ne crois tout de même pas qu'on va s'arrêter en si bon chemin, conclut-elle, en montrant son ventre.

— Ce ventre, comme il est gros. Regarde, on dirait qu'ils sont deux.

— Je ne serais pas surprise, tu sais.

— Moi non plus.

•

Mes élèves sont nerveux en ce 16 mars 1984 et je n'ai pas réussi à donner un cours vraiment consistant. Je suis distrait par eux et par la tempête qui s'abat sur la ville. Je rentre le plus rapidement possible à la maison.

Progressivement, la douleur traverse le ventre de Maude. Les contractions, de plus en plus rapprochées, nous incitent à partir aussitôt vers l'hôpital Sacré-Cœur. Il est plus de minuit. Dehors, encore, il tempête comme le jour fou de notre mariage.

Le Dr Michel Beaumont, qui vient d'arriver, constate ce que les infirmières et l'interne savent déjà : l'accouchement se fera vite malgré un cas de siège. Maude est consciente de tout. Les contractions connaissent un ralentissement marqué. On décide qu'une radiographie indiquera clairement la position du bébé. Mais on veut surtout savoir, une fois pour toutes, s'il n'y a pas de jumeaux…

Le jeune interne surgit dans le cadre de la porte, les doigts en V en signe de victoire.

— Deux beaux bébés, lance-t-il.

Mon sang ne fait qu'un tour. Je sens un vide en moi. Un vide tel que je me surprends à rester debout, figé dans un émoi intense, encore jamais connu. Je vois Maude. Belle et contractée à la fois. Le travail, lui, se poursuit.

— Es-tu heureuse ?

— Oui, mais qu'est-ce qu'on va faire ?

— Mets-les d'abord au monde. On s'en occupera ensuite.

Les moments de repos, en alternance avec les contractions, ramènent Maude au calme et à l'attente. Cette attente vite transformée en cris et en gestes saccadés. Comme il y a de la beauté, pourtant, dans la souffrance d'une femme qui accouche ; de cette beauté dont j'ignorais qu'elle pût être plus intense que la beauté d'un poème, d'un tableau ou tout simplement d'un beau visage. Mais, toujours, les contractions rappellent à Maude la douleur criante de ses reins. Entre les nombreuses respirations haletantes de l'accouchement, le long travail l'épuise. Bientôt, me dis-je, Maude se reposera.

Dans le miroir circulaire, après plusieurs minutes d'attente, les plus longues jusqu'ici, je vois s'ouvrir le vagin de Maude et apparaître, discrètement, la plante bleue du pied droit de mon premier enfant. Je retrouve sur le coup un sentiment à la fois étrange et indicible. Je compte immédiatement les cinq orteils du seul pied sorti et je remarque avec curiosité la présence de petits ongles frais et courts. Je suis émerveillé de ce détail qui annonce, je n'en doute plus, le miracle qui va suivre. Je suis rassuré. C'est un pied coloré d'aube et de ciel que je vois, non plus un objet étrange au bas de ma femme qui, du miroir, assiste elle aussi à la naissance de la première de deux filles. Je m'approche à nouveau et vois avec plus de précision les lignes merveilleusement croisées que dessineront, quelques heures plus tard, les premières empreintes de ce premier enfant dont je n'ai pas encore vu le corps entier.

Maude met au monde deux belles filles en pleine santé. Et elle se porte à merveille.

Nos filles sont toutes deux dans le même incubateur. J'approche du lit. Au regard lumineux de Maude, je vois combien elle est réjouie. Quant à moi, le désordre des mouvements des bébés m'ébahit. Combien ils sont vifs! L'une pèse cinq livres et dix onces et l'autre, quatre livres et six onces. La première ouvre constamment la bouche. Il me semble, ainsi qu'à Maude, qu'elle a faim. La deuxième, plus petite, manifeste probablement son inconfort puisqu'elle pleure. Nous restons avec nos filles encore quelques instants puis une infirmière les ramène à la pouponnière.

Je quitte Maude tôt le lendemain matin. Un peu avant huit heures. Dehors, l'air est frais. Je déblaie mon auto. Je suis plein de cette neige tombée. Je retourne à la maison, léger comme deux enfants qui viennent de naître. Dans ma chambre, le soleil jette ses rayons sur mon lit. Je sais que je ne dormirai pas…

Dès le lendemain, sœur Odile court, autant que faire se peut, dans le long corridor de l'hôpital où Maude a, la veille, donné naissance à mes filles. Son regard est doux. Tout lui sourit. Depuis une heure, nous sommes là tous les trois. Nous bavardons sans arrêt comme des complices. Heureux, nous avons décidé, Maude et moi, des noms de nos deux filles. CATHERINE et ISABELLE. Notre choix spontané découle de ces sons que nous avons répétés sans cesse comme pour goûter la saveur inédite qu'ils contiennent. Sœur Odile approuve notre décision et savoure, tel un festin auquel elle participe, la sonorité des noms choisis.

Je nage en pleine euphorie. Comment en avoir assez des jumelles ? Comment me lasser de Maude dont la chair a trouvé sa plénitude dans l'expérience maternelle, et qui me renvoie, avec une sensualité continue, tout l'amour qu'elle leur donne, qu'elle me donne. Comme si ces choses se multipliaient à l'infini.

Avril 1984

Je sors du collège. Sur le trottoir, un homme, moins timide que déterminé, s'approche de moi. Il a mon âge. Sa voix rauque est incertaine et le ton qu'il se donne, déférent.

— Julien !

Je le regarde, interloqué mais réceptif.

— On t'a vu l'autre soir à la télé, lance l'inconnu.

D'abord, je ne le reconnais pas, puis je sais. Aussitôt. Je reconnais sa carrure et ses mains d'ouvrier.

— Vincent !

Je me sens confusément contrarié d'avoir tardé à le reconnaître. Surtout qu'il ne me laisse pas la chance de fraterniser à l'occasion de cette retrouvaille pour laquelle j'avais espéré plus de convivialité. À l'évidence, sa colère résonne encore en écho aux blessures d'autrefois.

— Oui, on est plusieurs à t'avoir vu, répète Vincent. On s'est demandé pourquoi tu n'es jamais venu nous voir.

— Nous ?

— Nous, les anciens du Mont de la Charité. On s'est regroupés sous le nom des Compagnons de Montréal. Depuis le milieu des années soixante. En 1980, il y a même eu à la télévision un reportage sur notre regroupement, intitulé « La prochaine étape ».

Je savais tout ça. J'avais fui tout ça. Viscéralement. Je refusais de partager l'atmosphère institutionnelle que le mouvement entretenait de façon si malsaine. Alors que j'avais tout fait pour sortir de mon cocon, eux faisaient tout pour s'y maintenir en s'accrochant naturellement à leur enfance bafouée.

Comment dire ces choses à Vincent qui est si agressif et qui est resté prisonnier de son passé. L'oubli, pour moi, fut d'abord un moyen de survie. Je sais bien, aussi, qu'on n'échappe pas à son histoire. La preuve est là devant moi.

— Tu es bien Julien Lenoir, de la salle Saint-Gérard.

— Ben oui, c'est moi.

Je laisse espérer tout ce que Vincent veut bien me faire promettre. Pourvu que cela cesse.

— Oui. Peut-être ! J'irai faire un tour à la prochaine réunion des anciens.

Mais je n'irai ni à celle-ci ni aux suivantes. Si je néglige leurs rencontres, c'est que je suis occupé, mais alors là, entièrement, par mes bonheurs naissants.

•

Vincent est à nouveau devant moi, dans le stationnement du collège, cette fois-ci. Dans ses yeux, la fureur est quasi visible. Un individu plutôt gras l'accompagne. Il s'approche de moi, m'adresse un mot de bienvenue cinglant :

— Tu m-m-m'as oublié, bégaie-t-il. Tu n'as pas t-tenu t-ta promesse.

Son regard est impitoyable. Je suis anéanti. Mon âme est glacée. Il me semble que je n'aurai pas assez de ce qui me reste de vie pour m'en remettre.

Confus et malheureux, je reconnais bien sûr Gabriel. Vincent à ses côtés ne dit rien. Gabriel ne me semble éprouver — comme cela est paradoxal — aucune émotion particulière. Comme si l'amitié n'avait été qu'à sens unique. Ses yeux peuvent encore me faire pleurer. C'est notre amitié des jours difficiles qui trouve encore à s'exprimer.

Je suis profondément troublé et surtout incapable, dès lors, de le dire. J'ai devant moi un homme cassé qui bégaie depuis son enfance. Si on ne voit plus de révolte en lui, c'est qu'elle est impuissante même lorsqu'il parle comme il vient de le faire.

— Tu g-gagnes ta vie avec t-ta tête, y paraît ? questionne Gabriel.

J'ai un sourire embarrassé.

— Et toi, tu fais quoi ?

— J-je travaille chez les sœurs. Je f-faisais du ménage. Ça f-fait longtemps que je fais ça. Pis, j'ai eu des nouvelles de m-ma mère.

— Moi, je n'en ai jamais eu. Ta mère, l'as-tu rencontrée ?

— Je la v-vois bientôt. On n-n'est pas p-passés par les ret-t-trouvailles. J-j'y ai p-parlé au téléph-phone. On va s-se rencontrer d-dans un rest-t-taurant.

Gabriel est excité à l'idée de retrouver sa mère. J'ai, soudain, cette banale réaction : ce n'est pas à moi que ça va arriver. Banale pensée en effet !

Le malaise entre Gabriel et moi est net. Je sais bien pourquoi. Repris par la vie elle-même, j'ai tout oublié. Y compris Gabriel, y compris donc ce qui devait demeurer notre indéfectible amitié. Un oubli nécessaire. Dans mon cas, oublier a ressemblé à une lutte. L'oubli absolu fut mon combat pour me refaire une vie.

Gabriel sait qu'il n'a pas les mots pour exprimer ce qu'il veut me dire. Moi, qui les ai supposément, est-ce que ça m'aide à me faire comprendre de lui ? Comment lui dire, et est-ce nécessaire que je lui dise que je refuse d'être mal dans ma peau de rescapé ?

— Pourquoi on te f-ferait c-confiance ? Tu n-nous as oubliés.

Vincent coupe la parole à Gabriel.

— Il pense que tu ne ferais pas un bon porte-parole pour nous. C'est pour ça que je te l'ai amené. C'est pas facile, dans notre gang, personne fait confiance à personne. On s'est trop fait fourrer dans notre vie.

À pied, nous nous dirigeons tous les trois vers le restaurant le plus proche. Pendant le trajet, un curieux silence nous accompagne. Toutes sortes d'idées me passent par la tête, dont celle-ci : Vincent a mis dans ses poings ce qu'il n'a jamais su dire. La pire part de sa douleur, c'est celle qu'il n'a jamais extériorisée, sauf par la colère.

Ainsi, vingt-cinq ans plus tard, je retrouve mes amis de l'asile tout en ne les retrouvant pas. Ce qui nous sépare pour toujours, cette fois-ci — et là je pense surtout à Gabriel —, c'est moins le silence qui nous a longtemps habités tous les deux, que l'absence de langage de l'un et le « langage acquis » de l'autre. Voilà, avec l'oubli, ce qui nous distingue. L'affection et la colère tout à la fois, dans l'échange des regards, trouvent quand même à s'exprimer.

Au restaurant, c'est surtout Vincent qui parle.

— Tu n'es pas venu à la réunion préparatoire à laquelle tu avais pourtant promis de venir.

— J'espère que j'ai le droit de m'occuper de mes filles naissantes. Maude, ma femme, a eu des jumelles.

— … je savais pas.

— Tu ne me félicites pas ?

— Félicitations !

— C'est ton agressivité, Vincent, qui me dérange. Avec moi, ce n'est pas nécessaire, tu devrais le savoir.

— On sait bien, rétorque-t-il encore de sa voix rauque, il y a ceux qui s'en sont sortis parce qu'ils ont léché le cul de tout le monde.

Ses mots me choquent. Ils sont terribles. Ne me faisait-il pas la même remarque désobligeante au Mont de la Charité ?

— Si tu veux me culpabiliser, tu perds ton temps.

Je regarde Vincent un instant, puis je me tourne vers Gabriel.

— Pourquoi vous venez me chercher si vous n'avez pas confiance en moi ?

Le coup porte.

— Oui, je m'en suis sorti. Oui, j'ai étudié. Qu'est-ce que ça vous enlève à vous ?

— Ça ne m'enlève rien parce que, de toute façon, je n'ai rien, parce que je n'ai jamais rien eu, rétorque Vincent. Je n'avais pas de parents et je n'avais rien d'autre non plus. Pis tu le sais.

— As-tu des enfants ?

— Trois garçons.

— Et tu dis que tu n'as rien. Tu vas te plaindre comme ça jusqu'à la fin de tes jours ?

318

— C'est facile pour toi, hein, Julien, de poser des questions. La seule que je t'ai posée, tu n'y as même pas répondu.

Touché encore. Vincent m'explique patiemment, mais surtout douloureusement, son combat, leur combat, notre combat, dit-il. Pourquoi il a besoin de tous les appuis, dont le mien surtout.

— Tu es connu du public, résume-t-il pour me convaincre.

Le fait est que moi, habituellement si prompt à épouser certaines causes, syndicale, sociale, politique ou autre, j'hésite à m'embarquer dans celle-là.

— La plus grande accusation contre les médecins, le gouvernement et les communautés, c'est la masse qu'on constitue. Mets-toé ça dans la tête, Julien. Et pis tu devrais aller chercher ton dossier avant qu'ils le détruisent.

La conversation a maintenant bifurqué sur d'autres sujets. Vincent aime dire qu'il est désormais sorti de son ombre ; qu'il a passé glorieusement de l'aliénation à la dignité ou, comme le répète son ami Lucien qu'il cite, « de la jaquette à la cravate ».

— Je me suis débrouillé par moi-même, répète-t-il.

Au fond, Vincent est comme amoureux de sa débrouillardise qui le soulève d'enthousiasme. Ainsi, grâce aux habiletés qu'il a développées en travaillant à l'institut, et dont sœur Odile serait fière, il a su progresser et prendre de plus en plus confiance en lui. Lorsque Vincent raconte les suites de son évasion, il est émouvant.

— Le mois suivant mon évasion de l'asile, je suis allé travailler dans une tour d'appartements où je me suis caché pendant un an. Mon évasion, je l'avais orchestrée avec deux autres pensionnaires, Lucien Beaudry et Martin Laprise. Nous avons trouvé du travail dans un monastère en retour d'une pension prélevée à même notre salaire. Ensuite, je suis devenu chauffeur de camion. J'étais un maudit bon chauffeur !

Vincent est un conteur naturel. Sans agressivité, il est intarissable. On dirait que lorsqu'il est en colère, cédant ainsi à sa plus vieille habitude, il perd ses mots.

Quand je pense à mes compagnons d'enfance, rien n'est plus vrai que ce passé. C'est moi le rescapé, ce sont eux, les brisés ! Certes, pour les uns, la vie est ainsi : les mauvais souvenirs meurent d'eux-mêmes ; les bons se transforment en bonheurs plus grands ; pour les autres, c'est différent : ils ne se souviennent que des malheurs, d'où cette hargne bilieuse à laquelle ils sont portés.

Combien de fois, pourtant, Vincent, Gabriel et moi avions rêvé ensemble, dans le tête-à-tête de nos lits au dortoir, de nos enfances et de nos adolescences. Nous étions des coureurs de fond à la recherche du bonheur. Nous faisions corps tous les trois. À bout de souffle. Une course pendant laquelle nous retrouvions nos mères imaginaires. N'existant qu'en elles et par elles. Une course où chacun de nous fabriquait son propre rêve, le nez collé aux fenêtres de l'asile.

Je sors de ma rêverie. Ma décision est prise. Un « devoir de mémoire » m'incombe, dirait Primo Lévi. C'est donc en pensant à tous les Gabriel de mon enfance que je décide de m'engager définitivement dans la lutte du « Regroupement des orphelins du Québec » que Vincent a mis sur pied. Nous nous battrons pour que la réparation soit possible, même si nous ne pouvons l'exiger dans sa totalité.

•

Je reçois à l'instant un résumé de mon dossier relatif à mon séjour à l'hôpital de la Charité.

— Conformément à la Loi des archives, votre dossier a été partiellement détruit, m'écrit-on.

Deux mots me glacent : « arriération mentale ». Parmi les chiffres, ceux indiquant mon quotient intellectuel, 70 et 77, me sautent aux yeux. Je reçois l'ensemble des informations comme un coup de couteau au cœur. Nom de la mère : Hortense Lenoir, père inconnu, enfant illégitime, instabilité émotionnelle, lenteur intellectuelle, arriération mentale, etc. Je ne vois qu'un mot : HORTENSE.

J'écris pour la première fois son prénom. Mon attention aux lettres que je couche sur papier est soudain plus intense.

En même temps, je suis habité par le sentiment que tout cela est vain. Pourquoi suis-je si méfiant lorsque la vie elle-même interroge ma naissance et me propose des réponses ?

Pourquoi n'ai-je jamais voulu retrouver ma mère et mon père ? J'avais toujours dit que je ne toucherais pas à ce territoire secret. Troublé, je le suis. Que faire avec l'ensemble de ces informations ? Les balayer comme des feuilles mortes ou les colliger dans l'attente d'une décision à venir ?

À ce bout du monde où je suis maintenant, l'absence de ma mère m'a laissé sans images d'elle-même. Enfant, j'ai vite compris que l'orphelin que j'étais ne serait jamais étreint par un vrai corps de chair.

Mai 1984

Pascal Gendron a longtemps hésité avant de m'appeler. Cela pouvait-il m'intéresser vraiment ?

— On est censés se connaître ? lui dis-je.

— Oui. j'avais neuf ans, t'en avais sept. J'allais te voir à la crèche Saint-Paul, avec ma mère, le dimanche après-midi.

Sa mère avait été une amie de la mienne, elle aimait voyager.

Je l'écoute avec curiosité. J'entends parler de moi. Pour la première fois on me décrit tel que je ne me suis jamais vu, beau et agressif, séducteur et effronté, affectueux et débrouillard. Voleur à l'occasion.

— Et tu souriais souvent.

Je demande à mon ancien copain de me raconter « mon » histoire. Surpris, je me revois tel que je ne me suis jamais vu. J'avais donc été pensionnaire à la crèche. Ses parents étaient venus en compagnie de celle que je croyais, à l'époque, être sa tante. J'insiste au téléphone pour lui dire que je ne me souviens de rien. Rien ne subsiste de ces visites dominicales.

— Pourquoi m'appelles-tu et comment as-tu réussi à obtenir mon numéro ?

— Ton nom, l'annuaire et le hasard, me répond-il. Tu es le premier Julien Lenoir à qui je téléphone. Par contre, je crois savoir où se trouve ta mère, mais je le l'ai pas revue depuis que ma propre mère est morte.

Et, pendant que Pascal Gendron me parle, je me revois au terminus rue Berri, à dix-huit ans, le téléphone collé à mon oreille. J'avais rejoint le bureau des Services sociaux à Montréal.

— Je... je suis un... un orphelin. Je voudrais retrouver ma mère.

La voix est sévère. Cela augmente mon inquiétude. Le ton est administratif et expéditif.

— C'est une tâche difficile et confidentielle, mon garçon.

— Vous voulez dire que c'est impossible ?

— Vous n'êtes pas le premier à appeler et vous ne serez pas le dernier. Vous perdez votre temps et vous nous faites perdre le nôtre, mon garçon.

J'avais alors coupé court à cet inutile entretien. J'avais vite compris que ma démarche pouvait me conduire à une plus grande misère morale que celle que je connaissais depuis toujours, celle que j'avais toujours connue en institution. « Au diable ma mère ! » m'étais-je dit bravement. Peu m'importait désormais qu'elle restât une abstraction jusqu'à la fin de mes jours. Ni nom, ni forme, ni odeurs, ni sons, ni couleurs. Même brisé, à ce moment-là, ai-je pensé, je n'ai que moi pour vivre.

Que faire donc de l'appel de Pascal Gendron qui me propose, vingt-cinq ans plus tard, de retrouver ma mère ? Inverser ma décision datant de plusieurs années ? À vrai dire, depuis une trentaine d'années, mon cœur a souvent rejeté ma mère. Celle-ci n'a jamais été une partie de moi. Son souvenir, c'est comme une « boîte noire » perdue je ne sais où. Certes, je me suis réfugié dans cet oubli profond, mais j'ai surtout fait taire l'écho secret d'une blessure dont je me suis volontairement éloigné.

La mémoire est volontairement infidèle. À nouveau, je plonge en elle. Je prends plutôt un plaisir étonnant à inventer ma mère. Ainsi, un peu avant les fêtes de Noël, la dame à la vaisselle volante m'emmène à nouveau chez elle. Cette fois, l'homme n'y est pas. Il ne reviendra jamais plus, m'assure-t-elle.

— Julien, dit ma mère en approchant ses mains de mon visage, tu as quitté la crèche pour toujours. Tu n'y retourneras plus. Ça fait sept ans que j'attends ce moment.

Pourquoi, alors, cette coulée de larmes sur son visage pourtant si heureux ? me dis-je.

— Appelle-moi maman. Je suis ta mère, Julien, ta vraie mère.

Disparue en moi, ce jour-là, ma douleur secrète. Pour l'instant, en prononçant le mot le plus vrai au monde, « maman », il me semble que je retrouve ma langue dans ce qu'elle a de plus complet.

— Julien, tu veux me faire une commission ?

— Tout de suite, MAMAN.

La réalité me rattrape. Je quitte ma dérive romanesque.

J'entends à nouveau la voix de Pascal Gendron qui me sort de ma douce rêverie. En décembre 1948, nous allions tous les deux à la même école. À la fin des cours, je devais l'attendre, c'était la consigne que ma mère m'avait donnée, afin que nous puissions revenir ensemble à la maison. Sans avertissement, stimulé par les paroles de mon ancien copain, un souvenir inédit surgit des décombres de ma mémoire.

Je me revois quitter l'école seul comme un fugueur spontané. Je me perds dans les rues de la ville, j'ai peur d'un chien qui rôde et je me retrouve au poste de police. Par la suite, récidivant, ce fut souvent un policier qui me ramena à la maison. Je fuguais comme un animal égaré dans une ville...

Pascal est toujours au bout du fil. Il rafraîchit toujours ma mémoire : « Les retrouvailles avaient duré le temps des roses, me dit-il : ta mère t'a remis en institution moins de deux mois plus tard. Elle ne pouvait plus supporter tes fugues incessantes. À dire vrai, tu n'étais pas facile. À la crèche Saint-Paul, vers la fin du mois de janvier 1949, ta mère avait, malgré tout, exigé des religieuses que tu ne sois jamais adopté. »

Avait-elle espoir de me reprendre à nouveau ? Retrouvant les murs gris de mon existence — c'est ainsi que je reconstitue les événements —, j'étais encore une fois en état de choc. Jamais plus je ne reverrais ma mère. Deuxième abandon. Aussi absolu que le premier. À en perdre la mémoire.

Au téléphone, deux semaines plus tard, la voix monocorde de Pascal Gendron m'informe que ma mère, du nom d'Hortense Lenoir, est morte en septembre 1978 d'un cancer généralisé à l'hôpital Notre-Dame, rue Sherbrooke. Elle était malade depuis une quinzaine d'années. Elle a d'abord été hospitalisée à Villa-Médica, puis... Elle a laissé dans le deuil son mari, Clément Bertrand, qui n'est pas mon père, et aussi son frère célibataire, Sébastien Lenoir, apparemment encore vivant. Apprendre que ma mère a été mariée à Clément Bertrand, qu'elle a eu un frère, que mes grands-parents étaient des Lenoir et qu'il existe au cimetière Notre-Dame-des-Neiges un lot familial appartenant à la famille Lenoir, bref que j'appartiens à une lignée, tout cela enrichit-il ma propre existence ? Comment savoir ?

— J'ai des photos de ta mère. Je te les enverrai.

Recevant la nouvelle de cette mort, je reste neutre sans pourtant afficher une froide indifférence. Dans ma mémoire, des vers de Nelligan me reviennent en vrac. Je les mêle aux miens, comme si le frisson des mots devait me donner la clef de l'énigme :

> *vous êtes morte tristement*
> *ma mère que voici*
> *n'a jamais été la même*
> *mère de papier*
> *en ces portraits anciens*
> *au front coulé de blessures*
> *et le regard qui cherche...*

•

J'imagine de vieilles images qui remontent au début des années quarante. Comme de vieilles photos sépia ou jaunies. Dans un lieu austère plus que pauvre... L'aventure des traces commence, me dis-je. Ces photos, les regarderai-je comme lorsqu'on cherche ses racines ? L'image est nette dans ma tête : ma mère ne peut qu'avoir les cheveux noirs. C'est, me semble-t-il, la seule couleur qui lui convienne. Ces portraits anciens vont demain m'inventer quelle fiction ? Comme il ne m'a jamais été donné de dire que ma mère m'a aimé, que vais-je découvrir ?

La première photo que je regarde avec émotion, c'est celle de mon grand-père. Du même coup, j'apprends que je porte son nom, Julien Lenoir. Qui d'autre que ma mère aurait pu me donner son nom, Julien Lenoir ? Je me vois tel qu'en moi-même, saisi par la ressemblance que je ne peux nier : la bouche aux coins étirés, les paupières tombantes, le menton allongé. Ah ! ce curieux bonheur des traces, telle une fulgurante réincarnation ! Mon grand-père est venu de l'Ontario français. Barbier de son métier, il s'est installé à Montréal et y est mort.

Ma grand-mère se nomme Hortense Champagne. Ses fossettes dominent son portrait. Belle comme on voudrait que toute mère le soit. Son regard portant au loin pour mieux empoigner l'avenir. Un portrait d'atmosphère comme dans les poèmes de Nelligan. Beauté réelle !

Puis quatre photos de ma mère. Dans la première, on la voit appuyée contre une colonne blanche qui contraste avec sa robe de soie noire au-dessus de laquelle surgit une tête enfantine sous un chapeau d'époque. Elle a probablement seize ou dix-sept ans. Peut-être moins. L'adolescente croise les bras devant un mur de pierres grises étagées en rectangles ordonnés. On dirait une maison bourgeoise du square Saint-Louis. Le coin droit de sa bouche est relevé et ses joues soulignent un visage aux yeux interrogateurs.

La photo suivante révèle des traits tendus. La main droite de ma mère repose sur l'épaule d'une enfant blonde au sourire resplendissant. La chevelure d'Hortense est tellement abondante que son front y disparaît. Sous des paupières enflées, une ligne creuse, entre le nez et la bouche, laisse une trace ombrageuse. Son corps de femme svelte dans une robe blanche aux manches courtes ne cache pas la douleur du regard inquiet, fixant je ne sais quel destin douloureux. À ses côtés, son amie, mère de la petite fille, sœur de Pascal Gendron. La photo date des années cinquante.

Le gros plan de la troisième photo accentue les traits d'un visage souffrant. Les lèvres se ferment vers l'intérieur. Le sourire est à peine esquissé. Une boucle d'oreille frôle la joue droite de ma mère. Sa chevelure disparaît aux frontières de la photo. Plus je l'observe, plus son visage s'assouplit. Soudain, je me vois à travers son front et ses yeux. Traversant ses traits, je suis moi. L'étonnement est saisissant. Nous nous confondons.

La dernière photo. « Ma mère que voici n'est plus du tout la même », écrirait Nelligan. Pourtant même front, mêmes yeux ! Je m'enfonce toujours dans le même regard. Je n'échappe pas au destin des formes. Son cou dégagé, cerclé d'une chaîne, surgit comme un arbre debout dans sa chevelure abondante. Il y a une assurance nouvelle. J'aime sa prestance.

Ces photos la font exister dans mon corps. Je porte ses traits. Voici que ma mère existe maintenant dans ma vie. Celle qui, jusque-là, n'avait été qu'une abstraction, devient une présence réelle. Même morte, elle est plus vivante encore. Dirait-on.

Je regarde à nouveau les photos pour mieux la voir. Quels sentiments l'habitaient ? J'imagine son attente qui ne fut pas celle de la mort mais celle, justement, de la vie. Cette vie que le destin lui a arrachée, sans doute.

Derrière les photos de ma mère, une ombre plane sans corps, celle de ce père que je n'ai jamais connu, que je ne connaîtrai jamais. Mon père qui s'est enfui comme un lâche…

•

C'est apparemment défait que je me rends à *La Chaconne*, au 342, rue Ontario Est, près de Saint-Denis. Mes yeux, soulignés de larges cernes, empêchent les gens dans la salle de voir la fébrilité qui m'anime. Ce n'est pas la première fois que je lis en public, mais c'est la première fois que je lis des extraits de mon manuscrit *La traversée des abandons*. Ce soir-là, et pour qui me connaît, cela est inhabituel, je me tiens à distance de mes amis. Seule Maude partage mon évidente nervosité qu'elle sait fragile et forte tout à la fois.

Janou Saint-Denis, la poétesse animant la Place aux poètes, me présente comme un être aux convictions pures.

— Il est irréprochable et sans concession. Ne vous y trompez pas ; chez notre poète invité de ce soir, « la fureur de vivre » l'emporte sur toute forme de rapport hiérarchique. C'est le James Dean de nos lettres ! Mesdames, messieurs, le poète Julien Lenoir.

La comparaison, inattendue pour moi, m'étonne. Je monte lentement sur le podium. Je balaie du regard tous les gens qui me fixent. Le silence est presque oppressant. Déclamant mes premiers vers, je déchire ce silence d'une voix grave. Les yeux mi-clos, le cœur ouvert.

jadis aliéné dans l'inattendu
l'orphelin exilé
peloté dans l'oubli
par celles-là mêmes qui prient
gît illégal
dans sa mémoire d'asile

Ces vers, mais qui le sait, c'est à sœur Odile, aujourd'hui perdue dans son désarroi, que je les dédie. C'est à elle seule que je voudrais en cet instant même les dire. Ma mémoire d'asile pourrait alors se faire entendre comme un aveu, comme une souffrance intérieure.

inquiet
toujours branlant
je ne savais que faire de l'entaille
que j'avais à l'âme
éparpillé comme des chaises
immobilité des salles blanches
le terrazzo esseulé s'ennuie
je me suis tant bercé

Il n'y a pas que les mots qui sont douloureux, il y a ma voix, il y a toutes les voix anonymes qui se joignent à elle ; cette voix collective extraite du défaut d'exister, aussi solitaire que le désastre.

inconnus du monde
les défaits du silence
rêvent d'être visibles
la solitude renverse sur nous
la grande nuit des orphelins
nous déchirons nos draps
avec notre peur obscène de la lumière

nous
nous savons que le rejet nous achève

Août 1985

Vincent est sensible et touchant. Il n'a pas l'éclat de l'adversaire hautain, froid et tricheur. En fait, il a la timidité des grands, mais l'homme, comme ses compagnons que l'on voit de plus en plus à la télévision, est souple et têtu, rieur et tenace, compréhensif et patient. Contre vents et marées, contre le pouvoir de l'establishment religieux, médical et politique, il reste debout ; tel le roseau, il plie mais ne rompt point. La cause qu'il défend est de plus en plus connue.

Avec Vincent, je prépare un texte que nous voulons envoyer aux journaux. Il m'a demandé de l'aider. Chacun en épluche le moindre mot qui, chez Vincent, fait aussitôt ressortir un torrent d'émotions. Je trouve l'atmosphère lourde, moi qui dois à mon double statut d'écrivain et de professeur d'avoir été convié à l'exercice. Comme si je n'étais pas tout à fait de « la gang ».

— Ce n'est pas ton histoire, me lance, méfiant, Vincent, c'est notre histoire.

J'en ressens de l'agacement. Je me raisonne. J'habite les extrêmes : le monde de l'enfance brisée dans lequel mon ami est resté coincé, et le monde des intellectuels engagés dans lequel j'ai trouvé ma joie. Je commence à penser que posséder le langage m'a rendu moins orphelin qu'eux.

Les quotidiens publient notre article au titre plutôt banal mais efficace : LES ORPHELINS DU CARDINAL ACCUSENT… Même relégué aux pages intérieures, le texte est bien en vue :

[...] *Dans les années quarante et cinquante, quand l'Église et l'État québécois avaient établi un concordat pour administrer la charité publique, des milliers d'enfants ont vécu l'enfer. Pour la plupart, ils avaient commis la faute de naître hors des liens du mariage ou celle d'avoir des parents qui les avaient abandonnés. C'est ainsi que nombre d'entre eux ont été internés — au mépris de la loi et avec la complicité du corps médical — dans des hôpitaux psychiatriques.*

Aujourd'hui, les orphelins, devenus adultes, demandent réparation. De leur côté, les représentants des communautés religieuses protestent de leurs bonnes intentions. La question qui se pose est celle-ci : les communautés religieuses ont-elles privilégié la rentabilité des institutions dont elles étaient propriétaires au détriment des enfants ? [...]

Les échos à ce texte sont immédiats. À la radio, à la télévision, dans les journaux. À notre charge « hautement émotive », on oppose une charge « hautement objective ». Je glisse rageusement le journal d'aujourd'hui dans ma poche. Je passe devant la chambre des filles que l'absurdité de la vie ne trouble pas encore. Maude vient me rejoindre pour le café. Elle a la patience de m'écouter. Elle, qui me voit dans un état fébrile, choisit de ne pas intervenir. Elle me laisse à moi, censé être devenu adulte, le soin de tordre le cou à mes fantômes.

Je trouve en effet épuisant de contrer la désinformation dont fait l'objet notre cause. Certains journalistes comme Lyliane Gagné connaissent bien le procédé : si vous ne pouvez tirer sur le message, tirez sur le messager. Pourtant, nous sommes des victimes qui plaidons notre cause comme toutes les autres victimes. Le survivant d'une « enfance à l'eau bénite » que Lyliane Gagné a décrite dans son article doit être montré, selon elle, comme un exemple d'ingratitude. Parfois m'habite, il est vrai, le sentiment de travailler à soutenir une cause humaine qui apparaît perdue. Mon engagement dans ce dossier trouve pourtant son fondement dans l'idée même de la justice. Pendant ce temps, certains refusent d'entendre ceux et celles que la vie... continue d'achever, faute de justice réelle. La collusion se poursuit.

•

À la maison mère, rue de Salaberry, les religieuses écoutent aussi la radio et, bien évidemment, elles lisent les quotidiens, et notamment *Le Devoir*. Leur agitation est extrême. On n'a pas vu un tel branle-bas depuis longtemps, depuis la série d'articles de Gaston Pellerin au début des années cinquante. Depuis, aussi, que les communautés ont été mises à l'écart par l'État, ce dont plusieurs ne se sont jamais remises.

Sœur Odile est atterrée. D'autant plus profondément qu'un nom lui saute aussitôt à la figure: Julien Lenoir. Son Julien. Son garçon... a signé, et, croit-elle fermement — car n'est-il pas à la fois écrivain et professeur —, il a rédigé le texte. Son Julien accuse, son Julien l'accuse, elle...

La vieille religieuse refuse de me recevoir à sa chambre. Ce sera au parloir. Lieu neutre. Lieu aseptisé. Lieu où les religieuses agissent comme de vraies sœurs, lieu surtout où elles ne disent rien, où elles ne se compromettent pas. Ce qui, à l'évidence, n'est pas le cas de sœur Odile.

À l'entrée du parloir, apercevant de loin la religieuse, je vois immédiatement que son regard est troublé par une peine profonde. Voir une sœur pleurer, c'est inhabituel. Je me demande si je dois entrer.

— Entre, Julien, entre, consent à dire sœur Odile. Conduis-moi vers la fenêtre, tu veux bien.

Je pousse son fauteuil roulant à pas comptés; depuis un mois, elle ne peut plus marcher. N'ayant rien à dire, je m'exclame sur la beauté des fleurs, l'élégance des meubles, la richesse des bois, sur le soleil qui adoucit les traits de son visage. De son côté, sœur Odile m'interroge plutôt sur Maude, sur les enfants, sur mes projets de vacances au Nouveau-Brunswick. Quant à moi, je glisse dans la conversation une première question qui met sœur Odile sur une piste délicate:

— Qu'est devenu le moniteur Donatien Legault ?

La vieille religieuse détourne ses yeux. Son air crispé s'accentue. Comme si elle préférait ne pas répondre.

— Après ton départ, on l'a envoyé à la buanderie. Deux ans plus tard, il a quitté l'hôpital de la Charité. Aujourd'hui, il travaille à la Commission de transport de la ville de Montréal.

— Vous ne l'aimiez pas, hein ?

— Je n'étais pas la seule.

Puis, soudain, sœur Odile plonge dans ses véritables inquiétudes.

— On parle de plus en plus de toi dans les journaux et à la radio, me dit-elle avec tristesse. Tu m'inquiètes, Julien. Quelle vengeance t'habite ? Pourquoi es-tu du côté des accusateurs ?

Sa sincérité est palpable, mais ce long cri des orphelins contre les violences insensées qui ont déchiré leur vie, sœur Odile ne veut pas l'entendre.

— Qu'ils aient été maltraités, c'est troublant, ça me fait mal, très mal, s'impatiente sœur Odile.

J'essaie vainement de la convaincre que leur dénonciation relève bien plus du courage que du ressentiment. Il ne faut pas se fier aux journaux. Aujourd'hui, reprenant leurs phrases, les larmes aux yeux, mes compagnons d'infortune sont oppressés. L'émotion les étrangle chaque fois qu'ils racontent les atrocités dont ils ont été victimes.

— Cela ne m'empêche pas de bien comprendre les difficiles conditions de travail qui ont été les vôtres, lui dis-je. Je ne vous accuse pas de ne pas avoir aimé chaque enfant. Vous le savez bien.

Que sœur Odile ait été impatiente ou prompte à distribuer quelques gifles ou punitions ne me confond pas. J'enseigne. Je peux comprendre. Je comprends.

— Ce que mes compagnons d'enfance veulent, c'est avoir accès à des sentiments normaux. La majorité ont gardé secret leur passé pour éviter qu'on les croie encore fous ! Ils ont préféré mentir sur leur passé ; ils se sont toujours sentis anormaux.

— Avais-tu vraiment besoin de faire cela ?

Sœur Odile répète la question sans la moindre animosité. En apparence. À ses yeux, je vois bien qu'elle est incapable d'articuler un mot de plus et qu'elle a toutes les misères du monde à retenir ses larmes, aussi lourdes que les miennes. Et puis, j'en ai assez de vivre à travers l'image que sœur Odile a de moi. C'est pourquoi je me suis préparé à sa colère, m'étant juré de n'y pas céder moi-même, mais bien au contraire de tout lui expliquer lentement, posément.

— L'ensemble de la population accepte sa part de responsabilité dans ce drame collectif. Alors pourquoi les communautés religieuses ne le feraient-elles pas elles aussi ? Tout le monde, sauf les gens d'Église, hein, c'est ça ?

Sœur Odile reste pantoise, sidérée par la brutalité de mon jugement. En effet, je ne discute plus, j'accuse.

— Votre communauté a choisi de décréter fous des enfants qui étaient sains d'esprit. Tout ça, pour une question de déficit. Ce faisant, elle a brisé la vie de milliers d'enfants. Vous trouvez ça normal ?

Et puis, même si je sais que je vais lui faire mal, je lui lance, accusateur :

— Vous vous souvenez : vous m'appeliez « mon 77 de quotient ». Vous connaissiez donc l'évaluation d'arriération mentale qui se trouvait dans mon dossier que je viens d'ailleurs de récupérer.

Sœur Odile, en effet, se souvient d'avoir lu à mon propos : « arriération mentale et lenteur intellectuelle ». Ce constat concernait aussi cinq cents enfants pourtant jugés sains d'esprit lors d'un premier test effectué par un psychologue indépendant de l'institut. Sœur Odile est secouée. Elle bafouille plus qu'elle ne parle. Elle tente bien maladroitement de masquer, par la douceur calculée du ton, la cruauté du faux diagnostic qu'elle a lu avec effarement pour la première fois.

— Tu n'as pas vraiment souffert ?

— Qu'en savez-vous vraiment ? Vous n'étiez pas dans ma peau.

Ma remarque la blesse, moins par l'objectivité du constat, que par le fait que je nie qu'elle ait fait partie de ma vie intérieure. Ce qui est évidemment faux. J'essaie de nuancer.

— C'était un système organisé contre nous ! J'y ai échappé, oui, mais ça ne doit pas justifier le fait que vous ayez choisi de défendre l'institut, de sauver les briques, pas les enfants.

Avec cette dernière phrase, j'ai l'impression de m'enfoncer dans un marécage, sans être certain de pouvoir en ressortir. J'hésite. J'essaie autrement :

— Toutes les religieuses n'ont pas été aussi aimantes que vous...

Désespérée, sœur Odile dodeline de la tête. Elle sait que l'écart se creuse entre nous. Je laisse se prolonger le silence. Que peut-elle ajouter, et comment ? L'ancienne hospitalière tente un dernier argument.

— Mais enfin, Julien, tu étais là, tu as bien vu...

Comment puis-je lui raconter la longue descente aux enfers de Vincent ou le viol de Gabriel, si rapide et si brutal, contre lequel elle n'a rien pu faire ? Il y a aussi que je refuse de devenir comptable de ces cuisantes tendresses, de ces quotidiennes humiliations, de ces pertes de confiance en soi.

Et les regards, maintenant, entre sœur Odile et moi, sont cent fois plus douloureux, cent fois plus impuissants qu'accusateurs...

Sœur Odile retient ses émotions et refuse de m'entendre. Je ne peux même plus pleurer avec elle. Je l'abandonne à son âme torturée.

Septembre 1986

— Ne te mêle pas de ça, ils cherchent la vengeance, et ce qu'ils veulent, c'est de l'argent.

Cette remarque d'un collègue de travail, que ma curiosité pour le drame des orphelins intriguait, m'a fait de la peine.

Dès mon arrivée à la salle de la rue Panet du Centre Saint-Pierre, non loin de la Maison de Radio-Canada où j'ai déjà travaillé comme commis de bureau, je sais que les retrouvailles ne seront pas totalement joyeuses... L'apparence de pauvreté que dégage cette salle au sous-sol et qui déteint sur les gens qui s'y trouvent, souligne plus encore l'anonymat des lieux. Dans tous ces visages, je vois ma propre image comme une cassure. Les revoyant, je me vois, moi, comme un témoin à charge d'un passé que j'ai voulu taire. Quelle misérable condition à laquelle, je le mesure fort bien, j'ai échappé par je ne sais quel heureux hasard du destin !

Devant tous ces adultes au visage buriné, je m'imagine tel que j'aurais pu être, je me revois tel que j'ai été. Dans cette salle, similaire par son atmosphère à la salle Saint-Gérard, on entend, en arrière-plan, le bruit des chaises, le claquoir de la surveillante, les soupirs des enfants, on entend l'impatience...

Je suis appuyé sur une colonne à l'arrière de la salle. Comme si je m'étais placé en observateur neutre. Puis-je émotivement supporter tout ce que je vois ? Je vais si peu vers les gens que ceux-ci me le rendent bien. Certes, ils me reconnaissent mais restent à distance. Suis-je vraiment des leurs ?

De l'autre côté de la salle, Antoine Mallard, que j'ai tant désiré jeune, m'observe de loin et me salue de sa tête rieuse.

Des visages marqués au fer du destin, certes, mais en même temps, des visages satisfaits et fiers de la débrouillardise extraordinaire dont chacun a fait preuve. Frédéric, par exemple, si expressif comme jadis. D'autres visages, plus sombres. Se remet-on de cette blessure originelle? osé-je penser. La réponse, brutale et collective, est dans la salle et surtout dans ce que j'observe.

— Regarde-les, c'est tous des enfants. Ils le sont restés, me dit un colosse de six pieds que je ne reconnais pas, un colosse à la carrure impressionnante. Un peu voûté aussi.

Je suis coupé en deux par cette ridicule émotion qui se noue dans ma gorge. D'où vient mon malaise?

J'ai beau me rattacher au fait que je suis maintenant étranger à tout cela, je sais que ce n'est pas si simple ; je sais, même si je ne suis pas disposé à l'admettre, que j'appartiens à ce monde-là qui se donne en spectacle sous mes yeux dans une joie effrénée et douloureuse, comme le feraient des enfants restés enfants. Trop en retard, à quinze ans, ils n'ont pu être ce qu'ils auraient dû être à cet âge. Voilà comment ils sont restés des gars et des filles avec, greffée à leur peau, une enfance blessée. Deviendront-ils, un jour, des hommes et des femmes ? Trop, parmi eux, ne le sont pas devenus et ne le deviendront jamais. Des enfants marqués dans des corps d'hommes et de femmes usés. Comme Jacinthe que j'aperçois en compagnie d'Alice, d'Yvette et de Francine. Le regard de Jacinthe qui croise le mien semble intimidé. Me vient ce vers de Nelligan : « Elle a perdu l'éclat du temps sentimental. » Elle a perdu encore davantage, me dis-je, lorsque je l'observe à son insu. Tout son visage me parle de misère et de pauvreté.

Interrompant ma réflexion, un homme s'interpose. Il secoue sa tête comme pour étourdir une émotion qui monte. Il a les cheveux longs et la barbe grise.

— Moé, les cages, j'connais ça.

Je n'ai pu calculer mon temps de réaction.

— Roger Malette ! ai-je crié.

Le dos tourné à la tribune, nous devenons fébriles. Les tapes sur l'épaule se multiplient. Surgit notre vieille complicité des jours douloureux.

— Comment vas-tu ? me demande Roger avec un léger défaut d'élocution tout en me présentant sa main gauche.

Une fraction de seconde a suffi pour que je comprenne la situation.

— Qu'est-ce qui t'est arrivé ? lui dis-je, perplexe.

— On a dû me couper l'avant-bras droit, j'avais la gangrène à la main. J'ai eu un accident de travail au foyer Sainte-Luce à Disraéli.

Bien que souriant, je pense, soudain, à toute cette souffrance morale et physique qui a marqué l'homme à la peau ridée devant moi. Au moment où j'amorce une phrase, j'aperçois, derrière Roger, Antoine Mallard et Frédéric Dumontier qui s'approchent.

— Non, pas vous deux !

Ce sont des accolades intenses que s'échangent les quatre larrons que nous sommes. Elles s'ajoutent à toutes les autres dans la salle transformée tout à la fois en un joyeux et douloureux lieu de rencontre. Nombre de souvenirs changent en amitié profonde d'anciennes relations communes.

— Comme tu vois, commente Frédéric, c'est pas fini ! Ça repart aujourd'hui. La preuve, on est encore ensemble.

En revoyant mes valeureux compagnons, je renoue, d'une certaine manière, avec la douleur originelle. Oublier ou se souvenir — parce que cela nous arrange —, c'est l'histoire des choix qui composent nos vies.

•

L'enquêteur, Daniel Lemaître, demande à Gabriel Bastien s'il a été agressé sexuellement.

— Le moniteur a rentré son p-pénis dans mon d-d-derrière.

— Comment cela s'est-il passé ?

— Il est-t-t-entré dans la b-buanderie et il a m-mis un drap s-sur moi c-comme une ca-camisole d-de force ; ç-ça me faisait mal. Y étaient d-deux.

— Pourquoi avez-vous consenti à faire ces choses avec votre moniteur ?

— J-je n-n'avais pas le ch-choix car les deux m-m'ont f-frappé.

Quand on n'a pas la maîtrise du langage comme c'est le cas pour Gabriel, il est difficile de saisir les conséquences d'une question « orientée ». Gabriel, évidemment, n'a jamais consenti, il a dû se soumettre à des agressions à un âge où le jeu aurait dû être son lot.

Plus tard, dans la même entrevue, le même enquêteur revient sur le sujet déjà abordé.

— Avez-vous été sodomisé ?

Gabriel répond, sans comprendre le sens réel du mot :

— J-j-jamais !

L'enquêteur Lemaître a-t-il pris soin de lui expliquer le sens du mot sodomiser ? L'incompréhension d'un mot peut-elle, en matière de justice, invalider l'ensemble d'un témoignage ? L'ironie est là, insidieuse et méprisante : la question de l'enquêteur semble respecter les faits mais refuse de respecter la victime.

Gabriel reçoit copie d'une lettre du procureur substitut, Me Céline Bourdon, adressée à M. Daniel Lemaître, l'enquêteur affecté au dossier. Il la remet à Julien dans l'espoir qu'il la lira pour lui.

Julien lit la lettre avec une sorte d'effarement. Il en explique le contenu à Gabriel.

— L'avocate recommande à l'enquêteur de ne pas poursuivre au criminel. Elle dit surtout que tu te contredis, et qu'on ne peut pas rejoindre l'agresseur.

Julien sent la mauvaise foi de ce rejet qui ne peut conduire qu'au détournement de sens.

— Qu'est q-que je f-fais avec cette lettre-là ? demande-t-il, désemparé.

— Tu la gardes, lui répond Julien. Elle peut servir un jour, on ne sait jamais.

•

La Direction générale des affaires criminelles et pénales vient de faire connaître, aujourd'hui, vendredi 20 juin 1986, les conclusions auxquelles elle en est arrivée concernant les plaintes logées auprès de la Sûreté du Québec par les anciens pensionnaires de Mont de la Charité. Cent vingt et une plaintes ont été logées. Le ministre de la Justice lui-même a affirmé que les éléments de preuves contenus dans chacun des dossiers d'enquête policière ne « satisfont pas aux critères permettant de porter des accusations criminelles ». À sa batterie d'arguments pour justifier le refus des poursuites, le procureur général ajoute l'argument de « l'incapacité de témoigner » des plaignants.

Ce qui me frappe, à propos de la décision, c'est l'effet de banalisation des faits allégués.

— Te rends-tu compte, Maude ! Cette « incapacité de témoigner » constitue le premier empêchement à l'obtention d'une justice équitable. En réalité, le ministre confond « incapacité de témoigner » et « insuffisance de langage ». Ça m'enrage !

Je connais la cause réelle à cette supposée « incapacité », qui résulte de l'état de sous-développement intellectuel et social dans lequel, il y a plus de vingt-cinq ans, mes compagnons ont été maintenus. Pourquoi, après enquête, leur incombe-t-il encore, eux si démunis, de porter le fardeau de l'absence de preuves ? J'ai pourtant bien retenu l'explication du ministre : « Il faut garder à l'esprit le fait que la poursuite doit convaincre le tribunal, hors de tout doute raisonnable, de la culpabilité de l'accusé. »

— Julien ! Tu as déjà été un enfant blessé, avertit Maude. Ne te laisse pas détruire par leur mensonge.

— Des enfants blessés qui logent aujourd'hui dans des corps d'adultes. Voilà ce qu'ils sont. Comment penses-tu que sans langage suffisant ils puissent avoir un accès normal à la justice ?

Soudain remonte un souvenir précis, l'état exact d'une émotion. À l'occasion des électrochocs subis par Vincent et Gabriel, je me sentais honteux d'échapper à ce traitement alors que le corps ou l'esprit de mes amis explosait en tous sens.

Chaque fois, en les quittant, j'avais la lourde et culpabilisante impression de les trahir. N'avais-je pas là, déjà, la preuve que la justice n'existe pas !

— À quoi penses-tu ? Julien... Moi, je pense à sœur Odile, dit Maude.

— Sœur Odile... Oui. Pauvre elle ! Elle sait maintenant de quel côté je suis. Pourquoi penses-tu à elle ?

— Tu ne dois pas aller la voir demain ?

— Si. Et j'irai. Advienne que pourra !

Octobre 1986

Sœur Agnès de la Croix a dévoré mon article avec indignation et rage. Aujourd'hui, elle peut difficilement interdire l'entrée dans la maison qu'elle dirige à l'ennemi que je représente.
Je sais, en effet, qu'elle tente personnellement de s'opposer
aux demandes d'excuses publiques de notre groupe. Comme si
cette tragédie collective ne s'était pas passée dans l'établissement dont elle avait la responsabilité. Plus je la regarde, plus
son pharisaïsme me pue au nez.

Pourquoi, me dis-je, les communautés religieuses n'ont-
elles pas utilisé les leviers du pouvoir qui était le leur à
l'époque ? Le leur ! À l'émission, *Paroles vivantes*, de Radio-
Canada, Gaston Pellerin — celui-là même qui m'a donné le
calepin qui allait transformer ma vie d'enfant — déclare
ceci : « Si les religieuses avaient vraiment pris fait et cause
pour les enfants, le gouvernement aurait été obligé de les
suivre. »

La violence dont il est ici question ne se situe pas dans les
revendications des orphelins, mais dans leur internement illégal dont les conséquences sur leur vie future ont été considé-
rables. Là est le problème. A-t-on le droit de tuer la vie dans
l'œuf ? Ces enfants étaient des humains qui avaient le droit
d'être traités comme tels. Au lieu de cela, on leur a fait subir
des traitements réservés aux fous. On leur a fait ingurgiter des
médicaments inappropriés. On leur a fait subir des électrochocs. On a même lobotomisé certains d'entre eux. Toutes ces

pensées m'obsèdent lorsque je m'éloigne de sœur Agnès à qui, naturellement, je n'ai pas parlé.

Tout le long du jour, sœur Odile est conduite dans un couloir propret mais anonyme. Parfois, elle s'arrête à la chapelle, moins pour y prier que pour retrouver le silence absolu du vide. À l'autre extrémité de la vie, son histoire a disparu. Qui connaît la vie de sœur Odile ? Par les aveux qu'elle m'a consentis, je suis entré dans quelque chose d'interdit.

Dieu ne peut plus la purifier puisque, désormais, elle reconnaît en Lui le mensonge le plus absolu de sa vie. La miséricorde d'en haut n'a plus rien à voir avec le dévouement obscur qui a tant édifié ses compagnes et qui fut son lot quotidien.

Même si les dernières visites ont été pour sœur Odile et moi plus douloureuses, je continue, bien que visiblement mal à l'aise, à me rendre à ce que j'appelle le mouroir des religieuses.

— Tu vois, dit sœur Odile, cette gigantesque bâtisse qu'était notre maison mère, personne de nous n'aurait pensé que, trente ans plus tard, elle deviendrait notre mouroir.

Sœur Odile est-elle en train de changer ? Son attitude à mon endroit est différente. Aujourd'hui, plus encore, devant moi, elle revoit les cinquante années qu'elle a consacrées à l'aide aux démunis. Sa voix, à peine perceptible, est déchirante :

— J'ai consacré ma vie à vous soulager.

Sœur Odile découvre-t-elle, aujourd'hui, les conséquences néfastes d'une obéissance aveugle ? Sa vie religieuse a-t-elle été un invraisemblable mensonge ?

— Je me suis fait avoir, m'avoue-t-elle en pleurant. Ce qui était absolu hier ne l'est plus aujourd'hui. Quand ma mère est morte, par exemple, on m'a interdit d'aller aux funérailles. Même chose pour mon père.

Aujourd'hui, il est vrai, les sœurs, libérées de leur costume, se promènent en auto, vont librement au cinéma, ont davantage d'autonomie, etc. Toutes ces confidences de sœur Odile jettent un nouvel éclairage sur sa vocation qui semble avoir abouti à une désillusion définitive.

— Il n'y a pas que les orphelins qui ont été floués par le « système ». Les religieuses aussi ! s'exclame-t-elle.

Sa propre foi en Dieu n'arrive pas à atténuer la lucidité qui la fouette en cet instant même et qui fait basculer le sens profond de sa vie. Comme si sœur Odile décidait de ne plus rien retenir de son dévouement passé et de sa signification.

Sœur Odile, très oppressée, me tient convulsivement la main. Comme si, dans ce seul geste, elle voulait faire passer tout ce qui n'a jamais été dit entre nous. Je suis le seul homme, la seule personne laïque, dans la chambre où s'activent deux religieuses et où domine le blanc, la couleur des hospitalières du Mont de la Charité d'après l'été 1954. Je ne peux m'empêcher d'y songer. Il me semble que je fais un bien long détour pour en revenir au point de départ. Au moment même où me vient cette pensée, j'entends :

— Tu n'es pas tout seul au monde, Julien ! Tu ne l'as jamais été, ne l'oublie pas. Les autres ont besoin de toi. Ne les déçois pas.

Je ne sais d'où m'est venu le courage, indécent dans les circonstances, mais je me penche vers sœur Odile et lui pose la question qui me hante, qui me tourmente, depuis notre dernière rencontre. Je lui murmure à l'oreille, si près que personne d'autre ne peut entendre :

— Et si c'était à refaire, recommenceriez-vous ?

— Jamais ! coupe sœur Odile, dans un dernier sursaut.

— Vous en êtes certaine ? dis-je avec insistance.

— Nous avons été dupées du début à la fin !

Ai-je vraiment entendu cette dernière phrase, la dernière que j'entendrai d'elle ?

J'en suis convaincu, sœur Odile est morte emportant avec elle la douleur dévastatrice de son doute, mais aussi l'affection et la reconnaissance entières de son « grand garçon ». Voici que, légèrement prostré, je la quitte. Et dans ma silhouette si tassée, quiconque me regarderait reconnaîtrait l'enfant mal assuré d'autrefois. Car ce n'est pas parce que les gens meurent que le passé s'abolit.

Depuis, je n'ai plus fermé les yeux, et jamais plus je ne les fermerai. Je sais que j'ai personnellement échappé, je cite Camus, au « silence déraisonnable du monde ».

•

Gabriel Bastien s'avance dans le restaurant. Il bouge sans arrêt sa tête. Le geste est moins marqué que jadis. Il s'assoit et commande un café. Sa nervosité est très visible. Il regarde autour de lui. Les vêtements des gens le distraient. Il avale une gorgée, puis une autre. Tout à ses pensées, il se rend compte que sa tasse est vide. Il lève les yeux vers la serveuse qui aussitôt s'approche cafetière en main. Pendant qu'elle lui verse du café frais, une voix en provenance de l'entrée du restaurant retentit :

— Roger ?

Gabriel ne réagit pas. Il continue de regarder devant lui, l'air de trouver le temps long, mais la voix insiste :

— Roger ?

La serveuse prend l'initiative de sortir Gabriel de ses pensées.

— Il y a une dame qui vous appelle. Votre nom, c'est bien Roger ?

— Non, c'est… c'est Gabriel.

— Vous attendez quelqu'un ?

— Oui, une m-madame.

— Je crois que c'est elle.

Gabriel tourne tout son corps vers la droite. Devant lui, une femme au début de la soixantaine remplit son champ de vision. Il lève la tête. Il voit un visage aussi interrogateur que bouleversé. Elle tremble.

— Tu t'appelles Gabriel, hein ?

— Oui !

— Moi, le nom que je t'avais donné, c'était Roger.

Abasourdi, Gabriel est dans un état second. La mère qu'il a imaginée n'est pas au rendez-vous. À sa place, c'est une femme corpulente, visiblement modeste, qui lui tapote le bras d'un geste tout à fait naturel. Gabriel amorce un élan pour se lever.

— Non, non, reste assis.

Hélène Dugas contourne la table, s'assoit devant son fils qui cherche à se ressaisir.

— Hé… Hélène Dugas ?

— C'est ça.

Gabriel n'a pas encore étreint sa mère. Les choses ne se passent pas comme il les avait imaginées. Ce n'est pas que l'émotion soit absente. C'est tout le contraire. Hélène Dugas le regarde, scrute son visage, balaie des yeux ses mains, arrête son regard sur les cheveux de son fils retrouvé :

— Depuis que je sais qu'on va se rencontrer, ça fait trois nuits que je dors plus.

— Moé, c'est pareil.

Bien que surpris, Gabriel se réjouit de ne pas avoir bégayé. Depuis qu'elle est là, devant lui, il se retient de parler. Ce n'est pas qu'il se sente intimidé par cette femme, c'est qu'il hésite à tout révéler de lui-même en une seule phrase. Il veut s'éviter des émotions. Les dernières paroles de sa mère le prennent par surprise :

— Moé, j'suis pas allée à l'école ben ben longtemps.

— Moé, chu p-pas allé pantoute.

— Tu bégaies ?

— Oui, mais c'est m-moins pire q-qu'avant.

Gabriel se sent tout petit. Je dois la décevoir, pense-t-il. L'idée que sa mère soit devant lui, pourtant, le transporte. Tout compte fait, se dit-il, elle n'est pas compliquée. On peut se dire de vraies choses. Gabriel gesticule de la main. Sa mère lui prend un doigt :

— Y t'ont toujours appelé Gabriel ?

— J'pense ben. J-j'savais pas que t-tu m'avais appelé Roger.

— C'est l'nom de mon père, ton grand-père.

— Y es-tu mort ?

— Ça fait longtemps. Trente et un ans.

Du coin de l'œil, Gabriel regarde les autres clients du restaurant, en se demandant s'ils entendent ce que dit cette femme d'un naturel extroverti.

— Je t'imaginais pas comme ça… En fait, je t'imaginais pas du tout. Les religieuses ont tout fait pour qu'il ne reste pas de souvenirs. Quand t'es venu au monde, c'est un trou dans ma tête !

Gabriel vibre intensément au mot trou qui semble résumer son existence. Pour l'instant, il n'en dévoile rien à sa mère. Il préfère lui faire croire qu'elle retrouve un fils heureux, pauvre peut-être, mais heureux d'être près d'elle. Les deux se regardent avec intensité. Chacun devine la souffrance de l'autre. Chacun pense que l'autre ne parle pas assez. Soudain, la voix du cœur se fait entendre comme un doux cri :

— Fais-toé-z'en pas, t'es mon garçon, pis moé chu ta mère.

L'émotion est installée sur les deux visages. Gabriel prend la main de la vieille dame qui regarde cette main agrippée à la sienne. Sa lèvre supérieure tremble et, dans un geste aussi subit que celui de son fils, elle met sa main par-dessus la main de Gabriel qui, songe-t-il, aime ce regard de la vieille dame qui est aussi le sien. C'est ainsi qu'il semble au fils et à la mère réunis que l'attente douloureuse ne sera jamais plus leur lot.

•

Gabriel marche très lentement avec sa mère le long d'un sentier ombragé. Il est au parc LaFontaine. La mère et l'enfant ressemblent à un couple qu'un feuillage fourni couvre de sa bienveillante ombre. En effet, aujourd'hui, les confidences sont plus faciles.

— Si tu savais comme je t'ai cherché. Ça m'a pris près de quinze ans pour savoir qu'on t'avait adopté.

— Y t-t'ont dit ça ?

— C'est pas vrai ?

— Ben, maman, j'ai p-passé ma vie à l'asile.

Stupéfaite, Hélène Dugas s'arrête de marcher. Elle est visiblement chancelante. Elle s'assoit sur le banc le plus proche. Observe son fils qui précise :

— Y a p-personne qui m-m'a adopté.

— Les crisses de menteuses de sœurs...

— Tu les as c-crues ?

Gabriel ignore qu'il vient d'agrandir la plaie si vive de sa mère. Sa question met en évidence qu'elle s'est fait avoir.

— Écoute, maman, c-c'est fini. C'est passé.

— C'est fini ? C'est pas fini, Gabriel. Ça a jamais commencé. Ni pour toé ni pour moé. T'as jamais pu être mon bébé ! Mon p'tit tocson à moé…

Hélène Dugas fond en larmes, alors que Gabriel passe son long bras autour de son épaule. La vieille dame s'abandonne ainsi à son fils ébranlé, une fois de plus. Ce dernier sent remonter en lui les accents anciens d'une colère dangereusement ragaillardie par ce que vient de lui apprendre sa mère éplorée.

•

Dès le réveil, mes filles me chahutent. Elles me grimpent sur le dos, me poussent en bas du lit, me bousculent. La journée qui les attend, paradoxalement, les éblouira. Dans leurs yeux d'enfants de deux ans et quelques mois, le cimetière et la cérémonie qui s'y déroule, sous un splendide soleil d'octobre, ont en effet des allures de fête et de carnaval. Car il y a le jeu des costumes blancs et noirs, pour elles irréels, et les gestes qui leur semblent démesurés.

Quelques religieuses présentes, que je reconnais, ont vécu cette histoire du « château cassé » qui a tant dérangé sœur Odile. Des femmes courtes au visage sans expression. Des femmes imperturbables dans leur tenue de religieuses toujours dociles.

Vincent, à ma grande surprise, est venu aux funérailles de notre ancienne officière. Depuis que nous travaillons au même comité, je crois qu'il est redevenu mon ami : le même œil vif, la même complicité. Une chose a changé : son regard. Comme s'il contenait plus de compréhension, moins de révolte aussi. Car très jeune, je le sais, Vincent n'a pu voir le monde comme un enfant heureux ; adulte, il voit encore ce monde avec les mêmes travers. Entre le rire et la colère se sont révélées ces premières blessures communes à plusieurs d'entre nous.

Voici venir Gabriel. Dodelinant de la tête à la manière de sœur Odile. Il serait bien capable de l'imiter.

— Tu s-sais, chu d-devenu son chouchou, après que t-t'es parti. Elle m-m'a aidé beaucoup.

Gabriel voit un monsieur d'un certain âge s'avancer vers nous. Dès qu'il aperçoit le vieil homme, il s'exclame :

— Monsieur l'ab-b-bé Ars-s-senault !

— Bonjour Gabriel, dit l'ancien abbé.

René Arsenault lui donne une poignée de main. Il fait de même avec moi. La sincérité du geste est totale. Dans ses yeux, elle s'accompagne de la joie d'avoir eu raison en des temps plus absurdes.

— Tu sais, s'empresse-t-il de dire comme s'il avait peu de temps à sa disposition, enfant, le regard de sœur Odile t'a donné la certitude d'exister. Ça et l'écriture, voilà ce qui t'a sauvé. Tu te souviens de ton journal ? C'était la région blessée de ton âme.

Je sais tout ça. Mes calepins ont été ma survie. L'entendre dire de la bouche même de celui qui m'a sorti de l'asile, dans une formulation toute littéraire, voilà ce qui me touche le plus. Pour lui aussi, il peut certes m'en parler, les mots ont été l'outil d'une propre et incontournable conscience.

— Tu connais, me demande-t-il, cette phrase d'un dénommé Roger Rolland ? Tu la connais ? Écoute : « Ici-bas, les choses meurent d'être excessives. » C'est dans un petit livre qui s'appelle *Poésie et versification*. Un essai sur le vers libre, je crois. J'ai lu ça il y a longtemps. En espérant que j'allais te voir ici, j'ai retenu cette phrase pour toi.

Les mots sont toujours ce qu'il me faut. Je suis ému par cette pensée qu'il m'a destinée. Soudain, me sortant de ma méditation improvisée, je reconnais derrière René Arsenault le chanoine Fernand Gadouas. Il a bien mal vieilli, me dis-je. Il faut dire qu'il n'a jamais accédé aux hautes fonctions épiscopales auxquelles tout semblait le destiner. Il s'est enfoncé plutôt dans un embourgeoisement qui, avec les années, a mis à jour sa grande médiocrité. C'est lui — qui d'autre ? — qui prononce l'homélie de circonstance avec l'éloquence ampoulée qui l'a toujours caractérisé.

— Née à Saint-André-Avelin, le 3 juin 1900, sœur Odile des Anges était la quatrième de quatorze enfants, dont neuf moururent en bas âge. À dix-sept ans, elle fut admise au postulat de la méritante congrégation des sœurs de la Bonne Enfance.

On observa, chez la candidate, les qualités requises : piété, ardeur au travail, disposition à l'obéissance et surtout un désir sincère de se donner à Dieu. Le 15 août 1918, elle prononça ses vœux temporaires et, trois ans plus tard, ce fut le don définitif, l'oblation perpétuelle, démarche qu'elle accomplit en toute liberté d'âme. Son désir de servir est demeuré le même toute sa vie. Sa foi profonde alimentait son colloque avec Dieu...

Malheureusement, vers la fin de l'oraison, quelques mots du chanoine me brûlent comme un coup de fouet :

— Sœur Odile a consacré toute sa vie à Notre-Seigneur Jésus-Christ et aux frêles créatures qu'Il avait jugé bon de lui confier. Elle leur a tout donné, ne récoltant plus souvent qu'à son tour que mépris et ingratitude.

Ayant ainsi laissé parler son amertume personnelle, l'éternel chanoine jette un dernier regard sur certains d'entre nous avant de se diriger vers l'autel.

Au sortir de la chapelle, René Arsenault s'approche intentionnellement de moi. Son regard est amer. L'homélie du chanoine Gadouas l'a vraiment indisposé.

— Il ne faut jamais plus, comme on le faisait hier, donner à ces misérables le bon Dieu sans confession.

— Ce n'est pas moi qui vais vous contredire.

— Tu connais *Si c'est un homme* de Primo Lévi ?

M. Arsenault n'attend même pas ma réponse :

— Il m'a inspiré une phrase que je pourrais lancer à la face de ce chanoine exécrable : « Si j'étais Dieu, les louanges que les curés Lui adressent, je les cracherais par terre. »

— La perversité, c'est ça. Inverser le mouvement du cœur, détourner le sens d'une vie. Ne vous inquiétez pas, monsieur l'abbé, pardon, monsieur Arsenault, si j'écris, c'est pour lutter contre l'oubli, mais surtout contre cette perversité.

Sœur Anne Germain, que Julien, au premier abord, ne reconnaît pas, s'avance vers M. Arsenault qui, l'apercevant, exprime une joie réelle de la revoir.

— Il y a longtemps que vous êtes revenue d'Afrique ?

— Il y a sept ans. Je suis présentement animatrice de pastorale dans une polyvalente. Ce sera ma dernière année. Je serai à la retraite l'an prochain.

Julien reconnaît la religieuse, mais il n'a gardé d'elle aucun souvenir précis.

— J'ai peu revu sœur Odile ces derniers temps, mais chaque fois que je la revoyais, bien que lasse de son existence, elle ne me parlait que de vous. Vous lui avez fait plus de bien que vous ne le croyez.

— Vous pensez? demande Julien. Il m'a semblé que j'ai accéléré sa fin...

— N'en croyez rien. Grâce à vous, elle n'a jamais été seule.

À vrai dire, malgré les bons mots de sœur Anne, je suis las. Très las. Je tente de camoufler ma lassitude. L'oraison consacrée à sœur Odile et la hargne du chanoine ont achevé ma patience. M'achèvent aussi le silence de l'Église, l'immobilisme de l'État, l'indifférence des médecins. Au nom de quelle conception chrétienne de l'individu, de quel exercice démocratique du pouvoir et de quelle éthique professionnelle ces gens abusent-ils du silence? Si les uns doivent abandonner leur vengeance, me dis-je, les autres doivent délaisser leur orgueil. Pourquoi ces gens tolèrent-ils un scandale dont la population connaît maintenant l'existence? Car l'impatience de mes compagnons monte comme une marée violente. Parfois, à leur insu, elle m'atteint et me désespère.

Ma lassitude provient de leur agressivité. Leur acrimonie est épuisante. De rumeur en rumeur, de téléphone en téléphone, de lettre en lettre, de rencontre en rencontre. Quand donc s'accorderont-ils une pause, ces orphelins?

Je sais. Des pauvres souffrent. Je les connais. C'est à eux que je pense. Ils crient leur détresse morale, exposent leur pauvreté intellectuelle et matérielle, s'empêtrent dans leur agressivité, mangent dans la main de ceux qui les exploitent, affichent leur vulnérabilité; leur passé est un cauchemar et leur avenir, un miroir de ce passé. Qui les soignera? Qui les guérira?

•

Au cimetière, je me tiens légèrement en retrait. C'est bien que sœur Odile soit morte, me dis-je. Ainsi, elle n'est plus religieuse. On ne pourra plus l'attaquer, la culpabiliser, défaire le sens de sa vie à elle.

La mort, me dis-je, n'est que ce regard sur une personne inerte. Tout le reste nous échappe. Sœur Odile ne peut mourir. Seule son apparence physique peut le laisser croire. Pour moi, c'est réglé. Dans ma mémoire, la mort n'aura jamais lieu et ma reconnaissance sera éternelle.

Essuyant discrètement une larme, je me retourne vers les filles. Apparemment libéré.

— Allez, les filles ! On va prendre une crème glacée ! Puis, on ira au parc. En route !

Mes filles ont toute la misère du monde à rester en place. Comme elles voudraient plutôt aller voir ces gens qui semblent tellement s'amuser là-bas ! Aller jouer, elles aussi. Aller courir entre les tombes…

La journée est toute simple. Une journée en famille au parc Beauséjour qui débouche sur la rivière des Prairies, qui longe aussi l'Institut Prévost, cet autre asile qui se cache derrière la science. Là où la grande chanteuse Alys Robi séjourna.

Un déjeuner familial sur l'herbe. Glacière portative et vin rosé suffisent à soutenir l'émotion. Plaisir somptueux. Spontané comme le babillage des filles. Et la roseur aux joues de Maude. Et un sourire qui illumine, comme de l'intérieur, mon visage. Une fête de printemps… accompagnée d'une enfance dont j'ai désespérément rêvé. Je ne résiste pas à la pensée que mes filles me font regretter l'enfance que je n'ai pas eue.

Je reste préoccupé. Maude et moi faisons une promenade tout en ayant à l'œil nos filles qui se balancent. Sur la berge de la rivière des Prairies que je longe négligemment, du côté nord-ouest de la ville, au parc Beauséjour, me vient une idée que je communique aussitôt à Maude : le boulevard Gouin est l'axe géographique de ma vie ; la crèche Saint-Paul et le Mont de la Charité à l'Est, le collège Beaubois à l'ouest et, entre l'est et l'ouest, le collège Mont-Louis où j'ai enseigné, l'hôpital Notre-Dame-de-la-Merci où tu travailles et l'hôpital Sacré-Cœur où nos filles sont nées. Toute ma vie tourne, en effet, autour de ces lieux. Le monde — cette géographie du cœur — est petit quand on y songe.

Épilogue

En écrivant au mari de ma mère, j'ignore quel sentiment j'ai éveillé en lui. Un jour, il quittera ce monde à son tour. Où iront les objets qui ont appartenu à ma mère ? Je ne peux certes rien exiger de lui, mais puisqu'il m'a fait parvenir des photos d'elle, j'ai donc imaginé qu'il pouvait être aussi en possession d'objets personnels (lettres, souvenirs, photos, journal, etc.) qui pourraient m'intéresser et qu'il pourrait m'envoyer. Ai-je été trop audacieux, trop impoli ? Peut-être aussi que rien de tout cela n'existe. J'espère que me viendra de lui un signe qui donnera à mes recherches tout le sens que je leur prête. Car, il faut bien me l'avouer, je recherche les traces de ma mère. Toutes sortes de traces.

•

Je sais maintenant que ma mère a été enterrée en septembre 1978 dans la fosse commune du cimetière de l'Est dont le vrai nom est le Repos Saint-François-d'Assise. Or au cimetière Notre-Dame-des-Neiges existe un lot appartenant à la famille Lenoir, où mes grands-parents sont enterrés. Comme ma mère fut enterrée dans une fosse commune, dans quelle terre anonyme l'a-t-on jetée ? Maintenant que je l'ai retrouvée, ma douleur serait grande de la perdre une troisième fois.

La plaque — identifiée au nom de son mari — a bel et bien disparu. Si, pour traverser son inconsolable destin, je suis resté le poids lourd qu'elle a porté toute sa vie, je veux à présent la soulager.

Au cimetière Notre-Dame-des-Neiges, j'ai donc décidé de lui offrir une pierre tombale. Ci-gît Hortense Lenoir. Voilà qu'elle existe à nouveau. Vivante ! Pour tous les regards. Inscrite dans le granit. Retrouvée, sa dignité.

Sur sa tombe où je suis debout, laissant l'empreinte de mes pas sur l'herbe, je lui parle pour la première fois :

— Bonjour, maman, je suis là … On n'a jamais été si proches…

Voici que je la touche avec mes pieds, je veux dire avec mon cœur. Je suis comme à l'origine des choses. En son nom retrouvé, je réclame, en silence, la paix des ombres.

Table des matières